哭《な》く笛

探偵・朱雀十五の事件簿2

藤木 稟

角川ホラー文庫
17688

目次

プロローグ　道化師のワルツ

1

深夜二時をとうに過ぎても、浅草寺《せんそうじ》周辺の遊興街は、一向に眠りにつく気配をみせないでいた。

「丑寅《うしとら》の金神《こんじん》様のお裁きで、世の立て直し、立て替えがやってまいりました」

悲痛な声で繰り返し叫ぶ男がいる。それを取り巻く人垣がいる。興奮した一群の男達に背中を押され、私は歩き始めた。

先ほどまでの大雨のせいで、足元には水たまりがいくつも出来ている。そこに赤や青や黄色のネオンの灯が落ち、一歩足を踏み出せば水中花の花園に迷い込んでしまいそうだ。

ベンチと木立の間から覗《のぞ》いているのは、けばけばしい見世《みせ》と覗きからくり屋の看板である。

「あれだけ面のハクいナゴマシだ。ズカ百は欲しいな」

「よし、じゃあ明日、店に連れてくる時は、シナつけて来いよ」

「おれもヨウランかますからさ。ハンドルだな」

浅草《あさくさ》公園の外れ、公衆便所のある一角で、売春宿屋の主人と女衒《ぜげん》らしき男が、女の売り買いを決めていた。

その側の濡《ぬ》れたベンチの上には、丸まって眠る少年がいる。垢《あか》と汚れの染みついた服と顔をしている割に、耳朶《みみたぶ》だけがやけに綺麗《きれい》だった。

私は眠っている少年に声をかけようか、それとも他をあたろうかと思案した。丁度その時だ。黄色いしゃがれ声が背後から聞こえた。蓄音機のハンドルを強く回しすぎたような耳障りな声だ。

「ダンナァ、ダンナァ」

そんな風にも聞こえたが、振り向くと誰もいない。

「何処を見てるんだよォ、オイラここだよ、ここォ」

空耳かと思っていると、膝《ひざ》の辺りをぱちんと叩《たた》かれた。訝《いぶか》しがりながら視線を落とすと、真っ白な顔のピエロが私を見上げている。一メートルもない体の上に載っている顔面が、不釣り合いに大きい。不精髭《ぶしようひげ》をまばらに生やした壮年の顔をぐにゃりと歪《ゆが》ませながら、男は子供の口調で話を続けた。

「旦那《だんな》ァ、春風《はるかぜ》やよいの旦那だろゥ？」

「やよい？　ああ、一寸《ちよつと》前まで一緒に暮らしていたが、別れたよ」

「ナンダ、そりゃあ残念だ。オイラの友達がやよいに金を貸してたんだが、ここっとこ姿を見ないんで、探し回ってるんだよ。旦那も、やよいから連絡があったら教えておくれョ」

「そうか、それは済まなかったな、もし何処かで会ったら注意しておくよ」

「ところで旦那、オイラにタバコを恵んでくれないかい」

「いいよ」

赤ん坊のように小さな白塗りの手が差し出された。表面がざらざらと分厚い感じである。短い指で器用に煙草を摘《つま》んで一服ふかすと、ピエロは器用にひょいと飛び上がって、自分の胸ほど高いベンチに腰をかけた。ベンチで眠る少年の足元に腰を下ろしたのだ。少年は全く動かなかった。

ピエロは煙の輪っかをいくつも作って、それを器用に繋《つな》げてみせた。数分の間、私もぼんやりとピエロの煙芸を楽しんでいたが、とうとう退屈になって、あくびを一つ。すると突然、ピエロが小さく背を丸め、後ろを向いた。

「いないいない、ばぁ」

次の瞬間、振り返り、私の前にぬっと突き出されたピエロの顔は、右半分が黒く塗られていた。電光石火の奇術に驚いた私を見て、ピエロはにやにやと笑った。

「笛吹き男の真似だね、驚いたよ」

私は感心したように言った。今や笛吹き男のことは、日本中が知っている。

「旦那、知ってるかい？　さっき、銀座《ぎんざ》の大通りでさ、笛吹き男の奴が、また誰かの足をちょん切ったらしいよ。それも両足さ。そして、むしゃむしゃ食っちまったのさ。足を食われた奴は、歩けなくなって困っただろうね」

ひゃっ、ひゃっと甲高い声を上げて、ピエロが膝を叩いた。

「ほう、それは初耳だ」

「ダロウ？　今しがたの事だから、まだ誰も知らないんだよ。オイラは地獄耳さ」

「それで、それから笛吹き男はどうしたんだ？」

「足をちょん切ってしまった後はね、鳥に乗って、空を飛んで逃げたのさ。あぁ、オイラも空を飛んでみたいな。気持ちいいだろうね」

憧憬《しょうけい》を込めた声でそう言うと、ピエロは突然、眠っている少年に馬乗りになり、両腕を鳥のように広げてみせた。ベンチが軋《きし》んだ音を上げた。

私はぎょっとしたが、馬乗りになられた少年はピクリとも動かなかった。濡れたベンチに平気で眠っているから怪しいとは思っていたが、どうやら死んでいるようだ。餓死なのか病死なのか……それはよくは分からなかった。だが、子供の死体の一つや二つ転がっていることなど、此処《ここ》では希《まれ》なことでない。だから私は気にせずピエロに話の続きを促した。

「鳥に乗って飛んだとは、これは凄《すご》い。どんな鳥なのだろう」

「ダロウ？　きっと、真っ赤な美しい鳥さ。嘴《くちばし》のとがった奴だよ。なにしろ奴は笛吹き男だからね、オイラのヒーローだよ。この間、三十人の子供の手足をちょん切って、食べちゃったのもイカしてたけど、今度のもまずまずさ」

私の頭の中に、見事な炎の鳥が浮かんだ。それはギリシャ式の彫刻のように、荘厳で優雅な姿をしていた。

ピエロは嬉《うれ》しそうな悲鳴を上げた。そして暫《しばら》く少年の体を、馬乗りのままゆさゆさと揺さぶって弄《もてあそ》んでいたが、今度は何を思ったのかベンチから飛び降り、背筋をまっすぐに伸ばして軍隊式の敬礼をした。

不思議に思ってピエロの視線を追ってみると、青年将校の一団が歩いていた。

ピエロは奇声を上げると、両膝をコンガのように叩いてリズムを取った。


オイラ、やつらが大好きさ。やつらはとってもいい奴さ。

ぴっかぴかの革靴で、軍服襟をおったてて、そこのけそこのけ将校さんが通る。


調子外れな歌を歌いながら、ピエロは奇妙なダンスを踊り始めた。ぴょんぴょんと私の胸の辺りまで飛び上がったり、舌をべろりと長く出したり、手足を滅茶苦茶に振り回したりした。

これはなかなかに楽しそうだったので、私もやってみることにした。意味もなく跳ねるなど子供の頃以来だが、しばらく続けていると体が勝手に動き出し、なかなかに爽快《そうかい》な気分になった。原始人めいたダンスがしばらく続いた。息苦しくなった私がとうとうひるんだのを見てとると、ピエロは踊りをやめてまたも敬礼をした。

「旦那、煙草をどうもありがとう」

「いやこちらこそ楽しかったよ。この煙草もあげるから、持っていくといい」

ピエロは私が気前良く差し出した煙草の箱を赤子のような小さな手で受け取ると、体を翻して走り出した。地面を滑るようにさあっと駆けていく。まるで足が地についていないように見え、私は驚いた。

見る間にピエロは、とある劇場の前のゴミ箱にひらりと乗ったかと思うと、窓枠に飛びついた。

窓から突き出たピエロの尻《しり》と短い足が、もがきながら闇の中に消えていく。

私はしばらくその光景を見送っていたが、やがて、この奇妙な体験がこの世のものでないような気がしてきた。

一瞬のうちに顔を変えたり、滑るように走る小人が、この世にいるだろうか？

たまらなく愉快になった私は、誰彼無く通りすがりの人達の肩を抱いて話しかけてしまいそうだった。

声を出して笑ってみる。すると奇妙な恍惚《こうこつ》感と共に、背筋が粟立《あわだ》つのを感じた。

体の震えを自分の腕で押さえながら、私は三年前の、彼との初めての出会いを思い返していた。あの震えるような予感に、「時」がようやく追いついたのだ……。

2

許せぬ　運転手の酷使　雇い主を強制捜査
少年工、工場長を刺して、金を強奪
どん底の家から畳を剝《は》ぐ　家主の直接行動
繁華街に横行する不良少年窃盗団

私は、やよいの踊りが終わるのを舞台の袖《そで》で待ちながら、新聞の見出しを斜め読みしていた。相変わらず悲惨な記事ばかりだ。

不況と蒸し暑さのせいで、世の中の人間の大半は理性の働かない状態になっているらしい。

うんざりした気分になって、新聞を折り畳んで舞台上を見ると、白々しいほど明るいスポットライトの中に、揺れる孔雀《くじやく》の羽飾りと、高く上げられた女の素足が並んでいた。ドタバタ仕立ての三文レビューショーだ。

毎日のようにやよいの仕事場に付き添っているから、とうに舞台には飽いてしまっていた。だから私はもっぱら客席を観賞して楽しむことにしていた。

薄暗い観客席で舞台に目を凝らしている客の中には、会社員や商売人らしき姿もあるが、結構多いのが乞食《こじき》の客だ。どういうわけか浅草では、切符を手にした乞食が芝居小屋の常連である。彼らが観劇している様は、舞台などよりずっと面白い。

三文舞台をまるで評論家のようなしかめ面で眺めているかと思えば、芸術が分かっているらしい間合いで、仲間同士ひそひそと内緒話などを始めたりする。

浅草で最も通《つう》な客は乞食であろう……と、私は密《ひそ》かに思っていた。

「おい、頭をどけろ！　見えないぞ！」

突然、そんな野次が暗い観客席の真ん中あたりから聞こえた。横一列に並んだ煤《すす》汚れた顔の中で白く光っていた目玉が、一斉に声のする方角へ動いた。

私も目を凝らして見ると、鳥打帽を被《かぶ》り、着流しをたくし上げた職人らしき男が、でっぷりと太った会社員風の男の肩を掴《つか》んでいる。互いに立ち上がった二人の男が、二言三言いい合ったかと思うと、いきなり事は起こった。

鳥打帽の男が、俊敏な動作で懐からノミを取り出し、太った男の腹に思い切りよく突き立てたのだ。

私の立っていた角度からそれが見えたとは言わない。だが、冷たく銀色に光る鋭利な刃《やいば》、そしてそれが脂肪の多い柔らかそうな肉にズブリと音を立ててめり込み、赤い血飛沫《ちしぶき》が迸《ほとばし》る鮮烈な場面を私は確かに感じることが出来た。

ぶるり……鳥肌が立った。

その刹那《せつな》、きゃーっ、という踊り子達の黄色い悲鳴が何重にも響きわたった。刺した男と刺された男の周りを、まるで血に飢えたハイエナのようにらんらんと目を輝かせた人々が取り巻いている。

私もそれを見たいと思った。

しかし舞台の上に身を乗り出しかけた瞬間、逃げてきた踊り子達の波に流されて、楽屋にもつれ込んでしまったのだ。気がつくと、私の胸に顔を埋めて体を押しやったのはやよいだった。

「あぁン……怖いったらないわ」

セリフのわりに緩慢な気の抜けた声でそう言うと、やよいは肩で息をして私の腕を強くつねった。

痛っ……。

どういうわけか、やよいにはつねり癖があった。興奮した時に人をつねるのだ。

私は心底その癖を我慢出来ないと感じているのだが、当の本人は他人の不快感などをくみ取るような女ではない。

私は眉間《みけん》に皺《しわ》を寄せてつねられた腕をさすりながら、肉のふやけたやよいの化粧顔を見た。

ラメの入った真っ青な瞼《まぶた》とオレンジ色の頬紅、きわどい桃色の口紅。近くでみるとお化けのような厚化粧だ。うんざりとしたが、ヒモに近い生活をしているから強いことを言うわけにもいかなかった。

やよいは一つ溜息《ためいき》を吐き、

「昨日も喧嘩《けんか》があったのよ、そりゃあ今日のようなことは起こらなかったけど……。ここのところ、大した原因もないのに喧嘩するお客さんが多いわ。いつかとんでもない事が起こりゃあしないかと不安だわ」

「皆、気が立っているのさ」

気のない返事をしながら、私は背伸びをして、楽屋の入口から外を覗《のぞ》いた。

ざわざわと興奮した空気が、客席から流れてくる。

「あぁあン、いつになったらあんたは売れるようになるのかしら？　あたしも若くはないし、早く踊り子を辞めたいわ。頑張って欲しいもんだわ、未来の彫刻家さん」

いつもと同じ厭味《いやみ》を、いつもと同じ口調——おっとりしているのを通り越して、妙に粘っこい口調で、やよいが繰り返した。

「こんなご時世じゃあ芸術になんて金を投資する奴はいないのだよ、仕方ないだろう？　ちゃんと副業をして稼いでるじゃないか」

顔を背けた私は、ふてくされて言った。

「稼いでるったって、元手も随分とかかるんだから……。この間よくよく計算してみたらサ、赤が出てたのよ」

やよいの愚痴は、私の耳に、無意味な雑音のようにしか聞こえていなかった。

それより先程の現場がどうなっているのか、気になって仕方ない。

「下がって！　ここから入ってはいかん！」

警官らしき声と警笛の音が、小屋の入口あたりから聞こえてきた。

3

翌日の夕刻、ハルゼミが鳴き、長い梅雨がようやくあけた。私は浴衣《ゆかた》着に草履という軽い出で立ちで、浅草寺へ散策に出かけた。

屋根の上の大きな時計台、自動電話、ポスト、伝言板——そういう物珍しい要素から人波が途切れることのない交番前。その裏手には、慶応《けいおう》元年に焼失したという雷門《かみなりもん》跡がある。

今のご時世、新しい物、物珍しい物に民衆の心は釘付《くぎづ》けで、焼けた雷門のことなど気にとめる者もない。自分の身ひとつ守るのが精一杯の生活……そういう時代だからこそ、新しい何かに、まるで長い梅雨を晴らしてくれる太陽を求めるように、救いを求めているのだ。

そんな雷門跡にぺったりと張り付くように腰を下ろしている大道芸人がいた。近寄って見れば老婆である。頭に白手ぬぐいをかぶり、三味線を手に東京音頭をつま弾いている。時折、空を仰ぎ見る仕草《しぐさ》が何とも哀れを誘うので、足元にある空き缶に、五銭玉を一つ入れてやった。

そこから浅草寺へと続く参道沿いには、露店がずらりと並んでいる。

最初にあるのはどんぐり飴《あめ》屋、それから続いて地図、新かんぴょう、粘土面型、人形焼き、とうがらし、ゆずの実、パイプ、半纏《はんてん》、まむし黒焼き、計算機つき手帳、古本、運勢暦、寝冷え知らず、下駄の鼻緒、縁起物や土産物など。

私は浅草寺の境内に入った。梅雨の名残の水たまりが強い西日に温められて水蒸気となり、もうもうと煙る線香の煙や群衆の熱気とあいまって、異様な蒸し暑さになっている。それにしても浅草寺ほど喧騒《けんそう》に満ちた、有り難みのない寺は、日本国中何処を探してもないだろう……と、此処《ここ》に来る度いつも思う。

ひっきりなしに入れ替わり立ち替わり訪れる地元の者達は、境内の巨大な線香立てに慣れた手つきで線香を立て、本堂に手を合わせて祈ってはいるものの、人混みの中から目敏《めざと》く知った顔を捜し出しては下町御仁特有の甲高い声で世間話を始める。

するど、退屈になった子供らが猿のような声を上げながら、やれ、チャンバラだ何だと暴れ出す。そこへ叱咤《しった》の声が飛び、さらに子供達は面白がって境内中を駆け回る……そんな風なので、寺詣《てらもう》でというような敬虔《けいけん》な風情は微塵《みじん》たりともみられはしない。

さらに、柱という柱の側には両替屋とか、花屋とか、おもちゃ屋などが陣取り、観光客相手になりふり構わぬ商売を繰り広げている。

そこまではまだいいとしても、信仰の場としての趣を徹底的に破壊しているのが、浅草寺を徘徊《はいかい》する人間博物館並みの奇態な顔ぶれだ。ざんぎり頭の不良少女や、水筒をぶら下げて土色の顔をした帰還兵などは普通のこと。

金髪のロシア娘、裸体のエロテックレビュー
堪《たま》らぬのは、時折そんな看板を手にした男がふらりと現れては、仲見世から境内を一周していく姿だ。

うんざりするほど浮浪者や乞食も多い。そしてこういう乞食や浮浪者の多くは瘋癲病《ふうてんや》みだった。今も目の前を、泥だらけの女が妙ちきりんな異国の歌を歌いながら、裸足《はだし》で歩き過ぎたところだ。

上海事変、五・一五事件、気炎を上げる運動団体、一家心中、そんな世の騒がしさが全て浅草寺に掃き集められて来るのだろうか。

此処を歩くと頭が怪しくなって来そうだ……。

しかしながら、実を言うと私は、浅草寺のそんなところが気に入っていた。

このところ気鬱《きうつ》の患者が激増し、その手の病院が軒並み満員という話を聞く。

「軽症の者は即刻退院させよ」との論説が新聞に出るぐらいだから、発狂は流行なのだ。

流行だ、流行！　流行を感じることこそが大衆を感じることだ！

私には、確信めいた予感があった。

今日必要とされているものは、恐らく今まで必要とされていたものとは全く違うものだ。歴史も価値観も正気さえも根こそぎ引っ繰り返すような何かが求められている。

今まで人が不道徳であるとか、下品であるとか、様々に正当らしき理由をつけて日陰に追いやってきたところの根源的な物、人の魂の底に宿る暗い光……。

そうとも。

常識的な判断が一切通用しない今のような時代に必要なのは、原始の混沌《こんとん》と爬虫類《はちゆうるい》的感性かも知れぬ。暴力、淫《みだ》ら、超越的な無意味さ……何でもいいから、現状を破壊しうる強烈な存在が必要だ。そして芸術にも、時代に見合った新しい美学が必要なのだ。

昨今流行《はや》りの探偵小説では、名探偵の活躍よりも、人を心底怯《おび》えさせ、日常性を破壊してしまうようなグロテスクな猟奇事件そのものに人気があるのだという。巷《ちまた》では、口紅と白粉《おしろい》を塗った男装の麗人がもてはやされたり、裸体の大舞踏団が出現している。それらも、閉じ込められてきた狂気どもが正面切って自己主張を始めた証拠に違いない。

そんな事を思いながら裏門を抜けると、猥雑《わいざつ》な路地に出た。

浅草寺の塀にそって、草履や法被《はっぴ》や江戸小物、あるいは骨董《こっとう》などを取り扱う間口一間、奥行き三尺ほどしかない小さな露天商が、ところ狭しと品物を店頭に広げている。

だが、地方からの観光客と地元の参拝客で賑《にぎ》わう表の仲見世ほど華やかではない。裏通りとあって、置かれているのは地域性の高い品物が多いからだ。鬘《かつら》、古着、舞台衣装などが豊富で、主に六区《ろっく》の役者や芝居小屋がこの界隈《かいわい》の常連だ。

私はつらつらと、舞台衣装を取り扱う露店などをみて回った。

何か目新しい物を……と、ことさら意識して見てみるが、店頭に並べられている品物はどれもこれも似たりよったりで面白味がない。

時代の流行はモダァン、科学、進歩であるのに、ここでは十年前に来ても、恐らく十年先に来ても変わらない品物が並べられているに違いない。

ようやく摑《つか》みかけたイメージが日常に汚されてしまいそうで、うんざりし始めた私の足が、ある一角に吸い寄せられ、ぴたりと止まった。

薄暗い空間に、埃《ほこり》を被《かぶ》った江戸時代辺りの日用具と思われる和簞笥《わだんす》や、錆《さ》びた薬罐《やかん》や、色の剝《は》げた、あるいは細工が破損した小さな仏像が並んでいる。大きな錦蛇《にしきへび》の剝製《はくせい》もあった。まるで屑屋《くずや》の物置だ。

何度となく浅草寺に通っていたのに、こんな所には気づかなかった。余りにつまらない物ばかりが陳列してあるから見落としてしまっていたに違いない。しかしその日だけは、その一角が大いに怪しげな光を放って、往来の注目を集めていたのだった。

人形……。

木製の陳列棚らしき物の最前列に、おそらくフランス製のものだろうと思われる人形が一つ、ちょこんと座っていた。

私の目はみるみる彼に引きつけられ、釘《くぎ》づけになっていた。

孔雀《くじゃく》の羽飾りのついた真っ赤な鍔広《つばびろ》の帽子を被り、鼻を中心に顔の左右を対照に白黒にくっきりと塗り分けた不気味な化粧をしている。

白黒に塗られているのは顔だけではない、フリルの袖《そで》から見える左右の手も白黒だ。その黒く塗られた右手にはフルートを持っている。

着ている服もこれまたグロテスクな代物だった。

首と袖口に青い透明なフリルのついた悪趣味とも思える様々な色の混じった斑《まだら》の上着は、爬虫類の革をなめしたものらしくザラザラとした鱗《うろこ》の跡があった。その下には丁度サァカスの道化師が着るような提灯《ちょうちん》パンツ、これまた斑のタイツ、先の鋭く尖《とが》った靴。一目見ると道化師のようだが、どうも印象がしっくりこない。

だから私はますます近寄って、彼の顔を食い入るように覗《のぞ》き込んだ。

瞳《ひとみ》は三日月形に歪《ゆが》み、赤いルージュを引いた口元の口角がつり上がっていた。笑っているようだ……。しかし確かに表情は「笑い」なのだが、人形の心が笑っていない。それどころかハッキリと悪意が感じられる。これが笑っているのだとすれば、憎い相手を殺した後の殺人鬼の笑い、人を欺いた後の詐欺師の笑いであろう。

いや……もし悪魔が笑うとすればこんな風だろうと思わせる。

それほど邪悪な、見る者をうそ寒くさせる笑いだ。

白黒の化粧が強い夏日を反射して網膜を刺激する。それに合わせて彼の笑い顔も陽炎《かげろう》のように揺らめくのだった。

しごく奇怪な印象であった。フランス人形といえば、女子供の遊ぶ可愛いだけの代物だと思っていた私は、その異様さに息を呑《の》んだ。

余りにも不快すぎて注意を逸《そ》らせなくなるということがある。

私は、ふらりと吸い寄せられるようにその人形を手に取ると、うす暗い店内で熱心に本を読んでいる黄色いベレー帽の男に呼びかけた。

「親父さん、これは？」

黄色いベレー帽の男は、ひょいと顔を上げた。詩人のような高い鼻と薄い唇を持った五十代後半の男だった。どこか異国風の上品な顔立ちだ。男はやおら私の横に歩みよると真鍮《しんちゅう》縁の眼鏡を上げた。

「はいはい、この人形こそは、キリスト教の高名な悪魔祓《ばら》い師が『ハーメルンの笛吹き男の魂を封じ込めた』という、因縁の人形ですよ」

そう言うと、男は奥の棚から取り出した書状らしき物を私の目の前に広げてみせた。

「鹿鳴館《ろくめいかん》に通っていたドイツの貴族が持っていたものですよ。こちらがその由来書。ほらここに、封印を解くなと書いてあります。封印といいますのは、これですよ。これを外してしまうと、大変なことになります」

そのかすように言うと、男は彼を裏返し、衣装をたくし上げた。彼の背中には、丸に囲まれた六芒星《ろくぼうせい》、さらにTという英文字が刻まれた銅板が打ちつけられていた。

それは私を不思議な気持ちにさせた。はからずも私の名前の頭文字であったからだ。

「人形自体はフランスのアンティークドールというやつです、二百年近く前のものです。なかなかのものです」

覗き込んだ私を見て、彼は一層顔を歪めて笑った。

やぁ、ボンジュール

囁《ささや》き声が耳元に聞こえた。

「どうです？　お持ち帰りになりませんか？」

耳元で、再びかどわかすように言った店主に、「こんな気味の悪い人形は要らないよ」と断りかけた時、やにわに背後から現れた黒いソフト帽の老人が、ひょいと人形を取り上げた。

「ほう、ハーメルンの笛吹き男か……。あれはなかなかに不気味な物語ですよ」

私は、突如現れた無礼な老人を観察した。

ポマードで撫《な》ぜつけられた頭、チャップリンのような白塗りの顔、先でくるりと巻いた長いイタリア風の口髭《くちひげ》に燕尾服《えんび》——おかしな出で立ちだ。横に長身の美少女が寄り添っている。

「ハーメルンの笛吹き男って、あのハイカラな童話の本にあった話でしょう？」

少女が訊《たず》ねた。

「そうそう、あれだよ、ほら、この人形を見てみなさい。なかなかに雰囲気がある。これはいいねぇ」

そう言われた少女の方は、人形を見るなり顔を顰《しか》めた。

「気味が悪い……。いえ、この人形はよく見れば綺麗《きれい》だけど、私は好かないわ」

「そうかい？　しかし私はこれを買うことに決めた。どうやら、こちらのお客人は気に食わない様子だからね。親父さん幾らです？」

老人が店主に話しかけると、店主は満面の笑みを浮かべた。

「ええとこれは、そうですね、八十円にしておきましょう」

「八十円⁉　随分と高価ですね。まぁいい、今日は手つけを置きましょう。明日残りを持ってきますよ」

「はいはい、結構でございますよ」

店主が愛想よく頭を下げた。

ムッシュ、いいのかな、私を買わなくても？

ぎくりとして私は彼を見た。

彼の方も私を見ている。「早くしろ」とせき立てているようだ。

私は一瞬、躊躇《ためら》ったが、妙な老人に横取りされるのも小癪《こしゃく》にさわる。そわそわと考えている内に、なんだか無性に買わなければならないような気がしはじめた。

「いや、私が買うよ親父。どうだい八十五円出そう」

私は思い切って言った。

「八十五円⁉ どうします、そちらの方は」

店主がソフト帽の老人を窺《うかが》う。老人はがっかりとした様子で「八十五円じゃあねぇ」と肩を竦《すく》めた。

「決まりだ、そら八十五円」

私は、買い付けのために持ってきた金を全てはたいて店主に手渡した。

「これは、有り難うございます、それじゃあ人形をお包みしましょう」

店主が薄笑いを含んだ声で言った。

「いいから、箱と由来書だけをくれ」

奥から箱と由来書を持ち出してきた店主の手から、それをふんだくるように取り、私は足早に電車の駅へと向かった。

よかったね、ムッシュ

耳元で声がした。

「なにやらうまく乗せられたような気もするが……。もしかすると、あの老人はサクラだったのかも知れないな……」

相変わらずちらちらと揺らめいている彼の笑い顔を、私は見つめた。

大した散財だ……。それにしても、つい依怙地《いこじ》になってしまった。

しかし確かに、よく見ればいいかも知れない。異装、洋装は昨今の流行だし……。

うむ、なんとも言えずグロテスクで魅力的だ。昨今の時代にはうける怪人かも知れぬ。

私の胸の呟《つぶや》きを聞くと、彼はますます愉快気に肩を揺すって笑ったようだった。

ちり――ん　ちりん　ちりん

風鈴、ええ風鈴。

赤、青、黄色の塗料で花火、金魚、西瓜《すいか》、ひまわりなどの絵が描かれた色鮮やかな風鈴が揺れている。小路から出てきた風鈴屋の屋台が、私と並んで歩き出していた。

風鈴屋の前には、青年将校の一団が規則正しい革靴の音を立てて行進していく。

道端に座り込んでビー玉をしていたり、ゴザの上で紙人形を着替えさせていた子供達が、わっと立ち上がった。風鈴屋が目当てか、青年将校達が目当てか、ぞろぞろと物珍しげにこちらに駆け寄ってくる。

「やぁ、こんなところで偶然だね」

子供らの円陣がほどけた場所に、逆光の人影が立ち上がった。

「何かを考えていたんだね？　夢中な顔をしているよ。その様子ではいい事を思いついたようだね」

ちり――ん　　ちりん　　ちりん

風鈴、ええ風鈴。

西に傾き始めた日差しが、みるみる軒を、道を、風鈴屋を、子供達を真っ赤に染め上げた。

第一章　魔笛

1

わたくしですか？

わたくしの名前は田中誠治《たなかせいじ》と申します。一年前までは上野《うえの》の尋常《じんじょう》小学校の教師をしておりました。祖父の代から生まれも育ちも上野でございます。私の生まれた家から、ちょいと上を見上げますと、丘の上にある立派な博物館や美術館や、美術学校、音楽学校、図書館、動物園などがよく見えたものでございます。

私が小学校の頃、美術学校の講師をしていた父は月に一度、給金日になると、私を動物園に連れて行ってくれたものです。

ええ、聖上陛下様と父母の愛に包まれて、実に平和な毎日を送っておりました。のんびりと過ごして、気がつくと大人になっていたというような次第でございました。

ところが、あの震災です。

ええ、あの震災ですよ。

恐ろしいほどの火が轟々《ごうごう》と燃え盛って、下町一帯を赤い舌でなめ尽くしていったあの日です。

町が地獄と化してしまったあの時に、それはそれは恐ろしい巨人が現れたことを、ハッキリと覚えております。

貴方《あなた》、あの当時東京にいらっしゃったのですか？

ああ、そうですか……。

じゃあ貴方も、見たことはございませんか？

あの恐ろしい巨人を……。

私は瓦礫《がれき》と炎の中を彷徨《さまよ》い父母の姿を捜しながらも、どうにもその巨人のことが恐ろしゅうございました。どういうわけか、その巨人は、私をじっと付け狙って、後ろからついて来るのでございます。

そうして、私が気を許した瞬間に、ひょいとその手を伸ばして、私を捩《ね》じり潰《つぶ》そうと狙っているようでございました。

下町が恐怖におののいていた三日の間。

夕暮れになりますと、巨人の体がぴかぴかと光り輝き、それはもう不気味でございました。

十メートルもあろうかという巨人の全身が真っ赤に染まっていたのでございます。今でもあの、残忍な笑いを浮かべて、逃げまどう私どもを眺めていた、赤い巨人の姿を忘れることが出来ません。

あれは一体何だったのでございましょう？

もしかすると、地面を揺るがした悪魔が地獄から這《は》い出て来て、燃え盛る下町の様子を眺めて楽しんでいたのかもしれぬと思うのです。

私の家は豆腐のように捩じれ崩れ、一階部分がぺたんと潰れて平屋のようになっておりました。たまたま外出していた私は難を免れましたが、両親はその下でいっぺんに圧死いたしておりました。

一人ぼっちになってしまった私がその次に住んだのは、上野駅のほんの近くだったと記憶しております。

上野駅と言えば今でこそまぁ、五百台も自動車の入る大広間を持った、出入口が五つもございますクリィム色の大殿堂になりましたけれど、当時は日本鉄道のごく小さな、瓦《かわら》屋根の駅でございました。

私は、世話を焼いてくれる親戚《しんせき》の勧めで見合い結婚をし、そこで新居を持ちました。夫婦仲は極めていいほうで……ええ。

それから三軒目の家が、今のコンクリィトのアパァトです。

引っ越したのはいつでしたっけ……。

確か去年？　いえ二年前？　いえいえ……。

もっとずっと昔のことだったかも知れません。

本当に最近はこういうことが多いのです。申し訳ありません。

どういうことですって？

物忘れですよ、昔のことは今でも目に浮かぶように思い出せるというのに、最近のことになるとついぞ駄目なんです。

例えば、五つ六つの時に通った駄菓子屋の婆さんの顔なんぞは目をつぶっても描けるほどに鮮明に覚えておりますが、昨日のこととなると、食べたご飯のおかずとか、いつに目覚めたかというようなことまでもが、指の間から砂が零《こぼ》れるように、ぽろぽろとこの耳の穴から漏れ落ちていくのですから、情けないことでございます。

人間年を取ると物忘れが激しくなると聞いてはおりましたが、これほどとは思いもよりませんでした。

そのような訳で、貴方様にもご迷惑をおかけしておりますが、何分ご容赦下さいませ……。

ある日、気がつくと私ども家族のアパァトの前に、それこそ上野駅の大広間ほどもある工事現場がございました。

金網でかこった現場の中には、骨格だけの骸骨《がいこつ》標本のような建物が突っ立っておりまして、その周りでグロテスクな機械どもが昼夜徘徊《はいかい》しております。

土管や木材などが遠近《おちこち》に堆《うずたか》くつまれ、辺り一帯を包む光がぼんやりと明滅を繰り返しておりました。

どうやらあれらは息をしているようなのです。どうにも気味の悪いものでございますね……。

ところがそういうものに限って子供は喜ぶものでございます。

ご存じでございましょう？

昨今の子供が鉄やコンクリィトのことをどれだけ好きか。

どういうことなのでございましょうねぇ？

子供らに訊《たず》ねますと、なにやら木や紙で出来た自分達の家よりも立派だからということでございました。

一体、誰がいつの間に、鉄やコンクリィトのほうが木や紙よりも立派などと教えたのでございましょうか？

誠に不思議なことでございます。そしてどうにも不吉なことでございます。

そういうわけで案の定、アパァトの前の工事現場には、工事をしている時間外になると金網の破れ目から侵入した子供達が蟻のように散らばって遊んでいたのでございます。

がらごろがらごろがらごろがらごろがらごろがらごろがらごろがらごろ
がらごろがらごろがらごろがらごろがらごろがらごろがらごろがらごろ
がらごろ

重たい石の車輪が回っているような音がします。

あの音です。

あの日から何度となく耳の側で鳴り続けているあのサザエに似た機械の音がしたので、私は目を覚ましました。

その目覚めは、暗闇の中に突然ともった光のようでした。

ちょうど、赤子に初めて意識が生まれた時のようです。

最近は夜半に目を覚ましますと、特にそんな感じなのです。

昨日まで私が何者だったのか？

どのような意志を持って生きていたのか？

人間なのか？　違うのか？

記憶というか意識というか……そういうものが、ついぞ失《う》せてしまっている時が多いのでございます。

虚《うつ》ろに見開いた目の先には、竹細工で組まれた四角い電灯がありました。中で、小さな黄色い光がぼんやりと灯《とも》っています。

蛾が一匹、その僅《わず》かな光に寄り添うように止まっておりました。茶色い目玉が羽の先についておりました。

それを見て、ようやく私は自分にも目玉がついているのではないか？　と思ったのです。

あった、あった目玉があった。

そこで目玉だけを動かして左右を見ますと、あの忌まわしい灰色のコンクリィトの壁じゃありませんか。

灰色——ああ、なんて嫌な色でございましょう?

灰色といいますのは、特別に嫌な色でございます。

どう他の色と違って特別なのかと申しますと、例えば赤ですと情熱的であるとか、青ですと理知的であるとか、他の色には色のもつ様々な人格といいますか、何かこう、人に親和感を覚えさせる性質のようなものがございます。

ですが、灰色、あの色にだけはそういうものが一切ございません。あのように無表情で、むなしい色が他にあるでしょうか?

ともあれ、その灰色の壁の左手には柱時計がかかっておりました。右には窓があって開いておりました。それ以外に特に見えるものはありません。

実に静かです。余りに静かで静けさが降り積もり、相当の重さになってしまっているように感じられました。

実際、体は被《かぶ》さってくる静けさのせいで圧迫され、硬直して動きませんし、徐々に息をするのもままならなくなってまいりました。それに、喉元《のどもと》に何か丸い異物がつっかえているようなのです。

いいえ、つかえているのは胸元だったでしょうか?

そうすると私は突然、恐ろしくなってまいりました。

この頭の混濁した状態は何であろう？

何故、手足が動かないのであろう？

一体、自分は何者なのであろう？

ふとそんな事を疑問に思い始めますと、もう限りなく不安が増幅して止まらなくなってまいります。

私は少しずつ苦しくなってくる呼吸を整えながら、自分が何であるのかを懸命に自問自答いたしております。

そうしてようやく得た答えは奇妙なことに、

「私はラムネの瓶だ」

という答えでございました。

おおよそとんでもない勘違いでございますが、夜半に目覚めた寝ぼけ頭の考えたことでございますから、そういうこともあろうとお察し下さい。

ところで、ラムネの瓶を見たことがありますか？

ラムネの瓶です。

本当にその時の私は、自分をラムネの瓶と勘違いしても可笑《おか》しくないほどにラムネの瓶に似ていたのです。

私がどういう風だったかといいますと、こんな具合でした。

私という半透明な容器の中に、少し括《くび》れて細くなったところがあって、そこにきらきらしたビー玉が嵌《は》まっていたのです。

そうあの子がよく弄《もてあそ》んでいたビー玉です。それで胸元が苦しかったのです。

納得がいって、私はとにかく私を息苦しくさせているビー玉を外に押し出すことにしました。そこで思いっきり空気を吸い込んで吐き出してみることにしたのです。

その途端、耳をつんざくような悲鳴が響きわたりました……。

どうやらそれは私の声のようでした。

悲鳴は、ひとしきり周囲を賑《にぎ》やかにしたかと思うと、吸い取り紙のような静寂の中に吸収されてしまいました。

そうするとまた更なる静寂が、ますます濃度を増した重たい静寂が、いっそう悪意を持って私のことを襲ってまいったのです。

毛穴の一つ一つから体内へと侵入してこようとするのです。

毛穴から入った毒物が毛細血管に入り込み、血管を通じて心臓へと回ろうとするその一歩手前で、私は酷《ひど》い焦りに襲われ、再び大きく息を吸い込んで吐き出しました。

また悲鳴が聞こえました。しかしすぐに静寂の中へと吸収されてしまいます。

本当にぞっといたしました。

気がつくと、私はもう狂ったように、何度も何度も悲鳴を上げ、その度に重たくなっていく静寂に胸を押さえて這《は》いずり回っておりました。

そうして柱時計がかかった壁のところに背をもたれて気絶していたようなのです。

次に気がつくと、紫色に浮腫《むく》んだ自分の足の先と手の先が見えました。

私はその時になってようやく、自分はラムネ瓶ではなく人間なのだと気づいたのでございます。

目を擦《こす》って辺りをきょろきょろと見渡しますと、部屋の状態はそう変わった風ではありませんでしたが、たった一つ違っておりました。

窓のところにちょこんと一人、小人が腰かけていたのです。

ええ、小人です。

小人といってもサァカスによくいるいかさまの小人ではないのです、本当に私の指の先から肘《ひじ》までの背丈しかないような小人です。

その小人はハーメルンの笛吹き男でした。ええ、笛を吹き鳴らして、村から大勢の子供達をさらってしまうあの男です。

確かに、黒く塗られた小人の右手にはフルートが握られておりました。反対側の左の手は真っ白です。その上、男の顔は、鼻から右側は真っ黒で左側は真っ白なのです。ちょうど鼻を中心にくっきりと色が変わっておりました。頭には、孔雀《くじゃく》の羽飾りのついた真っ赤な帽子を被っています。

笛吹き男の服にしてもそれはそれは奇怪でした。それというのが首と袖口《そでぐち》に青い透明なフリルがついておりまして、様々な色の混じった斑《まだら》の上着なのです。その下には丁度ピエロが着るような提灯《ちょうちん》パンツ、これまた斑のタイツ、先の尖《とが》った靴を履いています。

そうした小人が、私を見て、にたにたと笑っていたのです。

私は幻を見ているのではないかと思って、血が出るほどに目の玉を擦ったのですが、窓際の小人の姿は消えることはありませんでした。

一体どうしたことでしょう？

もしかすると私はこの世ではない場所に落とされたのではないか？

そんな不安感が津波のように押し寄せてきました。

すると困惑している私に、笛吹き男が語りかけて来たのです。

コノヨウナ不幸ガオ前ヲ襲ッタノハ悪魔ノ仕業ト思ッテイルダロウ？

「不幸？　不幸とは何のことです？」

ホラホラ、オ前ノ子供ノコトダヨ。

「子供？　私の子供のことですって？」

ソウサ、アノ石ノ彫像ニナッテシマッタ哀レナ子供サ、ノミデ彫リ起コシテヨウヤク現レタアノ子供ノコトダヨ。
がらごろがらごろがらごろがらごろがらごろがらごろがらごろ
がらごろがらごろがらごろがらごろがらごろがらごろがらごろ
がらごろ

またあの音が響き渡りました。

ああ、そうです！

何故、私はすっかりそんな大事なことを今まで忘れてしまっていたのでしょう？

そうです、あの子です。あの死んでしまった可哀想な子供です。

そうすると、笛吹き男は片手を挙げてもがくような姿勢を作りました。

私はそれを見るなり、ひいっ、と叫んで顔を覆い隠さずにはいられませんでした。

コンクリィトの中から出てきたあの子の姿そのままだったからです。

今度はいたたまれぬ悲しみが私の胸中に押し寄せてきました。体の中から髪の先までもが、ぶるぶると細やかに震えだし、止まらなくなったのでございます。涙や鼻水や涎《よだれ》が一気に噴き出して、私は畳を叩《たた》きながら泣き叫びました。

「あの子を返せ！　あの子を返せ……！」

返ス訳ニハイカヌ。オ前ガソンナ目ニ遭ウノハ、因果因縁ノアルコトト承知ダロウ。

「何ですって？　いったいどんな因果因縁があるというのです？　教えて下さい、そうすればこの悲しみも少しは和らぐかも知れません」

……本当ニ忘レテシマッタト言ウノカ？

「何をです？　何を私が忘れてしまったというのです？」

オ前ノ犯シタ恐ロシイ人殺シサ！

人殺し？　なんて奇怪なことを言いだすのでしょう。私は「人殺し」という言葉を聞いて驚愕《きようがく》し、首を激しく横に振りました。

人殺しなどトンでもないことです。

そんな記憶はいっこうにありません、人殺しどころか私は飴《あめ》の一つも盗んだことのない、自分でいうのも何ですが、御近所の人からも真っ正直な人間と言われている男です。

それが人殺しですって？　何か酷い勘違いをしているとしか思えません。

「人殺しなんて、天地神明に誓ってしたことなどありません、そういう貴方《あなた》は何か思い違いをしているのです」

　何⁉

　本当ニオ前ハ忘レテシマッタトイウノカ？

　笛吹き男は意外な様子で、ひどく驚いた声を上げました。

「覚えていないも何も、私がそんな大それたことをしたはずがありません」

それを聞くと、笛吹き男は腹立たしげに首を振り、立ち上がって地団駄を踏みました。

私は恐ろしくなって、「知りません、知りません、本当に知らないんです」と必死の思いで叫びました。

　知ラナイダッテ？　ナル程、オ前ハ脳病ヲ患ッテイルカラ、
ソレデ記憶ガ変ニナッテシマッタノカモシレナイ、
ダガ、思イ出スンダ、オ前ハ人殺シナノダ、過去人ヲ殺シテイル。
ソレヲ忘レテシマウトハナンタルコトダ、
サア、思イ出スンダ。
「きっと貴方が言っているのは、私によく似た他人です。それを私と勘違いしているので

す」

　イイヤ、田中誠治、オ前ダヨ。オ前ガ殺シタ。

　私ははからずも笛吹き男の口から出た私の名前で、自我の意識を取り戻し、慄然《りつぜん》といたしました。

　そうです、私は田中誠治です。

　小人が私の名前までも知っているということは、どういうことなのでしょう？

　私すら忘れていた私の名前を知っているのです。

　いや待てよ、何故私は自分の名前を忘れてしまっていたのだろう？

　そんな大事なことを忘れるなど、笛吹き男が言うように病気に違いない。

　それでやはり記憶が変になっているのだろう。

　すると私が人を殺したことも本当かも知れない。

　もしかすると昨日、いや一昨日、私は人を殺したのではないのか？

　ただその事実も、自分の名前を忘れていたように、忘れてしまっているのではないのか？

　私はまず手始めに昨日のことから思い出してみようといたしました。

空白

頭の中は真っ白でした。やはり、相当に何もかも忘れてしまっているのです。

ドウダ？　思イ出シタカ？　思イ出セ、思イ出セ、思イ出セ、

三人ダ、三人コロシタノダ、何故忘レルノダ！

アア、思イ出シテクレ、思イ出セ、思イ出スンダ、思イ出セ、思イ出セョォォ……

笛吹き男は悲愴《ひそう》な声で、呪文《じゅもん》を唱えるように私に訴えかけております。

本当に懸命に、私が記憶を取り戻すことを願っているようなのでございました。

あれは芝居で出来るような様子ではございません。間違いなく、私は真実を告げられているのだと、その時、確信いたしました。

ですが、人殺しだなんて……。なんと恐ろしいことでしょう。私はもう、とんでもない自責の念に駆られ、頭を畳にすりつけて叫びました。

「すいません、すいません、申し訳ありません、本当に思い出せないのです。もしかすると私は、貴方が仰《おっしゃ》るように、殺人を犯したのかも知れません、いろいろと思い出せないことが多いのですから……。いえ、貴方がそうまで仰るには、そうに違いがありません。ですから、どうか、貴方こそ私に教えて下さい。いかなる経緯で、私がそのような恐ろしい

罪を犯したのか、いったいどなたを殺してしまったのか、そうして、それがあの子の死とどう関係があるのか、そういうことを詳《つまび》らかに教えて下さいませんか？」

イイヤ、ソレハ教エルマイ、オ前ガ自ラ思イ出サナケレバ何ノ価値モナイコトダカラダ。

ソウシテオ前ノ殺シタ者達ニ誠心誠意、罪ヲ償ワネバナラナイコトダカラダ。ソレガドウシテモ思イ出セナイナドトフザケタコトヲ言ウノナラ、オマエノ周リニイル者ヲ手当タリ次第ニ地獄ノ底ヘ連レテ行クコトダッテ私ニハデキルノダ。手始メニ冥界《めいかい》ニイルオ前ノ息子ヲ、地獄ノ底ニ案内スルカラソウ覚悟スルノダ。

私はもうその言葉を聞くと、体から全ての血の気が失《う》せてしまったように慄然としたのでございます。

なんて恐ろしいことを言うのでしょう、あれほど死ぬ時まで苦しんだあの子を、再び地獄に連れていくなんて！

可哀想で可哀想で……ああああああ可哀想で……。

気がつくといつの間にか、笛吹き男の姿が窓から消えておりました。

慌てて窓の外を見ますと、今度は身の丈が大きくなった笛吹き男が、暗闇の中を工事現場に消えていくところでございました。

これは大変です。

このまま取り残されたら、どうしたらいいというのでしょう。

もう少し詳しい話を聞きたくて、私は部屋から飛び出し、笛吹き男の後を追いました。

外では野犬が物騒がしく吠《ほ》えておりました。

工事現場には人夫達が食べ残した残飯などを目当てに、よく野犬がたむろしてくるのでございます。

わおぉ――う　わおぉ――う

と、本当に誰を呼んであれほど犬どもは吠えるのでございましょう？

時には犬同士で小競り合いをしている唸《うな》り声ですとか、ゴミを漁《あさ》り、引きずるような音も聞こえてきておりました。同時に、松虫ですとか鈴虫ですとか、他にも名も知らぬような虫達が辺りの草むらの陰で音楽を奏でております。耳の中が音で隙間無く埋まってしまう程に騒がしい夜でした。

ところが突然、その騒がしさがぷっつりと消えたのでございます。

不意に再び訪れた重たい静寂の向こうに、じっと耳をすましておりますと、真っ暗な辻《つじ》の向こうの、さらにもっと真っ暗な所へ、異国の暗い裏道につづくトンネルかと思われるところへと、ぐんぐんと引きずりこまれそうになりましたので、私は腰を落として踏ん張っておりました。

そうしていると、一陣の風に乗ってフルートの音が、工事現場の奥から聞こえてきたのでございます。

私は笛吹き男が呼んでいることを知りました。

そして昼間、子供達がしているように、工事現場の金網の破れ目から中に入ったのでございます。

巨大な鉄の昆虫どもは寝静まっておりましたので、奴らを起こさないようにこわごわと足を忍ばせて歩きました。

ああ、あれは本当に危険な奴らなのです。昼間はおとなしく主《あるじ》に仕えておりますが、主がいなくなると突然、凶悪な本性を発揮いたします。それで私のあの子も、あのような目に——。

ああ……あの子、可哀想に……。

私は震災で家族を失いましたから、本当に地震というものがおそろしゅうございました。木造の家はすぐに潰《つぶ》れる、コンクリィトの家は地震にも丈夫だ、そう聞いたから、あの子が生まれた時にはすぐにコンクリィトの家に越したというのに！　そのコンクリィトに塗り固められて死んでしまうなんて！　なんと皮肉なことなのでしょう。

あの子を殺した、あのサザエに似た昆虫も息を潜めて眠っておりました。私は格別の用心で、その灰色の体の横を通り抜けたのでございます。

やがて私の目の前に、不気味な鉄で出来た骸骨《がいこつ》標本が現れました。

それは私が知らぬ間になんと高くなっていたことでございましょう。ずっと先が天に延びてお月様に突き刺さらんばかりでございました。その姿はまるで、お月様に向けられた巨大な刃《やいば》のようだったのです。

この鉄の骸骨の上に、コンクリィトを塗り付けて、また嫌ぁな灰色の塔を作るつもりなのでございましょう。

どうしてあのような物を人間は作り始めたのでしょうか？

起きて半畳、寝て一畳でございますものを……。

瓦葺《かわらぶ》き屋根の小さな家に住んでいて格別不自由もございませんものを……。

バベルの塔を作って神様から罰せられた物語を忘れたのでございましょうか？

今にあんなものが、この日本中のあちこちに建って、恐ろしい機械の昆虫どもが動き回るのでございましょう。

それにしても、私の子供だけがその罰を受けたということは、やはり私の犯した罪が災いしてのことだったのでしょうか？

私は骸骨標本の真っ暗な内部へと足を踏み出しました。

実に暗うございました。そうして大きゅうございました。お月様の光に照らされた鉄骨の側面だけが、濡《ぬ》れたようにキラキラと光っておりました。

丁度、その場所の中心まで来た時だったと思います。私は、悲鳴を上げて腰をぬかさんばかりに驚いたのでした。

何故かって？

死体です。見るもおぞましい程に腐乱しきった死体が三体。ごろん、と転がっていたのです。

三つとも男の死体だと思います。けれど、よくは分かりません。顔も崩れ果てて、本当に酷《ひど》い有り様でしたから。

私は狼狽《うろた》えました。

だって、そうでございましょう？

どうして突然、あんなところに死体が転がっているのでございましょう。

事故があったとか、人が死んだとか、そういう話は一向に聞いたことがございません。

なのにその死体ときたら、もう何日も前から其処《そこ》に放置されて、腐ってしまっているという様子だったのでございます。

鼻を突くような臭いも致しました。

ひょっとすると、あれが私の殺した死体なのでしょうか？

え？　本当に死体かですって？

ええ、間違いがありませんとも。何しろ、その辺にあった棒きれでつついても、石を投げても、ピクリとも動かなかったのです。

それどころか、石のあたったところから、ずぶりと腐った肉の音を立てて膿《うみ》が飛び出したのでございます。間違いなく腐乱死体でございました。

私はもう、一層わけが分からなくなって、わめきながら工事現場を飛び出し、家の中で布団を被《かぶ》って朝まで震えていたのでございます。

そうして次の日、お日様が昇るようになって工事が始まるのを、ずっと見ておりました。ところが変なのです。人夫達は何事もない様子で仕事に精を出しておりますし、騒ぎがあった様子もございません。

どういうことなのでございましょう？

やはり笛吹き男が恐ろしい魔術を使って、私の罪を告発しているのでしょうか？

だとしたら一体、私が殺したというあの三人の男は何者なのでしょうか？

本当に私は、何をしてしまったのでしょうか？

それを調べて頂きたくて、今日はこうして参った次第でございます。

刑事さん、どうか……どうか、私をお調べ下さい。

2

田中誠治は、いがぐり頭から滴ってくる大量の汗を拭《ぬぐ》いながら、食い入るような目で馬場《ばば》刑事を見つめていた。

馬場は昨年、警視庁防犯課部長に配属されたばかりであった。以前は一課（殺人事件捜査課）の第一線で奔走していたのだが、昨年の奇妙な事件――花魁弁財天《おいらんべんざいてん》事件――を解決したかどで、防犯課部長に栄転したのである。

奇異な事件には免疫があるはずの馬場だったが、それにしても田中の訴えは常識を外れすぎている。馬場はふうっ、と大きな溜息《ためいき》を吐き、机の上に置いてあったゴールデンバットを手に取った。

全く、こっちの方がどうしたらいいか、教えてもらいたいもんだ……。

この日、田中は朝一番に防犯課に訪ねて来るなり、出勤してきた職員を片っ端からつかまえて、何度も同じ話を繰り返していた。既に馬場自身も二度、同じ話を聞いている。しかもそれが、まるで記録文書を読んでいるかのように、一言一句同じなのだった。

余りに荒唐無稽《むけい》な話に、馬場は呆気《あっけ》にとられたが、今年と同様、去年の九月にも、一昨年の九月にも同じような内容を訴えに来ていたと、仲間達から聞かされた。

田中は防犯課の名物男なのだった。

馬場は苛立《いらだ》ちを紛らわせようと、大きく煙を吸い込み、吐き出した。柔道選手のようながっしりした体軀《たいく》を背凭《せもた》れに預けると、木製の椅子が小さく悲鳴をあげる。

「田中……。さっきも言った通り、俺は部下を調査に行かせた。確かに、お前の言う通り、ベランダで不審な指紋が採取されたんだが……。まあ、今後の調べは、こっちに任せろ。

「結果は追って連絡する」

部下の話では、隣の住人が深夜、田中の部屋をベランダから覗《のぞ》いている人影を目撃していたということだ。窓硝子《ガラス》とベランダの手すりから不審な指紋が一つ、採取されている。誰かが深夜、田中のベランダに潜んでいた事実には間違いがない。

だとしても、ハーメルンの笛吹き男などという童話の中の怪人が現れたなど、頭の固い馬場でなくとも信じられない話だった。大方、深夜に侵入しようとした物取りに怯《おび》えて、妄想したことに違いない。

馬場は渋い顔で机に肘《ひじ》をつき、ひしゃげた大きな鼻から青白い煙を吐き出した。

近頃の不景気で、帝都のあちこちで盗難や空き巣が頻発していた。

一日に三十件近い盗難やスリの届けが出ている中で、空き巣未遂ごときに何時間も関わっていたのでは、効率が悪くて仕方ない。しかしいくら邪険に扱っても、田中が食い下がってくるので、仕方なく身元引受人を待つ間、馬場は取り調べと称して田中と向き合っていたのだ。その間にも再び田中の話が始まり、終わった。この分では、三たび同じ話を聞かされそうだと溜息をついた時、取調室のドアが叩《たた》かれた。

田中の身元引受人がやってきた様子だ。

やれやれ、待ってたぜ……。

立ち上がって取調室を出た馬場は、山高帽に羽織袴《はかま》、ステッキを両手に持ち、シャンと背筋を伸ばして長椅子に座っている恰幅《かっぷく》のいい老人の姿を見た。その途端、馬場も思わず背筋を伸ばして軍式の挨拶《あいさつ》をしていた。

その老人は、馬場が兵役を務めていた頃の上官・永山《ながやま》大尉であった。

永山は下級兵士の面倒見もよく、加えて人柄が高潔なところから人望があった。『義人・もののふ』という言葉を絵に描いたような男として、馬場も尊敬していた上官だ。外地の寒い冬に、永山から酒を差し入れてもらったり、懐炉を譲ってもらった記憶が蘇《よみがえ》った。

「これは……お久しぶりであります、永山大尉。以前三十二連隊でお世話になりました、馬場上等兵であります」

長い白眉《はくび》に縁取られた翁《おきな》の目に、温かい光が宿った。

「おお、君か、馬場君か。兵役を終えても国家に尽くしているらしいね。実に感心だ」

「驚きました、永山大尉。いや、現在の階級は何であられますか？」

永山は、まだ壮年だった頃の男くささが残っている笑顔を見せた。

「もう退役したよ。最終階位は中佐だ。七年前に現役は退いた。さあ、そう硬くならずに、横に座りたまえ」

「はっ」

短く返事をして、馬場は永山の横に腰を下ろした。

手柄の数から言えば、大佐や少将になっていても奇怪《おか》しくない永山であるが、上級武官になる為の政治的な采配《さいはい》に疎かったのだろう。並の出世だ。だが、それもまた永山らしかった。

「失礼ですが、田中誠治とはどういうご関係でありますか？」

馬場が、厳《いか》めしい顔で訊《たず》ねた。

「関係……と言っても、親戚《しんせき》縁者という訳ではないんだよ。私が朝鮮に駐屯していた頃に、彼が兵役で部隊にいたんだ。田中君はね、言わば君の後輩というわけだよ。たまたま住まいが私の近くでね、色々と彼の事情を知っているので、身元引受人になったという次第だ」

「そうでありますか、それは失礼しました。ところで、田中誠治が妙な事を言っておるのですが……」

するとと永山は苦笑を浮かべ、

「ああ。普段はいたって問題はないんだが、毎年この時期になると、発作が出るんだ。迷惑をかけて済まないが、二、三日もすればおさまるので、私に引き取らせてくれたまえ」

「分かりました。しかし、田中は、いつ頃から病気を患ったのでありますか？」

「三年前だよ。当時、六つになるご子息が事故で亡くなってね。子煩悩な田中君にとっては随分辛《つら》い体験だったんだろう」

「事故？」

「それが酷い事故でね」

永山は眉間《みけん》に深い皺《しわ》を寄せて、表情を暗くし、

「田中君の住まうアパァトの前に、外地の兵隊達が使うアルミの水筒や弁当箱などを作る為の工場が建つ予定なんだが、そこで田中君のご子息が事故にあったんだ……コンクリィトミキサーだよ」

と、低い声で呟《つぶや》いた。

「コンクリィトミキサー……でありますか？」

「ある日、工事が休みだったにもかかわらず、大型のコンクリィトミキサーが作動しっぱなしで放置されていたんだよ。工事現場で遊んでいた田中君のご子息は、土管の積み荷の上から足を滑らせて、そこに落ちてしまったんだ」

馬場は、田中の話を頭の中で反芻《はんすう》しつつ、しばし考え込んだ。そう言われてみれば、そんな人身事故があった記憶が微《かす》かに残っている。当初、殺人事件の疑いをもたれて、一課も捜査に参加したのだ。

「ああ……あの事故ですか。担当ではありませんでしたが、覚えております。なるほど、田中の話にある、『がらごろがらごろ』というくだりと、『サザエに似た機械』というのは、そういう意味だったのですね。しかし……コンクリィトミキサーが作動しっぱなしとは、なんとも不用心な話じゃありませんか」

「無理な工事日程から過失が出たようだ。この不況で人足を削減した事情もあってね」

永山は額に深い縦皺を寄せて、痛ましげな溜息を吐き、

「当時、『工事現場で子供がいなくなった』と言うんで、町内の者で手分けして捜したところ……ミキサーの中に、子供の手の先が僅《わず》かに出ているのが見つかったという次第なんだ」

「手が僅かに……」

奇妙な風体をした『笛吹き男』――それが天に片手を突き出して藻掻《もが》いている姿が、馬場の脳裏にふと浮かんで、消えた。

馬場は思わず、ぶるりと体を震わせた。

その間も永山の話は続いていた。

「……ミキサーを止めて引き上げてみると、息が止まってかなり時間が経過しておったんだろう、顔も紫色に変色して、とても助かりそうもない状態だった。それでもなんとか最善の処置をと考えて、私が懇意にしている陸軍病院の方に運んだんだ。なにしろ、国で最高の医療設備を整えているからね……。だがやはり、息を吹き返すことなく死亡した」

「……わが子のそんな姿を見てしまっては、あのようになるのも当然かもしれませんね」

「全く辛い話だよ。田中君は子煩悩と評判だったからねえ。三十五歳になって初めて授かった長男だったということで、随分とね……。彼は、以前から子供会の役員で、よく近所の子供らを集めて遊びに連れて行ったりなどしてね。子供がなにより好きな男なんだ。小学校の教諭になったのも、子供が好きだからという事だった」

「教諭……でありますか？　調書によると、田中は運送関係の仕事をしているとか」

「うむ。田中君は兵役時代に、物資の輸送班長をしていたんだ。非常に忠義心の厚い真面目な人柄でね、奉公姿勢も優等だった。よく横流しなどをする不逞《ふてい》の輩《やから》が多い中で、彼の隊だけは一切そういうことがなかったよ。

その後、彼は教職に就いたのだが、ご子息が亡くなって以来、飲めもしない酒を毎日あびるように飲むようになってね、それは大変だった。アルコォル中毒になってしまってね。それを注意したら、教壇に立って同じ年頃の子供を見るのが辛いと訴えるので、私も考慮して運送関係の仕事を紹介した次第なんだ」

「そういう事情があったのですか……。それは永山中佐殿も大変であられたでしょう。退役なさった後まで、部下のことを案じ、面倒をみられる姿勢に頭が下がります」

「何を言ってるんだい、馬場君。当たり前じゃないか。過酷な戦地で同じ釜《かま》の飯を喰《く》った仲なんだ」

永山は一流の謙虚さで、照れたように笑った。

「田中誠治の人柄については、よく分かりました。ああなってしまった経緯も……。ですが、ベランダに小人がやって来て、してもいない殺人の告白を迫るなどとは、奇々怪々な妄想を見るものです」

「ご子息がなくなったのが、丁度昨日なんだ。それで、責任感の強い田中君は、ご子息の死を自分の犯した殺人のように感じるんだろう」

「なるほど、それで納得がいきました。九月一日というと、震災の日でもありますね。両親を震災で亡くした田中にすれば、我が子と両親の命日が一度に来る訳で……ショックも大きいのかもしれません。ところで、田中は巨人がどうのというようなことも言っていましたが」

「ああ、そのことか……。震災の時には、気味の悪い噂や、不穏な流言飛語が広まったりしたからね」

そう言って、永山は険しい表情で咳払《せきばら》いをした。

馬場も嫌な記憶を蘇らせて、無言のまま俯《うつむ》いた。おそらく二人の脳裏に過《よ》ぎった記憶は同じものであった。

「震災の折は田中君も、町の自警団の一員として防犯などに活躍してくれていたんだけれどもね」

煩わしい奴と思っていたが、聞けば気の毒な男だ。それに永山中佐の知り合いということなら、絞ってやることもあるまい。

馬場はそんな事を思いながら、取調室の中から不安そうにこちらの様子を窺《うかが》っている田中の姿を一瞥《いちべつ》した。

「田中のことは、連れ帰って下さって結構です。それにしても、工場での事故が多くなったものです。このところ工場……特に軍需工場の事故が頻繁で、我々も困っております」

「民間の工場は、不況で設備投資をなおざりにするから事故が多いんだよ。しかし、軍の場合は事情が違う。需要に生産が追いつかないのだよ。それに、軍事科学の向上促進は国策でもあるから、新しい試みも多い。急を要する分、安全対策の方が万全と言えないこともある。技術者不足だから、多少経験の少ない者でも雇い入れているようだが、それでも追いつかない。……そういう意味では、田中君もご子息も、国の尊い犠牲者だ」

馬場の言葉を軍部非難ととったのか、永山は顔を曇らせて答えた。

そういうつもりのなかった馬場は慌てて言葉を継いだ。

「いいえ、その辺の事情は、よく存じております」

「そうかね？」

「はっ」

3

馬場刑事が奇妙な話に翻弄《ほんろう》された、その二日後——。

九月四日。帝都に、悪夢のような誘拐事件が発生した。

上野下町一帯から児童三十名が忽然《こつぜん》と姿を消してしまったのである。

続く五日未明、不気味な猟奇事件の幕開けを告げるかのように、台風が帝都に到来した。

未曾有《みぞう》の激しい雨と雷が帝都を撃ち、洗い流した。

ようやく台風が去ったのは五日の午後だった。

九月六日早朝。谷中《やなか》、天王寺《てんのうじ》――。

新米僧侶《そうりょ》の寛永《かんえい》は、朝焼けの空を恨めしげに見上げながら、ひと気のない墓地の中を寺の裏手へと歩いていた。そろそろ彼岸前ということもあって、ほかの新米僧侶三名と共に、墓地の草刈りを命じられたのである。

寛永は鎌とずだ袋を持って、天王寺の裏手にある古い墓地に向かっていた。

墓地が不気味なのは、何も夜だけに限らない。早朝の墓地も夜に劣らず気味が悪い。

ひび割れた墓石の群、またその湿気た石面に生えた青苔《あおごけ》、ざんばらとした枝葉を揺らす柳、粉っぽい線香の残り香――これらの荒涼とした景観が、朝の白々と涼しい空気の中にあるのを見れば、誰もが心底身震いするような、おぞましさを感じるだろう。

夜の恐怖は想像の中にあるが、昼の恐怖は現実の中にある。白日の下で、足元に白骨が埋まっているのを実感する。

――いや、それだけならば、まだいい。

ここ数年、谷中墓地では毎月のように、首吊《くびつ》り死体が出ているのだ。今や墓地は自殺の名所で、あれこれと気味の悪い噂が囁《ささや》かれていた。その為、昼、夜なしに近所の住人でも近寄ろうとしない。

寛永はまだ実際の首吊り死体をその目で見たことはなかったが、先輩格の僧侶からその惨《むご》たらしさについてはよく聞いていた。

なんでも、首吊り死体ほど惨たらしい仏はないという話だ。

鼻汁と涎《よだれ》にまみれた顔は鬱血《うっけつ》して二倍近くに青黒く膨れ上がり、目玉が飛び出、喉元《のどもと》から押し出された舌が、胸の辺りまで長く垂れ下がるらしい。

寛永が不気味な想像を頭によぎらせた時、柳の枝々に止まっていた不吉な鳥の一団が、けたたましい咆吼《ほうこう》を上げた。

この様子では、辺りの木の枝に、ぶらりと一つぐらい、ソレが下がっていてもおかしくはない。

出来れば、そのたぐいのものの発見者にはなりたくなかった。

そこで寛永は、目的地に達すると、ひたすら地面から目を離さぬようにして、鎌で草を刈り、側に置いた布袋の中に放り込むという作業を無心に続けた。

ざくり、ざくり

と、鎌の音だけが早朝の墓地に、異様なほど大きく響いた。

汗だくになり、作務衣《さむえ》の袖《そで》をたくし上げながら、腰を落としたままの姿勢で草刈りを続けていった寛永の目の前に、いつしかお地蔵様の影が伸びていた。

はて？　こんな墓地の真ん中にお地蔵様があったっけな？

少し不思議に思いながら、なおも地面を見つめたまま移動すると、また一体。

進んでいくと……また一体。

はて？

内耳を刺激する奇妙な振動音が聞こえてきた。

寛永が恐る恐る視線をあげると、黒っぽい霞《かすみ》がむらむらと墓地の間に湧き出ているのが見えた。霞は、膨らんだり細くなったり変形を繰り返しながら、帯のように続いている。うそ寒い思いで目を凝らした寛永は、それが蠅の大群であることに気がついた。

蠅の群は、墓石としだれ柳の間にずらりと並んだ地蔵尊に向かって突進し、その体にびっしりとたかっている。地蔵尊は、体に群れる黒い虫によって、不気味に膨れたり縮んだりしていた。

「ひゃあ」

寛永は悲鳴をあげて、尻餅《しりもち》をついた。

こんな場所に、こんなに沢山の地蔵尊など、数日前までは無かったはずだ。

この蠅の大群はなんだろう。狐狸《こり》の仕業だろうか？　しかし……。

寛永の目は小さな地蔵に、釘《くぎ》づけになった。

蠅どもが手足をこすりながらはい回っている地蔵の体には、手足が無かった。土色にむくんだ小さな顔、その額の皮がべろりとめくれ、どす黒い色を覗《のぞ》かせている。

余りの気味悪さに吐き気がした。水子供養のための地蔵かしらと頭の隅で思った。何故ならその地蔵がお河童《かっぱ》頭だったからだ。


いや……これは。

地蔵の鼻孔から数匹の蝿が飛び出してきた。その瞬間、手足が打ちふるえた。

これは……子供だ！


その時、寛永は初めて、墓石の間にぽつり、ぽつりと立っていた他の地蔵尊も、手や足を切られた子供達であることに気がついた。

めきめきと音をたてて眉間《みけん》に血管が浮き上がり、目玉が飛び出るほどに充血して見開かれた。

這々《ほうほう》の体《てい》で墓地を逃げだし、寛永は天王寺にかけ込んだ。

その連絡を受け、警察が駆けつけると、泣きわめき、狂乱する子供達の親や、興奮した野次馬で、谷中の墓地は地獄絵図さながらの状態となった。

後に警察が発表したところによると、無くなっている腕が左右あわせて二十三本、足が左右あわせて十二本、胴体が三つ、頭が二つ。

人体の欠損部分は、その日の捜査では見つからなかった。

翌九月七日、警視庁宛《あて》に封書で、切り文字の怪文書が送り届けられた。

怪文書の内容は、「自壊のオベリスク」。差出人はTとのみ記されていた。

4

八日。雨が刺すように降っている。

頭上のコウモリ傘が、雨垂れに叩《たた》かれて、もの騒がしい陣太鼓のように馬場の耳に鳴り響いていた。

馬場の心中は穏やかでなかった。

児童の誘拐殺人事件が三面を賑《にぎ》わしている最中に、谷中の西・四原《しはら》にある研究所の一部が、火災によって焼失していた事が分かったからだ。

谷中墓地の西には有名な巨大看板があり、その付近に四原の研究所は建っている。陸軍免疫研究所が、津田悟《つださとる》理学博士に提供していた施設だ。

火災はその研究所の実験室を焼き尽くしていた。実験室以外が無傷であったのは、どうやら五日の未明から降りだした大雨が、自然に火事を鎮火させたせいらしい。

——この火災現場が確認されたのは、六日の午後。

つまり、重要な国家施設の一部から出火したにもかかわらず、一両日の間、発見出来ずに、放置されてしまっていたのだ。研究所近辺に人家や建物がないのに加えて、出火当日から翌日にかけての台風で雨戸を閉めている家が多く、火の手が目撃されなかったためである。

問題はそればかりではない。

当日、研究所にいたはずの津田理学博士と、二人の助手が失踪《しっそう》していた。

津田博士は、米国エール大学で客員教授として二年間を過ごした天才であったため、『博士の失踪は国家頭脳の損失である』として、事態が憂慮されていた。

四原研究所は陸軍施設であったから、事故調査は陸軍の与《あずか》りであった。

だが、誘拐殺人と研究所の出火、どちらの事件でも、馬場が部長を務める防犯課の責任を問う声が、警視庁内で高くなっていた。

部長に任命されて一年余り。なのに、ここにきて前代未聞の失態続きだ。この状況では、『馬場の指導に欠陥あり』と指摘されても、返す言葉もない。

情けない……二重のヘマだ！

こうなったら、何がなんでも汚名を返上しなければならない。

日はすっかり落ち、家々から漏れる灯も疎《まば》らだ。

台風は去ったというが、まだ天候が不安定なので、雨戸を閉めている家も多い。

荒い風になぶられた木立が、不穏なざわめきを立てている。夕暮れの赤紫に包まれた上野公園の高台に、雨に洗われて真新しい色になった西郷隆盛《さいごうたかもり》像が、街灯に照らされてぼんやりと浮き上がって見えている。

馬場は公園の坂下で、ふと足を止めた。

勤皇の志士たる西郷隆盛は、馬場が尊敬する人物だ。父親が鹿児島の出身なので、幼い頃からその偉業をよく聞かされていたせいに違いない。

春には連日花見客でごったがえす上野の山だが、夕暮れになると肌寒い風が吹くこの季節には人影も疎らである。とりわけ、今日は格別に寒々しい。

一人ぽつねんと佇《たたず》む西郷の像は、心なしか寂しげだった。その姿に心を打たれたというわけでもないが、馬場の足は静まりかえった公園の中へと向かっていった。

風雨の中、事件の被害者となった子供達の家に聞き込みに回った為に馬場の靴は泥だらけになっていたが、どの家の証言も事件を解決するのに役立ちそうなものではなかった。

とにかく、「学校から帰って、遊びに出かけたと思っていた子供が、帰ってこなかったのだ」と泣きわめくばかりだ。よくよく話を聞いてやっても、「親子ともども、恨まれる事はしていない」の一点に、結局話は落ち着いてしまう。そうして、「早く子供を殺した犯人を逮捕してくれ」と、怒りと悲しみの矛先を馬場に向けてくる。

犯人を逮捕したいのはこっちとしても山々だが、何の手掛かりもないのだから、どうしようもないのだ。子供の遺体を確認に、入れ替わり立ち替わり警察に押し寄せる親達からも、嫌と言うほど同じ話を聞かされていた。

意外に親などというものは無責任なものだ……と、馬場は思う。説教をする時は、あたかもしたり顔をするが、その実、子供が普段何処で何をしているかなど、満足に把握していないのだ。

恨まれる覚えはない……だと？　その台詞《せりふ》、俺の方が言いたいぐらいだ。

なにしろ、去年の奇怪《おか》しな「神隠し事件」に続いて、今度は「大量誘拐事件」だ。

新聞の奴らは、子供の誘拐を主題にした童話「ハーメルンの笛吹き男」をもじって、「笛吹き男が帝都にやって来た」などと面白可笑《おか》しく書き立てやがるし……。

俺もよくよく厭《いや》な目に遭っちまうよな。恨まれる覚えなんぞないのによ。

と、そこまで考えて、馬場はひとつ咳払《せきばら》いをした。

無責任な号外が昨年の弁財天の事件を引き合いに出すものだから、自分も少し苛立《いらだ》っているようだ。もともと気の長い性質ではないが、この所とみに怒りっぽくなっている自分に気付く時がある。

防犯課に配属された馬場が扱う、強盗や放火といった事件は、この一年間というもの、増加の一途を辿《たど》っている。九月初めの市社会局の発表では、東京市内での屑《くず》拾い生活者が二万一千百人に達したというから、それも無理はない。

馬場は転属した当初、「強盗は無作為に強盗に入る」という、当たり前の事実に戸惑いを覚えたものだった。

殺人課で扱っていたような、動機の推測といったような考えは通用しない。単なる欲望、思いつきによる短絡的な事件がほとんどだからだ。

弁財天の事件でひとつの地獄を目にした馬場だったが、それは一部の特権階級特有の精神的堕落なのだと自分の中で位置づけていた。しかし世情を見ると、腐敗しているのは一部の特権階級だけでもなさそうだ。

帝都では犯罪が横行していた。それも、ある日、突然普通の市民が犯罪者に変貌《へんぼう》するような事件が少なくない。

一体、誰を守り、誰をつかまえればいいのか分かったものではない。

繊細な男であれば、とっくに信念を喪失していたことだろうが、馬場という男は至って俗っぽく単純に出来ていたから、少しは助かっていたと言える。

自分はあくまでも公僕として、民間人を守るのだという意志は不変であった。

いや、公僕たるもの、そうであらねばならぬ。

まして、今回の事件の犠牲になったのは年端もゆかぬ子供達なのだ。

悪鬼のような犯人を防犯課が、いやこの俺が、とっつかまえてやる。

共同捜査をしている一課に先をこされてたまるか！

馬場は泥にまみれた己の靴に視線を落とし、歩みを速めた。

それにしても……と、馬場は呻吟《しんぎん》する。


一人や二人のことではない、三十名もの子供が一時にいなくなったにもかかわらず、手がかりも目撃証言も出てこないとはどういう事だ……。

これだけの人数を一時期に拉致《らち》した手際から考えれば、ただの愉快犯や変質者の仕業ではあるまい。目的を持った犯罪集団の仕業と見るのが妥当だ。

だが、それにしては身代金を要求することもなく、子供達を殺してしまったのは不可解だ。

死体をわざわざ墓地に並べて置いたことも、気味が悪いばかりだ。

しかも、少しずつ手足を切り取って……となると、もはや常軌を逸している。

それに切り取った手足は、何処へやったのか？

馬場は、鼻をつく硫黄《いおう》の臭いに似た腐敗臭と、墓石の間に並べられていた子供達の死体を思い出して身震いした。深夜の墓地に出向いて、自分達が殺した三十体もの死人を一つ一つ墓石の間に置いていくなど常套《じょうとう》の思いつきでは無い。一種の儀式殺人ということも考えられる。なんにしても、犯人は悪魔のように残忍な輩《やから》である。

送られてきた怪文書は、犯人からのものなのか？

犯人からだとすれば、犯罪者の頭文字はTということになるが、「自壊のオベリスク」とは、どういう意味なのか？

雨のせいで視界が霞《かす》んでいた。錯節の緑の垣根に守られた変化無い緩慢な坂道が、ひたすらくねくねと細く細く、最後には薄墨色になって消えていく。

次第に馬場は、途方もなく複雑な迷宮に飛び込んだような錯覚に襲われて、足を止めた。後ろから、二人連れを乗せた人力がガラガラと音を立ててやってきていた。やがて通りすぎざまに、水たまりの泥水を勢いよくはね上げていったので、馬場は刑事特有の鋭い目で睨《にら》みつけた。

人力車夫は慌てて顔を逸《そ》らし、足を速めて去った。

田中誠治の言うことなどあてにはならないが、これではあの西洋の童話ばりのカストリ話が実際に起こったと言わんばかりじゃないか……。

……待てよ、田中も頭文字がTではあるな……。

馬場は仏頂面をさらに顰《しか》めて、上着のポケットからゴールデンバットを取り出し火をつけると、ため息とともに煙を吐き出した。

はぁ……

紫色の煙が、秋の大気の中に溶け出していく。

ここ数日の間の目まぐるしい日々を頭の中で反芻《はんすう》しながら、馬場はゆっくりと煙草を吸って暫《しば》くのあいだ思案した。

「ハーメルンの笛吹き男が深夜に訪れて、身に覚えのない殺人の罪を告白しろと迫った」と、田中誠治が荒唐無稽《むけい》な証言をした二日後に、上野近辺から三十人もの子供が一時に誘拐され、谷中の墓地で切り刻まれた姿で発見されるという怪事件が起こった。

とはいえ、冷静に考えると、「田中の妄想に今度の事件を解く鍵《かぎ》が隠されている」などという都合のいい話があるとも思えない。

だが、こうなれば溺《おぼ》れる者は藁《わら》をも摑《つか》むだ……。

馬場は、やおらその足を田中誠治の住むアパァトに向けた。

膝《ひざ》から下は、もうずぶ濡《ぬ》れだった。

俺は警察官だ。国体と国家の防衛の為に、国に奉公しているのだ。

確かに今は政治も分裂し、軍部も内部衝突している。

しかし、それも臣民として、それぞれに国家の安泰を懸念しているからこそなのだ。

歩きながら、馬場は自分の警察官としての立場を確認するように心の中で呟《つぶや》いた。

花魁弁財天での事件以来、馬場はとりつかれたように公務に走り回ってきた。端から見ていても、むきになって仕事をしていた感がある。

いつか聞いた警視総監の言葉が馬場の脳裏に蘇《よみがえ》っていた。

「花魁弁財天での事件のことは胸三寸に止《とど》めておくように……」

「この度のことは残念であるが、事件は国家の重要機密の一端であり、これが露顕することがあってはならない。軍のとった行動も一部に不行き届きがあるにはあるが、長期の目で見た国益の為には、現行、多少の犠牲もやむなしといった窮状に我が大日本帝国は立たされているのが事実だ」

——あれは誰が言ったのだろうか？

警視総監だったか総監室に同席していた陸軍のお偉方の一人《ひと》が言った言葉だったか、その時、酷く緊張していた馬場には分からなかったが、それも道理だと感じた。

そうだとも……余計なことは考えんでいいのだ。

雨が一層激しくなった……。

馬場は狭い額に深い皺《しわ》を寄せた。

花魁弁財天の事件の後、突然、殺人課から防犯課の部長に自分を任命した上部の意図がよく分からない。一応は栄転と言えるが、別の意味で言えば一線を退かされたわけだ。

栄転は口止めの為、異動はあれ以上問題に立ち入らせない為の配慮であったのだろうか。

真実、花魁弁財天での事件を「国益の為のやむなき犠牲」であるとするなら、自分もそのままにしておいてもらいたかった。

奇妙な後ろめたさが付きまとう……。

その後ろめたさに追いつかれぬように、馬場は足早に歩いた。やがて、迷路のように感じられた公園の木立が切れ、真っ直ぐな道に出た。

上野のゆるやかな長い坂道を登りきると、眼下には、木立に囲まれた簡素な二階建て住宅がぽつぽつと見え始めた。

そう、こんな風に、信念を揺るがせずに歩き切れば、迷路はいつか終わるはずだ。

5

田中誠治の住む鶯谷《うぐいすだに》は、人家よりも空き地や雑木林がずっと多い、寂しい住宅街だ。上野公園や美術学校の錚々《そうそう》たるヨーロッパ風ビルヂングが背後に見えなくなる頃に、田中の住むアパァトが見えはじめた。

高層四階建てで、ベランダもついている。最新モダァンの住宅だ。

田中の証言通り、そのアパァトの前には鉄条網で囲まれた広大な工事現場があった。夜だというのに、物々しい工事音が響いている。何度か事故が続いて工事が中断している間に、施工主の工場が倒産したが、最近軍がもらい受けて工事が再開されたということだった。

それにしても大きい。

城砦《じょうさい》のような巨大な工場が建つに違いない。

馬場はそんなことを思いながら、田中の住むアパァトの玄関に足を踏み入れた。中に入ると硬いコンクリィトの壁に拒絶された靴音が、慌ただしく建物の内部に反響した。

田中が言うところの「嫌な灰色」に囲まれたその四角い建物は、確かに牢獄《ろうごく》のような冷たさと圧迫感をもっていた。

二階の三号室に田中の部屋はあった。

蛍光灯で照らされて、青白く光っている廊下の奥から二番目の部屋だ。部屋の扉が僅《わず》かに開いている。

日本、さくら、満州は蘭よ、
支那《しな》は牡丹《ぼたん》の花の国
花の中から朝日がのぼる
亜細亜《アジア》よいとこ、たのしいところ。

ラジオの音が漏れている。「大陸の子供の歌」だ。

「田中誠治、いるか？　警視庁の馬場だ」

馬場は扉の隙間からのぞき込み、低い声で呼びかけたが、中から応答はなかった。

馬場は音を立てないよう、静かに扉の隙間を広げた。扉の横は台所だった。磨き上げられた鍋《なべ》がコンロの上に置かれているが、長い間料理をした気配はない様子だ。

入ってすぐに六畳ほどの居間がある。中央に食卓がある。

その脇に戸棚。棚の上に、音量、電源、周波数を合わせる三つボタンのある木製のラジオが置かれていた。黄色い子供の歌声が、箱の中から響いていた。

あの子に、この子、亜細亜の子供、
みんなほがらか、元気よし、
助けあいましょ、仲良くしましょ、
亜細亜よいとこ、たのしいところ。

ラジオの上には、三天皇の御影が並んでいる。

居間の配置は何処の家庭でも寸分と変わらぬのだな……。そう思いながら、音を立てぬよう慎重に扉の隙間から体を室内に滑り込ませた馬場は、足元を見てぎょっとした。

子供の靴……。

それも運動靴から革靴、サンダルにいたるまで大量の子供靴が、半ば散乱しているといっていいような乱雑さで、玄関先に山積みされている。

靴箱の上にも夥《おびただ》しい数の子供靴がある。失踪《しっそう》した児童達のことが頭を掠《かす》め、たちまち嫌な予感が全身を駆け抜けた。

「田中！　いるんだろう！　返事をしろ！」

凄《すさ》まじい剣幕で怒鳴りながら部屋に上がり込み、襖《ふすま》を勢い良く開け放った。

その瞬間、馬場は、さらに思いがけないものを見て息を呑《の》んだ。

電灯の消えた薄暗い部屋の中に、ベランダを見つめる田中誠治の、丸まった背中があった。その背中が小刻みに震えている。

馬場の目は、田中の背中越しに見えるベランダに釘付《くぎづ》けになった。

一体、これは何だ！　あの化け物は何なんだ！

ベランダには朦朧《もうろう》とした光が宿っていた。光の中に、この世のモノとは思えぬ異装の男が両手を広げて立っている。

窓いっぱいに妖《あや》しくたなびく市松模様のマント、羽飾りのついた赤い鍔広《つばびろ》の帽子の鍔元からは、射るような眼光が田中に注がれていた。

体中が凍りつきそうな冷たい瞳《ひとみ》だ。

瞬間、空を細く駆けた稲光を反射して、怪人の姿が不気味に青白く輝くと同時に、左腕に握られている血まみれの肉切り包丁が白銀の鈍い光を放った。

馬場は足元から震えが押し寄せてくるのを感じた。

「貴様！　警察だ動くな！」

悲鳴のようなうわずった声で、馬場は叫んだ。

怪人の冷たい瞳が馬場を捉《とら》え、血のように赤い唇が呪文《じゅもん》を唱えるようにゆっくりと開いた……。

どおん

鼓膜をつんざくような轟音《ごうおん》と閃光《せんこう》が空に走った。

甲高い怪人の声が、轟音によって、かき消えた。

何と言ったのか分からなかった。

いや、聞き取ることを馬場の本能が拒絶したのかも知れなかった。

視界が一瞬白く輝いた時に、するりと長く部屋の中に伸びてきた笛吹き男の影が、巨大なコウモリの姿だったことに、馬場は我が目を疑った。一瞬、くらりと目眩《めまい》を感じた。

こいつは魔だ。人間じゃない！

馬場の狭い額には厳《いか》めしい皺《しわ》が寄り、目玉が真っ赤に充血した。

「動くな！　逮捕する」

ベランダに突進する馬場をあざ笑うかのように、怪人が宙に舞った。

羽でもついているかのように軽々と浮かび上がり、空中でバク転したかと思うと、次の瞬間には、視界から消えてしまっていた。

いかにも鮮やかで、人の業ではなかった。

馬場は、田中の肩を突き飛ばし、がむしゃらにベランダに駆け寄って窓硝子《ガラス》を開けた。

鋭い目で、怪人の姿をどしゃ降りの外に追う。塀に囲まれた細い裏路地が続いている向こうに、ちらりと市松模様のマントが見えたように思えたが、すぐに闇が幕を引いた。

くそうっ。なんて足の速い奴だ！

目の前で殺人鬼を取り逃がしたことに加え、一瞬の恐怖から己の足が竦《すく》んだという事実に、馬場は激しい憤りを自分自身に覚えた。背後で、ひきつった息の音がしていた。

「おい、田中！」

振り返って名前を呼んだ馬場の声に、田中誠治の眉《まゆ》がぴくりと動いた。そろそろと瞳が持ち上げられ、夢から覚めたように、きょとんと田中の目が瞬《しばた》いた。

「どうしました？　刑事さん、どうして此処《ここ》におられるのですか？　いつの間においでになったのでございますか？　まるで神業のようでございますよ。ああ、そうだ、死体のことでございますか？　それとも私の犯した殺人のことでございますか？　それは申し訳ありません。ですが、もうそのことはいいのでございます」

田中は脱魂してしまったように機械的に呟《つぶや》き、馬場に歩み寄りながら何度も頭を下げる。

馬場は田中の肩を乱暴に摑《つか》んで揺さぶった。田中の体は、揺さぶられるまま、クラゲのように、ぐにゃぐにゃと揺れた。

「おい、何を寝ぼけたことを言ってるんだ！　今のは何だ？　今ベランダにいた奴は誰なんだ？　あれがハーメルンの笛吹き男か？」

田中は、それを聞くと信じられないという様子で目の玉を丸く見開き、馬場の角張った顔に急接近した。

「何ですって？　刑事さんアレが見えたのでございますか？　そんな……そんな……それは真《まこと》に奇怪《おか》しゅうございますよ。ええ、妙ですとも……。永山中佐殿が、教えて下さいました。『ハーメルンの笛吹き男は実在しないのだ』と。『アレは私の頭の中に住んでいる悪魔なのだ』と……。なのに、刑事さんまで、アレが見えたとおっしゃるんですか？　どういうことなのでございましょう……。私の頭の中から、ハーメルンの笛吹き男が飛び出してしまったのでしょうか？　それとも、私の頭の中にいる笛吹き男が『見える』とおっしゃる刑事さんも、私の頭の中にいる方なのでしょうか？」

どうやら田中は、自分が幻を見ているのだと思い込んでいる様子だった。

警視庁にハーメルンの笛吹き男のことを訴えにきた時の、何かに取りつかれたような瞳の色は、すっかり色褪《いろあ》せてしまっている。

馬場は苛立《いらだ》ち、口から泡を飛ばした。

「しっかりしろ！　俺はお前の頭の中にだけいる人間なんかじゃない、現実にいるんだ。ハーメルンの笛吹き男もだ。今、俺は確かに奇妙な奴があのベランダに立っているのを見たんだ。お前もだろう？　あれがハーメルンの笛吹き男なんだな！」

田中は、まだよく事態が飲み込めていないという様子で力なく頷《うなず》くと、馬場に向かって震える手を差し出した。紙が握られている。

細長く四つ折りにされた便箋《びんせん》であった。

馬場は紙切れをひったくり、乱暴に開いた。


子供達ハ、イタダキマシタ。

真ニ有リ難ウゴザイマス。

ハーメルンノ笛吹キ男

手紙は印刷された切り文字を、貼って並べたものだった。大小文字が不均等な上に、最後の「タ」の文字の上に細い線が入っている。

神業的な誘拐手際の割に、いかにも稚拙で粗雑な文面だ。警視庁に送られてきた怪文書も全く意味不明であったが、却《かえ》ってその事は、事件の不気味な本質を物語っているように感じられた。

「これは、さっきの奴がお前に渡したのか？」

はい、と小さく言って、田中はまたおじぎをした。


なんてことだ……。本当にハーメルンの笛吹き男は存在したんだ！

馬場の背中に、何筋もの冷や汗が流れた。

まさか『ハーメルンの笛吹き男』が現実に存在しているとは、思いもよらなかった。田中の病の発作による妄想だろうと考えていた。だが、ただの与太話と思っていた田中の話の中には、どうやら本当の部分もあるようだ。だとすると……。

最初、田中が警視庁に来た時に、少しでも話を真剣に聞いてさえいれば、三十人もの子供が誘拐され、殺されるのを未然に防げたかも知れない……。

誰だ！

馬場が自分の迂闊《うかつ》さに、ぎりぎりと歯ぎしりをした時、玄関でガタンと物音が響いた。反射的に全身が総毛立った。

「田中君、いるのか？」
嗄《しわが》れた老人の声であった。
「永山中佐殿です」
田中がほっとしたように言った。
確かに永山だった。永山は馬場の姿を認めると、意外な顔をして、入って来ようとしていた足を止めた。

「馬場君……どうしたんだ？」

「田中に聞きたいことがあって、寄ってみたのです」

「職務質問かね」

田中は無言で頭を縦に振った。

「どうしてだね？　もしかして……君、まさかあの卑劣な誘拐殺人事件のことでかね？　私はよもや田中君を疑っているなんて事はないだろうね。田中君は無関係だ。事件の日に、私は田中君の様子が心配だったので、彼の職場に様子を見に行ったんだ。田中君は朝から元気に出社して、指定の輸送物資をちゃんと先に届けていた。丁度、私が責任者と話をしている間に、田中君が最初の荷降ろしを終えて、帰ってきたんだよ。なぁ、田中君」

田中は再び、無言で頭を縦に振った。

「いや、何も田中を疑ったというわけではありません。笛吹き男のことについて、二、三質問をしようと思っただけで……。いや、そんな事より、たった今まで、笛吹き男が此処にいたんです」

馬場は興奮のためにうっすら汗をかいた額を拭《ぬぐ》った。

「笛吹き男だって？」

「そうです。ハーメルンの笛吹き男です。この田中が見たという笛吹き男ですよ。あれは本当の話だったんです。本官もこの目で、ハッキリと見たんです。たった今、そのベランダに立ってやがったんです。これを田中に手渡して……」

馬場が差し出した手紙を見た永山は、うめき声を上げた。

「そんな……まさか、本当に笛吹き男がいたなど……」

「ええ、驚きました。永山中佐殿は、田中に『ハーメルンの笛吹き男は、頭の中に存在する悪魔だ』と仰《おつしや》られたそうですが」

「その通りだ。全く、そう思っていたからね。田中君の思い込みと発作を少しでも軽くしようと思って、そう説得したわけなんだ」

「ところが、ハーメルンの笛吹き男は、本当にこの田中を訪ねていたんですよ。まさか、本当に犯行が笛吹き男の仕業だったとは……」

いけない悪戯《いたずら》を見つかった子供のように身を竦めている田中を横目で見ながら、馬場は自分でもまだ信じられない事実を確認しながら言った。

「ところで、永山中佐殿は、どうしてここに？」

永山は、ああ……と草履を脱いで、部屋の中に上がり込んだ。

「前の工事現場の新しい監査役に、以前の部下が新しく就任したんだよ。ああそうだ、ほら、馬場君と同期の玉木《たまき》一等兵だよ。それで、いろいろと四方山《よもやま》話などをしておったんだ。その帰りについでにね。やはり仕事を世話した以上は心配だったからね」

「玉木が監査役に……でありますか？」

「ああ、そうだ。彼は随分と出世して、今では大佐になっているよ」

玉木と言えば父親が政治家の、青白い男だった。武闘派の馬場とは相性が悪く、よく対立していた。出世には狡賢《ずるがしこ》い計算が働きそうな男だ。

永山は、白髪の口髭《くちひげ》を撫《な》ぜつけながら、勝手知ったる家のようにつかつかと馬場の横を通り過ぎ、奥の部屋の電灯をつけた。

「ベランダにハーメルンの笛吹き男が立っていただって……？」

低い声で永山が呟くのが聞こえた。

「ええ、そうです」

馬場は明るくなった室内で、目をしばたたかせながら答えた。目の前に広がったモダァンな空間を明るい光の中で見回した時、その部屋の虚《むな》しさが馬場の背筋を凍らせた。

万年床の湿気た臭いがしている。部屋の真ん中には、田中が毎日寝起きしているだろうと思われる薄い布団が敷かれていた。その布団の周りを、面子《めんこ》やビー玉や、パチンコといった夥《おびただ》しい種類の子供の玩具《おもちゃ》類が取り巻いている。さらに新品のランドセルが数個、子供の衣服などが散乱していた。

田中の日々の生活を匂わす物は一切存在していなかった。その寒々しい部屋の様子を、巨大なV字鏡が映している。

「この子供用の物は一体……？」

「それでございますか？　それは私が買ったものでございます」

背中を丸めたまま、申し訳なさそうに部屋に入ってきた田中がそう説明した。

「玄関の子供靴もか？」

「ええ、そうなのでございます。驚かれましたでしょうか？　私、発作が起こりますと、いつもこうなのでございます。何がこうかと言いますと、何やらこう……子供の物が目に留まりますと、手当たり次第に買って、家に持ちかえってしまうのでございますよ。気持ちが落ちつくのですねぇ」

そう言うと、田中は馬場に背中を向け、枕元にあった品々をかき分けて子供の写真と思えるものを取り出し、大事そうに胸に抱いた。

鏡に映った田中の胸に抱かれた写真は、七五三のものらしかった。目のくりりとした愛らしい男児が子供用の上等な水兵服を着て写っている。

永山中佐が、気づかうように小さく咳払《せきばら》いをした。

「時々、ご子息が亡くなったことを忘れるようなのだよ」

なる程……と馬場は頷《うなず》いた。

しかし、それ以上は何も言えなくなってしまった。部屋に漂う膨大な喪失感に共感するには馬場は健全すぎた。といって、それを無視できる程、彼は冷徹な男でもなかった。

居たたまれない思いで、ソワソワとベランダと永山の間を往復し、咳払いをして己の気持ちを整えてから、馬場はようやく田中に質問をした。

「それで、『ハーメルンの笛吹き男』は、この手紙を手渡す時に何か言わなかったのか？」

「……さて、何か言ってたでしょうか？　いいえ、全く覚えておりません。私はすっかり幻を見ているのだと思いまして、頭がぼんやりしておりましたから……。刑事さん、本当に『ハーメルンの笛吹き男』を貴方《あなた》もごらんになったのですね？」

「何度も言わせるな。見たとも、確かにあの窓のところに両手を広げて立ってやがった。手に大きな肉切り包丁を持ってな。第一、お前に手紙を渡したんだろう」

それを聞くと、田中は、ひっと細い悲鳴を上げて、怯《おび》えた子供が頭を隠すような仕草《しぐさ》をした。

「ああ、恐ろしい……。それでは、私はハーメルンの笛吹き男を本当に見ていたんですね。なんてことでしょう。あれが幻でないと知っておりましたら、この手で捕まえてやりましたものを……。あの悪魔！　あの人殺しの悪魔！　あれが私の子供を殺したのです。そうして、私の子供の入った黒い棺桶《かんおけ》を燃やしてしまったのです。そうして又、子供達を殺したのです。あの肉切り包丁で、子供達の手足を切り刻んで殺したのです。ああ……可哀想な子供達。せっかくサァカスを見にいこうと約束したのに！」

田中は突然、逆上してそう叫んだ。

「おい、落ちつけ。肉切り包丁で誘拐された子供達を切り刻んだだって？　奴がそう言ったのか？」

怪人の手に握られていた妖《あや》しく光る包丁が、馬場の脳裏に蘇《よみがえ》った。

田中はうって変わって静かな声で言った。

「いいえ、そのような事を奴が言うわけがございません。けれど、私は見たのです。奴が炎の中で棺桶を燃やしてしまったのを。子供達をバラバラにしてしまうのを。ああ……なんてことでしょう。最初はあの大女がやったことと思っておりましたが、あの女と奴はグルなのでございます」

「なんだって、大女だと？　一体、それは誰なんだ？」

うずくまった田中に詰め寄った馬場に、田中は狂気じみた瞳《ひとみ》を向けた。

「大きな巨人の女でございます。いつも車で松林を抜けますと、木の陰から、ぬっと顔を覗《のぞ》かせる女でございます。顔だけでも私の背丈分ぐらいはある女でございますよ。車のガラス窓一杯に、あの女の顔が広がりますと、それはもう、私はいつも肝が冷えるような気がいたすのでございます。あのような女がいつもあそこにいることを不思議と思っておりましたが、こういう意図があったのでございますね。わたくしが、あいつらの意図を見破っておりましたら、私の子供も皆さんのお子さんも、こんなことにならずに済みましたのに……。昨夜は、そこいらの木の枝がなぎ倒されて、あの大女が暴れましたような風でございました」

田中の言葉は、馬場をたじろがせた。

顔だけでも田中の背丈分もある巨人の女とは、なんとも奇怪な話だ。しかし、現に部屋の中に伸びた怪人の影が、コウモリだったこともある。いや、あれは単なる錯覚だ、マントの影が蝙蝠《こうもり》の羽のように見えたのだ。

馬場は、当惑した青い顔を激しく振った。

背後から、見かねたように永山が口を開いた。

「馬場君、本気にしない方がいい。田中君は発作中なんだ。ご子息の棺桶が燃えたなどというこはないんだよ。ご子息の遺体は陸軍病院に献体されているからね。葬式の時にも棺桶などはなかったんだ。病院に記録されているはずだ」

「献体……？　田中、お前の子供は献体したんだそうだ。棺桶なんぞには入っていないんだろう？　おい、しっかりするんだ」

田中は目を瞬かせて頷いた。

「ええ、そうです。お国の為に献体いたしました。あの子の手や足が灰になるなんて、とても私には耐えられませんから。献体すれば綺麗《きれい》な瓶に入れて、ホルマリンの中で保存して下さるといいますし、それに何よりお国の為に役立てるのですから、ハイ。永山中佐殿の仰っている事は間違いございません。陸軍病院の方々が、ジュラルミンの蓋《ふた》付きの箱の中に入れて、大事に持って帰って下さいました。葬式の時に、棺桶はございませんでした。そう言えば、妻がおりません。妻はあの子の体にすがりついて、絶対に子供の側を離れないなどと言っておりましたから、もしかすると一緒に瓶の中に入ったのでございましょうか？」

今言った舌の根も乾かぬうちに、田中は全く違う事をけろりと言った上に、再び妄想に取りつかれたようだった。

話にならない……。

馬場は舌打ちをして、摑《つか》んでいた田中の肩を突き飛ばすように離した。

その様子を見た永山が、苦笑している。

「まあまあ、そう気を悪くしないでおきたまえ。なんといっても田中君は病気なんだ。とても現状では尋問に応じられないだろう。少し待ってやってくれないか？　いつもなら一週間ぐらいでこのような発作は治まるんだよ。もう二、三日すれば、まともな話が出来るかと思う。そうすれば、私が責任をもって警察に出頭させる。それでいいだろう、馬場君」

仕方がない、と馬場は思った。無理に取り調べをして、余計に錯乱されでもしたら、ようやく手がかりを摑んだというのに、元も子も無くなってしまう。

「田中君、君は気が落ちつくまで仕事を少し休んでいたほうが良い様だ。家から余り出ないようにして、寝ておきたまえ。時々、私が見にきてやろう」

「そうしろ田中、笛吹き男に危害を加えられないように、部下を張り込ませておいてやる」

永山と馬場の言葉を聞くと、田中はたちまち小さな瞳を涙で潤ませて、はぁ、とうなだれた。

6

巷《ちまた》は、怪事件の話題で持ちきりだった。

愛煙家達の吐き出す煙草の煙で白く霞《かす》んでいる朝日新聞の記者室でも、記者同士が顔をあわせると、かの猟奇事件のことを声を潜めて囁《ささや》きあう光景が見られた。

そんな中、花柳界担当の記者・柏木洋介《かしわぎようすけ》は、ぶすりとした顔で黙り込んでいた。挨拶《あいさつ》の時以外、同僚とも口をきこうとしない。

時折、窮屈そうに椅子と机の間を調整し直しては、天然パーマの頭をかきむしり、暗い瞳で万年筆を走らせている。

隣席の本郷《ほんごう》記者は、そんな柏木の様子を観察しながら、会社帰りに銀座のカフェーに誘うことを決めた。気晴らしが必要だと判断したからだ。

一年半前の悲劇的な事件以来、素直と熱血だけが取り柄だった柏木が、人が変わったように自閉的になった。実際、それも無理はない。あれほどに己の無力を思い知らされ、社会の邪悪な断面を見せつけられたなら、投げ遣《や》りにならない方がどうかしていただろう。

そんな心の傷も多少は癒《い》えつつあるかと思っていた矢先に、過去の事件を彷彿《ほうふつ》とさせるような猟奇犯罪の再来である。

見ざる言わざる聞かざるを決め込んでいるようでいても、柏木のむき出しの素肌が傷だらけになっている様が、本郷にはよく分かった。とりわけここ数日というもの、黙り込みが酷《ひど》いのだ。本郷は後輩である柏木の事を腫《は》れ物を扱うように気遣ってきたのだが、それも限界だった。

就業後、柏木と本郷は社のある数寄屋橋《すきやばし》から、地下鉄工事の黄色いプレートが並び始めた銀座の大通りに出た。

柳並木と真珠玉のようなアーク灯を誇る銀座の大通りだが、その夜は閑散としていた。道行く人影も僅《わず》かで、ネオンの瞬きも普段より少ない。

銀座で品性下劣な遊興が蔓延《まんえん》していたことから、警察の猥褻《わいせつ》賭博《とばく》行為の取締りが連日のように入り、小さな店の半分が営業停止となっていたからだ。

尾張町《おわりちょう》の交差点まで来ると、モダァンガールの横顔をかたどる豪奢《ごうしゃ》なネオンチューブ看板がひときわ目立って見える。巨大なカフェー・タイガーの看板だ。本郷の馴染《なじ》み、お京《きょう》の勤める店である。

右にはアポロ、左にはニューワールドといずれも劣らぬ高級カフェーがネオンを競い、その辺りの空だけが、朝焼けのように皎々《こうこう》としていた。

扉を開けると、スロージャズが流れ出してきた。まだ宵の口である為か、客は多くなかった。深夜の喧騒《けんそう》と比べて、女給も客も品よく振る舞っている。

長いカウンターの前を通りすぎ、黒い螺旋《らせん》階段を上りながら、柏木と本郷はいつもの席に座った。

本郷は店をひとしきり見回すと、ソフト帽を脱いで人差し指で回した。

「しかしなんだな、大通りの地下鉄工事は、一体いつになったら終わるんだろう？　こうあちこち騒音だらけじゃあ、情緒もなにもあったもんじゃない。そう思わないかい？　そりゃあ、僕はモダァンは好きさ。でも何もこうまで急いで、西洋の都市のようにしようとしなくとも、我が国には我が国の風流ってもんがあるだろうに」

本郷は地下鉄工事の喧騒に心底嫌気がさしているらしく、柏木に同意を求めた。

柏木は曖昧《あいまい》に笑って、店の中にお京の姿を探した。

客の少なさに比べて、女給の数は多かった。宵の口にもかかわらず、すでに百人近い女給が店内を行き来している。だが、その中にお京の姿はなかった。

柏木の目に飛び込んできたのは、柱に張られた美顔料・レートクレームのポスターだ。「守れ、美の生命線」という謳《うた》い文句と共に、拳銃《けんじゅう》を持った兵士姿の三人の女が描かれている。化粧品の広告までもが、戦意高揚を図っているのだ。柏木は眉《まゆ》を顰《ひそ》めた。

「お京さんは？」

本郷に訊《たず》ねてみる。

「お京の出勤時間はまだなんだ、八時には来るはずだよ」

本郷の言葉を聞いて、柏木は面倒な気分に襲われた。

カフェーの女給は、店からはビタ一文の給金も貰《もら》っていない。その代わり、客からチップを貰って、給金としている。だから馴染みの女がしっかり侍《はべ》っていない席には、見知らぬ女給がすかさず取り入って、愛想を振りまく。本郷には楽しみな事らしかったが、柏木にとってはそれが苦痛なのだった。

案の定、男二人がぽつねんと座っている様子を見て、目敏《めざと》い女給がさっそく注文を取りにきた。本郷はウインクをしながら「アサヒスタウトを二つ」と注文した。

そして、珍しいことに、「もうすぐお京が来るから、席には誰もつくなと言っておいてくれ」と命じた。

女給は、露骨に嫌な顔をして去って行く。本郷が、居心地悪そうにしている柏木に気を回したのだった。

「アサヒスタウトでいいんだろう？　新製品だ。アルコール度数が高くて美味《うま》いと評判だ」

「ええ」

柏木はようやく安心して、上着を脱いだ。ベルベットの椅子にゆっくりと背を凭《もた》せると、沈み込みそうな感覚がある。

「おい、最近また変じゃないか。なんだか日がな一日、ぼうっとしてさ。どうしたって言うんだい？」

本郷がエアーシップを取り出して、柏木に訊ねた。

柏木は返答に躊躇《ちゅうちょ》していた。ここ暫くの間、柏木を白昼夢に誘い込んでいた出来事が、他人に語るには憚《はばか》られる内容であったからだ。

話をすれば、柏木が本当に鬱《うつ》病に逆戻りしたのではないかと疑われるに違いなかった。

しかし、黙っていても、世話焼きな本郷が納得してくれるはずもない。

柏木は覚悟を決め、天然パーマの頭をぼりぼりと掻《か》くと、冷静を装って口を開いた。

「実は……六日ほど前にもここに来たじゃないですか。社の帰りに浅草の神谷《かみや》バーに行って、それからまた勢いがついてここまで戻ってきたでしょう？　その後に妙なことがあったんです」

「うんうん、君はあの日は酷く酩酊《めいてい》していて、無愛想に先に帰ったんだ」

本郷がぬうっと、首を柏木の前に突き出した。

「そうです。その帰り道の事なんです。もっとも、翌朝はどうやって帰ったか記憶もありませんでした。だから、夢かも知れないんですが……」

「なんだよ、随分と勿体《もったい》ぶるじゃないか、僕には言えない話なのか？」

「いや、そうじゃないですよ」

柏木は、九月二日の夜に遭遇した不可思議な一連の出来事を説明し始めた。

7

テンポの速いジャズが鳴り渡っていた……。

一階の席では、客がテーブルの上に五十銭硬貨を積んでいる。コインの山の上に跨《また》がった女給が、くねくねと腰を振りだしていた。

「ギザつかみ」という卑猥《ひわい》な遊びを繰り広げているのだ。

囃《はや》し立てる男達。チークを踊りだす者もいる。

そうした熱気と一緒になって、天井のシャンデリアとフロア中央にある螺旋階段も回っているように見えた。

柏木は酔っぱらった頭を振った。

本郷の膝《ひざ》の上に、肉感的な体を預けて横たわっていたお京が、柏木を指さしながら、

「どうしたの柏木さん、酔っているのぉ？」

と黄色い声を上げた。

その声も耳の中で反響している。黒いドレスのスパンコールが視界に靄《もや》をかけていた。

本郷の陽気な声が聞こえる。

「いやあ、神谷バーでボウイを抱き込んで、電気ブランを七杯も飲んだ後なんだよ。そのまんま帰ろうと思っていたのが、調子づいてしまって此処《ここ》まで来たってわけだよ。おい洋介、酔いが回ってきたんじゃないか？」

言いながら、本郷の視線はお京の襟刳《えりぐ》りを広げた胸元に注がれていた。

「失礼ねぇ、ここに寄らずに帰ってしまおうとしていたの？　最近はお客さんが少ないのに、本郷さんまで私を見捨てるつもりなのぉ」

拗《す》ねたようにお京が本郷から顔を背けた。柏木の舌には、電気ブランの甘ったるさがま

だ残っていた。

「先輩、僕はもうそろそろ帰ります」

「なんだい、もう帰っちまうのかい？　まだまだ子供の寝る時間じゃないか」

そう言われた時には、柏木はすでに椅子から腰を上げていた。急速に酔いが回ってきたことを感じたからだ。

「ええ、また今度ゆっくり……」

生返事をして、螺旋階段の手すりを持った。

足取りが危なっかしかった。階段はいつもより急な勾配《こうばい》に感じられ、吸い込まれるように地面へと落ちていきそうだ。柏木は、よたつく足に注意を払いながら、両手で手すりを摑《つか》み、ゆっくりと階段を下りていった。

思い思いの洒落《しゃれ》た洋装を凝らした女給達が往来するカウンターの前を通りすぎ、カフェー・タイガーの玄関を出ると、銀座尾張町の交差点の上は極彩色の電飾の放射で、オーロラのように輝いて見える。

異国の妖《あや》しげな物売り達がカフェーの客を相手に活動を始める時間になっていた。

黄色い服を着た支那《しな》娘が、車の警笛を浴びせられながら道路を渡ってくる姿があった。

年は七つ、八つというところだろうか？

支那娘は渡ってくるなり出会い頭の柏木に、売り物の花を差し出した。

「十銭、安いよ」

カタコトの日本語で勧めてくる。断る気力もなかったので、柏木は素直に十銭を払って花を受け取った。

そうして、夜風に吹かれつつ銀座の大通りを暫く歩いていくと、ある路地の奥で硝子《ガラス》の割れる音が聞こえた。柏木は立ち止まった。

カフェーとカフェーの間にある細い通りの奥に、いくつかの人影が動いている。

「しまった。聞こえたかな」

「大丈夫さ。酔っぱらいだから分かりゃあしない」

「急いで積み込め」

「割るなよ」

不審な囁《ささや》き声が聞こえた。声の主は少年達だ。年は十二、三から十六、七ぐらいだろう。垢《あか》汚れた服に、敏捷《びんしょう》な動作。路上少年に違いない。めいめいカフェーの勝手口に積み上げられたビールや洋酒の瓶を両手に抱え、背後に止めたリヤカーの中に積み上げている。

「おい、何をしてるんだ」

柏木が声を掛けると、少年達は慌てて瓶を放り出し、リヤカーに駆け寄った。そうして、一目散に車を押しながら逃げ始めた。噂に聞く少年窃盗団だ。

「こら、待て」

柏木は窃盗団を追いかけようと、路地の中に突進したが、そこから飛び出してきた人影と、したたかぶつかった。図体《ずうたい》の大きな柏木はよろめいただけだったが、人影は一メートル近く弾《はじ》きとばされ、地面に突っ伏して暫く動かなかった。

柏木は慌てて倒れている小さな人影に駆け寄り、その体を助け起こした。

「おい大丈夫か？」

大通りから差し込むネオンの灯の中で、大きな瞳《ひとみ》が柏木をとらえた。


しまった……女性だ。


相手が女となると、柏木はからっきし意気地がない。うろたえている内に人影は柏木の手を払って立ち上がり、膝の辺りを何度か払うと、大通りに飛び出した。

街頭に立った後ろ姿。少年のように短く刈り上げたざんぎり頭に白いブラウス、黒いズボンという出で立ちだ。だが、襟元から僅《わず》かにのぞいたネックレスと肩の華奢《きゃしゃ》さは、まぎれもなく少女のものであった。

なんとか気を取り直した柏木は、少女を追いかけるように大通りに出た。

「君、ちょっと待って」

「何、なんか用なの？」

ふてぶてしく振り返った少女を見て、柏木は衝撃を受けた。透けるように白い肌をした、幼な顔の美少女だったからだ。年頃は十五、六だろうか。

「き、君はさっきの少年達の仲間なのか？」

「そうならどうかして？」

外見に似合わぬ鼻っ柱の強さでそう言ってのけ、少女は悠然と腕を組んだ。

「どうかして……って、君、あんな事をしてはいけないだろう。さあ、仲間を呼んでくるんだ。どうかして。ちゃんと店に瓶を返すんだよ。僕も一緒に謝ってやるから」

「あはははっ、瓶を返すですって？　変なことを言うものね、大きなお兄さん。あの子達はあれで食べているのよ。おまんまの種を取り上げる気なの？」

「なにがおまんまの種だ。立派な窃盗じゃないか。親が悲しむぞ」

「まぁ、世間知らずね。悲しむ親がいるのなら、あんな事をしやしないわ。知らなくて？　近頃の親が、丁稚《でっち》奉公にかこつけて、どれだけ簡単に子供を捨てるか。どれだけ女郎屋に娘を売るか……。誰もがお兄さんのように恵まれた暮らしをしているのではないのよ。誰にも頼る事ができない者だっているの。そんな人間はああやって、夜の鼠のように昼間の余り物を食べて暮らしているのよ。だから夜に鼠を見つけたら、生け捕ろうなんて考えちゃいけないわ」

確かに純然たる孤児も多い。親がいてもあてにならない時代だ。丁稚奉公や職人見習いの名のもとに口減らしされ、平均労働時間、十二時間という過酷な毎日に耐えかねて奉公先を逃げ出した末、不良集団に身を置いて犯罪を重ねる子供らで都会は一杯なのだ。

だが、それと悪事を見逃す事とは別物のはずだ。

「そりゃあ、君らにも言い分はあるだろう。だけどね、今はまだ子供だからいいが、あんな事をしていると盗みをするのが平気になって、本当の犯罪者になってしまうぞ。辛《つら》くても、真面目にやっていれば、いつかいいことがある」

さぁ、といって腕を掴みかけた柏木の手を、少女はするりとかわした。そして、おそろしく軽い身のさばきでカフェーの看板を支える鉄棒に飛び移ったかと思うと、一回転し、柏木の後方に飛び降りたのだった。それは、瞬く間の出来事だ。

柏木は余りに見事な軽業に、心を奪われ立ち往生してしまった。振り向いた時には、丸いアーク灯が真珠玉のように輝く大通りを逃げて行く少女の後ろ姿があった。とても追いつけそうにない速さだ。

妖精《ようせい》……という言葉が思わず頭の中に浮かんでいた。

柏木は暫く夢でも見ていたような気分になって呆然《ぼうぜん》とした。

しかし、なんという事だろう……不況の毒は子供達まで狂わせているらしい。

新聞記者でありながら、世の改善に対して無力な自分に、柏木はつくづく情けなさと憤りを感じた。

以前は純粋な気持ちで、自分のペンが世の中に対する改革の道具であると信じていた。

しかし、今となってみると、巷《ちまた》に顕在する主義主張の嵐に呑《の》み込まれ、己の信念すら定まらず、青くさい熱意と不安定さのまっただ中に佇《たたず》んでいるだけの己の無力さをつくづく自覚するばかりだ。柏木は為すすべもなく、重い足を引きずって、再び社員寮への道を辿《たど》り始めた。

六丁目まで歩くと、凄《すさ》まじい削岩機の音が大きくなった。

黄色いヘルメットに大きな体軀《たいく》の工夫達の姿がある。無節操な円タクの二重駐車と、地下鉄工事の為の通行制限とで、大通りは大混雑であった。

「お兄さん、帰るのかい？　近くなら三十銭、いや二十銭でも行くよ」

鋭いブレーキ音を立てて前で止まった円タクから、運転手が顔を出した。

「泰明《たいめい》小学校のところなんだ。歩いてもすぐ其処《そこ》だから、いいよ」

「この不景気のご時世だ。乗ってくれるだけでもありがたいんだがね」

ガタリと重い扉の開く音がした。柏木は首を横に振った。

「不景気なのかい？」

「散々だよ。徴兵に取られちまって、銀座の客も少なくなったしな。なにしろ景気のいい人がいないんだからしょうがねぇ。全く、日本はどうなっちまうのかね。それもこれも全てアメ公のせいだ。早く忌ま忌ましいアメ公を、叩《たた》きのめしてやりてぇや」

運転手が言う通り、米国での抗日運動の過熱に、巷ではアメリカへの不快感が強くなっていた。柏木が客になりそうもないのを見て取ると、運転手は扉を閉め、道行く物売りに向かって苛立《いらだ》たしげな警笛を鳴らした。

柏木は喧騒《けんそう》から逃がれて、路地裏に迂回《うかい》した。

路地に足を踏み入れた途端、猛々《たけだけ》しい遠吠《とおぼ》えが何重にも響きわたった。

繁華街の残飯を目当てに、銀座には相当数の野犬がたむろするようになっていた。それらが、突然の侵入者に警戒を発したのだ。

慌ただしく地を駆ける足音がした。

「米国粉砕」

「血盟団を釈放せよ」

「帝都転覆同盟」

細い路地の暗い塀の壁に、思い思いの主張を連ねたザラ紙が張られている。

その下にはいつも、お決まりのように浮浪者が座っている。

血盟団のポスターの下でぶつぶつと何事かを唱えていた浮浪者の一人が、柏木を見ると か細い悲鳴のような声を上げた。聞いたほうが、ひやりとするような声だ。

その前方にも、ずらりと段ボールを被《かぶ》って眠っている影があった。気がつくと闇から現れた黒犬が足元をふんふんと嗅《か》ぎ回っている。いつの間にか、あちらこちらが随分と物騒な気色になっている。

暗鬱《あんうつ》な思いで数寄屋橋を渡ると、会社ビルヂングと古い住宅地が混在する区画に入る。途端に静寂が訪れ、黒々と聳《そび》える泰明小学校が見えた。

夜の校舎は、学童達の元気な声や、昼間の物音を全てそこへ吸い込んだかのような漆黒の箱だ。塀づたいに寮へと向かっていた時、またしても行く手に不審な人影があった。人影は身を潜める様子で小学校の裏口から中を覗《のぞ》き込んでいた。

変な夜だ……。

と、柏木は思った。

日が悪いというやつだろう。

こんな日は、物騒なものに近寄らない方がいいのだが……。

「こんなところで何をしているんです？」

根が真面目な正義漢なので、思いとは裏腹に、柏木は人影の肩に手をかけて訊《たず》ねていた。

男が振り向いた。五分刈りに丸眼鏡をかけていた。不精髭《ぶしょうひげ》を口の回り一面に生やし、猿のような顔だ。よく見ると、薄汚れた鼠色の服もところどころ擦り切れ、小さな目だけが濡《ぬ》れたようにきらきらと輝いている。

柏木は酔いも手伝って、男の不思議な風体に引きつけられた。

しっ。

男は人指し指を口にあてると、震える手で校舎の方を指さした。

柏木は男の指さす方向に目を凝らした。

ひび割れた壁に沿ってブリキのごみ箱が十数個、並んでいる。その蓋《ふた》を開けて、身を半分ほどごみ箱に押し込んでいる不審な影が二つ、三つ。

「物音をたてちゃいけません。奴らに気づかれてしまいます」

丸い眼鏡の男が、真剣な声で言った。

「何なんです？　泥棒ですか？」

思わず、柏木も声を潜めて訊ねた。

「あれはね、死体なんです。動く死体なんです」

「動く死体？」

「ええ、今に見ていれば分かりますよ。奴らは、私の家の前の工事現場で、昨日死んでいたんです。私は見たんですよ、奴らが死んでいるところをね。そうしたらどうです、今日になるとああして徘徊《はいかい》してるじゃありませんか。一体、何処に昼間は潜んでいたんでしょう？　吸血鬼のように昼間は棺桶《かんおけ》の中に入って、暗い秘密の地下室や、墓場の中にいるのかも知れませんね」

自分自身に言い聞かせるように、ゆっくりと男が呟《つぶや》いた。

柏木は絶句した。

花魁弁財天の事件以来、漠然とした予感が付きまとい、離れない。

一度病に陥った者が、完治した後でも常に再発の不安を感じるように、ある時突然、目の前にあるものが音を立てて崩れ、再び足元にぽっかりと開いた異界への扉に呑み込まれるのではないか……そう思われて仕方ないのだ。

だからその男の言葉も、抵抗なく頭の中に入ってきた。なにしろ、死んだ筈《はず》の人間がこの世に甦《よみがえ》る、そんな神のいたずらとしか言い様のない出来事が現実に起こり得るのを柏木は知っていたからだ。いや、神というより悪魔の仕業というべきか……。

生温《なまぬる》い突風が頬を撫《な》ぜ上げ、目の前に聳え立つ黒い巨大な棺桶の壁面を駆け上がって行った。

一瞬の戦慄《せんりつ》が過ぎると、妖《あや》しい怪談話に対する好奇心のようなものが、柏木の中に湧き起こった。目を凝らしてブリキのごみ箱の周りをうろつく人影を見つめようとするが、見極められぬまま、息を殺した数分間が流れた。

「……やはり警察に届けましょう」

そう言った柏木に、眼鏡の男が咎《とが》める視線を向けた。

「しっ！　そんなに急がなくとも見ていれば分かりますよ。ほら、こっちに戻ってきた。貴方《あなた》もあれをご覧になれば、そんな馬鹿な考えを変えますよ」

すると、ごみ箱の周囲で蠢《うごめ》いているばかりだった影が、男の言葉に応《こた》えるかのように一団となって裏口に向かって動き始めていた。

眼鏡の男は身を縮めて後ずさり、柏木の腕を引っ張って、電灯の陰に身を隠した。

一歩、二歩、三歩……。

影法師は近づくにつれ、徐々に輪郭をはっきりと形成し始めた。そして人間になろうとした瞬間、ほんの僅《わず》かな誤差を持って化け物に豹変《ひょうへん》した。

男の言ったことは本当だった。柏木は腐り果てた人体が動いているのを見た。

内臓から発した腐敗が体の外部に拡散していく圧力の為に、皮膚には複雑な文様を描く無数の突起が出来ていた。ぬめりのある粘液が体を覆い、醜い暗緑色の斑点《はんてん》が体中に浮き上がっている。顔の中で人間らしい原形を止《とど》めているのは、黄色く濁って血走った目玉だけ。鼻は腐れ落ちて鼻孔だけになり、回りの崩れた皮膚を揺らして、呼吸が行われていた。口はただのぽっかりとした空洞と化して、唇も歯も見当たらない。

……そんな物が三体。

全身に鳥肌が立ち、酒で熱くなった体が急速に冷えていくのを感じた。

どおおおん

その瞬間、すさまじい爆音と共に、校舎から火の手が上がった。足がガクガクと震え、柏木はその場に釘《くぎ》づけになった。

「ほら、言った通りでしょう？　あれは死体なんです。腐りかけているのに、ああして動き回っているんです」

炎に照らされた眼鏡の男の顔は赤く、興奮しているように見えた。

死体達は身を隠している柏木と男の横を通りすぎると、小走りに住宅がひしめき合う路地の中へと消えていった。

「大変だ、見逃してしまう。追わなくては……。ああ、貴方、何処のどなたかは知りませんが、今見たことは忘れる事です。このような事を覚えていたって、何もいい事はございません。夜中に悪夢を見て、魘《うな》されるぐらいがおちでございます。さぁ、私はもう行きますが、気をつけてお帰り下さい」

猿のような男はそう言うと、身軽な動作で闇の中に身を躍らせた。

振り返ると、あれほど燃え盛っていた校舎の炎は消え、辺りは暗闇ばかりであった。

8

「それで、それからどうしたんだ？」

運ばれてきたビールを一口飲んで、本郷が興奮気味に訊ねた。

「ところが、それからの事を覚えてないんです。朝起きた時には布団の中でした」

柏木が答えると、本郷は実に残念そうな顔をした。

「本郷先輩、だから夢かも知れないと言ったじゃないですか」

「そうか、そりゃあ確かにそうだね。死体が動き回るなんて、いかにも非常識だし、その状況からいっても夢だろうね。確か南国の島に『ブードゥー』という恐ろしい呪いの宗教があって、その魔術師は死んだ者を生き返らせて、自由に操ることが出来るそうだが……何と言ったっけ、ゾンビ……そう！　『ゾンビ』だよ。だけど、そんなのはまやかしの話だ。なんでも本当は、人を仮死状態にする薬というのがあって、それを上手《うま》く利用するのだそうだよ」

「ゾンビですか。でも……」

「でも、なんだい？」

「あんまり生々しい夢だったので……。ゾンビの事もですが、あの少女が夢とはどうしても思えなくて」

夢に後ろ髪を引かれて、柏木は呟いた。

そうなのである。柏木は数日の間、ゾンビよりも夢の少女のことが気になって仕方がなかったのだ。

「なんだ、気になっていたのは、その妖精《ようせい》のような少女のほうか。へぇ、婦女子のことを気にかけるなんて、珍しいじゃないか」

本郷が笑ってからかったので、柏木は自分の気持ちを懸命に釈明した。

「おかしな意味に誤解しないで下さいよ。僕はただあんな少女が、窃盗に関わってることが気がかりなんですよ。なにかの事情があるなら、可哀想じゃありませんか」

「可哀想……たぁ、惚《ほ》れたってことさ。下らない夢のことを考えるのはよせよ。少女の犯罪者なんて、今時ゴロゴロしてるさ。その少女が夢でないにしたって、いわゆる『ズベ』というやつだ。そんなものに構うと、ろくなことはないぞ」

柏木は本郷の意見には納得しかねた。確かにそう言われても当然なのだが、柏木にはとても、少女が本郷の言うような不良とは思えなかった。しかし、夢か現実かハッキリしない事に悩んでいても仕方がない。

柏木はビールを一口飲んだ。

「あらぁ、本郷さん、柏木さん、早いお越しねぇ」

黄色い声が聞こえたと思うと、お京が出勤してきた。相変わらず、ぽっちゃりとした肉体美人《にくたいびじん》の体を誇示して、ラインに吸いつくような蛍光ピンクのワンピースを着ている。そして相変わらず、その場の雰囲気など素知らぬ顔で本郷の隣に座ると、首に腕を巻き付けてしなだれかかった。

最初の頃は、お京を無神経な色気の固まりのような女だと思っていた柏木だったが、今ではすっかり馴染《なじ》んでいた。お京が、計算高さなどない単なる多情多恨の天真爛漫《てんしんらんまん》な女であることが分かって、その振る舞いも気にならなくなったからだ。

「なあに、二人で話しこんじゃって、悪い相談をしてたのね」

「やぁ、いま洋介の見た怖い夢の話をしてたんだ」

「まぁ、怖い夢だなんて子供みたいね。柏木さんでもそんな夢を見ることがあるの？」

お京は茶化すようにそう言うと、運んできたハイボールの中にあるチェリーを摘《つま》んで口の中に入れた。

「それよりも、ねぇ、あのハーメルンの笛吹き男のこと、どう思う？」

お京がテーブルに肘《ひじ》をつきながら、サクランボの茎を舌で器用に丸めたのを見せた。

「おや、会ったばかりでそんな話題かい？　お京も滅法グロ好きだねぇ」

「だって、隣のカフェー・アポロで今日から仮装パーティーをしているのよ」

お京の会話はいつも独りよがりで、ピントが外れていた。その時も、突然そう言った。

本郷はお京のそういうところが好きらしく、目を細めて笑った。そしてチラリと柏木を見た。柏木が特に嫌悪感を露《あらわ》にしていないのを確認すると、本郷は安心したように話をついだ。

「それが一体どうしたんだい。ハーメルンの笛吹き男と何の関係があるんだい？」

「通りがかりに覗《のぞ》いてみたらね、そりゃあグロテスクなパーティーだったの。なんだか怖い仮装をした人で一杯。中でも笛吹き男の仮装をしたお客さんが多かったわ。あの怪人、巷《ちまた》では随分な人気のようよ」

ウインクしたお京に、柏木は苦笑いをしてビールを一口飲んだ。

「誘拐殺人鬼の仮装が流行《はや》るとは、世も末だなぁ」

本郷はそう言いながら、お京の肩に腕を回した。

「あら、なんだか童話の中の怪人なんて、浪漫的な感じはしてよ。でも本当のところはどうなのかしらねぇ。犯人の『ハーメルンの笛吹き男』を目撃したっていう田中誠治って人は、不幸な事故で頭が少し変になっていて、去年も同じようなことを騒いで警察に行ったというじゃないの」

「まぁ、そうなんだがね。僕の摑《つか》んだ最新情報によれば、警視庁の防犯部長の馬場が、田中誠治の部屋で怪人を目撃しているというんだ」

早耳の本郷は、得意気にいった。お京は「まあ」と目を丸くした。柏木にとっても、まだそれは初耳だった。

「あら、まあ、そうなの。なら、本当に『ハーメルンの笛吹き男』はいるっていう事なのよね。でも不思議よね、子供が攫《さら》われるところを目撃した人もいないなんて。しかも三十人も一遍に、どうやって攫っていったのかしら？　犯罪評論家の先生達が、いろんな仮説を発表しているけれど、どれも今一つじゃない？」

「そこだよ、まさに解けない謎だ。それに、殺し方も下手な怪奇小説よりずっとグロテスクだ。殺した子供の死体を墓場に並べておくなんてさ」

お京が赤く肉付きのいい唇を、ぶるっと震わせた。事件現場に見に行ったという客の話を思い出したからだ。

「柳とひび割れた墓石の間に、頭の無い児童が座っていたのを見たお客さんがいるのよ。本当に気味が悪いわよねえ。死体から少しずつ、手足を切り取っているのだって、得体の知れない感じだもの。しかも、並んだ子供の死体が膨らんだり、縮んだりしていたそうよ」

「それは、さる犯罪評論家によれば、柳の影のちらつきのせいでそう見えたということらしいよ。光と影が交互に視覚を刺激すると、静止している物体が動いたり、膨らんで見えたりするような作用があるらしい。それより、怪文書の方が謎だよ。『自壊のオベリスク』なんてさ。もし犯人からの手紙だとしたら、犯人はなまじの教養じゃないよ」

「私も初めて聞いたわ。オベリスクなんて。なんでもエジプトのピラミッドのところに立っている石塔の事なんですって？」

「そうだよ。よく知っているじゃないか」

ふふっ、とお京は得意気に笑って、「昨日、海野《うんの》さんが呑《の》みに来て、教えてくれたのよ」と言った。本郷は面白くない顔をした。

「ところで、洋介は犯人についてどう思う？　あんな事があった後だから、今回の事件にぴりぴりするのは分かるが、もうあんな事は二度と起こらないよ。気楽に話をしよう。新聞記者が事件嫌いじゃ、この先、困るじゃないか。又、三面に返り咲くことだってあり得るんだから」

本郷にそう言われて、柏木は自嘲《じちょう》気味に笑った。

「ええ、分かってます……。そう言えば、まだ子供の遺体が発見される前ですが、朱雀《すざく》が将棋を指しながら言ってました。ハーメルンの笛吹き男は、童話なんかじゃなくて史実だと」

柏木は、朱雀十五《じゅうご》との会話を思い出した。

朱雀十五は、遊郭地帯・吉原《よしわら》の法律顧問をしている盲目の弁護士だ。天才的な頭脳と、美神も舌を巻くほどの美貌《びぼう》と、悪魔のような性格を持つ朱雀は、先の花魁弁財天の事件で柏木の命を救ったことを盾に、度々柏木を呼びつけては自分の将棋の相手を迫り、一晩中、躁鬱《そううつ》めいた会話につき合わせていた。

「史実だって！」

本郷が驚いた声を上げた。

「どういう事だい、それは。ようするにハーメルンの笛吹き男は実在の人物だったってことなのかい？」

「そうです。あの朱雀の言う事だから、何処まで本当か分かりませんが」

「これは驚いた、その話を詳しく聞きたいな」

お京が頷《うなず》いて、身を乗り出した。

9

ハーメルンの笛吹き男が子供をさらったなんて、なんて刺激的な話だろう、と朱雀は唐突に話を切り出した。

頬杖《ほおづえ》をついた朱雀の端整な口元がニヤリと歪《ゆが》み、悪魔的な笑みが広がった。それから、小躍りせんばかりに浮かれた様子で一気にまくしたてたのだった。

――朱雀の不謹慎はいつものの癖だ。

「このところは言葉にするにも足らないくだらない事件ばかりだったから、もう退屈で死にそうになっていたところなんだよ。それにしてもハーメルンの笛吹き男というのは、ドイツに現れ、日本に現れ、なんとも行動的な男のようだね、僕はそういう男はとても好きさ。実に興味がある。ああ、とすると彼は語学も堪能《たんのう》なんだ。なにしろドイツ語も日本語も話せるということだろう？　ますますもって好ましい。僕はインテリは大好きさ。馬場君が言ってたところによると、目撃者の田中誠治という男は、もともと尋常小学校の教師をしていた真面目な男なんだが、子供を事故で亡くしてから脳病を患ったらしい」

「……お気の毒に。不幸な事故だったそうですね……」

暗い話題を早く切り上げたくて、柏木はいかにも渋々といった口調で相槌《あいづち》を打つ。

しかし、朱雀は尚更甲高い声をあげて、ぴしゃりと膝《ひざ》を叩《たた》いてみせた。

「そうそう！　工事現場のミスで、動いていたコンクリィトミキサーの中に落ちて、そのまんま固まって死んでしまったということなんだ。そりゃあ酷《むご》い、酷いねぇ、そうだろ柏木君？」

大げさに同意を求めた朱雀に、柏木は打ちかけた駒を止めて、はぁと返事をした。

「しかしね、ハーメルンの笛吹き男が本物だとしたら、なかなかに興味深いんだよ。かつて何人もの学者が笛吹き男を分析して、様々な考察を寄せているんだ」

「童話を学者が分析してるんですか？　それはつまり柳田国男の民俗学のようなものです

か？」

「そうだね。そういう趣もあるんだが、むしろ推理的な興味がわくんだろうね。何故なら間違いもなくハーメルンの笛吹き男は史実だからだよ。一二八四年六月二十六日、笛吹き男に連れられて、ドイツ、ハーメルンの町から百三十人の子供が行方不明になった。これは当時の信頼出来る教会の記録にもあるし、現地には慰霊碑も残っている。つまりハーメルンの童話は現実にあった犯罪なんだ。

どうだい、そうなってくると一体、不思議な魔力で子供を連れていった『ハーメルンの笛吹き男』とは何者なのか？　何の目的で子供達を連れ去ったのか？　いかなる方法で？　推理ファンならずとも謎を解きあかしたいと思わないかい？　まあ一方では、ハーメルンの笛吹き男の正体は実はサタンで、キリスト教の伝道師が退治したという噂もある。その気持ちも分からないではないよ。実際ハーメルンの事件は人為とするには、不可思議なことが多すぎるしね。どっちにしても、ともかく魔人が過去にも実在していたのは事実なんだ。

それで今度の事件だよ。三十人もの子供が一遍に行方不明だというじゃないか。そんな事が普通の人間に可能かな？　一人一人攫って行くとしたって、酷く時間がかかるだろうし、そんな事をもたもたしているうちに、捕まってしまうもんじゃないのかい？　柏木君、君は物理的に可能な犯行と思うかい？」

確かにそうなのだ。一昼夜にして何十人もの子供をさらってしまう方法を想像するのは難しい。それで警察も手を焼いているわけなのだが……。

「複数犯じゃないんですか？」

こうなると、将棋どころではない。柏木は同時に二つの事を考えられるほど器用な男ではないのだ。

「複数ねぇ……。警察筋もそのように見ているらしいけど、それもどうかなぁ？　僕には軟尖《ナンセンス》と思えるね。例えば複数というとどれぐらいを想定してるのかが問題だ。物理的に考えれば十人や二十人じゃ出来ないよ。一人誘拐するのだって、実行する者、犯行時に見張りをするもので二人はいるわけだ。その勘定でいくと、三十人の子供をさらうには六十人必要だ。神業的に一組で一日に二人の子供を誘拐したとしよう、それでも三十人必要だ。三十人で誘拐犯罪を計画しただって？　その方が非現実的じゃないかい？　それだけ誘拐犯罪の志を一にする者が集まるのも奇跡なら、それだけの数の不審な人物が上野をうろうろしていて、誰一人尻尾《しっぽ》を掴まれたり目撃されなかったりするなんて万に一つの奇跡だよ。いや、あり得ないね。それに誘拐の目的は何だい？　身代金すら要求してきていないんだよ。単に世論を騒がせたいだけなのか？　それにしては犯罪のリスクが大きい。世論を騒がせるだけなら、もっと簡単な方法がいくらでもある。例えば国家機関の建物に爆弾をしかけるとかだ。その方がずっと簡単だろう？

そうして考えると、いかにも尋常じゃないね、ハーメルンの男はやはり魔人なのかも知れない」

魔人……。

朱雀はさらにまくし立て続けた。

「笛吹き男に対する推理の魅力的なものを幾つか挙げてみようかな？　まずは子供達の失《しっ》踪《そう》は、実は他国への植民だったとされる説だ。つまりこの時代のヨーロッパは非常に開拓が盛んでね、開拓地を作った領主は他の土地から植民団を募集していることが頻繁にあったんだ。だから、笛吹き男はある領主の植民請負人で、新しい土地を宣伝して子供達を集めて、植民地に送りだしたんだというんだ」

「じゃあ……魔人ではないということだ」

ほっとしながらそう言った柏木を、朱雀は鼻の先で笑った。

「事はそんなに単純ではないよ。この理論には大きな欠陥がある。まず植民団というのは、通常一つの村から三十人から六十人の人数を集めて組織されていたんだ。百三十人もの人間を山村から連れていくのは、いくらなんでも元の村への打撃が大きすぎるからね。第一、開拓の為の植民に、なぜ足手まといな子供ばかりを選別するんだね？　それに何より、植民したのであれば、移住した先の子供達と村との間に、その後なんの交流も無いなんて、おかしいじゃないか。だから植民説はどだい説得力に欠けるんだ。さて、もう一つの強力な説は『子供の十字軍』という説だ」

「十字軍？　あの中世のキリスト教の騎士団の事ですか。十字軍の目的は異教徒の粛清でしょう？　そんな危険なことを子供達に……」

「いやいや、珍しい事ではないよ。なにしろ、ジャンヌ・ダルクのような例もある。一二〇〇年代はフランスやドイツに『神のお告げを聞いた』という青少年が現れて、子供ばかりの十字軍が結成された記録というものが残っている。ハーメルンの近くのエルフルトでも千人近くの子供が『使徒は遣わされたり』と歌いながら夢中で踊り歩いて、疲労困憊《こんぱい》の末に倒れてしまったなんて事件があった。だからハーメルンの子供の失踪は十字軍なんだとね。だがこれも変だ。子供の十字軍であれば、ちゃんとそう記録に残るだろうし、信仰深い行為は称賛されたはずだ。ところがハーメルンの伝説ときたら、もっと何か薄暗い、おどろおどろしい、悲劇的な色合いを持ってはいないかい？」

「確かにそうだ」

「そう。だから結局は、あらゆる学者があらゆる角度から検討しても、ハーメルンの子供の失踪の謎は解けなかった……。つまり、伝説をそのまま信じるしかないということさ。ちなみにユング先生の説では、笛吹き男の正体は『悪魔ウォータン』だと言うよ。ウォータンというのは原始的な嵐の神であり、陶酔と激情の放浪神だったのだけどね、キリスト教によって悪魔の世界においやられて、大地や鼠の主人となったんだ。ウォータンの本質は『陶酔』にあって、その際に音楽は大きな役割を果たすので、笛吹き男が陶酔に巻き込まれやすい子供達を誘拐したのは、まさにウォータンの精神が彼に宿っているからなのだとね」

朱雀は、又からかうように、にやりと笑った。

柏木の話を聞き終えた本郷は、興奮気味に煙草をもみ消した。

「それならやっぱり、伝説のハーメルンの笛吹き男が日本にやって来たということなのか！ それはますます奇々怪々だなあ」

「いやだわぁ、そんなものがいたんじゃぁ、安心して赤ちゃんも産めやしないわ。けど、どうして日本なのかしら？ もっと余所《よそ》に行ってくれたらいいのに。やっぱりあれからら？ 最近は日本がドイツと仲良くしているからかしら？」

お京が惚《とぼ》けたことを言った。

「ヒトラァは偉大なりなんて軍部のお偉がたが言ってるだろう？……それを受けて青年将校達が粋がって、ナチのような恰好《かっこう》をしているんだ」

「でも、あの恰好はちょっと素敵よね」

ミーハーな感想をお京が漏らした。思わず苦笑した柏木と本郷だが、その瞬間、本郷が顔色を曇らせた。

「洋介、後ろをふり返るなよ。東《あずま》少佐だ」

「東？」

柏木は背中が硬直するのを感じた。同時に抑えがたい憎悪が、胸の中をどす黒く染めていく。乱れた鼓動が耳の奥で鳴り響いた。

「ああ……個室に入った。また日本に戻っているようだな。どうにもあの男が戻ってくると、ろくでもないことが起こるような気がするのは気のせいかな？」

柏木の肩越しに一階の様子を窺《うかが》っていた本郷が、ほっとした様子で言った。

「数日前から、よく来るのよ」

お京がひっそりと囁《ささや》いた。

第二章　幻想即興曲

1

「ああ……ようございました。刑事さん、そこにおられたのですね。もう今日になったら刑事さんは消えてしまって、おられないのではないかと思って、心配いたしておりました。刑事さんだけが頼りでございます。永山中佐殿もそう仰《おつしや》っておられました。それですのに、あれからやはり刑事さんは、わたくしの頭の中にいる人ではないかとそんな風に心配になりまして、よく眠れなかったのでございます」

嬉《うれ》しそうに馬場の両手を摑《つか》んで田中はそう言った。

一緒に取り調べに入った部下が、異様なものを見るような目つきで自分の方をちらりと窺ったので、馬場は大きく咳払《せきばら》いして、部下に出て行くよう命じた。

「よしよし、大丈夫だ、田中。俺は何処へも行ったりしない。どうだ、気分は？」

「はい、だいぶと頭がすっきりしてまいりました。永山中佐殿に、ようく考えて、思い出した事を刑事さんにお話しするようにと言われました。そうしましたら、殺された可哀想な子供達の敵《かたき》を取れるのだと教えて下さいました。本当に可哀想な子供達……、皆、知っている子供達でございます。ええ、私の家の近所の可愛い子供達でございました」

「そうか、お前の息子の友達もいたんだっけな」

「ええ、そうでございますとも。あの子の友達まで惨《むご》い目に遭わせるなんて。憎い、憎い悪魔め。あのような悪魔を野放しにしておくことがあっていいはずがございません。よくよく思い起こしてみますと、あの悪魔はずっと以前から、工事現場に潜んでいたのでございます。夜になると、何度かフルートの音を聞いた記憶がございます。きっと、あの悪魔が奏でていたのでございましょう。そうして魔法の笛で機械の昆虫達を操りながら、世にも恐ろしい悪巧みをしていたのに違いありません。私の子供も笛の音におびき出されて……あのような姿にされたのでございます。わたくし、思い出したのでございます」

思い出した、の一言に、馬場は大きく身を乗り出した。

「よし、偉いぞ田中、何を思い出したんだ」

「ハイ、思い出したんでございます。わたくし、思い出したんでございますよ。今まですっかり忘れていたんでございますよ……。確かこんな光景を見たような気がするのでございます。男です。体軀《たいく》が大きく、どんぐり目で、炎のような髪の毛をした男です。その男が大勢の子供を集めておりました。其処《そこ》にハーメルンの笛吹き男がいたのでございます。そうして、笛吹き男が銀のフルートを鳴らして、子供達にこう言った事を覚えております。『さぁ、子供達、行こう、行こう、私とともに幸福の国へ』……。ええ、そうでしたとも。間違いございません。どうしてこんな大事な事を忘れていたのでございましょう。わたくしの子供もその中におりましたのに。そうして楽しそうに笑っていたんでございますよ。そうしてわたくしの子供は攫《さら》われてしまったのでございます」

馬場は深々と溜息《ためいき》をつき、田中の肩に手を置いた。

「田中、しっかりしろよ。お前の子供は事故で死んだんだ。攫われたんじゃない」

「事故で……？」

田中は暫《しばら》く不思議そうな顔をしていたが、ようやく納得がいったらしく頷《うなず》いた。

「そうです。確かにそうです。そうでございました。すいません。わたくしの記憶が頼り無いばかりに、とんだ勘違いをいたしました。私がその男と笛吹き男を見ましたのは、五日前のことです。ほら、あのケン坊や、清子《きよこ》ちゃん達が攫われた日のことでございますよ。ハーメルンの笛吹き男が、子供達に『幸福の国に行こう』と言ってたのは……」

「五日前？　五日前のいつのことだ、何処でのことだ？」

「墓地でございますよ。深夜です」

信じていいのか、ただの妄想なのか、馬場は判断しかねたまま渋い顔でメモを取った。

「私が、こっそりと後をついて行ってみますと、笛吹き男と、大男は、子供達を墓地のほうへ連れていきました。そうして、笛吹き男がフルートを鳴らすと、子供達が一斉に眠ってしまったのです。いえ、フルートではございませんでした……。確かそう、ラッパでございました。笛吹き男は、軍隊ラッパを吹いていたのでございます。はて、どうして笛吹き男が軍隊ラッパなどを吹いていたのでございましょう。まことに不思議でございますが、確かにあれは聞き覚えのある軍隊ラッパでございました」

田中は、ああっ、とか細い悲鳴を上げた。

「恐ろしい、恐ろしいことでございます。そうしますと、私の足元の地面が地響きを立て、大きな亀裂《きれつ》が走りまして、其処からメラメラと炎が燃え上がったのでございます。恐ろしい、恐ろしい炎でございました。あれは煉獄《れんごく》の炎が地底からあがってきたのでございましょうか……。その中で亡者達がもがいている姿を見たような気がいたします」

馬場はあっけにとられて鉛筆を手から落とした。田中の呂律《ろれつ》は回っていなかった。

「その時でございます。笛吹き男の後ろにいた大きな男が、『殺せ』と命じたのです。なんて惨い事を言うのでしょう、笛吹き男は、肉切り包丁をマントから取り出しました。そうしてまるで操り人形のように、大男の言うままに、眠っている子供らの手足に、包丁を振り下ろしたのでございます。勿論《もちろん》、私は止めようといたしました。ですが私の体も、まるで木偶《でく》人形になってしまったように動きませんでした。笛吹き男の魔力のせいでございます。恐ろしいことに、子供らは眠ったまま切り刻まれたのでございますよ。そこら中に血が飛び散り、肉の破片が舞い、悪夢のような光景でございました。しかも、笛吹き男と大男は、そのような恐ろしい犯行をしながら、愉快な遊びでもしているように、にたにたと笑っていたのでございます。笛吹き男を操っていたあの男……あの男は、フランケンシュタインではありますまいか？　きっとあのような恐ろしい悪魔をいっぱい作り出しているのでございます。巨人の女を作ったり、死体を蘇《よみがえ》らせたりしているのでございます。ああ、刑事さん諸悪の根元はあの大男なのです！」

馬場は平静を装って取り落とした鉛筆を拾うと、田中に相槌《あいづち》を打った。

「なる程、それで？」

「ハイ、いつの間にか、男はいなくなっておりました。そうしますと、さすがに笛吹き男も自分のいたした事に少しは罪の意識を感じ始めたのでございましょう。子供達の死体を、一つずつ丁寧に、深夜の墓地に並べはじめました。おそらく、笛吹き男なりに、子供らを埋葬してやろうと思ったのではありますまいか。私は見ていてなんとなく分かったのでございます。なぜなら、笛吹き男が一人一人に手を合わせて、祈るような仕草《しぐさ》をしていたからでございます。その肩が震えていたことも覚えております。とはいえ、とてもそんな事ぐらいで許すことなど出来ない罪をあの悪魔は犯しております。憎い悪魔。ああ、刑事さん早く笛吹き男を捕まえて下さいませ。そしてあのフランケンシュタインを捕まえて下さいませ。やつらがこれ以上、恐ろしい所行をかさねることなどあってはならないことでございます」

田中は、その後、何度も同じ様な話を繰り返し、最後に瞳《ひとみ》を潤ませて机に顔を突っ伏した。

馬場は、すすり泣き出した田中を椅子から立ち上がらせ、待合い所にいた永山のもとへと連れて行った。

「すまないね、馬場君……。田中君がどうしても君に話をしたいと言うので、連れて来たんだが、かえって手を煩わせることになったんじゃないかね」

「いえ、そのような事はありません。今回のような手掛かりのない事件では、どんな話でも参考になりますから……。しかし、まだ発作の方がおさまってない様子ですね」

「そうなんだ。田中君が話をしたと思うが、例の墓地で笛吹き男が子供を殺害するのを見たという話……その話の内容も、時々微妙に変わるんだよ。だから信憑性《しんぴょう》がどの程度のものなのか、私には判断がつかない」

永山が困り顔をした。

「なにしろ、今度はフランケンシュタインまで登場ですからね」

「そうなんだ。私も目撃の話が本当かどうか気になって、運送会社の社長に四日の日の事を訊《たず》ねてみたんだが、君にも言ったように、その日は田中君はいつもと同じ販路を回って仕事をしてる。生薬屋と暖簾《のれん》屋だ。あの通り、彼は記憶力が著しく低下しているから、同じ販路しか回らせないらしい。

十時に出勤して、上野駅にトラックを走らせ、大陸から輸送されてくる漢方薬を荷積みして、昼過ぎに銀座の生薬問屋に到着。二時間程かかって荷を降ろした後に昼食。それから三時半頃に運送会社に帰る。その時に私は田中君に会ったんだ。それから田中君はトラックを運転して銀座の卸業者に出向いた。私も車の発進まで見送った。後は銀座で荷積みして合羽橋《かっぱばし》の暖簾屋に届けたらしい。帰社はいつも通り、八時頃だったという事だ。これだと昼間の結構に忙しい日程だよ。

移動途中に犯行を目撃したはずはないから、田中君が言うように、目撃は八時以降ということになるのかな……。日暮里《にっぽり》の会社から鶯谷の家まで帰るのに、谷中の付近を通るから、確かに目撃もありえないことではない。しかし、何分、田中君があの調子だ」

遺体状況から見て、子供達の死亡推定時刻は、四日の午後十一時から五日午前一時と検死結果が出たところだった。

馬場は考え込んだ。

仕事が八時に終わったなら、十一時頃、その辺りを彷徨《うろつ》いていたということもあり得る。だが、証言の内容自体はいつもにまして荒唐無稽《むけい》だ。

妄想が入り混じっているのか。あるいは単に新聞の記事を読んで、妄想したことかもしれない。だが、目撃証言が妄想だとしても、怪人が田中を訪問して、犯行をほのめかして脅していたことは事実だ。それに今度の誘拐殺害事件の被害者も田中の顔見知りの子供達である。

もしかすると、これは本当に田中に対する怨恨《えんこん》的な犯罪ではないのか？

だが、一人の男に対する怨恨で、こんな危険性の高い大犯罪を働くだろうか？

それに怨恨と複数犯というのは、どうも結びつきにくい……。

釈然としなかった。ただ、田中のアパァトのベランダに立ち、市松模様のマントを翻していた怪人の姿だけが、馬場の脳裏に浮かんでは消えた。

永山と田中の後ろ姿を見送り、部長席へ戻ると、殺人課の遠藤刑事が訪ねて来ていた。

遠藤は足を組んで座り、防犯課の刑事達の動きを、にやけた顔で眺めていた。

「よう馬場、いい部下を持って幸せだな」

馬場は、遠藤刑事の皮肉に、むっ、としながら席に座った。

「なんの用だ、遠藤」

「そういう物言いはないだろう。共同捜査をしてるんだ、訪ねてぐらい来るさ。それより、田中とのデートは楽しかったか？」

「馬鹿も休み休み言ってくれ。こっちは重要参考人と思うから、つき合ってるんだぞ」

「へえ、そうなのか。お前と田中はえらく馬があってると評判だがな」

なんだと……と腰を浮かしかけた馬場の鼻先に、遠藤刑事が書類を突き出した。

「うちが調べた田中誠治の報告書だ。まず田中の事件当日のアリバイは完璧《かんぺき》だ。俺は最初、あいつも一噛《か》みしてるんじゃないかと疑ったんだが、きっちり仕事してやがった」

捜査一課では、異常者の犯罪路線が強いとして、田中誠治を有力容疑者の一人と見ている様子であった。

「そうか……確かに怪しいと言えば怪しいが、俺としちゃあ、誘拐殺人なんて大胆なことが出来る男じゃないと思ってるんだ。第一、おつむがあの調子だ。それに俺は、田中の部屋で真犯人を目撃してるしな……」

「そこが問題さ。笛吹き男の目撃者は、お前と田中だけだ。田中の妄想に毒されて、お前が幻を見たってこともありえるだろう。稲妻の影か何かを錯覚してな。だいたいハーメルンの笛吹き男なんて馬鹿げてるだろう。一課では、トラックで子供を輸送したんじゃないかと考えてね。なにしろ三十人だ。トラックで輸送したとしか考えられん。田中は二トントラックを運転しているから、適任者だ」

遠藤刑事は、暗礁に乗り上げる予感の漂う面倒な事件を、田中の犯行として処理したい様子であった。

馬場は憤慨した。


あの怪人が稲妻の見せた幻だと？

ふん、よく言いやがる。

田中誠治の挙動には、確かに怪しい点はある。

しかし、犯人一味ならば犯行前に警視庁に現れて、笛吹き男の事を喋《しゃべ》ったり、自分が殺人を犯したようだと告白しはしないだろう。

いくら病気といっても、余りに不条理だ……。


「それで、詳しい報告はどうだったんだ？」

馬場は分厚い唇を歪《ゆが》めて、遠藤に訊ねた。

「子供のいなくなった時間帯は、学校が終了する一時半以降ということになるが、田中は午前も午後も予定通りに仕事をこなしている。三十人を誘拐するなんて離れ業をしながら、仕事が出来るはずはないし……。田中の走行経路では数十名の付近住人が、トラックを目撃してるが、荷台は空だったと証言した。田中の走行経路は住宅街のど真ん中ばかりだから、いずれにしてもあれだけの子供をつんで走ったとすると、目立ってしょうがなかったはずだ。

つまり……田中が事件に直接絡んでいる可能性を立証するのは難しそうだ。全く、あいつの犯罪なら簡単に片づいたってのに……。『ハーメルンの笛吹き男』だなんて、あてどもない手掛かりよりはな……」

「何を言ってるんだ。笛吹き男は幻なんかじゃない。犯行声明の手紙もあるし、俺がこの目でしっかりと見たんだ。俺の視力は二・〇だ。俺達は異装に攪乱《かくらん》されてるだけだ。ただの、笛吹き男の扮装《ふんそう》をした誘拐殺人犯人ってだけのことじゃないか。それより遠藤、田中への怨恨の線はどうだ？」

「うむ。怨恨には突き当たらないな。過去犯罪にかかわったような痕跡《こんせき》は微塵《みじん》もない。実に真面目な男だ。なんと奴は帝大の国文科を出た優秀な教師だったんだと。えっ、信じられるか、あの田中がだよ。趣味は書画だ。よく近所の子供らを集めて、指導してやったりしてたらしい。ああなる前は、温厚で、酒もタバコもやらない教師の鑑《かがみ》のような男だったというぞ。もし、本当に笛吹き男とやらがいて、田中のことを人殺しだと言ったというなら、それこそ人違いかもしれん。何にしても、滅茶苦茶な話さ」

「そうか……。怨恨の線も駄目か」

馬場が悄然《しょうぜん》と溜息《ためいき》を吐くと、遠藤はお手上げだ、とばかりに肩を竦《すく》めてみせた。

「それより、今日の田中は何を証言したんだ？」

「ああ、児童の殺害を目撃したというんだがな……これが調書だ」

馬場は、まだ笛吹き男の存在を疑っている口振りの遠藤を苦々しく思いながら、机の上に置かれた調書を目で示した。

遠藤刑事が手にとって読み始める。

一通り田中の調書に目を通し終わった遠藤は、げっそりした声を上げた。

「なんだこりゃあ……。『笛吹き男』や『巨人の女』だけでも、こっちは勘弁して欲しいのに、『フランケンシュタイン』に『煉獄《れんごく》の炎』だって？　こんなもの参考になるもんか。田中の証言から何か手がかりを摑《つか》もうなんて、どだい、無理なんだよ」

遠藤刑事は投げたようにいって、田中の調書を閉じた。

「まぁな……。とにかく発作が治まるまで、『はいそうですか』と話を聞いておくしかないらしい。精神科の医師に相談したら、そう言いやがった。だから、発作が軽くなるまで待つだけだ。だがな、田中の話を真に受けるなら、多少は参考になる部分もある。無論、『フランケンシュタイン』や『煉獄の炎』や『魔法の笛』なんてのは別にしてだ、少なくとも、笛吹き男の仮装をした男と、もう一人別の犯人がいたということだ。田中は『大女もいる』と言っていたから、複数犯が臭ってくるだろう」

「まあ……無理矢理に言えばだな……確かにそうとも解釈できない事はないが、それも証言が本当だったとしたらの話だぞ。考えてもみろ、緻密《ちみつ》な計画を立てた複数犯なら、あいつを仲間にするかな……。何にせよ、現実的な手掛かりはゼロ。捜査は白紙に戻っちまった」

遠藤刑事が諦《あきら》めたように言った。

2

小倉良三《おぐらりょうぞう》は四十二歳。

半年前までは小さな工場に勤める事務員だった。ところが不景気で工場が倒産し、五ヵ月近く職探しに走り回った後、知人のコネでようやく摑んだのが、銀座の地下鉄工事の夜警の仕事である。

夜の八時から出勤し、六時まで道に立って警備灯を振り続けるという至って単純な仕事だが、十時間の立ちっぱなしは滅法つらい。それでもこのご時世、職があるだけついていたと言える。

小倉はその日も、普段と変わらず自宅から銀座の六丁目に直接出勤し、現場配給のフードつき防寒コートを着込んで、通りを行く人や車に合図の警備灯を振っていた。

「銀座は光の大迷宮。川は金色、黄金の川。並ぶカフェーネオンの瞬きは、さながら巴里《パリ》のシャンゼリゼ。道行くはシルクハットのジェントルマン、洋装も麗しきモダァンガール。ああ、巷《ちまた》の不況も何処吹く風か」

あれは何処の舞台役者が言った台詞《せりふ》だったか……と、小倉は記憶をまさぐった。

いつの世も銀座の華やぎは、シネマの銀幕の中の世界に同じの絵空事だ。だが、真実が美しく輝かない時は、それに反比例して嘘が輝くのである。

深夜になると、銀座の輝きと乱痴気騒ぎは最高潮に達する。日本中の六割近い人口が食うや食わずという現状がある一方、銀座のカフェーではごく一部の財産家達がジャズに浮かれて踊り狂い、賭博《とばく》が開かれ、女給達に湯水のごとくチップが振る舞われている。カフェーに訪れる軍人、企業家、政治家面々の腐敗ぶりには、目を覆うばかりのものがあった。庶民から言わせれば言語道断の話だ。

小倉もそんな風に思っていた男の一人だ。

彼は警備灯を毎夜ふりながら、千鳥足で歩く酔っぱらいや、きらびやかなドレスを着て街角で客を引く女給を横目で見て、いい気なものだと苦々しく思っていた。

なにしろ、地下鉄工事が終われば、自分にはまた生活の心配が待っている。

ところがどうだ。彼や彼女らの、あの赤い浮かれた顔は……。

小倉が、腹立ち紛れに路上に唾《つば》をはき捨てた時、

ぴたり……

と、首筋に冷たい物が落ちてきた。

「雨だ」

小倉は北の上空で輝いている服部時計店の時計台に目を凝らした。十一時前だった。仕事を始めてから三時間ほどしかたっていない勘定だ。

「おいおい、これじゃあ日当がほとんど出ねぇじゃないか。お願いだから降ってくれるなよ」

嫌気顔で空を見上げた小倉の祈りも虚《むな》しく、それからものの二、三分もしないうちに、雨音がぱらぱらと路上を走る音が聞こえ、次にすさまじい勢いで天から叩《たた》きつけるような雨が降り始めた。

乗用車や円タクの列が、一斉にワイパーを動かす。

大通りをうろついていたカフェー回りの売り子、酔っぱらい客、電柱に陣取っていた女《じょ》郎蜘蛛《ろうぐも》のような娼婦《しょうふ》らが暗闇に消えていく。

「今日の工事は中止だ」というがなり声が聞こえ、工事人足達が、わらわらとトラックに乗り込む姿が見えた。

「おい、来てくれ！」

シャベルや鶴嘴《つるはし》を山と積んだ後方のトラックから声がかかった。小倉はトラックに駆け寄り、荷を固定する太いゴム紐《ひも》を荷台のフックにとりつける作業を暫く手伝った。

いよいよ雨が激しくなり始めた。

小倉はコートのフードを頭からすっぽりと被《かぶ》って、自分の警備位置に戻った。

視界が、雨と跳ね返る飛沫《しぶき》で真っ白に染まっていく。丁度、オーガンジーの幕が天から降りて来るようだ。

ネオンの群や車のライトが雨に滲《にじ》んで放射状の輝きを放ち、それがますます視界を怪しくしていった。

工事人足や機材を乗せたトラックが幾台も小倉の脇を掠《かす》めて飯場に帰って行く。

それが全て終わるまで、警備灯は回し続けなければならない。

しかし、容赦なくますます雨は勢いを増し、トラックの列も長い影が通りすぎるのが分かる程度となった。

危険な予感が小倉の胸に去来した。


事故が起こらねぇように、注意しないといけねぇな……。


トラックの音を耳で確かめ、前方を目を皿のようにして確認していた小倉は、次の瞬間、ひやり、と背中が凍えるのを感じた。

トラックの走り道付近に、ぼんやりと小さな人影が立ってるのが見えたからだ。

背丈からすると子供のようだった。

こんな夜中に、しかも雨の中で立ちん坊をしてるなど、女の売り子が連れてきた子供がはぐれでもしたのだろうか……。

　こりゃあいけねぇ、轢《ひ》かれちまう！

　そう思った小倉は人影のほうに向かって、

「どうしたんだ？　危ねぇぞ、そこをどきな」

と、声をかけた。

しかし子供は押し黙ったまま答えない。

それどころか、微動だにしない。

　おや、日本語が通じないのかな？

銀座の物売りの大半は、大陸から出稼ぎに来た支那《しな》人かコリアだったので、小倉はそう思った。

いずれにしても、トラックが往来してるからほっておくと危ない。

小倉は警備灯を横に振って車の往来を止めようとした。

——その途端、警備灯の光が消えた……。

間が悪い。電池切れなのか。

警備灯を振ったり、叩いたりしてみるが、灯は点《つ》きそうにない。

小倉は焦った。

額が濡《ぬ》れているのが、雨なのか冷や汗なのか分からない。

トラックは轟音《ごうおん》を立てながら、飯場へと次々発進していく。

困った……こうなったら、取り敢《あ》えず子供を、安全なところに連れていくのが先だ。

そう判断した小倉は人影に向かって走った。雨に濡れた舗装道路を走る小倉の足元は、いまにも滑りそうだ。それでも何とか、雨だれのカーテンが少しずつ薄皮をはがすように開かれ、路上に立っている子供の輪郭がハッキリと見えてきた。

もう……少し、だ。

やれやれ、と思って、小倉はフードの前を摘《つま》んで引き上げ、コートを脱ぎ始めた。ずぶ濡れの子供に着せてやろうと思ったからだ。しかし、二つ目のボタンに指をかけたところで、その手が痙攣《けいれん》したように震えだし、止まらなくなった。

い……いったい何だ……？

体中に、硬い鳥肌が立った。

そこに立っていたのは、子供ではなかった。不精髭《ぶしょうひげ》を生やした奇妙な風体の男が、小倉をじっと見つめている。

男は薄い黒色のセーターと焦げ茶色のズボンを身につけていた。だが、その体つきが尋常ではない。一見して奇形じみているのだ。

小倉は腰が抜けそうな恐怖を感じて、それ以上、一歩も前に進むことができなくなっていた。

見たのだ……。

男の足が奇怪に短く、地面に毒々しい赤い液体が溜《た》まっているのを……。

泡だった赤い液体が、雨に打たれて溶けだして一筋の流れを作り、道の脇にある下水に向かっているのを……。

何を見ているのか、わけが分からなくなった。

雨音が鼓膜を封鎖し、赤い色がみる間に視界を埋めていく。

　どくん　どくん　どっくん
小倉は生唾《なまつば》を飲み込んだ。

どうやら男の足は、太股《ふともも》のあたりで切断されてしまっているらしい。

両足を切断された男が、血を流しながら路上に立っているのだ。

だが、単にそれだけの事なら、兵役の時に地雷にやられて体の半分を吹き飛ばされた兵隊や、震災の火に焼けて真っ黒になった死体を見たことがあったので平気だった。

いや……平気といわないまでも、見た瞬間に冷静に事態の把握が出来たはずだ。

なのに、その時、小倉は恐怖に身をすくませていた。

何故なら、目の前の男が、呻《うめ》きも痛がりもしていないからだ。

いやそれどころか、その表情には、神仏の姿をたった今見たかのような荘厳な輝きがあり、両眼にはうっとりと陶酔に満ちた光が宿っている。口元には微《かす》かな笑みさえ浮かべているのだ。

激しい雨の中で、夜目にもぴかぴかと濡れて輝いて見える瞳《ひとみ》が、物言いたげに小倉に向かって注がれていた。

何が恐ろしいといって、男のその表情ほど小倉を凍りつかせたものはなかった。

小倉は慄然《りつぜん》としたが、無理矢理交通事故だと何度も己に言い聞かせ、平静を取り戻した。それはそれで自分の責任もあるので、少々ぞっとしなくもなかったが、何であれそれ以外の事を想像してみる方がもっと恐ろしかった。

「おい、大丈夫か！」

小倉はそう叫んで、男に駆け寄った。そしてもう一度、

「どうした、車に轢かれたのか？」

と訊《たず》ねた。

そうすると、朦朧《もうろう》と光り輝いていた男の目が一度二度瞬きをして、しっかりと小倉をとらえた……。

もうこの瞬間、とてつもなく厭《いや》な予感に襲われ、小倉は言葉をかけたことを激しく後悔していた。

「刑事さん……。刑事さんでございますか？　私、見たのでございます。笛吹き男が鳥に乗って飛んでいったのでございます……」

男が薄笑いを浮かべた唇で、夢見るように囁《ささや》いた。

さぁぁぁぁと背中が凍りついたように感じた。

ハーメルンの笛吹き男？

巷《ちまた》で騒がれている謎の誘拐犯人の事か？

そいつが鳥に乗って飛んで行っただと？

それじゃあ、この男は、笛吹き男にこんな姿にされたのか？

今も怪人が物陰に潜んで、じっとこちらを窺《うかが》っている。そして隙を見せた途端に飛びかかって、自分の足も切り落としてしまうのだ……。

瞬時にそんな不気味な不安にかられて、小倉はあたりを見回した。

しかし、怪しい人影は何処にもなく、小倉は短く安堵《あんど》の息を吐き出した。

我に戻った小倉は、とにかく目の前の男に必要なものは救急車だと気付いた。

「まっ……待ってろ！　救急車を呼んでやる」

小倉は近くに見えていた自動電話の明かりの中に駆け込んだ。

ほんの三メートルほどの距離だ。

小倉が電話をかけつつ、気掛かりな背後の男を振り向いてみると……雨の中に男の影がない。

ほんの数秒のことだ。

ほんの数秒目を離しただけなのに、一体、どうしたというのだろう。

まさかあの体で歩いていくわけもない。


まさか……。


小倉は寒気なのかのぼせなのか分からない熱と目眩《めまい》を感じて、受話器を放り投げた。

まさか、まさか、まさか！

急いで男の立っていた場所に戻ったが、やはり男はいない。周囲を見回しても、何処を見てもいない。車のサーチライトが流れていくだけだ。影も形も消えてしまっている。

相変わらず白い雨が滝のように降っているだけだ。

何も見えない。何も見えない。

腰が砕けそうになった。


こ……これは魔だ、魔の仕業だ。

3

不覚だ……不覚だ……！


馬場は、その朝、頭の中で何度もそう呟《つぶや》きながら、全速力で上野の坂道を走っていた。

暁の空低く、薄らぼやけた七分欠けの月の姿がある。辺りには夜の暗さが残っていた。

馬場の行く道の右手には石垣、左斜め向こうには大きくカーブした都電の線路が見えていた。電車の姿は無い。町が完全に停止している瞬間の時刻だった。

静かだ……。

胸苦しくなるほど走った辺りで、静けさを破るいくつかの人声が聞こえ始めた。

前方の道が不自然に二手に分かれている。道の一方を五百メートルばかり登ると、檜《ひのき》が生えている。大木だ。木の下に祠《ほこら》がある。

〝地蔵観音〟

赤いのぼりが、ゆらゆらと動いた。

警官が二名、新聞記者らしきものが十名ばかり、木の下から惚《ほう》けたように上を見上げている背中があった。

消防車が檜の脇に止まっている。その梯子《はしご》が木の上に向かって伸びていた。

馬場は、石で出来た古そうな祠の前で立ち止まると、その背後のごつごつと節くれだった太い幹の辺りから、ゆっくりと視線を上に滑らせた。

錯節の鬱蒼《うっそう》たる緑の合間をぬって梢《こずえ》近くまで視線が来た時、危うく心臓が凍りつきそうな衝撃が走った。人影だ。木の上から遠景を眺めるような余裕綽々《しゃくしゃく》たる恰好《かっこう》で、頂付近の枝に腰をかけている。その両足が一目で分かるくらい不自然に短かった。

あれが……田中なのか？

余りに遠くて事態が摑《つか》めない。

ゆっくりと梯子が伸びていく。その先にある死体を、馬場は凝視した。

聞き覚えのある声に振り返ると、捜査一課の遠藤刑事が立っていた。左手に無線機を持っている。

「馬場、来たか」

『後頭部にも打撲の傷がある模様です。ああ……こりゃあ酷《ひど》い。両足の傷口はぼろぼろですね。ここには流血の跡はありません。ってことはここに置かれる以前に、出血しきってしまったんでしょうか？　まるで吸血鬼に血を吸われたみたいに面相が萎《しな》びてます。死後硬直の具合から見て、最低五時間以上は経過していると思われます』

遠藤刑事は無線機の声が馬場にも聞こえるように、心持ち傾けた。

「聞いての通りだ。面倒な事件になってきやがったぜ。本当に笛吹き男ってのは、単なる誘拐殺人犯なのか？　仏が座っている枝はかなり細くて、両足が切断されて下半身がなくなっている為に折れない程度のものだ。下にある枝も普通の男の体重じゃ危なそうだ。何にしても、犯人が田中を担いで、あの高みまで登ったとは考えられないな。しかも昨夜、銀座の大通りで、地下鉄工事の警備員が足を切断された田中を目撃している」

「銀座だと!?」

「そうだ。十一時頃だったらしい。確か、お前のところの部下が、田中の家にべったり張り付いてたんじゃなかったのか？」

「べ、弁当を買いに行ってるあいだに、勝手に出ていっちまったんだ」

さんざんどやしつけた部下から聞いた言い訳の台詞《せりふ》を、馬場は口ごもりながら答えた。

はん、と呆《あき》れて遠藤刑事は鼻を鳴らした。

「ったく、大丈夫かよ、お前んとこの課は……ちんたらしたもんだ。とにかく、田中はその姿で、警備員の呼びかけに対し、『ハーメルンの笛吹き男が、鳥に乗って飛んで行った』と答えたらしい。そして、その警備員が救急車を呼びに行った僅《わず》か数秒の間に、田中の姿は消えちまったと言うんだ」

「目撃者は一人か？」

「そうだ。他の警備員は見ていない。知ってるだろう？　昨日の物凄《ものすご》い雨のことは。あれで視界がきかなかったようだ」

「田中はなんで銀座に……」

「いつもの徘徊《はいかい》癖だろ。省線の駅の改札員が、田中らしき男が通ったと証言してる。その時は連れはいない様子だったらしいから、自分の意志で電車に乗って行ったようだ。それにしても『笛吹き男が、鳥に乗って飛んで行った』だなんて、奇怪な話だな。ただの誘拐殺人犯が、どんな手品を使って鳥に乗って飛んだわけだい？　えっ、教えてくれよ、馬場よ」

にやり、と意地の悪い笑みを浮かべた遠藤刑事を、馬場が鋭い目つきで睨《にら》み付けた。

「又、田中の妄想だ。それにしても、その話だと、田中は駅から二百メートルたらず歩いている間に、笛吹き男に襲われて両足を切断されたっていうことになるわけか……」

「そういうことだろう。田中が外出する機会を何処かで窺っていたに違いない。それにしても神業的な犯行だ。しかも、聞いての通り、ここに来る前に全部血抜きされた状態だ。何かにぶら下げられて、切断された両足から出血が無くなるまで暫《しばら》く放置しといたんだろう。身が凍るような話だな……。まったく、化け物だぜ……」

化け物、と遠藤刑事が呼んだのは、勿論《もちろん》、ハーメルンの笛吹き男のことだ。

「ともかく銀座からどうやって田中誠治をここまで運び、あの木の上に座らせたかが問題なんだ。さっき確認したところによれば、田中のセーターの後ろ襟に、何かにひっかけたように伸びている部分があるらしい」

「つまり何かに襟元をひっかけて、吊《つ》るした形跡があるってことだな」

遠藤刑事は、ああ、と答えてうかない顔をした。

「問題は、どうやって死体をあんな上方に引き上げたかだ。乱暴に襟を吊るしてクレーンでつり上げたとしよう。こりゃあ、目立つし、大きな騒音もするはずだが、その主《あるじ》がそれらしき物音も聞いていないというから可能性はゼロだ。それに、襟の編み目がのびた部分の形や大きさからしても、クレーンのものじゃない。もっと細い、半径七ミリほどの円形の器具で田中は吊るされている」

遠藤刑事は、檜のすぐ脇にある家を指さしてそう言った。

馬場は素早く辺りの様子を観察し、田中が座っている檜の後方を指さした。白い石垣の上に舗装道路があった。忍岡《しのぶがおか》に続く坂道だ。

「あの坂の上の道から田中を吊るして木の上に置いたというのはどうだ？」

「俺も考えたんだが、それは無理だな」

「無理？」

「ああ、上の坂道から田中の座っているところまでは上下の距離にすれば二メートルほどだが、横の距離が三・八メートルあるんだ。あそこから木まで田中の体を飛ばすには、相当の怪力でも無理があるということだ」

「ロープを揺らして、振り子方式で反動をつけることは出来ないのか」

「それも無茶がある。ロープを揺らそうとしても、ほら見てみろ、上の坂道まで四十五度の勾配《こうばい》なんだ。振り子原理だと三・八メートル飛ばすには、三・八メートル反対の方向に振らなきゃならん。あれでどうやって振るんだ？　石垣にぶつかってしまうじゃないか」

うむう、と呻吟《しんぎん》した馬場に遠藤が言葉を継いだ。

「おい馬場、お前防犯に行ってから少しぼけたんじゃないのか？　第一、あの道から吊るすなり、投げ落とすなりしたとしたら理屈が合わないんだ。田中は背後の道に対して真横を向いて座ってるんだぞ。よく見ろ」

馬場は日差しを手で遮って、枝の上に座っている田中をじっくりと観察した。

なるほど、確かに田中は横を向いて座っている。第一、檜の後方から投げ落としたとすれば、後方の枝にひっかかっているはずだ。だが、田中は木の前面、表通りから見える場所に座っている。

では、誰がどうやって田中をあんな木の上高くに座らせたというのだろう。

「木の枝に滑車を取り付けて吊るというのはどうだ？」

「ああ、それも調べてみたが、滑車が取り付けられた跡はない。半身とはいえ三十キロ近くの田中を滑車で吊るせば、枝に痕跡《こんせき》が残るはずだ。しかし無い」

滑車でもない……。

それでは、どうしたのだろう。

犯人は田中の両足を銀座の大通りで切断したあと、鳥に乗って田中を木の上に落としたとでもいうのだろうか。田中の最後の言葉通りに……。

遠藤刑事も同じ疑問を抱えているらしく、うかない顔のまま顎《あご》を撫《な》ぜさすった。

どうにも腑《ふ》に落ちない思いで、馬場はいったん道を引き返し、五百メートルほど手前で分かれて田中の座っている木の背後に登っていく坂道を駆け上がった。わりに勾配のきつい坂道だ。五分ほど駆け足で登っていくと、手前にカーブが見えだした。

「……この辺りだな……」

見当をつけてガードレールから下を覗《のぞ》くと、はたして丁度その位置に檜の梢と消防士の肩に担がれた田中の顔が見えた。遠目でよく分からないが、蠟《ろう》のように透明な灰色だ。一回り輪郭が小さくなっているように見える。切断された足から体中の血液が流れ出てしまったせいに違いない。

可哀想なことをした。もっとしっかりした奴に張り込みさせておくんだった。

俺の不始末だ。すまん田中、お前の仇《かたき》は俺が必ずうってやるから、成仏しろよ。

馬場は田中に向かって手を合わせた後、自分の立っている位置から田中の座っていた木を確認した。高度感が勝って、距離が摑めないが、なんとなくすぐ其処《そこ》に檜が届きそうに見えた。

気のせいだろうか？

馬場は試してやろうという気になって、辺りを見回し、両手でやっと持ち上げられる程度の小さな岩を探し出した。

「おうい！　今から石を投げてみるぞ！」

下の集まりが、馬場の声に顔を上げて少し歩《ほ》を下げた。遠藤刑事は、やれやれという顔をしている。

えい、とばかり力まかせに岩を投げてみた馬場だったが、岩は小さくなりながら檜よりかなり手前に落下してしまった。

いくら田中が小柄で下半身が無くとも、これではとてもあの木まで投げ落とすのは無理だ。

額の汗を拭《ぬぐ》った馬場は、ふらりと目眩《めまい》を覚えてガードレールの脇に座り込んだ。張り切って走りすぎた上に、砲丸投げの真似事などをしたせいに違いなかった。

その瞬間、甲高い鳥の鳴き声に空を見上げると、赤い怪鳥に跨《また》がった笛吹き男が、抱いていた田中誠治の小さな体を檜の上へと投げ落とす残像が見えた。

4

柏木の部屋の扉が、朝から荒々しく叩《たた》かれた。

どん　どん　どん　どん
「洋介、おい、寝てるのか？　会社に行く時間だ」

扉を開けると、流行色のソフト帽を被《かぶ》った本郷がめかし込んで立っていた。

「一寸《ちょっと》待って下さい。すぐに用意します」

「おいおい、大丈夫かい？　今日は仕事が引けてからサァカスを見に行くんだよ。少しはこましな恰好《かっこう》をしてくれよ」

「サァカス？」

「そうだよ。昨夜《ゆうべ》カフェー・タイガーで話したろう？　最近、凄《すご》い評判の見世物があるんだ。お京が見に行きたいというからチケットを手に入れたのに、『急に上客と約束が入った』と断られたじゃないか。全く、なんてことだろうね、『客と食事にいくから駄目だわ』だってさ。僕だって客じゃないか」

そう言えば昨夜、本郷がしきりにぼやいていた事を柏木は思い出した。

「本郷先輩はツケが溜《た》まってるから、客扱いされないんじゃないですか」

柏木は遠慮なしにそう言うと、大あくびをし、中に戻って胡座《あぐら》をかいた。本郷は柏木を追って靴を脱ぎ、浴衣《ゆかた》を着替え始めた柏木の横に座った。

「それは酷《ひど》いな。客は客だよ、そう思わないかい？ しかし君、酷いと言えば酷い顔色だぞ、また体の具合が悪いんじゃないのか？ 大体、昔から体が丈夫なのが取り柄なのに、このところ元気もないし、やっぱりあの時の後遺症がまだ残っているのかな……」

遠慮がちに最後の方は小声で言った。

「そんなんじゃありません」

柏木が憮然《ぶぜん》と答えた。

「いや、しかし昨夜のことを覚えているかい？」

「なんですか？」

「ほらほら、そうだろう。君は昨日も酷く悪酔いして、例の夢の話、『腐乱死体が小学校の辺りを彷徨《さまよ》ってた』っていうのをまた持ち出して、『あれはやっぱり現実だ、間違いない』なんてクダを巻きだして大変だったんだぞ」

柏木は全く覚えていなかった。ズボンを穿《は》きながら、ぽかんと本郷を見た。

「そんな事を言ったんですか。すいません。それで……？」

「その後、ひどいにわか雨が降り出したから、僕達は円タクで帰った。それも覚えてないだろう？」

「ええ……すいません。きっと、『最近タイガーに、東がよく来る』というので、緊張して悪酔いしたんです」

「そうだろうけど、変な夢を見たり、悪酔いするなんて体調がよくないようだ。まぁいい、早く用意をしよう。出社時間に遅れてしまう」

時間ぎりぎりで出社した柏木と本郷は、三面記者の早川《はやかわ》と廊下でばったり遭遇した。早川は眠そうな目を擦《こす》りながら、写真現像室から出てきたところだ。

「あれ、早川君、こんなに早くからもう仕事をしているのか？」

「ああっ、びっくりした。本郷さんですか。そうなんですよ、今朝は五時から事件現場に行ってたんです。これがもう！　本郷さんの好きそうな猟奇的な事件なんです。例のあの笛吹き男ですよ！」

早川は輝く瞳《ひとみ》とバラ色の頬を持った、育ちの良さそうな新人だった。柏木が青年将校ともめて花柳界担当に異動させられた後、代わりに三面に配属された新人だ。

そんな新人にも、本郷の怪奇趣味は知れ渡っているらしかった。本郷のことだから、怪しげなネタを探して、早川に三面記事事件の裏話を聞き込むなどしているのだろう。

「なんだって、笛吹き男！　また何かやってくれたんだな……。ああ、そうだ、君に紹介しておくよ、よく僕が話をしている柏木君だ」

「あっ、柏木さんですか。早川です、よろしく」

ぺこんと丁寧なお辞儀をした早川に、柏木は「やあ」と言って頭を下げた。

「ところで、どんな猟奇事件なんだい？」

怪奇小説家になるのが、本郷の夢である。本郷は、そわそわと早川に話をせっついた。

「ハーメルンの笛吹き男の目撃者、田中誠治ですよ」

「あの田中か？」

「ええ、そうです。その田中が今朝、上野の高い木の上に座って死んでたんですよ。しかも、両足を切断されて」

「なんだって！……そうか、評論家の中には田中を犯人だと主張していた者もいたが、あてが外れたってことだな」

「しかも、その両足の切断なんですが、ノコやオノで切ったんじゃなくって、傷口がメチャクチャに潰《つぶ》れていて、まるで何かに食いちぎられたような傷跡らしいんですよ」

「食いちぎられて……」

本郷がぞっとした声で聞き返した。

「謎は深まる一方でしてね。六メートルも上の細い枝に田中を座らせた方法が解明出来ないのに加えて、昨晩の雨の中、銀座の地下鉄警備員が、両足切断されて立っている田中を見たというんです。警備員が声をかけると、田中誠治は笑いながら『笛吹き男が鳥に乗って飛んでいった』と、そう答えたというんですよ。その後、警備員が救急車を呼ぼうと自動電話に走った数秒の間に、田中誠治がいなくなって、再び発見されたのが今朝の上野の地蔵観音のご神木の上ですよ。これが曰《いわ》くつきのご神木で、しょっちゅう付近で事故が起きてるんです。本郷さん、柏木さん、信じられますか、こんな話？」

昨夜、銀座の大通りで？　タイガーで騒いでた頃だ。

すぐ側で、そんな怪事件が起こっていたなんて……。

早川は赤い顔で夢中になって喋《しゃべ》りながら、まだ現像液が乾ききっていない写真を柏木と本郷に見せた。望遠レンズで撮影したと思われるセピア色の写真だ。木の幹に凭《もた》れ、枝に座った田中が横向きで大写しになっている。

現場写真に写る田中は、実に異様であった。

膝《ひざ》の辺りから亜空間に放り込まれたように無くなっている両足も異様なら、すっかり頬の肉が垂れ下がって薄墨色になった面相も異様だ。

なによりぞっとするのは、田中の見開かれた瞳だ。黒ずんだ顔の中で、瞳だけが死の直前に極上の夢でも見たかのように輝いている。

死んで瞳孔《どうこう》が開いているせいだろうか？

光線のあたり具合によるものなのだろうか？

いや違う。よく見ると口元が穏やかに緩んで笑っているではないか。

確かに、田中は何かの魔力に魅せられて、歓喜の内に死んでいったのだ。

……陶酔の悪魔。

朱雀から聞いた魔人ウォータンのことを思い出して、柏木は背中に冷たいものを覚えた。

「それにしても、笛吹き男というのはいったいどんな怪物なのだろうね？　僕は今一瞬、ベレー帽をかぶって、ノミとツチを手に持った彫刻家の姿を思い浮かべたよ。痩《や》せて、無表情で、目だけが真鍮《しんちゅう》のように鈍く輝いている……そんな男の姿だ」

本郷が芝居がかった調子で言った。

「芸術家ですか？」

早川が目を丸くして訊《たず》ね返した。

「そうさ、墓石の間に並べられた子供達の死体遺棄現場の写真にも、この写真にも、超現実的な絵画のような妖《あや》しさと惨《むご》たらしさが漂っているじゃないか。異形《いぎょう》の装束もさることながらだよ、神業のような犯行手口、死体遺棄現場の演出的選択、どれにも耽美《たんび》的な趣味と冷徹なまでの完全主義が色濃く漂ってやしないかい？　おそらくだね、死体の一部を切り落とすのも、彫刻家が彫像の気に入らない箇所を削り落とすような作業なんだ。しかも男はただの芸術家ではなく、とてつもなく謎めいた力を持っている。彼はその力を使って、完璧《かんぺき》な犯罪のオブジェを作ることを楽しんでいるんだ。それでだ、この間の作品の名前が『自壊のオベリスク』さ」

「なる程」と早川が感心したように頷《うなず》いた。

本郷の意見には、それなりの説得力があった。

巷《ちまた》では伊藤晴雨《いとうせいう》の責め絵や犯罪写真集が大流行している。時々、街角に出現する仮設の蠟《ろう》人形館でも、拷問や磔《はりつけ》の残虐な場面が好んで展示されている。そういう風潮であるから、『犯罪芸術』という言葉には違和感がなかった。

「それにしても、不気味だな。笑ってるなんてさ」

本郷の囁《ささや》きにつられ、柏木も写真を凝視した。その途端、柏木の手がわなわなと震え出す。思わぬことに気がついたからだ。

「どうした？　柏木君」

「似てる。この男……錯覚なんだろうか？　ほら、泰明小学校のところで死体を追いかけていた猿のような男に似ているんです」

「何だって……？」

5

人気コメディアンの古川緑波《ふるかわろっぱ》が東宝《とうほう》に去り、つづいてエノケンまでもが離れていくという噂が広がり、『浅草の人出は一時期の半分ぐらいに減った』などと大げさな噂が流れていた。

だが、柏木が見る限り、そんな噂はでたらめもいいところだった。

もとより浅草は、かの化け者・朱雀十五を子飼いにするほどの強《したた》かな町であるから、一人や二人のコメディアンがいなくなったからといって、その胎動が止まるわけがない。

銀座から地下鉄に乗って浅草へと繰り出した柏木を待っていたのは、いつにも増してひしめき合いながら、六区に向かう自転車と人の流れだった。このところ急増した自転車通行人は、歩道、自動車道の区別なしに何処にでも乗り込んでいくので、繁華街の裏通りは軒並み自転車駐車場に早変わりして大繁盛となっている。

人波の中には、腰から水筒を下げた満州《まんしゅう》からの帰還兵と浮浪者が多かった。

他に目立っているのは、ゴロツキ、路上少年、異国の踊り子、商人、遊び人、ソフト帽のモボ、踝《くるぶし》まであるロングスカァトのモガといった面々だ。

群衆の隙間には黄色い砂塵《さじん》の靄《もや》がかかっているように見えた。帰還兵の体について運ばれてきた大陸の黄砂のせいだろうか……。

「最近は乞食《こじき》だらけで厭《いや》になる。それにどうだい、あの自転車の無法ぶりは。劇場の中にまで、自転車で入ってくる輩《やから》もいると聞くよ。景観が悪くて仕方がない。毎日の新聞の話題も、一家心中、倒産、労働争議、少年犯罪の繰り返しだ。この所はますます、労働者と資産家の貧富の差が広がっているし、全く滅茶苦茶だよ。なのに、政友会《せいゆうかい》と民政党《みんせいとう》ときたら、見苦しい政権争いばかりやらかして、経済政策もいっこうにすすまない。まさに衆愚政治という奴だ」

本郷が嫌気顔で言った。

「しかし、そういう先輩の実家は資産家だから、何も心配ないじゃないですか」

「まあね。そうだ、洋介。警視庁に『風見鶏《かざみどり》』という怪文書が届いたことは知ってるかい？　また、差出人は『T』らしい」

「初耳です。どういう意味でしょう」

「だからさ、今度の作品名に違いないよ。ところで犯罪評論家の一人が、パチンコ説を打ち出しているよ。ほら、例の田中を高所に置いた謎だよ。つまり、大型のパチンコを作って、それで田中誠治を木の上に飛ばしたんだと言うんだ。だけど、そんな事をしたら、木に当たった勢いで田中の死体にはもっと破損が見られるはずだという反論が出ている」

柏木は暫《しばら》く考えた。

「出来なくはないでしょうけど、そんな大型のパチンコを作るのも面倒すぎるし、人目に触れずに持ち運ぶのは、なお大変ですよ。そんな事をするでしょうか」

「なあに。犯罪芸術を追究しているような犯人なら、するかも知れないぞ」

本郷が、妙に自信あり気に言った。

押し合いへしあいする人の流れに乗って、二人は昔はオペラ興行で盛況だった金龍館《きんりゅうかん》の角に来た。今やオペラは活劇に押されて下火になっている。

その時、何か奇妙な感じがしたので、柏木はチラリと西洋ゴチック調の尖《とが》った屋根を振り仰いだ。其処《そこ》には以前、金文字で「金龍館」と浮き彫りになった大きな看板があったはずだ。

だが今は、それを留めていたビスの跡だけを残して、看板は綺麗《きれい》に消え失《う》せている。鮮やかに四角く塗られたようなサーモン色の壁面が、周りの煤《すす》汚れた壁の中に浮かび上がって見えるのが、かつての看板の残像であった。

「あの看板のことが気になるのか？　看板を取りかえるそうなんだ。大正《たいしょう》に作られた趣のある看板だったのにね、店主の話じゃ、目立つように派手な電飾看板にするというんだ。なんだかもったいない。あのままのほうが少しレトロで品があったのに……。まったくアチコチこんな調子だ」

本郷が眉《まゆ》を顰《ひそ》めてぼやいた。

金龍館の前では、南蛮銅鑼《どら》が打ち鳴らされていた。弁髪の支那《しな》男が、大口を開けて剣を呑《の》み込む大道芸を披露しているのだ。顔に京劇の隈取《くまど》りを施した黒タイツの男が、取り出した八十センチはあろうかという剣を喉元《のどもと》に押し込んでいく様が、一瞬、群衆の視線を釘《くぎ》づけにする。

その脇を抜けると、六区の興行街に入った。レンガ造りの劇場、見世物小屋、活動写真館が視界の限り隙間なくずらりと立ち並んでいる。

「ぼうっとしてると財布をすられるぞ」

注意を促されて回りを見回した柏木は、ぎょっとした。赤い帽子を被《かぶ》り、面を白と黒に塗り分けた奇怪な顔が、周囲の建物の陰から覗《のぞ》いていたからだ。

ハーメルンの笛吹き男だ。

それも一人、二人、三人……十人近い人数である。

笛吹き男の一団は、一人が手を挙げたのを合図に素早く行列の中に紛れ込んだ。そして各々が持っていた鉦《かね》をバチで騒がしく打ち鳴らし始めた。

群衆の反応は様々だった。眉を顰める者もいれば、露骨に野次を飛ばす者、笑いながら内緒話を始める者もいる。

「昨今の不良少年少女はいかにも質が悪い。最近では彼らの間であんな風な扮装《ふんそう》をするのが流行《はや》っているらしいよ。時々、徒党を組んで悪さをするという。スリぐらいならまだいいが、乞食や浮浪者を標的に暴行を加えたり、婦女子をからかったり、カルモチンを飲んで銀ブラなんてことをしてるんだ」

「お京さんも言ってたが、なんでこんなに笛吹き男は人気があるんだろう？　相手は酷《ひど》い悪党じゃないか。流行にだって倫理観ってものがあるだろうに」

むっ、としながら柏木は答えた。

「僕は実に妖しい噂を耳にした。彼らに、笛吹き男の装束を配り歩いている謎の男がいるらしい。そいつがこの流行に一役買っているんだ」


謎の男？

「妖しいですね。犯人と関係があるんでしょうか」

「さぁね……。洋介、知ってるか？　あの天下の少年倶楽部《クラブ》が、今月号の特集をハーメルンの笛吹き男に絞って、飛ぶような売れ行きだというよ。これも実に質の悪い話だが、それだけじゃない。この間の日曜日には、仲見世で笛吹き男の人形を売って繁盛している店に、殺された子供達の親が徒党を組んでなぐり込むなんて事件があったんだ」

「笛吹き男の人形？」

「なんでも、その人形に憎い相手の名前を書くと、目の前から消してくれるそうだ」

「なんて事だ、狂ってる……」

「全くだ。それも買っていくのは、主に十代、二十代の婦女子らしい。女心は分からんもんだよ」

それまで子供達の人気の的は、少年倶楽部に連載されていた「のらくろ」、乃木《のぎ》大将とヒトラァの偉人伝、新型快速列車つばさの模型に代表されていたが、ここにハーメルンの笛吹き男が加わったのだ。

本郷が嫌気顔をして何かを言おうと口をとがらせた時、笛と太鼓の音が突然大きくなった。笛吹き男達が一斉に「わぁ」と大声を上げ、蜘蛛《くも》の子を散らすように走り去った。背後から警察官がサーベルを抜いて、やって来たので、逃げたのだ。

「やれやれ、何が面白いんだか……」

深川《ふかがわ》とかっぽれ　アクロバチックジャズタンゴ
天勝《てんかつ》のマジックワールド　ムーランルージュ
エログロアチャラカレビュー
エノケンの商船テナシチー

色の洪水。

浅草は東京の華という。

赤、青、黄色、紫、オレンジ、と派手なのぼりが二メートルも幅をとらずに乱立し、それでも足りずに珍獣やスター、レビューの天然色看板が、それぞれの建物の壁面で強烈に自己主張し合っている。

歩を進めるごとに色という色がまるで色見本を繰るように目の前に立ち現れてくる。道の端を歩いていた柏木と本郷は、のぼりの間を身をかわしながら歩く恰好《かっこう》となった。本郷は、二本目ののぼりを過ぎる頃にかぶっていたボルサリーノのソフト帽を脱いだ。

「まったくもう、こののぼりはうるさくてしょうがない。宣伝は確かに大事だよ、なにしろ僕らだって、こういうものがなけりゃ、何処に入って何を見ようか悩むに違いないからさ。しかし、もう少し規制を作ってもらわなけりゃ、歩くのもままならないじゃないか、なぁ柏木君。この間この辺りを通った時には、のぼりが帽子に当たって、あやうく風に飛ばされて見失ってしまうところだった」

「そう言えば、五日の台風以来、風が随分と強いですね」

「うん、だけど何さ、この夏は雨の少ないカラカラ天気で、異常気象だと騒がれていたから、あの台風で飲料水不足が解消してよかったよ」

「盛大に降ってくれましたからね」

「台風が来るまではあんなに乾燥して雨が降らなかったなんて、どういう事だったんだろうね。何しろ、ドアノブを触ったら、静電気がビリッときたりしてたんだから……。僕など、金属を触る時は、用心にハンカチを手にまいてたんだよ。なんだか天までもが不穏だね。それが一旦《いったん》、雨が降ったと思いきや、今度は凍えるくらい冷え込む日が続いて、児童誘拐に田中誠治の怪死事件だ」

車窓を伝う雨垂れの光景が、柏木の脳裏に蘇《よみがえ》った。昨夜、本郷と円タクに乗った時の記憶だろう。

あの雨の中で、両足を切られて、田中は立っていたのか……。考えると、ぞっとする。

突然、頭上に市松模様のマントを翻した笛吹き男の影が現れた。

柏木は息を呑んだ。

それは、劇場が宣伝用に屋根から吊るした人形だった。

節操のない宣伝合戦は六区の名物の一つだ。

六区は、ゲテ物のごった煮のような場所である。道端にぬっと虚無僧が立っており、それが客引きの生き人形であったりする。かと思うと、一メートルもない小男が劇場から劇場に蜃気楼《しんきろう》のような速さで走り抜けて行ったりする光景が日常茶飯事のように繰り広げられる。

この街で生まれ育った者ならいざ知らず、柏木のように余所《よそ》から来た人間は驚かされるばかりで、何年通ってもとても馴染《なじ》みなどにはなれない。町を歩けば、まるで、悪夢の中をさまよっているように感じるのだ。

人の流れは奥に進むにつれて酷く緩慢になっていく。普段なら十分足らずで端までいけるくらいの距離だが、柏木と本郷は一時間近くかかって、六区の端、昭和《しょうわ》座を抜けた。人混みはますます過酷な様相を呈し始めた。

「やぁ……なんとも凄《すご》い人気だな」

本郷は浮き浮きとした口笛を吹いて、再びソフト帽をかぶった。より一層その密度を増した列は細くなりながら、花屋敷の横の空き地に建つサァカス団のテントに続いていた。

二つのトンガリ屋根を持つ、いかにもおとぎの国から出てきたようなピンク色のテントだ。水色のアドバルーンが屋根の上に上がっているが、強風に煽《あお》られて斜めになっている。

其処《そこ》は一時、ハヤブサヒデトが運転するオートバイが大きな樽《たる》の中を回りながら走って、曲芸を披露していた場所だった。オートバイ芸は浅草では息の長い見世物の一つで、凄《すさ》まじい爆音で気分が盛り上がる為に人気があって、いつも人がたかっていた。それでも今日ほどの人出ではない。

大入り満員の大盛況を博した電気館の盆公演、美人姉妹の伏見《ふしみ》直江《なおえ》、信子《のぶこ》による鈴ケ《すずが》森《もり》女長兵衛《ちょうべえ》ですら、これほどでは無かった。

全く異常だ。金龍館からの渋滞は、すべてサァカスの並び客によるものだったのだ。

「先輩、いつの間にこんなサァカスが出来たんでしょうか？」

「知らなかったのかい？　ここに移ってきたのは半年前だが、川田《かわた》サァカスは前からあるじゃないか。瓢箪《ひょうたん》池の近くに小さなサァカス小屋があっただろう？　ほら、寂れた感じの小屋さ。二、三年前から珍しい動物をいろいろと仕込みはじめて、人気が出たらしいね。それで、花屋敷の脇に栄転したって訳さ」

6

すえた黴《かび》臭い匂いのする定員百名程のテントの中には、その倍近い客が犇《ひし》めいていた。

客席の間の狭い通路、後部座席の後ろ、舞台前の狭いスペースにいたるまで、およそ普段は空であるはずの場所が、びっしりと人影で埋まっている。

観客一人一人の漏らす張り詰めた呼吸音が、残らず耳の中に流れ込んでくるようだ。

柏木は、ポケットから取り出したハンカチで額の汗を拭《ぬぐ》い、ぴったりと密封された四隅の出入口の方を眺めた。人が多すぎて、息苦しかった。じっとりとした汗が、背中を伝わってくる。

誰でもいいから、少しドアを開いて空気を入れ換えてくれないだろうか……。

しかしドアは閉じられたままであったし、誰もそんな事を気にしている様子がなかった。

閉所恐怖症気味の柏木は、気を紛らわす為に舞台に目を転じた。

派手なピンクや緑の照明が空中ブランコの女の身体を掠《かす》め、赤いラメずくめの淫靡《いんび》な衣装がミラーボールのように、七色の煌《きら》めきを観客席に反射させている。

女は、観客にウインクして愛想を振りまきながら、ブランコを一際大きく漕《こ》ぎ、一回転すると違うブランコへ飛び移った。

まばらな拍手がおこった。

だが、会場は一種の緊迫感さえ孕《はら》んだ静けさの中にある。

それどころか、観客達は、先の猿回しでも、二十ばかりの椅子を高積みにしてその上で逆立ちするという荒技のアクロバットにも、殆《ほとん》ど反応を示していなかった。

観客達の目は舞台の芸人達に向かって普段以上の熱心さで見張られている。だが、その視線と意識が懸命に追っていたのは、ひたすら熱望するカノ呼び物の姿だった。


呼び物？　それは何だ？

柏木は、呼吸不全で頭痛気味になった頭で懸命に考えた。

「この空中ブランコが終わったら、いよいよだ」

反応の鈍い柏木を、揺り起こすかのように本郷が声をかけてきた。

「僕はここの入場券を手にいれる為に、ダフ屋に三倍の値段を払ったんだ。新聞記者である僕達が、巷《ちまた》でこれほど恐怖と好奇の的になっている『話題の呼び物』を見ずにはすまされまい？　さて、どんな化け物が……いやこれは失礼かな、どんな珍しい生き物が登場するか、胸がわくわくしてしまうよ」


……そうだった。


『ペルシャのシャム双生児ウロトフとタスロー』

柏木は劇場の入口にあった、赤い看板の妖《あや》しい文字を思い出した。

「話によるとその『モノ』は、ペルシャから連れられて来たと言われてるけどね、『ウロトフ』と『タスロー』というのはペルシャの名前でもなさそうに思うよ。モンゴルかカザフ辺りの響きがあるね。あの辺りは一円も出せば何でも買えるというからさ」

本郷が劇場の入り際にそう説明していた。

大概においてこの類《たぐい》の見世物は、看板だけが大層で中身は知れたものと相場は決まっていたが、巷の噂を聞きつけて入場券を調達した本郷は、かなり神経を高ぶらせている。

柏木は虚《うつ》ろになっていた。

依然、柏木の目の前には、兄の恋人だった美佐《みさ》の等身大に切り取られた空白があるのだ。その空白の悲しみは美佐が生きていた頃よりも、より一層、美佐の存在感を、いや不在感を突き付けてくる。

消え失せた金龍館の看板のようなものだ。

あった時は、時折しか見上げることもない。

見上げたとしても無視してしまえる。

ところが、無くなってしまった後には、到底無視出来ない痕跡《こんせき》が其処に残っている。

おそらく、かつてはあの看板に気付かなかった人々も、今は其処に看板が無いことに気づいてしまうのだ……。

「おい洋介、またぼうっとして！　もうすぐだぞ、五分しか出し物はないんだから、見過ごしてしまうんじゃないぞ」

本郷は柏木の様子に気づいて、わざと乱暴に言った。

会場に鳴り響いていた賑《にぎ》やかな音楽は止んでいた。すでに空中ブランコは終わっていた。

柏木がはたと瞬きをした途端、照明が消え、辺りが闇に包まれる。

ごくり、と唾《つば》を飲み込む音が会場のアチコチから聞こえてきた。

そのまま、五分ほど待たされた。

不意に、前方の暗闇に一条のピンスポットが差し込んだ。

一瞬、会場はざわりと動揺したが、光の中に立っていたのは『呼び物』ではなく、シルクハットに黒マント、スペイン人のような長くカールした口髭《くちひげ》を生やした、いかにもインチキ臭い男だった。

男はうやうやしく腰を折り曲げ、声を張り上げた。

「レディス、アンド、ジェントルメン。今日はようこそおこし下さいました。さて、いよいよ今日のメインイベント——驚異のシャム双生児・ウロトフとタスローの登場でございます。この二人の姿の余りのおぞましさ、恐ろしさにご気分の悪くなったご婦人は、どうぞ手を上げて申し出て下さいませ。それと申しますのも、今から紹介いたしますシャム双生児は、大板に血を塗って大イタチ……などという紛《まが》い物ではございません。正真正銘、我が劇団が、彼方《かなた》かのペルシャの地より連れてまいりました、シャム双生児でございます」

うぉっほん、と男はこれみよがしの咳払《せきばら》いをした。

「シャム双生児というものは、双子としてこの世に生まれいずるべきものが、母親の腹の中で育っている間になにがしかのショックを受けまして、双方の体がくっついてしまったというものでございます。大別いたしますと三つの型があるといわれております。まずは臀部《でんぶ》接合型。これは背中と背中がくっついたシャムでございまして、互いの腎臓《じんぞう》が連結しております。次に剣状接合型。これは鎖骨がくっついて生まれるシャムでございます。そうして最後に横腹型。正面と正面に向かいあい、肝臓が連結したシャム。ウロトフとタスローはこの最後の横腹型のシャム兄弟でございますが、単に腹がくっついているだけでは、

「皆様にお見せするほどの代物ではございません」

そこまで言うと、男はわざとらしい沈黙の後、いきなりおいおいと声を上げ、舞台につっ伏して泣きはじめた。

そうしてこの異様な展開に観客が戸惑い、ざわめき始めたあたりで、嘘のようにケロリとした顔でひょいと立ち上がったのだった。

「これはこれは、申し訳ございません。ウロトフとタスローの哀れな身の上を皆さんにお話ししようと思った途端、私のほうがもらい泣きしてしまいました……。実をいいますと、このウロトフとタスロー、身の毛もよだつような姿で生まれたのには、次のような訳があるというのでございます。ウロトフとタスローの父親であるペルシャ人、名前をシンというたそうでございます。シンは、腕のいい鍛冶屋でございます。ですが、シンは滅法酒が好き。その上、焼き餅焼きの酷い酒乱で、酔っては暴れ、妻のマリーを殴る蹴るの暴力三昧の日々だったのでございます。ことの始まりはマリーが臨月の時でございました。マリーというのは、写真を見ればわかりますが、男ならば誰しもがふるいつきたくなるような美女、しかもペルシャの歌姫でございました」

男は、それがいかにもマリーという名の女であるかのように、シルクハットの中から色あせた写真を取り出して観客に見せた。

それは何処かで見たことのある女優のようであったが、余りに素早く引っ込められた為に柏木には分からなかった。

本郷が小さな声で、「ありゃあ、米国の女優の写真じゃないか」と耳打ちをした。

シルクハットの男は舌先も滑らかに、身振り手振りをつけて弁舌を振るっていた。

「酒ばかり呑《の》んで働かない夫のせいで、マリーは臨月というのに酒場で歌っておりました。ようやく一日の仕事が終わり、疲れ果てて帰ってきたマリーを待っていたのは、いつもの夫の焼き餅だったのでございます」

「なんとまあ、とってつけたような話だね。しかし、これじゃあまるで長屋の夫婦喧嘩《げんか》だ。さしずめ彼はトーキー映画で職にあぶれた活弁士あたりかな……」

本郷が肩を揺すって笑ったようだった。

「『てめぇ、一体こんなに夜遅くまで何をしてきたんでぇ!!』

そう真っ赤な顔をしたシンが怒鳴ります。

『何をしてきたってお前さん、仕事に決まってるじゃありませんか』

マリーがたじたじと後ろに退きながら答えると、シンはやにわに大きく張り出した腹を足蹴にいたしました。マリーはもんどりを打って倒れたのでございます。

『アレー!』

『嘘をつけこのあま!どうせどっかの男とちちくりあってやがったんだろう!』

さて、いつもの殴る蹴るが始まったのでございます。いくら優しく堪忍強い女とはいえ、子供の入っている腹を蹴られては百年の愛も冷めるというもの。

『何をするんだい、もうあたしは耐えられないよ、お前さんとはこれきりだ、出ていかせてもらいます』

そう叫んで玄関の戸口に手をかけるマリーの背中に、シンの嫉妬《しっと》に満ちた刃が突き刺さったのでございます。暫《しばら》く……部屋は静まりかえっておりました。そこへ火のついたような泣き声が木霊《こだま》したのでございます。

『おぎゃぁ――、おぎゃぁ――』

殺されたマリーが、瀕死《ひんし》のうちに産んだ子供、それがウロトフとタスローでございました。ああ、なんと哀れ、実の父から母を殺された子供達……。彼らがお腹にいるうちに、母が受けた数々の暴行の為でございましょうか？　はたまた父が母を殺すという恐ろしい因縁を背負ってこの世に生まれ出たせいでございましょうか？　生まれ落ちた子供達の姿は、人とは似ても似つかぬ物だったのでございます……と……いう話でございますが、本当でございましょうか？　さて、果たしてこのウロトフとタスロー、話の通りの人間であるのか、ないのか、さあどちらなんでございましょう？　さても人間でなければ何なのか？　妖怪なのでございましょうか？　まことに不思議な生き物、ウロトフとタスロー！　皆様の目でもって、しっかりとお確かめ下さい！」

シルクハットの男の姿が暗闇に溶けた。

変わって薄ぼんやりとした照明が入った舞台上には、いつの間にかソレが立っていた。

「きゃ――っ」

凄《すさ》まじく引きつった悲鳴が観客席の遠近にこだました。顔をそむける女の姿が所々に見えた。舞台を見ている者の顔は皆、青白く凍りつき、誰もが言葉さえ失っていた。

柏木はソレを見た途端、酷い目眩《めまい》と嘔吐《おうと》感に襲われ、思わず口元を押さえて背中を丸めてしまっていた。

一体これほど気味の悪いグロテスクな生き物が、本当にこの世のものなのであろうか……？

誰もが瞬時にそう思ったに違いない。

客席には不快感とも恐怖ともつかぬ感情が充満していた。

暫くすると、観客たちの間で、眉《まゆ》を顰《ひそ》め、舞台を指さしながらひそひそ話が始まった。


なんなのアレ？

ぬいぐるみか何か、作り物じゃないのか？

おお、気味の悪い。ありゃあ人間じゃないよ。


交わされる悪意に満ちた会話が、気付薬になったようだった。気分の悪さから少し解放された柏木は、おそるおそる横目で舞台上の生き物を盗み見た。

その生き物は怯《おび》えているように見えた。万人の冷たい視線にさらされておどおどしている仕草《しぐさ》は哀れみを誘わぬこともなかったが、同情するには余りにも醜すぎるものだった。

それは人間というよりも、直立歩行の巨大な山椒魚《さんしょううお》に近かった。

茶色く爛《ただ》れたような全身の皮膚、異様に大きな毛の無い頭部、浮腫《むく》んでブヨブヨとした質感がこっちまで伝わってきそうな体。陥没した穴の中に光る貝ボタンのような瞳《ひとみ》にも、知性らしきものは感じられない。

だが、それよりもなによりも、奇怪なのは、その生き物の腹の辺りにくっついていたモノだった。

……肌は半透明だった。体の中を流れる血管や、臓器が透けて見えている。胸の辺りで蠢《うごめ》く心臓の生々しい様子が、遠くからでも分かった。大人ぐらいある頭部に、異様に不釣り合いな、未発達の体がくっついている。胴体は拳《こぶし》二つ分の長さと幅しかないように見えた。しかも佝《く》僂《る》病のように曲がっていて、其処《そこ》から、細い手足らしきものが出ているが、それがどうみても肘《ひじ》と膝《ひざ》の辺りまでしかない筒状の肉塊なのであった。

大きな生き物は、その小さな物体を赤ん坊を抱くように両手で抱いていた。

「おい洋介、あれを人間だと思うか？」

本郷の声が、震えていた。

「……わっ……わからない」


人間だとは思えないが……それにしても妖怪《ようかい》だって？　馬鹿な！

柏木は舞台にいる生き物を目を皿のようにして観察した。その視線に気がついたように、小さな半透明の生き物の顔が柏木のほうを向いて、ぐにゃりと歪《ゆが》んだ。表情ははっきりと識別出来ない。ただ額とおぼしき場所によった深い皺《しわ》の中と、血のように赤い目玉には、はっきりと憎悪が感じられた。

こいつには感情があるんだ。


柏木は、ぞうっ、として、慌ててその生き物から目を逸《そ》らした。

「まったく……何でも見ておくもんだな。こんな物は一生に一度見られるかどうか分からない。僕としては実に興味が湧いた。後でここの劇団の座長を取材してみよう」

本郷はこういうグロテスクな手合いのものには目がない。なにしろ、未来の怪奇作家としては、あらゆるネタを研究しておかなければならないということだった。

「しかし、僕らの担当分野じゃないですよ」

柏木は気の乗らない返事をした。

「構いやしないさ。別に記事にすると約束するわけじゃないんだ」

本郷が不埒《ふらち》なウインクをした時、再びマイクがかかった。

「さて、皆様、こちらの大きな方がウロトフ、小さな方がタスローでございます。皆様はどう思われましたでしょうか？　ウロトフとタスローは一体、何者なのでございましょう？　人間だと思われましたでしょうか？」

大きな声で、「そんなわけねぇだろう！」と客席の誰かが答えた。
いや、人間かも知れない、と柏木は思った。はっきりと根拠があるわけではなかった。
だが、半透明の小さな生き物が見せた先ほどの表情は、下等動物のものではなかった。
「なるほど、そんなわけがない……と仰《おっしゃ》いましたね。確かにウロトフとタスロー、人のようには見えません。しかしながら、人らしきことを致します。人間と他の動物の違いは、その知性にありと科学者は申します。万物の霊長である人間は知性なるものを有しておりますが、他の動物は本能のみで生きているというのが常識でございます。ところがウロトフとタスローには、人間らしき知性がございます。およそ私が調べたところによりますと、二つの子供ぐらいの知性を有しているのでございます。それが証拠に、歌を歌うことなどができます」
またマイクが止んだ。
スポットの中のウロトフとタスローの背後で、ピシャリと鞭《むち》らしき音が微《かす》かに聞こえた。ウロトフは情けない仕草で、背後を振り返ると、ずんぐりとした体を左右に揺すり始めた。
出雲《いずも》のお国《くに》のお宝は　恵比寿《えびす》と大黒《だいこく》積んできた
お宝船に積んできた
三種のお宝携えて　小山の上に埋め隠し
代々までもと村人に

客席は、すっかり凍りついていた。

かすれた気味の悪い音声は、確かに日本語の歌だった。聞いたことはないが、何処かの地方の童謡のように聞こえた。

たどたどしく歌っているのはウロトフだった。タスローがその歌に合わせて、蛙のような泣き声を上げていた。よくよく聞くと、歌に合わせて音程が上下している。どうやらタスローも歌っているらしかった。

柏木は全身の毛が逆立つのを感じた。

本郷が、ぶるっと体を震わせ、泣きそうな顔をして柏木を振り返った。

「なんだか、気分が悪くなってきたぞ」

柏木はただ頷いた。その顔は蒼白《そうはく》である。

奇怪なだみ声と、泣き声の合唱が暫く続いた後、舞台は呆気《あっけ》なく終わった。

立ち上がり劇場を出ていく観客達は、余りの不気味な出し物を見た後遺症で静まりかえっていた。

暗い客席から細い廊下へ、劇場の出入口へと人波に押し出されると、いきなり目の前は繁華街のネオンでぱぁっと明るくなる。

入れ違いに劇場に入っていく観客達の凄まじい熱気に圧倒されながら、柏木と本郷は顔を見合わせた。

「凄《すご》かったな……。全く前代未聞だった。見てみろよ、隣は閑古鳥が鳴いている様子だ。ペンギンごときじゃウロトフとタスローには到底勝てなかったようだ」

本郷はまだ青い顔でそう言うと、ポケットからエアーシップを取り出し、震えている手で一服燻《くゆ》らせた。

隣の花屋敷の入場口には、「ペンギン雌雄来る」の看板が掲げられているが、親子連れがたまにチラホラと出ていくだけで、入っていく客はいない。


世界の珍獣奇獣、世にも恐ろしき熊女の見世物

虚《むな》しい電光看板の赤い文字が、明滅している。

柏木は少し気を取り直し、天然パーマの頭をぼりぼりと掻《か》いた。

「……で。本当に取材なんかする気ですか？　本郷先輩」

「ああするとも、しない手はない。幸いもう八時だ。このサァカスは十時でお仕舞いらしいから、その辺りで食事でもして帰ってくれば丁度いい時間だよ」

腕時計を見てそう言うと、本郷は再び人混みのほうへと取って返し、テントの入口に立って行列を指揮しているチューリップ帽の女に近づいた。

女に名刺を渡し、何事か熱心に話をしている。

ちらりと女が柏木のほうを振り向いた。帽子で隠れた顔は分からなかった。女は何度か頷いて、劇場の中に入って行く。

本郷が戻ってきた。

「やあやあ、うまくいったよ、洋介。取材をしてもいいという話だ。十一時に後始末も終わるから、それから座長に会えるように交渉してくれると言うんだ。なかなか感じの良い女性だったよ。気づいたかい？　彼女、空中ブランコのマリコだよ。ちょっと色気には欠けるが、美形だ。六区じゃなかなかにスタァなんだ。どう思う？」

「あんなゲテモノを見たあとで、婦女子のことによく気を配れますね」

柏木は呆《あき》れ果てた声で言った。

本郷は肩を竦《すく》め、

「なんだい、今さっきの女の事も分からないぐらいぼうっとしてたのかい？　全く君ときたらそんな風だから、朱雀に『可愛い坊や』などと言われるんだ」

「朱雀がそんな事を言ってるんですか？」

柏木は一寸《ちょっと》むっとして口を噤《つぐ》んだ。

「ああ、言ってる。けど、そう悪い意味じゃないようだよ。なにしろ信じられない事に、あの高慢な男が君については好意を持っている様子なものだから、桂《かつら》さんも驚いているぐらいだ」

桂は元車組の頭で、朱雀の前任者である。本郷の話のネタは、どうやらその桂からもたらされたものらしい。何にしても、柏木は面白くなかった。

「それは好意というより、からかっているという方が正しいんです」

「そんな事はないさ、あの男に嫌われていたら、もう今頃はいびられておかしくなっているはずだ。そうさ、あの男にいびられて変にならないとしたら、もとから気が狂《ふ》れているか、余程に図太い神経の持ち主かのどちらかさ。馬場刑事のようにね。……おや？　噂をすれば影じゃないか」

本郷の視線が、柏木の背中越しに、浅草寺の方へ注がれていた。

柏木も振り返った。

いかつい肩を左右に揺らし、がに股《また》で歩いてくる男がいる。遠目で見ると小型のゴリラのような体格だ。五分刈りのゴマ塩頭。しっかりと横皺の寄った狭い額。一重の鋭い目で、辺りに満遍なく睨《にら》みをきかせている。馬場刑事だ。

「どうも、馬場刑事！　お久しぶりです」

まだ百メートルほど向こうにいる馬場に向かって、柏木が大声で挨拶《あいさつ》をした。馬場は鋭い視線をこちらに向けると、面倒そうに眉《まゆ》を顰《ひそ》め、小指で耳の穴を蓋《ふた》しつつ、憤然と歩み寄ってきた。

「大声を出すな、柏木！　刑事だと分かったら捜査がしにくいじゃねぇか！」

「すいません」

ぬうぼうと立ったまま謝った柏木を、馬場が嫌そうな顔で見た。

柏木か……いつ見てもぼうっとしてやがる……。

そう言えば、田中誠治が「フランケンシュタインは大柄で、どんぐり目で、炎のような髪をしてる」と証言していたが、まるで柏木の風貌《ふうぼう》じゃないか。

馬場は、フン、と鼻の穴を膨らませた。

「全く、世間擦れしてないというのか、礼儀を知らないというのか、お前は困った小僧だ。お前の馬鹿声はいやに響くんだ。なのに俺の顔を見るたびにアチコチで声をかけるから、ここら辺りのやつらは皆、俺が刑事だと知っちまってるんだぞ、まったく」

はっはっはっ、と思わず笑った本郷を、馬場の鋭い目が睨み付けた。

「ところで、馬場刑事、事件の捜査ですか？」

本郷が訊《たず》ねた。

「そうだ」

馬場が渋い顔で答えた。三十名もの子供達の誘拐殺害事件、研究所の出火、目撃者田中の怪奇殺人事件と立て続けに起こった事件のいずれも、手掛かりが摑《つか》めぬままなのだ。

「どうなんです、例の笛吹き男の件は？　何か手掛かりはあったんですか？　田中誠治の死の謎は摑めたんですか？」

新しい情報を仕入れるチャンスだとばかりに本郷が聞いた質問に、馬場は暗い表情で短く答えた。

「ない」

「ない、とは困ったことですね。そんな事でいいんですか？　桜の紋章が泣きますよ」

「うるさい、お前らの野次馬根性に付き合ってられないぐらい、こっちは忙しいんだ」

馬場は、けっと地面につばをはくと、再び肩を揺すって歩き去って行った。

7

ハーメルンの笛吹き男というのは、本当に恐ろしい悪魔でございます。

よくよく考えてみますと、やはり私の息子を殺したのはあの悪魔なのでございます。

何故かといいますと、息子が事故に遭う前から、あの工事現場には夜になると細いフルートの音色が響いていたのでございます。

おそらく、あの時からあの悪魔は工事現場に住んでいたようなのです。そして、あの悪魔が機械の虫達を操っていたに違いありません。

ああ……本当に憎んでも憎み足りない、恨んでも恨み足りない悪魔でございます。

私はこの目でたっぷりと、あの悪魔の所業を見てたのでございます。笛吹き男ともう一人の大男が、ご近所のケン坊や、あつし君や清子ちゃんや、英次《えいじ》君などを連れて、墓場の方へどんどんと歩いていきますのを……。そうして、魔法のフルートで子供達が眠りについてしまうと、大きな肉切り包丁をマントから取りだし、そりゃあ見事な手際で、子供達の手足を切り刻みはじめましたのを……。

いいえ……その時、悪魔が吹いていたのはフルートではなく、ラッパでございましたでしょうか……。

そう、そうでございます。ラッパです。

あの時だけは何故か、あの悪魔はラッパを吹いていたのでございます。どういうことなのでございましょう。

ラッパのメロディには聞き覚えがございました。そう、あれでございます。軍隊の行進ラッパでございます。

はて、何故、笛吹き男が行進ラッパを吹くのでございましょう。まことに不思議なことでございます。

とにかく、あの悪魔がラッパを吹きますと、その途端に真っ赤な炎がめらめらと燃え盛ったのでございます。そうして足元の地面が恐ろしい勢いで揺れ動いたように感じられました。

あれは地下から噴き上がってきた煉獄《れんごく》の炎なのでしょうか、あのような恐ろしい光景を私は見たことがございません。炎の中で地獄の亡者が喘《あえ》いでいるような気すらいたしたのでございます。

あまりのことに手足が凍えるように冷たくなるのが感じられました。そうして炎が燃え盛った瞬間です、悪魔と共にいたどんぐり目の男が、殺せ！　と大きな声で命じたのでございます。

なんと惨《むご》いことを言うのでしょう。

悪魔が、包丁を振りかざし、それを寝ている清子ちゃんの腕のつけねに振り下ろすのが見えました。

ああ、なのにどんな強力な魔法にかかったものか、清子ちゃんは手足を切られておりますのに、びくりとも動かないのでございます。それこそ、すやすやと気持ちよさそうに眠ったままなのでございます。それどころか、止めようとする私の手足すら動かなくなってしまっていたのでございます。

その時、あの悪魔は恐ろしい笑いを浮かべておりました。まるで本当に楽しい遊戯でもしているかのように、にたにた笑い続けていたのでございます。

ああ、あのような惨いことをしながら、笑っていられるなど、まさに人間のいたすことではございません。あれは悪魔そのものでございます。

フランケンシュタインは、あのような怪物を沢山生みだしているに違いありません。

恐ろしい……恐ろしいことでございます。

田中が証言した不気味な目撃談が馬場の頭の中で渦巻いていた。妄想じみた事件の目撃告白と、まるでそれを真実だと証明してみせるかのような田中の死……。謎は解決するどころか、余計に深まっていくばかりだ。それなのに……。

まったくブンヤという奴は、端からくだらぬ口出しばかりしやがる。

ピーチクパーチク囀《さえず》って、捜査の邪魔をしやがって。無責任で気楽なもんだ。

おまけに、このところ笛吹き男の仮装をした奴らまで町を彷徨《うろつ》きやがるから、紛らわしくてしょうがない。あれも、取り締まらないといかんな。

馬場はむくれた顔をして、前にある青銅の門を睨み付けた。

吉原……ここもだ。一筋縄じゃいかねぇ。

なにしろ吉原というところは江戸三百年以来続いた自治区だ。長きにわたって吉原法という、国家の法とは別の独自法をもって運営されていた。

外の世界での権威は吉原内では通用しなかった。

大名がこようが、将軍がこようが、吉原では花魁《おいらん》のほうが身分が上だったという。もとは伊勢《いせ》、熊野《くまの》などの神殿に仕えていた巫女《みこ》を源流とする花魁達によって作られた日本の中の吉原という異界は、この時代でも、車組という自衛団を持ち、その頭にあの朱雀十五を据えていた。

事故で視力を失う以前、検事として活躍していた時代の朱雀にさんざんいびられた覚えのある馬場にとって、吉原は出来るだけ近づきたくない所である。だから訪問する時には、いつも肩に力が入っていた。

息を大きく吸い込んで覚悟を決めた馬場は、肩を揺すり、両脇の見世から時折顔を覗《のぞ》かせて自分の様子を窺《うかが》っている牛太郎《ぎゅうたろう》達を威圧しながら、仲之町《なかのちょう》通りを奥へ奥へと歩いていった。

そして車組の黒い玄関前にたどり着くと、やおら威勢良く障子を叩《たた》いた。

「警視庁の馬場だ！　開けろ！」

暫《しばら》く、しん、と静まり返ったかと思うと、どきりとする間合いで障子が開いた。現れた黒服の大男が、頭一つ高い位置から馬場を見下ろした。

「後木《ごき》、朱雀元検事はいるか？」

馬場は顎《あご》をしゃくり上げて、ガンを飛ばした。

初めて会った時から、後木という男は馬場の気に入らなかった。体躯《たいく》のいい強面《こわもて》の男には、どうしても武闘派としての対抗意識が芽生えるのである。

後木は眉《まゆ》一つ動かさずに、黒いサングラスの向こうから馬場を見た。

「どうぞ」

後木は低い抑揚のない声でそう言うと、体をかわした。

その脇を馬場がずかずかと通り抜けた。

とば口を上がり、奥の襖《ふすま》の前に立ったところで、後ろから続いてきた後木が襖を開けた。

「なんだよ馬場君、大声で僕の名前を叫ばないでくれたまえ、ご近所に聞こえが悪いとは思わないかい？　それに『元検事』というのはやめてくれたまえ。まるで隠居した老人のようだ。『朱雀弁護士』でいいんだよ。まったく君は気遣いがないんだから」

長火鉢の前で白い上下の背広を着たままゆったりと体を横たえていた朱雀は、開口一番そう注文をつけたのだった。

「ところで馬場君、僕は君が見たというハーメルンの怪人のことが気になってるんだ。なんでもその怪人の影が、コウモリだったというじゃないか」

楽しそうに言った朱雀に、馬場はぎょっとした。コウモリの影の事は発表しなかったはずだ。なのに何故、朱雀が知っているのだ。

「おい待て、それを誰から聞いたんだ？」

馬場が凄《すご》んでみせた。

すると、朱雀は余計に嬉《うれ》しそうな顔をした。

「萌木楼《もえぎろう》に出入りしている防犯課の刑事が、花魁達に得意気に喋《しゃべ》ってるよ。吉原の花魁達の間じゃ有名な話さ」

「なんだと！　どいつだ、捜査機密を漏らした奴は」

「そうめくじらを立てたってしょうがないだろう？　その刑事が言ってたそうだよ。新部長が来てから防犯課は修羅場だってねぇ。このところ、カフェーの賭博《とばく》を摘発して回ってるそうじゃないか。『銀座のネオンが寂しくなってしょうがない』と嘆く御仁も多いよ。もう少しゆとりを持って仕事をしないと、馬場君、君、嫌われてしまうよ」

「余計なお世話だ」

馬場は鼻を鳴らした。

朱雀は長火鉢の上へ身を乗り出すと、見えない目で馬場の顔を覗き込むようにして言葉を継いだ。

「ハーメルンの怪人が田中誠治に渡した犯行文の切り文字と、警視庁に送られてきた怪文書の切り文字を調べてるんだって？」

「そんな事まで喋ったのか？」

馬場は呆《あき》れ返った。課に戻ったら、秘密保持の甘さを締め上げてやらねばならない。

「君のことだから、胸ポケットに持ち歩いて、切り文字を調べて回ってるんだろう？　大事な書類を無造作に胸ポケットに入れておくのは良くないと、僕が現役時代に何度も注意したのにね。ねぇ、見せてくれたまえよ」

確かに、馬場の胸ポケットには犯行文が入っていた。

まるでお釈迦《しゃか》様の手の内で転がされる孫悟空《そんごくう》にでもなったような気分で、馬場はおずおずと犯行文を取り出した。

「見るったって、あんたは見えんのだろう？」

「僕は見えないが、僕の秘書が代わりに見てくれるよ。ねぇ、後木」

後木は頷くと、サングラスを取った。サングラスを取っても強面は変わらない。一重の鋭い切れ長だ。苦み走ったいい男と言えた。

馬場はますます面白くなかった。

後木は広げた三つの紙面を一分ほどじっと見た後、無言で再びサングラスをかけた。見たというだけで、特に口を開く訳でもない。

いったい、こんな事をして何になるというんだ。

それともこれも嫌がらせのつもりなのか……。

意味のない退屈な儀式につきあわされているようで、馬場はイライラとした。

「それで、切り文字は何から取ったものか分かったのかい？」

「ああ、本や新聞やチラシなどをしらみ潰《つぶ》しに照合してみた結果、殆《ほとん》ど分かった。一つだけが不明だ」

「ふうん、どの文字？」

「田中に笛吹き男が手渡した一行目の最後の『タ』の文字だ。どうも合うやつが見つからないんだ」

へぇっ、と朱雀は気のない返事をした。見えぬのだからそんなものだろう。

「それで死んだ田中誠治は、事件について何と言ってたんだい？」

「ああ、何度か田中の話を聞いたが、なにしろあの病だ。妄想の話をするばかりだった。もう少しまともな会話が出来れば、手掛かりの一つ、二つは摑《つか》めていたかもしれんのだが……。俺も不手際だった」

「はっはっ、今更面白いことを言うじゃないか。君の不手際はいつものことだよ。それでその妄想って？」

きつい皮肉を言った朱雀に、ふん、と馬場は苛立《いらだ》たしげに鼻を鳴らした。

これまで散々に田中の話を検討してきたが、思い出す度に余りの支離滅裂さに嫌気がさしてくるばかりだ。

「なんでもだ、『昔から四原にはフランケンシュタインが住んでいる』というような話を噂に聞いたことがあるらしい。それで、『時々会う巨人の女は、フランケンシュタインに作られた人造人間だ』と田中は言うんだ」

馬場は自分で話しながら、余りの馬鹿らしさに天井を仰いでしまった。

「巨人の女？」

朱雀がからかうような声で訊《たず》ね返す。

「松林を抜けると、車の中を覗き込んでくる巨人の女がいるんだそうだ。顔だけで人の身長と同じぐらいあるっていう女でね……。そいつも、笛吹き男も、フランケンシュタインの作った怪物なんだとさ。しかも、田中の証言するフランケンシュタインの人相ってのが柏木にそっくりなんだ」

「柏木君に？」

「ああ、ふざけた話だ。しかも、笛吹き男がラッパを吹くと、大地が揺れて、炎が燃え上がったとか……。奇術のような話だよ。全くたまらん話だ」

「……それで？」

「妄想と現実が、田中誠治の頭の中でごっちゃになっているらしいんだ。あとは、『ハーメルンの笛吹き男がさらった子供を魔力で眠らせて、肉切り包丁で切り刻んだ』とか、『自分の死んだ子供も奴に殺されて、炎の中で棺桶《かんおけ》を焼かれた』とか……。両足を切断された直後には、『ハーメルンの笛吹き男が鳥に乗って飛んで行った』と言っていたらしい。どうにも分からん」

「ほおっ、それが妄想なのかい？　本当に犯人は奇術師かもしれないよ」

朱雀は口の端を可笑《おか》しそうに歪《ゆが》めて、喉《のど》の奥で、くくっと笑った。

「ああ、確かにそんな事を新聞や雑誌では言ってるようだ。だがな、どんなトリックを使って巨人の女を出したり、鳥になって空を飛んだりしたっていうんだ？　そう言うと、誰もかれも口をつぐんじまう。いい加減なことは言わんでくれよ。俺は犯罪評論家のご意見にはウンザリしてるんだ。第一、自分の子供の棺桶を笛吹き男に焼かれたなんてことも嘘らしい。子供は陸軍病院に献体されたんだとよ」

献体かぁ……と、朱雀は眉を顰《ひそ》めた。

「陸軍病院ってのは、僕は余り好かないね。なんだかやることが事務的なんだよ。僕の知り合いの検事も実にモラリストでね。やはり自分の母親が死んだ時に献体を申し出たんだ。そうしたらだよ、陸軍病院の車がやってきて、愛想のない金属製の箱の中に母御の遺体をつめて、ぱんと蓋《ふた》をしてしまった。顔も見られないんだ。僕と知り合いは病院まで付き添っていったんだけど、その箱ってのが、実に手間を省くものさ。蓋を取って、そのまま献体用の冷蔵庫の戸棚に、すっと納まるように出来ているものだったんだよ。もう少しなにかあっても良さそうなものじゃないかい？　そんなに手間を省かなくったって、ねぇ。せめて死者の尊厳に相応《ふさわ》しい別誂《べつあつら》えの容器を作るとかだよ。物ではないんだからね」

「そんな事を言われても、俺にはどうしようもない。まぁ、だから棺桶なんぞを笛吹き男が焼いたはずもないそうだ。攫《さら》われた子供を肉切り包丁でバラしたってのも、どんなもんだか……いや……殆どあてにはならないだろう。俺が田中の部屋で目撃した時に、笛吹き男は確かに血まみれの肉切り包丁を持ってやがった。だから田中誠治もそれを見て、そんな妄想を抱いたのかも知れん」

ふうん、と朱雀は暫く黙り込んだ。

「しかし田中が殺されたところを見ると、なにか犯人にとって拙《まず》い事実を田中が知っていたということは考えられるね」

「……それはそうだが、今となっては分からんことだ」

「ああ、そうだ」

と、朱雀が何事かを思いついた様子で手を打った。

「何か見当でもついたのか？」

「馬場君は、合羽橋の『三屋《みつや》』という店にいるペンキ職人の元《げん》さんを知ってるかな？」

「知るわけがないだろう」

思わず居住まいを正していた馬場は、あまりの馬鹿馬鹿しい質問にうんざりとした。

「へぇ、そうなのか。まあとにかく元さんというペンキ職人がいるんだが、塗料を盗まれたらしい。結構な量があったから、値段にすれば百円を下らないそうだよ。それで困ってしまって、是非見つけて欲しいと訴えて来てるんだ」

「ペンキだとぉ？　天下国家の一大事にそんな事に係わってられるか！」

「けどね、盗まれた現場というのが、ほらあの燃えた研究所の近くの巨大看板のところなんだ」

「……な、何だと？　どういう事だ？」

「それが不幸な事故なんだよ……。元さんはね、看板の描き変え作業をしていて、足場から落下してしまったんだ。それで急いで病院にいったはいいけど、その時は塗料にまで気が回らなかったんだ。それで昨日、若い衆を見にやらしたら消えていたと言ってね」

「そうか。で、それが事件とどう関係があるんだ？」

「事件となんて関係あるわけないじゃないか。馬場君、君までお脳がどうにかしてしまったのかい？　まさか不穏分子がわざわざ塗料を盗んだと思ってるのかい？　何のために？　帝都の壁に綺麗《きれい》な発色の塗料で犯行声明でも書きたいからかい？　僕は単に君が通っている現場に近いから、ついでに捜してくれと言ってるんだよ」

「馬鹿もやすみやすみ言ってくれ」

馬場はうんざりとした声を上げた。

いつもの朱雀の癖だ。絡んでいるのだ。何か少し気に喰《く》わないことがあれば、こうして人に絡むのだ。

「どうして馬鹿なんだい？　君は防犯課じゃないか。盗人を捕まえるのだって仕事だろう？　それとも何かい？　何の力もない庶民の言うことなんて、馬鹿らしくて聞けないというのかい？　それは一寸《ちよつと》問題だろう？」

いよいよ朱雀は嬉《うれ》しげに語気を強めた。逆らうとまた厄介なことになるに違いなかった。

「ああ、分かったよ。部下に言っておく。けど、あてにはするなよ。ハーメルンの事件で人数をさいてる。それに田中の殺害にもだ。盗まれた塗料なんぞを捜している人手はないんだ。盗難品など、名前でも書いてない限りみつかりゃしないだろう」

「でも特殊なものなんだよ。元さんというのが洒落《しやれ》た人でね。発色のいい特殊な塗料なんだ。だから何処かに売りにいけば足がつくはずだと言うんだ」

朱雀が腑《ふ》に落ちない顔で言った。

厄介なことである。

「分かった。分かったよ。部下にその元さんとやらに話を聞きにいかせる。そんなことより、何か不審者の情報があったら教えてくれ」

馬場はぶっきら棒な口調で言った。少しでも朱雀をあてにするなど、癪《しゃく》に障って仕方がない。だが、吉原の情報力は警察などより格段に上だ。

朱雀はにやりと笑うと、「調べさせて、何かあれば知らせるよ」と答えた。

「しかし、馬場君、本当は事件解決のヒントが欲しいんだろう？　それなら、そう喧嘩腰《けんかごし》にならず、もっと丁寧に説明してくれないとね、いくら僕とはいえ、馬場君に役立つような推理は出来ないだろうねぇ。もう少し、ほら、何か言いたまえよ」

いかにもはなから謎解きに自分を頼ってきたのだろう、と言いたげな朱雀に、馬場は、むっとした。しかし、プライドを捨てて訊ねた。

「『自壊のオベリスク』と『風見鶏《かざみどり》』って暗号を、あんたならどう解く？」

「僕ならどう解くかだって？　さて、さっぱり分からないね。柏木君にでも聞いてみたらどうだい。知っているかもしれないよ。なにしろフランケンシュタインなんだから」

自分から誘いをかけたくせに、朱雀はけんもほろろに答えて、喉の奥でくっく、と笑った。

馬場は、自分が恐ろしく馬鹿にされているのを感じて、真っ赤になった。淡い期待が無かったこともないが、頼み込んでまで知恵をかしてもらわずとも結構だ。それぐらい、自分の力で解決してやる。

馬場は肩を怒らせて車組を出た。

8

本郷は、東京であれば新橋、銀座、浅草、新宿のみならず、ありとあらゆる所にある気のきいた店や穴場を知っている。

その日は柏木をさる小料理屋に誘った。本郷の話によると、その店の常連は歌劇の美女達なので、大いに目を楽しませることが出来るという事だった。

松竹《しょうちく》座に向かって、半丁ばかり続く通りには、歌劇のスタァ目当てに集まってくる老若男女を相手に商売している食堂や飲み屋、菓子屋などが集まっている。

「ほら洋介、あのミルクホールを見てみろよ、『水《み》の江《え》滝子《たきこ》が来る店』なんて貼り紙してあるが、本当は一度、二度、贔屓筋《ひいきすじ》に呼ばれてコーヒーを飲んだぐらいのことなんだ。スタァはこんな表通りの目立つ店に出入りしやしないよ。僕がこれから案内するのが、正真正銘、歌劇団の御用達の店だよ。奥の座敷があってね、歌劇の美女以外のめったな客は其処《そこ》に通しやしない。だから、ゆっくり食事が出来るっていうんで、稽古《けいこ》や上演の帰りに、こっそり美女達が潜んでくるのさ。取材の約束時間にはまだ一時間以上あるから、その間に美女達が来たら幸いだ」

本郷は楽しみな様子で言ったが、柏木は興味を持てなかった。

露《あらわ》なダンス衣装に身を包んで、時には胸元なども大胆に見せ、レビューを踊る松竹歌劇団。柏木とて、そんな写真は週刊誌で見ているが、どうにも女性観が古風なので、肌も露に踊り回るような女性に魅力を感じない。むしろ苦手だった。だからスタァのことなどもからっきし知らない。野暮なことだが、柏木はその方面に対しては、年齢よりずっと純だった。

それより、柏木にとっては本郷のほうが不可解で、正体を追究したい存在だ。高邁《こうまい》な政治論を語った端から、俗な話題をさも楽しそうに口にする。そのちぐはぐさが分からない。学生時代、マルクス主義運動の弁舌家として名を知られていた本郷の姿を尊敬していた柏木は、モダァンボーイなど本郷の隠れ蓑《みの》だと信じたかったが、どうひいき目に見ても軟弱なモボの方が、本郷の性に合っているようだった。

「さぁ、ここだよ」

繁華街から裏道へ入り、さらに三筋目を折れたところにその店はあった。

柏木は、あんぐりと口を開いた。

うらぶれた……としか言い様のない、木造二階建ての民家が建っている。その二階からといい、壁に取り付けた物干し竿《ざお》からといい、とにかく大量の洗濯物がぶら下がっている。それもおしぼり、タオルはまだいいとして、赤ん坊の涎掛《よだれか》けから、ももひきまでもが並んでいた。

「蓑《みの》」と筆文字の入った薄暗い提灯《ちょうちん》看板も、二階から垂れ下がる洗濯物に邪魔されて、ようやく見えるか見えないかであった。

愛想無しどころか、客に入ってくれるなと言わんばかりだ。通りすがりの人は、到底それが店であることにすら気づかぬ構えだ。

「これ、民家じゃないんですか。本当に入ってもいいんですか？」

「勿論《もちろん》さ。最初は戸惑うが、どうということはない。入れば普通の小料理屋さ。洋介、これが浅草の店というもんだよ。いかにも『入って下さい』なんていう風情で手ぐすねをひいた店の構えは粋じゃないそうだ。通しか来ないようなこんな店が、浅草にはごろごろとあるんだ。それに料理が美味《うま》いのに値段が安い。いつも勘定間違いをしてるんじゃないかと不安になるぐらいで、実に結構だ」

そう言いつつ、本郷は「御免よ」といってガラリと引き戸を開けた。

狭い白木のカウンターの中から、捩《ね》じり鉢巻の年配の板前が、じろりと二人を睨《にら》んだ。

「なんでぇ、本郷さんか」

「なんでぇはないだろう？　どうだい最近は親父さん、巷《ちまた》じゃあ青い麦の女といい仲になってるってもっぱらの噂を聞くがね」

板前は里芋をむきながら、苦笑いをした。

「そいつは、俺っちの親父の話だよ。お袋が死んでから惚《ぼ》けてたのが治ったのはいいが、どうにも相手が相手だけに、恰好《かっこう》悪くていけねぇや」

「へぇ、たいしたもんだ。今日は社の後輩と一緒なんだ、奥に入らせてもらうよ」

「どうぞ」

無愛想に言った板前に、柏木は黙って頭を下げて本郷に続いた。

「青い麦っていうのは、有名な男色の店なんだ」

本郷の耳打ちに、柏木は、ああ……と頷いてみせた。平静を装っていたが、陰間《かげま》と聞いてかなり動揺した。

狭いカウンターだけの店かと思いきや、奥の続き間には天井のやたら高い、奇妙な空間が広がっていた。

窓が無い。はるか屋根近くに、二尺四方の明かり取りらしき穴が開いているだけだ。

部屋の半分が畳、半分が板間になっていた。畳の場には、質素なちゃぶ台が十脚ほど並んでいる。板間には、時計、屏風《びょうぶ》、骨の折れたコウモリ傘、火鉢、団扇《うちわ》、小さな物入れ、布、人形など、およそ骨董品《こっとうひん》といってもよさそうな古めかしい雑貨が、重ね、重ね、重ねて山のように置かれてある。

柏木は目を丸くして、ぐるりと周囲を見渡した。

本郷は上着を脱いで座りながら、

「別に値打ちのあるものなどありゃぁしない。ここは昔倉庫として使っていたらしいのだが、さっきの亭主の女房というのが、酷《ひど》く物持ちのいい山の神でね、中の物を捨てるのが勿体《もったい》ないというので、置いたままになっているのだそうだ。さぁ、そんなところに突っ立ってないで、座れよ」

柏木と本郷は、部屋の隅に積まれた座布団を各々手に取って敷き、奥の席に向かいあって座った。

柏木の丁度目の前に、黒い招き猫の置物があった。顔の長い妙に人間めいた猫だ。その後ろから覗《のぞ》いている小さな人影に、柏木は一瞬どきりとした。それは二歳児ほどの大きさがある雛《ひな》人形だった。細工が繊細だ。少しばらけた髪は人毛を使っているようであった。

まるで時の水底に置き去りにされたような、静かな部屋である。

注文を取りに来る店員もいない。

本郷が表の方に向かって、

「親父、銚子《ちょうし》を二つ。それと鮑《あわび》を頼んだよ」

と叫んだ。

へい、とカウンターから威勢のいい返事が聞こえる。

「しかしなんだねぇ、エログロナンセンスも死語になってしまうかと思いきや、怪人笛吹き男の出現といい、ウロトフとタスローの今日の反響ぶりといい、まだまだ流行は継続しそうだね。僕も今のうちに、小説を一作仕上げねばならないなぁ」

本郷が銚子を傾けた。

「気味が悪いですよ。それにしても今日のアレ、歌を歌ってましたが、あれで人間なんでしょうか？」

「どうだろう？　世の中にはまだ僕らが知らないような珍獣のたぐいも沢山あるというから、分からないよ。それに歌を歌うぐらいなことであれば、インコだって出来るじゃないか。要は口と舌の構造の問題であってだよ、喋《しゃべ》れるから人間だとは限らないわけだろう？取材でどんな話が聞けるか楽しみだ。僕が思うに、あれはカンブリア紀あたりの古代生物の生き残りに違いない」

「カンブリア紀……ですか？」

本郷の憶測に、柏木は声をかすれさせた。

「そうだよ、カンブリア紀というのは生物の進化学上、特殊な位置を占める時代なのさ。なにしろ発見されるその頃の生物の化石というのが、実にデタラメなんだ。一九〇九年にカナダのロッキー山中で発見された『バージェス動物群』のことは知ってるかい？」

柏木は暫《しばら》く記憶を手繰って、「名前だけは知ってます」と答えた。

「あのカンブリア紀の化石ときたら、見るも奇天烈《きてれつ》な動物で犇《ひし》めいてるということだ。科学者によるとだね、進化の方向性を決める多様な試みが行われた時代なんだそうさ。足が背中と腹の両方から出ている生物だとか、目が百個ある生物だとか、おおよそ合理的とはいえない姿の生物が続々と誕生したらしい。勿論、そういう物の殆《ほとん》どは死滅してしまったがね」

「あれが、そのカンブリア紀の生物の生き残りだと言うんですか……？」

柏木は同意しかねて首を横に振った。

「そうだよ。ほらヒマラヤに雪男がいるとか、そういう話があるだろう？　ああいうものは古代の生物が我々の知らぬところで密《ひそ》かに細々と生き残っていたものなんだ」

本郷はいたって真面目であった。

本郷の頭の中には、流行の芸能やカフェーの女給情報以外にも様々な雑学が詰まっている。それが普段の会話でも、おおよそ何の脈絡もなく、化学変化を起こすように現実と合成されていくのだった。

だが、本郷が特別おかしな考えの持ち主というわけではない。どういう流行《はや》りか、巷では怪奇本が蔓延《はや》り、無数の霊能者や宗教団体が現れていた。さらには猟奇事件の評論家なるものまで出現して、少しでも事故や殺人などの事件が起こると、小説顔負けの奇想天外な推理を発表するのだった。そして、新聞社も彼らのカストリじみた推理や理論を喜んで掲載するのだ。

だが、ウロトフとタスローに関して言えば、柏木にすれば、「カンブリア紀の生物」よりも、むしろ「妖怪《ようかい》」という言葉のほうがしっくりきた。

妖怪なら闇の中に……まして吉原の闇にならば住んでいてもおかしくない。

花魁弁財天に二つの頭を持った蛇が巣食っているように、何処かの闇に必ずそれは巣食っている。本来、それらは闇に足を滑らせて落ちた者にしか見えないのだ。

しかし、今日のアレはどうだ？

賑《にぎ》やかな繁華街の中に出現した、醜い得体の知れない生き物は……。

どうして、ああもあからさまに光の中に出現しているのだ？

奇怪な事件が続くのも、何かの前兆ではないのか？

悪しきことの前兆だ……。

悪意ある者が、祈り、呪文《じゅもん》をとなえなければ、闇は光の中に出現しえないのだから。

そう、あの男……東のような……。

爬虫類《はちゅうるい》のような冷たい光を宿した東の双眼が脳裏に蘇《よみがえ》った。柏木は酷い胸焼けを覚えて呻《うめ》いた。

「ところで洋介、君が花柳界記事の担当になってから、もうすぐ一年半になろうとしてるが、随分と慣れただろう？　最近の吉原はどうなんだ？　今年の農村の不況は空前絶後の様子だが、吉原の新米禿《かむろ》も随分と増えただろうな」

エアーシップを燻《くゆ》らしながら本郷が訊《たず》ねた。柏木が見世物小屋の生き物に思いを巡らせている間に、本郷はまったく違う事を考えていたようだ。柏木は黙って頷いた。

吉原では幼女を売りにくる女衒《ぜげん》の対応に手を焼くほどだと聞いている。不況の深刻化は、世論をますますヒステリックな右翼化へと導いていた。

巷の民衆の生活を見れば、『このまま西洋列強にいいようにされていると、今に国が滅びる』という、軍部の宣伝文句が間違っているとは言い切れない状況になっている。それが柏木を苛立《いらだ》たせていた。

柏木は拳《こぶし》で膳《ぜん》を叩いた。

「全く、何もかもが妙なことになってきた」

「そうだな……。来月の会議だけど、またアメさんが面倒な事を言い出しているようだよ。『海軍を縮小しろ』と政府に迫ってるらしい」

「海軍を？」

「それも補助艦、特に潜水艦を制限しろと言ってきてるそうなんだ。これでますます軍部は猛《たけ》り狂うな。なにしろこれだけ抗日感情を公表されれば、当面の仮想敵国はアメさんだ。海軍はアメリカの艦隊が攻めてくることを仮想してるらしい。まず、マーシャル諸島やトラック諸島に基地を置く日本潜水艦隊で、小笠原《おがさわら》諸島に来るまでに敵を迎撃し、日本艦隊とほぼ同じ勢力になるぐらいに漸減するように基本戦略を立てているそうだ」

「挑発的だ。アメリカはわざと日本の軍部を刺激してきているように思える」

憤慨の為に少し顔を赤らめた柏木に、本郷は苦笑いをした。

「思えるんじゃなくて、そうに違いないよ。実際、軍のほうは戦争準備に腰が浮いている状態さ。全く、東達の思う壺《つぼ》さ」

「アメリカの狙いはやっぱり満州かな？」

「そうそう、アメリカは満州国の利権が欲しいんだ。それには日本が目の上のタンコブってことさ。だけど本当のところ、こうまでヒステリックに日本を目の仇《かたき》にする原因は何だと思う？　あの排日運動にしたって酷かったが、つまりは有色人種に対する恐怖だよ」

「馬鹿げてる」

「まったくそうさ。しかし白人種は、有色人種なんて人間だと思ってはいないんだ。いわば、今日の生き物を、我々が見るがごときさ。それが現実だ。ところが日本ときたら、生意気にも日露戦争で勝利して以来、西洋列強と肩を並べるばかりか、どんどんアメリカに移民団を送りだしただろう？　アメさんは有色人種に自国を食い荒らされやしないかと、心配で仕方ないんだ。今のうちに叩いておけということだよ」

「だから日本は東亜を統合して有色人種の大帝国を作り、その国力をもって有色人種を白人の支配から解放する義務があると言うんでしょう？　新聞や雑誌に毎日のように載っている見解ですが、僕はそっちのほうにも同意しかねます」

柏木はうんざりとした声で呟《つぶや》いた。

東亜大帝国論は、あか抜けしない田舎者めいた愛国心を、美辞麗句で飾りたてた欺瞞《ぎまん》的な主張だと柏木は憤慨していた。それに、先の花魁弁財天の事件で、満州国に対する疑惑がますます膨れあがっていた。

「本当にその意見が正しいのならば、日本支配に抵抗した『万歳事件』などが朝鮮半島で起こるはずもないし、満州の農民が決起して日本人移民団を襲ったりするはずもない。何処か穴がありますよ。その主張には」

本郷は、分かりきった事に憤る小僧に、したり顔で老人が蘊蓄《うんちく》をたれるような口調で言った。

「だからさ、そこは皆ご都合主義なんだよ。アメリカも日本も自分にとって都合のいい理論を展開しているだけの事さ。まぁ僕はそこのところの批判は止めておくよ、僕だってご都合主義の個人主義者だ。もし今日のアレが、人間だと分かっても、友達になろうとは思えないからね。僕は平和主義者だが、それは自分が痛い思いをするのが嫌だからさ。血を見るくらいなら屈伏したほうがましだからね」

「皆がそんな風に言ってたんでは、戦争は避けられない」

「まぁ、そう興奮するなよ。君や僕が此処《ここ》で興奮したって仕方ないだろう。本当なら軍部のお偉方が思い止《とど》まるべきことなんだ。なにしろ、出口《でぐち》聖師が言うように、歴然とした国力の差があるんだからな。ああ……そうだ、出口聖師と言えばこのところ派手な催しをやらかしているのを小耳に挟んだよ」

「なんです？」

「それがさ、陸軍士官学校や兵隊宿舎の前で、白馬に乗っているらしい」

「何ですって！」

「どう思う？　白馬に乗るなんて聖上陛下様のお姿を真似ることだ。不敬罪で引っ張られる可能性があるな」

「出口は何故、そんな危険な事を……」

「さぁ……分からないな。我々の常識的な頭では、ああいう神がかりのやることの理解は無理さ。　ところで洋介、明日は午後から吉原だろう？」

「ええ、菊祭りの顔見せを、どういう記事にするかの打合せです」

「吉原は平和なものだねぇ」

「ええ……」

最近は、軍服姿の登楼客が多いのは確かだが、といって吉原がそれで変化したわけでもない。世間のことは何処吹く風で、時が止まってしまったかのように、毎年毎年同じ行事が繰り返されている。それも吉原が元来日本の中の異国、中央政府と管理体制を異にした自治国であったという歴史から考えれば当たり前なのかも知れない。

それに吉原には朱雀十五がいる、あの不敵な天才にかかれば外部からの圧政など恐るるに足らぬ。


……いや……それは期待のしすぎだ。

今の世にそんな事はあり得ないが、そういうこともあって欲しいと思うだけだ……。

柏木は軽く頭を下げて、本郷が注いだ猪口《ちょく》を一気に飲み干した。

不穏な事態があちらこちらで蠢《うごめ》いている……。

闇が闇を呼ぶように……。

置物の黒猫が、にゃあと笑った。

「時に洋介、頼みがあるんだ」

「頼み……ですか？」

「そうなんだ。四原の研究所の出火事件は知っているだろう？　津田理学博士以下助手二名が行方不明になってる。実は明日、津田博士の母親と、博士の友人の伊部《いべ》という男を朱雀の所に案内して欲しいんだ」

「朱雀の所に？　博士の母親と友人を？　どういう事ですか？」

「それがね、ほら、朱雀の前任で吉原の法律顧問をしていた桂弁護士……君にも話した事があったろう？」

「ええ。朱雀の帝大時代の先輩だった人ですね」

「そうそう、その男さ。話が長くなるんだが、その桂の母方の従兄弟《いとこ》にあたるのが伊部なんだ。伊部は津田博士の友人というか……貧農で金の無かった津田博士の家に代わって、伊部の実家がずっと博士の学問を援助してきたという……いわば、スポンサーのような関係さ。だから伊部という男は、今回の博士の失踪《しっそう》に関して、無関心ではいられないわけなんだ。なにしろ膨大な援助をしたらしいから、利権問題もあるんだろうねぇ……。そこでまあ、伊部は桂のもとへ相談にやってきたらしい。特にあてや目的があってというわけじゃなさそうだけど、『弁護士なら何かのコネで、津田博士の行方を捜すことは出来ないか』ということだ。ところが、桂の方にすれば、労咳《ろうがい》で無理のきかない体だし、人捜しなんていうのは本職でもない。しかし縁者の言う事を無下にも断れないだろう？」

「だから……朱雀に頼もうということですか？」

「まあ、そういう事だ。そりゃあ、警察ですら手掛かりをつかめない難問をなんとか解決してくれそうな人材と言えば、朱雀以外には考えられないだろうからね。それに桂には、朱雀に仕事を譲った貸しがあるからね、ちょっとばかり強く出られるわけだ。案の定、朱雀は渋々と承知したらしい」

「渋々と承知……ですか……」

嫌な予感がした。

あのひねくれ者が、意に反したことを引き受けたとなると、片棒をかつぐ形になる自分にも、どんな厭味《いやみ》が待ち構えているか分からない。それで一寸《ちょっと》、柏木は憂鬱《ゆううつ》な気分になった。

「分かりました」

「やぁ、よかった！　なにしろ、相手は期待してるんだよ。伊部が『東京に名探偵がいて、津田博士を捜し出してくれるそうだ』と津田博士の母親に報告したもんだから、母親も大喜びでね。『是非ともその探偵さんに会って自分からもお願いしたい』と言い出して、明日、田舎から二人で出てくることになったんだ。まあ、本来なら桂に頼まれた僕が付き添ってやるべき所なんだが、ロンドン海軍軍縮会議を睨《にら》んで、いつどんな政府の対応が発表されるか分からないだろう？　それに僕は余り朱雀とは懇意ではないし、好かれてはなさそうだしね。どうせ君が明日吉原に行くついでがあるんなら、二人を朱雀に引き合わすのを頼みたいというわけなんだ」

「仕方ありませんね……人助けですから。それで二人は明日何処で？」

「三時すぎに社に直接訪ねてくるということだよ」

「三時すぎですね……」

柏木は手帳に時間を記入した。

「うん……あっ、もう九時だ。洋介、とっとと食べて、サァカスの取材にいかないと」

本郷が時計を見ながら言った。

9

店を出、二人はだらだらと歩いた。

六区の興行街の劇場は燦然《さんぜん》とネオンを灯《とも》し、夕刻より一層に賑《にぎ》わしい化粧を競い合っている。これでは金龍館の主人も、看板を替えようと思うはずだ。

劇場の端ではショーを終えて出てくる芸人を待ち構えて、花々を手に持つ追っかけのファン達が大勢待機しはじめている。露天のブロマイド屋も大盛況だ。

空《す》いた加減の道を縫いながら背広の襟をたてて花屋敷の近くまでいくと、サァカスの前はいまだ客が溢《あふ》れ、終演の看板に怒りの野次が飛んでいた。

「おい！　こちとら一時間も待ってたのに、閉店たぁどういうこった！」

「俺は前売りを買ってたんだぞ！　金返せ！」

口々にわめきたてる客を、道化のピエロが哀れっぽく頭を下げて宥《なだ》めている。まだ相当の時間、混乱は続きそうな気配だった。

「まだ、時間がかかりそうですよ。大丈夫かな？」

「とにかく、テントの前の店にいれば、あの子が呼びにきてくれるということさ。さぁ、あそこの店だ。入って待っていよう」

本郷は、テント前のミルクホールを指さした。ステンドグラスの玄関と、軒から下がる洒落《しゃれ》たチューリップ灯が見える。看板には、『純喫茶・美人館』と書かれていた。

売春まがいの接客をおこなうミルクホールが多い中、良識的な喫茶店は、『純喫茶』と看板を改めるところが増えている。

カラン、
鈴の音を聞きながら玄関を開くと、細いカウンターの中からエプロン姿の若い女が「いらっしゃい」と愛想のいい声をかけた。

満州行進曲が流れている。レコードを使い古したのか、時々、音が酷《ひど》く間延びしている。床はチーク材の板張りで、落ち着いた雰囲気だ。

常連客達は長居を決め込んでいるらしい。コーヒーやビールを飲みつつ、思い思いの本や劇のパンフレットを広げたり、将棋を指していたりする客が目立つ。

二人は電飾があしらわれた窓際の席を取った。背もたれの高い椅子だ。クッションがないせいで、硬い座り心地がする。

「初めて入ったけど、なかなかこぢんまりとした感じのいい店じゃないか。女給のエプロンと着物は古めかしくていけないが、銀座のカフェーではないから仕方はないか……」

本郷がそんな事を呑気《のんき》に言って、珈琲《コーヒー》を二つ注文した。

外にも内にも原色の点滅信号が溢れている。電飾の点滅で目が疲れた柏木は、うんざりした思いで時間が過ぎるのを待った。

そのまま、小一時間ばかりの時が流れた。

やがてテント前で混み合っていた人垣が、ゆっくりと糸が解けるようにいなくなった。

暫《しばら》くすると、弁髪の子供達や、袴《はかま》の腰に子供をしばりつけた女達の一行が現れ、柏木の前の窓硝子《ガラス》を過《よ》ぎっていった。手に手に、豆やするめを並べた小さな木箱を持っている。

浅草裏から吉原あたりのカフェーへ物売りにいく、外国人の売り子の群であるらしい。

テントの入口からチューリップ帽の女が顔を覗《のぞ》かせ、辺りを見回した。柏木達のいるミルクホールの方へ駆けてくる。

「洋介、来たぞ、あれだ」

「ようやく来ましたか……」

だが、女は道の真ん中で立ち止まると、往来の物売り達と親しげに言葉を交わし始めた。

胸元から封筒の束を取り出すと、皆に配っているようだ。

「何をしているんでしょうか」

「さてねぇ」

女は、それがひとしきり済んだ後でカフェーの中に駆け込んできた。

「朝日新聞の記者さん、団長がお話ししますって、さぁどうぞ」

楽隊音が鳴っていないサァカスは、不気味な静けさであった。

時々、ショーに使われる猿や鳥らしき鳴き声、カードを切る音、ボールの弾む音などが何処からともなく聞こえてくる。

テント裏にある仮設家屋の煤《すす》汚れた廊下の端には、アクロバットのピンなど様々な小道具が無造作に転がされていたり、高く積まれた段ボールの上に極彩色のステージ衣装が脱ぎ捨てられた形のまま引っ掛かっていたりする。

その狭い隙間を、メークを落とし、疲れた顔の芸人達が何処いく風情でもなく彷徨《うろつ》いている。奇妙にもの侘《わ》びしい、浪漫的な匂いがしていた。

サァカスは未知なるものに対する憧《あこが》れ、無秩序の中に存在する自由へのときめきを触発する場所だ。

柏木はサァカスの中に充満する匂いと空気にまどろんでいた。

一本調子の廊下を歩き、そのどんつきの部屋の前にでた。柏木と本郷は互いに目配せした。ベコベコと薄いベニヤ板で出来たドアなので、うっかり叩《たた》くとへこんでしまいそうだ。

「すいません、朝日新聞のものです」

本郷が大声で呼びかけた。

「ああ、どうぞ入って下さい」

ドアには鍵《かぎ》がかかっていなかった。

そっと開くと、豆電球の小さく黄色い明かりが、室内をうすぼんやりと照らしている。ドアと対角にある部屋の隅には三面鏡があり、シルクハットの団長の背中があった。鏡に映っている白塗りの能面のような顔が、じっとりと窺《うかが》うようにこちらを覗き込んでいる。その瞬間、たちまち脆《もろ》い夢の世界は崩壊して、おどろおどろしく沈鬱《ちんうつ》な現実が柏木達の前にそそり立っていた。

かちゃり……、

小さな金属音が部屋の隅から聞こえた。二人は同時にその音に振り向き、そして同時にうろたえて視線を泳がせた。

ドアの陰で死角になった所に檻《おり》があった。大型犬を入れておくような金属製の檻だ。その中でウロトフとタスローが鈍い動作で体を揺すっていた。その度に金檻が軋《きし》んで、かちゃりかちゃりと時計のようなリズムを刻んでいる。

ウロトフとタスローの姿は舞台で見たよりも、もっと獣じみて見えた。動物園の檻の中の熊か猿を思わせる動作のせいかも知れない。間近で見るとこの生き物は一層に気味が悪かった。山椒魚《さんしょううお》のように見えたタスローの皮膚は、むしろ象の皮膚のように分厚く乾いてひび割れたものだった。頭が大きく手足の異常に短いその様子は、全体としては何かの幼虫か蛹《さなぎ》といった印象もある。

今にも乾いた皺《しわ》の間からひび割れが生じ、ぽろぽろと皮膚が剝《は》がれ落ちて、その下からもっと奇怪な何か別の生き物が出現してきそうな不気味さがあった。

ウロトフは二人の視線に何の反応も示さなかった。その瞳《ひとみ》は、ただぼんやりと空中を見つめているだけの無機的な二つの風穴だった。

その代わりに、ウロトフの腹に小判鮫《こばんざめ》のように張りついたタスローが、ゼリーのような半透明の体を痙攣《けいれん》させて反応した。

柏木は身震いして金檻から目を逸《そ》らし、三面鏡の前に座ったままの団長を見た。

「あれ……は、いつもこんな風に檻に入れておくんですか？」

「ええ、そうですよ。何か問題でも？」

背中を向けたままだった団長が、椅子を回転させて振り向いた。

「いえ、もし彼らが人間なら……これは人権蹂躙《じゅうりん》でしょう」

柏木が背後で聞こえる物音を気にしながら言った。

団長は、椅子から立ち上がって、びっくりした声を上げた。

「まさか、記者さん、あれが人間に見えますか？　シャム双生児というのは、客呼びの為の方便です。ほら、あれが人間だと言えば、誰だってぞっとするでしょう？　特に御婦人なんぞはぞっとするわけです。『私にもあんな子供が生まれたりしたら』なんてことを想像してね。人間というのは、そういうことを想像するのが好きなものなのです。いわばお客様のニーズというものです。いろいろと謎を作っておいて、興味を多方向に持っていく。

ショービジネスの常識というやつです。なあに、あれは人間なんぞじゃありません。お約束します」

「では……一体、あれは何なんです？」

本郷がペンとメモを持って、団長の前に首を突き出して訊ねた。

「それは企業秘密というものですよ。そのことをあかしたら、商売敵が同じようなことを狙いますでしょう？　ただ、そうですね、このことはお話ししてもよろしいかと……」

団長は勿体《もったい》ぶった上目づかいで、口髭《くちひげ》のカールを摘んだ。

「なんだい？」

焦《じ》らされると、本郷の好奇心はますます膨らんでくる。

「このウロトフとタスローをうちに連れ込んだのは、背の高い金髪の異人女なんですよ」

「なんだって？　異人の女が？」

「ええ、そうです。あれは四日前の丑《うし》三つ時です。新月でお月様さえ素知らぬ振りを決め込むように姿を隠していた晩でした。ここの裏の扉をね、コッコッとノックする音が聞こえたのですよ。最初は風の音かなぁ……なんて思いましたが、そうじゃございません。何度も、何度も、コツコツ、コツコツって。気味がわるうございましょう？」

「丑三つ時にノックか、そりゃあ嫌だなぁ……」

同意を求めた本郷に、「えっ、ええ……」と柏木が頷《うなず》く。

団長も眉《まゆ》を顰《ひそ》め、芝居気たっぷりに頷いた。

「そうでしょう？　それで私が、こわごわ裏口の方に出てみますと――見ていただくとお分かりかと思いますが、磨《す》り硝子の窓がドアに塡《はま》ってるんです――その磨り硝子に、表を車が通った拍子でございましょうかね……こうぼわっと、巨人のような背の高い女の影が映ったじゃありませんか。私は思いましたよ、ええ、『狐か何かが夜中に化かしに来たのか』とね。とにかく、『誰です？』と声をかけました。すると、『妖《あや》しいものではありません、実はお宅に引き受けていただきたいものがあるんです』と……こうですよ。

『引き受けていただきたいもの？』

『ええ、こちらはいろいろな見世物をなさっていると聞きました。ろくろ首とか、牛女なぞというものをしてございましたでしょう？　ですからその、そちらで置いていただけましたら、お商売にもなるかと思いまして……』

と、まあこういうことを流暢《りゅうちょう》な日本語で言いました。あるんですよ、たまにね。哀れな子供を持った親御さんが、周囲の手前、育てるにも育てていけず、私どものようなところに来られることが……。と言っても私は、そんな幸運に出会ったことなんぞありませんでしたよ。他の奴らから聞いた話です。そっと、そりゃあもう、そんな本物が来たとなれば、それは喜ばしいことです。そっと、ドアを開けますとね、背の高い金髪の女がネッカチーフで顔を隠すようにして立っていたんです。異人の女ですよ。そして女の横には、頭から毛布を被《かぶ》った小さな子供がいたんです」

「そっ……それがこの」

「そうですとも、ウロトフとタスローです。私は屈《かが》んで商品を見ようと毛布をチラリと……、それでもう腰を抜かしそうになりました。『こ……こ……これは何なんです？』と訊ねますとね、異人の女が顔を背けたまま、こういいました。

『何といえばいいでしょうか、勿論《もちろん》、人間ではございません。ございませんが多少の知能はもってございますから、無下には扱わないで欲しいのです。あえていうなら、これはこの世の生き物ではないのです。母もなく父もなく、仲間もなく生まれてきた哀れな哀れな生き物でございます。半端ものでございます。この大きな子の名前がウロトフ、U・R・O・T・O・F・Uと書くのでございます。小さな子のほうがタスロー、綴《つづ》りはT・A・S・U・R・R・Oでございます。このように名前だけはつけましたが、とても私の手では、この先世間様の目を避けて飼育する事が不可能と思えましたので、こうして連れて来たような次第です。いかがでしょうか？』

そう異人の女は言ったんですよ。どうもこうも、断るわけがございませんでしょう？

『値段は幾らなんです、これだけのもの、借金してでも金を払いますよ』

私がそう言いますとね、『金はいらない』と言い残し、異人の女は逃げるように走っていったんです」

団長はパントマイムをするように、身を屈めて毛布をチラリと捲《めく》り、腰を抜かした様子を再現した。そうして又、びっくりするほど敏速な動作で、バネが弾むがごとく起き上がった。

その様子が尋常ではなかったので、柏木は、目をぱちくりとさせて様子を眺めていた。

化粧と奇妙な口髭で、全くに年齢不詳だ。

この男、化粧を剝がすとどんな顔が出てくるか……。

柏木は、疑わしい気持ちに捉《とら》われていた。何に対してだか分からない、というより、何もかもが疑わしかったのだ。

目の前に広がるこの光景の何もかもが、夢の一幕の中の出来事なのではないのか……そんな奇妙な疑いが頭をもたげてくる。

「金はいらない……か、異人の女が真夜中にね……。なんとも訳がありそうで、劇的な匂いのする話だね。それにしても、この世の生き物ではないとは、どういう事なんだろう？」

本郷の言葉に、柏木は分からないと首を振った。

「おおっと、これは記事にはしないでくださいよ。日本語を喋《しゃべ》れる金髪の異人の女なんて、そうそういるわけございませんから、売主の身元などが洗われたら、当サァカス団の信用に関わります。そうしますと、この先こんないいネタが入ってこなくなるわけで……」

団長が揉《も》み手をした。

本郷は、深々と頷きながら、

「それは構いませんが……。それにしても、あれが何なのか実に気になる所だねぇ」

「そうでしょう？　だからいいのでございますよ。わけの分からないものだから、これだけの人気を呼ぶわけでして……」

「ふんふん。それでは、これはどんな物を食べているんだい？」

「食べ物は私共と一向に変わりません。普通のものです。まあ一応、うちのモンキーと一緒の餌をやってます。バナナとかジャガイモのような……。今のところ問題はないようです。はい」

「あの歌は貴方《あなた》が教えたんですか？」

柏木が訊ねた。

「いいえ、歌のほうは初めからです。檻《おり》の中に入れておりましたところ、急に歌いだしたんですよ。日本風の歌ですが、少々変わっておりましょう？　異人の女が教えたんですかね？　こりゃあいい芸になるってんで、舞台でも歌わすことにいたしました」

「本当に人間ではないのかな？」

どうしても疑惑が拭《ぬぐ》いきれない柏木は、独り言を呟《つぶや》いた。

「ええ。売主は確かにそう言っておりましたよ。母親ならそんな事をわざわざ言いもしませんでしょうし、第一、あれが人間ならうちのモンキーのほうがずっと人間に近うございますよ。ただ二本足で立っているだけのことで、何処も人間に似てはございません。ですがほら、不思議なもんでございましょう？　人間だと先入観を持ってると、そんな気がしてくるものですよ。こいつがトリックというやつです」

「なる程、心理トリックか。よく推理小説などでも出てくるあれだね。そう言えば、確かに人間とは似ても似つかない。すっかり騙《だま》されたもんだ。しかし考えたものだねぇ」

本郷が感心しながらそう言っている間も、柏木の目は妖怪《ようかい》に釘付《くぎづ》けにされていた。

確かに、その通りに違いない。よくよく見れば、犬を立たせたってこの生き物と同じだけ人間に似ているところはある。ただ犬だと知っているから人間だとは思わないだけだ。

なんだかほっとした。

そうして、今度はそれが人間ではないもっと正体不明の生き物であることを確認して、ほっとしている自分の感覚を、柏木はさらに奇妙に感じた。

「ええ……へへっ、蛇の道は蛇ってやつでございます。どの辺をくすぐってやれば、人様を怖がらせたり、驚かせたりすることが出来るか、私らはようく分かっておりませんと……。それにしても、世の中にはとんでもないものがいるもんでございますよ。私が聞きましたところ、ピルウという国には、駱駝《らくだ》の顔に馬の体、羊の毛を持った生き物もございますとか。駱駝でも初めてあれを見た時には驚きましたのに。世に珍獣、奇獣はいるものでございますねぇ。私はこれを預かってから、龍《りゅう》や麒麟《きりん》などというような代物も、案外探せば何処かにいるのかもしれないなどと思うようになりました。ああ、そうだ。次からはあれに新しい芸をやらせるんですよ。よければ、それを取材して下さい。そうしてパッと宣伝して下さい」

黒目を回転させながら飛び上がってヒステリックにそう言った団長の奇妙な仕草《しぐさ》に、本郷がたじろぎながら返事をした。

「何か余程のことでなければ。記事にすることは出来ないよ」

すると、団長はパチンと膝《ひざ》を叩《たた》いた。

「お見せしますよ、びっくりなさいますよ」

そういうと、やはり驚くほど素早い動作で三面鏡に転がっていた眉ずみを取り、壁に掛かっている鞭《むち》を握って、団長は金檻に近寄っていった。そして、ウロトフの不器用そうな短い指に墨をやたらめたら擦りつけると、威圧的な動作で鞭を空中に撓《しな》らせた。

鞭が空気を切る音がした。鼓膜が裂けるような床を打つ音が響いた。

「ウロトフ、3たす4はいくつだ！」

団長の大声に、ウロトフは不恰好《ぶかっこう》な体を縮こまらせ、上目づかいをしながら、こわごわと床の上で指を動かした。

10

墨の跡が床にくっきりと残っている。柏木はぞくりとした。

「こりゃあ凄《すご》い、それは計算が出来るのかい！」

さすがの本郷もこれには目を剝《む》いた。

柏木は団長の横に歩み寄り、床に書かれた数字を凝視した。

「驚いたでしょう？　記者さん達にはネタをあかしますが、新聞には書かないで下さいよ。実はこいつは計算なんぞが出来るわけじゃございません。何か芸を……ってんで、私が懸命に計算なんぞを教えてみたんです。今どきワン公でも出来る芸でして……、勿論、ワン公だって計算が出来るようになるわけじゃないんです。計算は人間のほうがいたします。ワン公にお客様には分からない合図を送りまして、並んだ数字を取ってこさせるわけで……。そういう芸を仕込もうと思ったんでございます。ところが、こいつときたら物覚えが悪くて、丸二日様子をみていたのですが一向に出来るようになりそうにもないのです。諦《あきら》めておりましたら、なんと、見覚えた数字のほうをこうして指で書いたんでございますよ。けど、書けますのは、どうやら1と3と7とたったこれだけの三つの数字でして……。それで、答えがその数字になるように問題を出して、どれを書けばいいのか三つの合図だけを決めたんです。それはようよう最近になって覚えました。いま、私が背中で手を組みましたでしょう？　それが7と書けの合図だったんです。でも、こうして手で答えを書きますと、いかにも頭で考えて出した答えのように見えるものです。如何《いかが》です？　これはうけますでしょう？」

胸を張っていう団長に、本郷が調子のいい合いの手を入れた。

「これはいいぞ、見出しは『計算をするペルシャの妖怪博士』っていうのはどうだい？」

「ああ、そうでございますね。その時にはもう、『シャム双生児』のうたい文句はとっぱらっちまってもいいような気がいたしますね」

団長は、本郷の感服した様子に満足そうに答えた。

本郷と団長がいっそう盛り上がって話をしている時、柏木の視線は一点に釘付けになっていた。


赤い目玉だった。


ずっと目を閉じたままだったタスローが、ぱっと目を見開いたのだ。おそらく色素が薄いために血の色がそのまま透けているのだ。視力はそうあるとは思えない。だが明らかな憎悪に満ちた目玉だった。

赤い目玉は、瞬間だけ、本郷と団長の背中に向かい、たちまちに閉じた。

「今……タスローが目を開けた！」

団長が不思議そうに聞き返しながら、柏木の隣に座り込んで、タスローの様子を眺めた。

「目を開いたんですか？　それは珍しい。私もタスローが目を開いたところにはいまだにお目にかかってないんでございますよ。そんな赤ん坊のようなふにゃふにゃのなりをしておりますから、目も開かないんだろうと思っておりましたよ」

「いえ、そんな事はないはずだ。さっき舞台の上からも僕を見ました」

「へぇ、そうですか、私はさっぱり気がつきませんでした。もしかするとこちらの記者さんの事を気に入ったのでございましょうかね？」

「ふん、そうかも知れないね。柏木君は妙に動物や子供に懐かれる質《たち》だから」

本郷がからかうように言った。

「やめて下さい、懐かれるなんて……。先輩、もう十分に取材は出来たはずです。そろそろ帰りましょう」

「そうだな。いやぁ、団長さん、有り難うございました。良い取材が出来ましたよ」

「そうでございますか？　では、異人の女については伏せてくださいよ、宜《よろ》しくお頼みします。そうそう、表は閉まっておりますから、廊下を出て右に入った裏口から出て下さい」

団長は九十度で折れ曲がる馬鹿丁寧なお辞儀をした。

その様子もなにやらバネ人形っぽかったので、柏木は化かされたような気分で部屋を出た。廊下はすでに明かりが消されて真っ暗になっていた。

端につまれた道具達が一塊の黒い影になってうずくまっている。二人は、漏れてくる外灯を頼りに裏口を目指した。

あの戸口を出たら、忽《たちま》ち、このテントとサァカス団は消え失《う》せるのではないだろうか？

戸口が近づいてくる。靴音が高く響く。

本郷が低い声で囁《ささや》いた。

「洋介、ウロトフとタスローを連れてきた異人の女に興味が湧かないかい？　このところは浅草には異人が増えたけれど、流暢《りゅうちょう》に日本語が喋《しゃべ》れる金髪の女なんて、滅多といないだろう？　なんとか調べることは出来ないのかな？」

「その点は詮索《せんさく》してくれるなって、あの団長が言ってましたよ」

柏木は極めて優等生的な意見を返した。

「記事にしないでくれってことだろう？　個人の好奇心を満たすだけの目的なら、どうということはないはずさ」

「先輩、そんな暇があるんですか？　忙しいのに」

「そりゃあ僕にはないけど、君ならたっぷり暇があるだろう？　興味は湧かないか？」

「御免ですね。人助けならまだしも、そんな下世話な詮索の為に時間を使いたくありません。それに、僕は怪奇作家になりたいわけじゃありません」

「なんだ、すげないなぁ。まったく妙なところが固いんだから……。そんなんじゃあ、この時代を生きて越えられないぞ。それにしても、今日は不思議な日だったな。田中の猟奇的な殺人事件から始まって……。巷《ちまた》には怪鳥に乗ったハーメルンの笛吹き男が彷徨《さまよ》っていたり、ゾンビが残飯をあさっていたり、異人の女が真夜中にウロトフとタスローのような妖怪《ようかい》を連れてきたりするなんてねぇ……。まぁ魑魅魍魎《ちみもうりょう》だって出てくるだろうよ。なにしろ町の顔ぶれを見てみろよ、あの狂信的な青年将校どもや、笛吹き男の仮装をして浮かれている不良連中、大陸から流れてきた支那《しな》やコリアの労務者達の多さ。あちこちで空き巣や物取りも横行してるし、こっちもまけずに魑魅魍魎の巣窟《そうくつ》だ。全く、『狂人帝都よ何処へ行く』だ」

第三章　悪魔のトリル

1

翌日、伊部太郎《たろう》が運転手付きの車で柏木を迎えに来たのは、約束の三時を大幅に過ぎた六時だった。

津田博士の母・サダが、乗ったことのない電車に戸惑って路線を間違えたために、東京に着くのが遅れたという事だ。

「あの日、津田君が失踪《しっそう》してしまった日、私は朝から嫌な予感がして、何度か研究所に電話をしました。なかなか、取り次いで貰《もら》えず、それで……いつもなら帰宅する頃合を見計らって、駒込《こまごめ》にある津田君の自宅に訪ねていったのです。ところが、津田君は、ずっと帰ってきませんでした。十時過ぎまで待っていたんですが、それでも帰って来る様子が無かったので、その日は連絡を取るのを諦めてしまったのです。こんな事になるなんて……」

丁重というよりテンポの遅い喋り方だ。そこには沈痛な響きがあった。柏木は、不意に耳に飛び込んできた声に、はっとして顔を上げた。

助手席から振り返った伊部の青白い横顔が、柏木の目の前にあった。

三十二歳という年の割に、顔立ちには皺《しわ》もなくおぼこい。瞳《ひとみ》には夢見がちな光があり、顔の中央に嵩高《かさだか》く張り出した鼻がやけに長かった。少年の面影を止《とど》めて細く尖《とが》った顎《あご》は、痛々しいような風情があった。

「津田君は昔から文武両道という言葉がぴったりの素晴らしい青年だったんです」

伊部は取り留めもなくそんな言葉を続けた。

相槌《あいづち》をうちながら、柏木は自分の傍らを見た。

小さな老女が座っていた。

柏木は、老女といえどもこれほど華の無い女性に出会ったのは初めてであった。

道の端に忘れられた黒い石のような老女である。炎天下の農作業によって日焼けが染みついた横顔は、先程から下に向けられたままであった。節くれだって荒れた手が、膝《ひざ》の先に固く揃えられている。安い紬《つむぎ》の襟をきっちりと締めた着付けの具合が、律儀な気性を感じさせるが、それ以外に、老女の人となりを見て取ることは出来なかった。

老女は、出会ってからずっと一言も喋っていない。時折、挨拶《あいさつ》の言葉を探すように、結ばれた唇の両端が、もどかしげに動くだけだった。

「それは心配ですね」

遠慮がちに柏木がかけた声に、サダはやはり言葉なく頷いた。

車はなかなか動かない。暗鬱《あんうつ》な緊張感が漂っていた。間を持て余す。柏木は咳払《せきばら》いをして窓の外を見た。

太陽は西に傾き、空気は重苦しかった。空はプリズムのような極彩色の光を放射して、道行く人々の顔を印象派の絵のごとくに見せていた。

車は丁度、雷門の交番に差しかかっていた。

人待ちをする老若男女でごったがえしている上に、客目当ての人力や円タクがその前に群れ、まさに黒山の人だかりだ。不機嫌そうに入口の人をかき分けて現れた警察官が、交通整理をしている。

その脇を、青年将校の一団が鋭い目配りをしながら通り過ぎようとしていた。

規則正しい靴音が近づいてくる。

ドイツのナチ将校ばりに軍帽の前をぐいと上げ、首が回らぬほど高い襟に、腰をしぼった上着、乗馬ズボンにピカピカの長靴。腰には、日本刀をサーベル仕立てにぶら下げている。ロボットのように表情の動かない顔の中で、鋭い目だけが何かを探していた。何かは分からないが、将校達が孕《はら》む物々しい空気が只事《ただごと》ではないことを感じさせた。

柏木は思わず将校達の視線の先を追跡してみたが、事件らしきものが起こっている気配はなかった。

ゆっくりと将校達のカーキー色の軍服が脇を通りすぎた。

車は大通りを迂回《うかい》して、混雑のない暗い道に回り込んだ。赤紫色の光の帯が西天に沈み、次第に確かになった闇の中に、見開かれた怪物の瞳があった。

大門の両端に煌々《こうこう》と灯《とも》る黄色いアーク灯の光だ。怪物の眉間《みけん》を割って、車は吉原中央を縦に走る仲之町通りに、入っていった。

ごろ・ごろ・ごろ
凄《すさ》まじい雷鳴の音が響いた。天気が崩れ始めている。重い灰色の天幕が、頭上まで迫っていた。

仲之町通りの両脇に、和洋折衷の引手茶屋が並んでいる。軒先に吊《つ》るされた提灯《ちょうちん》の光の帯が、強い風に煽《あお》られて蛇の鱗《うろこ》のように波打っていた。

ついこの間まで、通りの中央に作られた植木柵《さく》には、豪奢《ごうしゃ》な菊人形が何体も飾られてあったのに、いつの間にか撤去されてしまっている。飾りのない吉原は閑散と冬めいて見えた。

雨が……ぽたり。

冷やかしの客や、源氏車は足早に大門に向かっている。暇にあかせて客引きに出てきたらしい女郎が、見世《みせ》に駆け込み際に退屈そうな声を張り上げた。

「お兄さん、よっていきなよ」

遠近《おちこち》に呼び声が上がる。紅色の着物が、チラホラと舞う。

柏木達の乗った車は、大通りのどんつき手前、お歯黒どぶの見えはじめた辺りを左に折れ、道の細い京町《きょうまち》通りを走って、朱雀の待機する車組の前で止まった。

壁も格子も障子までもが、漆で黒く塗られた洞窟《どうくつ》のような建物。不夜城といわれ、夜も昼のように明るい吉原の中で、たった一つ存在する人工の闇だ。

柏木は、伊部とサダを伴って中に入っていった。

黒い奥座敷には、外の通りを駆け抜ける強い風の音と小さな雨音が響いていた。時々、細格子の枠がカタカタと小さく揺れている。

行灯《あんどん》のオレンジ色の灯に照らされているのは、怜悧《れいり》な美貌《びぼう》の横顔だった。長い睫毛《まつげ》が憂鬱《ゆううつ》そうに下を向いている。

柏木は朱雀の長い不機嫌な沈黙に耐えかねて、正座で痺《しび》れた足をもぞりと動かした。

「僕は実に忙しいんだ……。大体、僕を何だと思ってるのかな？　僕は探偵業を生業《なりわい》にしているわけではないよ。僕の本業はここ、吉原の法律顧問だ。なんでそんな民間の事件に首を突っ込まなきゃならないんだろう……まったく解せないね、しかし桂先輩の頼みであれば仕方ないということかな」

流線形の眉《まゆ》をつり上げた独特の皮肉っぽい表情で、朱雀は白々しい沈黙を破った。その言葉には、大いに迷惑そうで、恩着せがましい響きがあった。

「そんな意地の悪い事を言ってないで、助けて上げたらどうなんです」

柏木が憤然と言うと、朱雀は面倒そうに長火鉢にしなだれていた体を起こしたのだった。

「すっ……すいません。お礼なら存分にいたします」

柏木の横で緊張の余り、人形のように硬直していた伊部が、真っ赤な顔で身を乗り出した。

「お礼の問題ではないんですよ。残念ながら僕は金に不自由をしている訳ではないのでね。

さて……それで、依頼意図を間違いのないように確認しておきますが、貴方達《あなた》が知りたい事は津田博士の居所というわけですね」

「そうです、他のことはどうでもいいんです。ともかく津田君の無事さえ確かめれば……ねぇサダさん」

伊部の隣で、身動きせずひっそりと座っていた津田の母親が、無言で頭を下げた。

朱雀は一呼吸置くと、嫌味ったらしいくどい調子で再び口を開いた。

「そうですか。で、伊部さん、貴方はとても津田博士の事件に熱心ですが、どういう関係なんです？　失礼ですが謝礼まで支払うなんて、なかなか赤の他人が言えることじゃありませんよね」

「僕と津田君は親友です」

伊部が誇らしげに答えた。

「へえ……それだけですか？」

伊部は朱雀の不躾《ぶしつけ》な質問に戸惑った様子で、弱々しい瞳を柏木の方に向けた。

「伊部さんのご実家は、津田博士の研究をずっと支援してこられたんですよ」

思わず横手から口を挟んだ柏木である。朱雀は柏木の声のする方へ向き直り、眉間の皺をぐっと深めて口を尖らせた。

「柏木君、君の悪い癖だ。君はそうやってすぐに人の会話にしゃしゃり出るんだ。お節介というものだよ。伊部さんは子供ではないだろう、自分で答えられるはずだ。そうでしょう、伊部さん」

攻撃的な朱雀の口調に、柏木はまずいと感じて口を噤《つぐ》んだ。どうやら、今日の朱雀の不機嫌は並のものではないらしい。

「え……ええ、そうです。柏木さんの言う通り、私と津田君は同じ村の出身で、小学校の時の同級生なのです。当時から津田君は実に優秀な学童でしたから、中学の入学費用を父が代わって出させてもらったのです」

「ほう、高校も？」

「ええ」

「当然大学もですよね。大した慈善家ですね、貴方のお父さん」

信じられないというように、朱雀は首を傾げた。

朱雀という男は日頃において性悪説だった。実家の密教寺を継がなかったのも、『人は皆、生きながら仏になれる』という教義に反発しての事らしい。

「ぼっちゃんが、色々と口添えして下さったからです。おれは倅《せがれ》にいつまでもお世話になるのは止めておけと言うたのに、旦那《だんな》さんが亡くなってからも、ぼっちゃんがずっと……」

それまで押し黙っていたサダが、嗄《しわが》れた声で言った。

「ほぉ、伊部さんのお父さんはお亡くなりになったんですか。何時です？」

「私が三高に通っていた時分です。私が家の跡を継いだのですが、会社は古老の番頭に任せ、私自身はすぐに東京のほうに移りました」

「それからずっと、貴方が津田博士の学資などを面倒みていたわけですか……。ブルジョアですねぇ、お家のお仕事は何を？」

「山を持っています。田舎には良質の杉とか松などがはえますので、それを材木商が……」

「ああ、なるほど。それで何もせずにお金が入ってくるというわけだ。満州の開拓や高層ビルヂングの建設で、随分と儲《もう》かっているのでしょうね」

「ええ……お陰さまで……」

伊部は自信なげに笑った。

「それにしても伊部さん、貴方は友達思いですね。しかし、一体何故そこまでするんですか？

確か津田君は一時米国にも留学していますよね。あれは……そう、確かエール大学だ。何年にもわたって馬鹿にならない金額でしょう？　何か弱みでもあったんですか？」

「それは、勿論《もちろん》、津田君が天才だからです」

朱雀が意地悪い質問を繰り返したので、さすがの伊部も少し声を大きくした。

「彼が真の天才だからです。凡人の私からすれば彼のような友人を持てたことは誇りですし、その友人の後援を出来ることは名誉だと思うのです」

そう言った伊部の言葉に偽りの響きはなかった。

柏木が道々話をしていて感じたのは、ともかく伊部という男が掛け値なしに津田博士を敬愛し、まるで英雄か神のごとくに崇《あが》めているということであった。

なるほどと頷きかけた柏木の耳に、突拍子もない馬鹿笑いの声が飛び込んできた。

「いやあ、なんていい話だ！　なんていい話なんだ！　友の才能に惚《ほ》れ込んで見返りを求めぬ援助をするなんて！　ごうつくばりの政治家や財界人に聞かせてやりたいものだ。そうですね、なるほど確かに津田君は天才らしいですね。実はね、僕は津田君とは直接の面識はないが、彼の噂は耳にしているんです。学長の中代《なかだい》先生と、卒業してからも時々お会いしてましたからね、理科一の麒麟《きりん》児・津田悟の名はよく聞かせてもらいましたよ」

朱雀は、すっかり上機嫌になって大声を張り上げた。

突然、躁《そう》状態に入った朱雀に、伊部は度肝を抜かれた様子で目を丸く見開いた。

「気にしないでいいですよ、朱雀さんはいつもこんな風なんです。この人はこういう体質なんです」

伊部の戸惑った様子を気の毒に思った柏木はそっと耳打ちした。朱雀はそれに気づいたらしく、眉を顰《ひそ》めた。

「ところで伊部さん、そんな事情なら津田博士とは時々連絡を取り合っていたんでしょう？　様子はどうでした？　例えば、研究に煮詰まって実験施設に火をつけて行方不明になりそうな兆候などなかったんですか？」

「まっ、まさか。津田君とは手紙のやりとりをしたり、時々、私が東京に出てきて会ったりしていましたが、放火して失踪《しっそう》するような、そんな様子は全くありませんでした。だから心配しているのです」

「本当に？　研究がうまくいってなかったとか？」

「いいえ、そんな事はありません」

「津田博士は何の研究をしてたんです？」

「私は余り科学には強くなかったので、津田君の研究のことには余計な詮索《せんさく》をしないようにしていました。ですからそこまでは聞いてません」

「聞いてないとは残念だ。しかし、そんなあなたに何故、研究がうまくいってたって分かるんです？」

「津田君が言ってました。研究の結果が認められて大きなスポンサーがついたと……そう聞いた矢先にあの事件です」

「なる程……じゃあ私生活の面ではどうですか？　何か悩んでいる事はなかったんでしょうかね？」

「いいえ、順調だったはずです」

「はずとは？」

朱雀の見えない瞳《ひとみ》が、じっと伊部の言葉を窺《うかが》っていた。

「こっ……婚約をするとか聞いていました。なんでも帝大の学長の娘さんと、婚約が決まりそうだと……有頂天で話をしていました」

「学長の娘と？　そりゃあエリィトコースに乗ったも同然の話ですね。研究にはスポンサーがつき、学長の娘と婚約が決まりかけていた。それはもう、前途洋々だ」

「ええ、ですから……」

「そうですね、放火をして失踪する必要など、まるっきり公私ともに考えられない」

伊部は朱雀の言葉に強く何度も頷いた。

「ところで伊部さん、余計なことですが貴方吃《あなたども》りますね」

全く余計なことだった。柏木は、突然の朱雀の中傷するような言葉にぎくりとして伊部を見た。伊部は上着のポケットからハンカチを取り出して、額を拭《ぬぐ》っている。

朱雀がにやりと笑った。

「伊部さん、貴方、女姉妹に囲まれて育ったんじゃありませんか？　年の離れた長女がいてその長女が出がけに訪ねてきていた。ついでに、お母さんが早く亡くなったりして、お父さんが厳格な怖い人だった。それで小学校に行く時分までオネショをしていたとか……」

伊部はぽかんとして朱雀を見た。

「ど、どうしてそんな事が分かったんですか？」

「いやぁ、当たったんですね。これは意外だ。僕の知人で同じ様に吃音《きつおん》のある男がいてね、その男の家族構成を、あてずっぽうで言ってみたんですよ。まず、貴方の口調には微妙に女性言葉が感じられる、だから女姉妹の中で育ったんだろうと思いましてね。それと吃る人には、子供の時に心理的な圧力が加えられ、人の顔色を見てビクビクして育った傾向が強いのです。とすると、田舎の旧家の当主である貴方の父上が、貴方を圧迫した確率が一番高い。それも父上の圧迫から貴方を保護する人物がいなかった……。つまり母親が早くに亡くなったのではないかと思ったわけです。父上が亡くなられてすぐに東京に出てこられたというのも、その推理をなさせた条件です。年をとった母親などは田舎を離れたがりません。まして長男と離れることはありません。普通、貴方がさっさと東京に出てこられたのは母親がいなかったせいだと考えられますものね。それと年の離れた長女が訪ねてきたことはね、貴方の体にうつった香と椿油の匂いで分かります。椿油は日本髪を結った女性が貴方を訪ねてきたということを物語っています。そしてこの香は若い女性のつけるものじゃない。匂いに覚えはありませんが、五十前後の女性が身につけそうな上品な香だ。賄《まかな》いの家政婦ではこんな高級な香はつけないでしょう。水商売の女性がつけるようなものでもない。それに杉の匂いがする。僕が覚えがないことといい、この香は、この辺で売っていない良質の杉の産地である貴方の郷里の特産品ではないかと思えるわけです。とすると貴方の上のお姉さん辺りが訪ねてきたのではないかとね……。勿論、大いにただのカンでしたけどね」

「そうなのですか、びっくりしました。でも吃るのが分かりますか……。注意をしているんですが、子供の頃から吃音があるのです。ゆっくり話をすると、大丈夫なのですが……」

伊部は相当に自分の吃音を恥じている様子で、小さな声で訴えるように朱雀を見た。そうして、背広の内ポケットから一枚の写真を取り出して長火鉢の上においた。

「とりあえず、津田君の写真を用意してきました。最近のものではありません。去年、エール大学の客員教授を終えて帰国した時に、空港で出迎えて撮ったものです。参考になればと思いまして。……あっ、今はもう少し太っていますが……」

柏木は内心、しまった、と思ったが、忠告にはすでに遅すぎた。どうやらまだ、伊部は朱雀の目が見えないことに気づいていないらしい。柏木は緊張しながら、津田の写真を覗《のぞ》き見た。

写真を見る限り、津田は特徴のある風貌《ふうぼう》をしていた。

どちらかと言うと細身で、頬骨の削《そ》げた輪郭。際だって広く突き出た額。細く鋭い真っ直ぐな鼻。やや落ち窪《くぼ》んだ感のある両眼は、丸く、大きく、独特の力が籠《こも》った灰色の光を宿している。個性的な彫りの深い美男子と言えた。顎《あご》にあてられた指は非常に長くて形が良かった。その指の美しさのせいか、柏木は、一目で学者というよりは腺病質《せんびょうしつ》な芸術家のような印象を受けた。そして同時に、津田が一種理解しがたい偏向した気質を持っていそうだという印象を、強く感じたのだった。

「そうですか、それはご丁寧に。まぁ、吃音のことは気にしなくて大丈夫ですよ。僕の耳は特別製だから分かったまでの事です。普通の人には分からないでしょう。分かったとしても吃りなんて大したことじゃない、大体においては心理的なものなのです。僕など目が見えないんですよ。こっちのほうが大いに問題だ。せっかく写真まで持参していただいたのに、見ることも出来やしない」

朱雀の目が見えないということに、言われて初めて気づいた伊部は、不安そうな顔を柏木に向けた。

「どう思います？　目の見えない男に、行方不明の人間を捜してくれだなんて、馬鹿げた話だと思いませんか？　どうやって捜せというんです？　匂いででも嗅《か》ぎ当てろと言うんですかね？　まったく非常識きわまりないことですよねぇ」

朱雀は伊部の動揺を挑発するかのように、少し笑いを含んだ声でまくしたてた。人を混乱させることを言うのがなにより好きな男である。その性格をよく知っている柏木には、朱雀が場を茶化しているだけであることは分かっていたが、伊部のうろたえかたは著しかった。

「すっすすすす、すいません。そっそっ、そんな事聞いてませんでした。一体、どういうことなんですか柏木さん？　私はどうちたら……どうしたらいいんですか？」

伊部は真っ赤な顔をして俯《うつむ》いた。伊部は朱雀にいいように弄《もてあそ》ばれていた。

「大丈夫ですよ伊部さん、朱雀さんはこんな事を言ってますが、推理の天才なんです。この人は多少人が悪くて、こういう意地悪を誰にでも言うんです。安心して下さい。……朱雀さん、今日はちょっと質《たち》が悪いですよ」

柏木の咎《とが》める言葉に、朱雀は一層可笑《おか》しそうに笑った。

「あはっはっはっ、いやぁ、言ってみただけですよ。心配には及びません。なにしろ桂先輩のいいつけですからね、せいぜい嗅覚《きゅうかく》を磨いて、津田博士のことは僕が捜し出してみせます。とは言っても、これだけでは何も分からない。おいおい調査してから結論を出すとしましょう。何か分かれば連絡をしますよ」

伊部はやはりまだ心配そうに、はぁと小さく返事をした。

「どうぞ先生、倅《せがれ》のことをよろしくお願いいたします」

サダが三つ指をついて頭を下げた。

朱雀は押し黙ったまま、返答をしなかった。雑音など耳に入っていない、という険しい顔をしている。おそらく、彼の頭の中を、様々な情報が猛スピードで駆けめぐり始めたのだろう。

伊部は縋《すが》るような目をして朱雀を見つめている。

柏木は、この気まずい沈黙をどうしたものかと頭を抱えた。そのうちに、一つの話題を思い出した。

「そういえば、研究所の放火の件は馬場さんも担当しているみたいですよ」

それを聞くと、朱雀の表情がぱっと華やいだ。

「ほぉ、馬場君が？　これはいい、明日にでも馬場君に話を聞いてみるとしよう」

どうやら、からかいがいのある獲物が、事件の周囲をうろついているのを知って、朱雀は俄然《がぜん》やる気になってきたようだった。またもや馬場は七転八倒させられるに違いなかった。

柏木は馬場に悪いことをしたような気分になって、咳払《せきばら》いをした。

「ああ、伊部さんもサダさんも、もういいですよ。用件のむきは大体において分かりましたから」

涼しい顔であっけなく言い放った朱雀に、伊部とサダは戸惑って顔を見合わせた。

「大丈夫です、後は僕が話をしておきますから」

柏木は、二人を車まで見送った。車に乗り込む時、伊部が「驚きました。美しい人ですね」と言った。

柏木は生返事をして車を見送ったが、暫《しばら》く経って、朱雀をさして伊部がそう言ったことに気がついた。「美しい人」は、男を誉める形容にしては珍しい。

確かに朱雀は中性的で、麗人と呼ばれても不思議ではないが……。何にしても奇妙なニュアンスを感じたのだ。

2

柏木が奥座敷に戻ると、朱雀はいかにも愉快そうに肩を揺すって笑っていた。

「いやぁ、愉快な人だったね。あの伊部って人は。『どうちたらいいんですか』なんてね、ああ可笑《おか》しい。なんだね、軟弱なマザコン坊やが、身近な友人に理想像としての自分の姿を見て、献身する……ってところかな」

命の恩人でなかったら、殴ってやりたい男だ。美しい顔から漏れてくる悪魔的な笑みを、柏木は睨《にら》み付けた。

「朱雀さん、趣味が悪いですよ、人が気にしていることを、あんな風に……」

「いやぁ、気を悪くしてしまったかな。君はこういうことが嫌いだものねぇ」

「誰だって嫌いだ、あなたのそういうところは」

朱雀はそれを聞くと不快そうに鼻を鳴らした。そして実に意地悪く言った。

「柏木君、よくそんな事が言えるもんだねぇ。人に言われてのこのこと、こんな面倒な頼み事を僕のところに持ち込んできてくれた癖に。本当に大迷惑な話だよ。勿論《もちろん》、この件に関しては君も協力をしてくれるのだろうねぇ」

「協力？」

「そうさ、当然だろう。僕が動けない分は君が僕の手足になって動くんだよ」

「なんで僕が……」

「責任だよ。こうして自ら首を突っ込んできたんだ。責任はとってもらうよ。それとも、君は子供の使いなのかい？」

そう言われると、ついむきになるのが柏木の性分である。

「何をすればいい？」

「そうだね、まずはいなくなった津田博士の身辺調査だね。『行方不明になる理由は思いあたらない』などと伊部は言ってたが、理由なく失踪《しっそう》する人間なんていやしないんだ、まだ誰も知らないことがあるってことじゃないか。だから津田博士の交友関係などを調査してみよう。帝大の学長には僕が手紙を書いておくよ」

「一寸《ちょっと》待って下さいよ。知り合いなら自分で行けばいいじゃありませんか」

「いやだね。僕は見えない目で、勝手知らないところを歩き回るのは嫌なんだ。一人で心細ければ後木をつけるよ」

「いいですよ、一人で！」

長火鉢を片手で叩《たた》いて怒鳴った柏木に、朱雀が薄ら笑いを浮かべた。

「おや？どうも紳士的じゃないね。こんな事で声を荒らげるなんて変じゃないかい？柏木君、君どうかしたのかい？」

そう言われると、柏木は不意に心配になった。吸い込まれそうな大きな瞳《ひとみ》が、興味深げに見開かれていた。

「柏木君、君このところ大いに変だよ……。あっ、そうだ忘れていた」

そう言うと、朱雀は後ろの押入れの襖《ふすま》を小さく叩いた。

「出口さん、もういいですよ」

出口王仁三郎《おにさぶろう》が……？

しかし押入れの中からは一向に返事がない。

「変だな……」

呟《つぶや》きながら朱雀が襖を開いた。出口は体を丸めて押入れの下で船をこいでいた。

「なんだ、寝ているんですね。出口さん、出口さん、起きてくれませんか？」

そう言われると、出口は大あくびをして、目脂《めやに》のついた顔で、にかっと笑った。相変わらずマントヒヒに似たおかしな顔つきだ。

「ああ、ええ気持ちやった。すっかり寝てしもうた。どうや、もう人は帰ったか？　おや、なんや柏木はんか、あんたも来てたんか。こらええわ」

ドッコイショと押入れから這《は》いだしてきた出口の風体に、柏木は思わず目を丸くした。

肩までの長髪を頭の上で括って出来損ないの丁髷《ちょんまげ》風にした頭、黄色い蝶々《ちょうちょ》模様の女物の長襦袢《ながじゅばん》を着て、その上からマフラーをしている。ちょっと見ぬ間に、妙ちきりんさに一層磨きがかかったようだ。

「一体そんなところで、何をしてたんです？」

「いやな、人がせっかく、この朱雀さんとこに機嫌よう遊びにきとるのに、なんやらいう刑事がうろうろしとるんや。ほんま、かなわんわ。それで、わしの姿を下手に人に見られたらややこしなると思うてな、隠れとったんや」

そう言いながら出口は長火鉢の前に座ると、菓子皿の中にあったかりん糖を、かりりと嚙《しが》んだ。

「白馬に乗っているとお聞きしましたが……」

「うん、そうや、なかなか特高が動きよらんから今度は皇居の前でやったろ思うてる」

柏木の問いに、平然と出口が言った。

「駄目ですよ！　逮捕されてしまいますよ」

「そら、そのつもりでやるんやがな。一年ぐらいは牢屋《ろうや》に放り込んでもらお思うてな」

「どうしてです？」

「このまんまやと、皇道派の武力闘争に巻き込まれてしまうさかい、わしは逮捕されて、暫く手も足も出んいうことでええんや。しやけど大本《おおもと》を弾圧させなあかんなんてなぁ、そうなったら日本ももう終わりやで」

「どういうことです？」

「大本は日本のひな形だということだよ、柏木君」

朱雀が無表情にそう言った。

「ひな形？」

「そうや、わしが教団に『大本』いう名前をつけたのはな、教団が日本の大元になるようにや。ようするに日本の芯《しん》や。うちの教団に起こることがな、そのまんま日本に同じように起こるんや」

「そんな馬鹿な……」

「何言う、日本はな、言霊《ことだま》のさきわう国やで、言葉には強力な魔力があるんや。名前はその本質をあらわすんや、だから大本は日本の大元や」

「何の事だかさっぱり分からない」

「まぁまぁ、柏木君、その辺りにしておきたまえ。それより、公安は貴方《あなた》を不穏分子として狙い始めましたよ。全く、愛国の輩《やから》というのはずいぶんとトンチンカンなことですね」

するとと出口は、あほらし、と呟いた。

「何が愛国や。国なんて方便でしかない。わしはな、国なんてせなものは無くなったらえぇと思っとるんや」

出口の思い切った発言に柏木は驚愕《きょうがく》した。

「これは随分過激な意見じゃありませんか。凄《すご》く愉快だなぁ。出口さんはアナキストなんですか？」

朱雀が笑いながら言った。

「わしはアナキストなんかと違うわいな。けど国なんて方便に振り回されるのは御免やな」

「方便って、どういう意味です？」

柏木は興奮の余り、唾《つば》を飛ばしながら訊ねていた。

「どういう意味てか？　国ってなんやねん。『国体』ゆう言葉があるわなぁ。国体いうのは、勿論天皇さんのことや。天皇さんが国そのものやいう事やわなぁ。……ところであんた、日銀知ってるか？」

「勿論知ってます」

「そうか、ならええわ。ほんなら日銀が天皇さんの銀行や、いうのも知ってるわな。つまりは天皇さんのお財布や。と、言う事はや、日銀は名前の通り日本の財布なわけや。それでやな、先の震災があったやろ？」

「関東大震災のことですか？」

「そう、その大震災のことや。あの大震災で一旦《いったん》帝都は壊滅状態になったわなぁ。ほれで再建する言うのに、ごっつい費用が必要やった。当時の日本にとっては莫大《ばくだい》な費用や。とても日銀の有り金叩いたって出てけぇへんぐらいの金額や。それでどうしたと思う？　借金したんや」

「借金？」

「そうや、日銀が社債を発行したわけや。いわば天皇さんが、借金しはったことになる。その社債を殆《ほとん》ど全部引き受けたのが誰や思う？」

「……知りません」

「米国の大富豪のモルガンいうお人やがな。その人のお陰で帝都は復興したんや。まぁ、これは簡単に言うたら、モルガンいう人に天皇さんが金を借りたいう話やがな。そのモルガンいう人はな、ただの金持ち違うで。モルガン財閥いう、銀行を含めた物凄い企業体の一番てっぺんに立ってはる人や。この人が『右』言うたら米国の政治家は皆な右向くし、『左』言うたら左向く。大統領を選抜するのにも大きな影響力があるんや」

「ち……ちょっと待って下さい……つまり何です？」

あぁあぁ、と朱雀が情け無さそうな声を上げた。

「全く君はトロいねぇ。つまり天皇陛下は米国そのものに借金をしているということに他ならないじゃないか。米国に対する好感が震災後にあれほど上がったのも、貸主に配慮する日本国政府のべんちゃら宣伝のせいだよ」

「ますますよく分からない。それでどうして今、こんなに米国との仲が険悪なんだ？　本郷先輩は、米国は日本を戦争に追い込んでいく気だと、そう言ってました。軍部が開戦を狙うのは分かるが、何故……」

「そうや、おかしいと思うやろ？」

出口は、ぬっと柏木の前に顔を突き出すと、また、にかっと笑った。

「そこがやな、知恵のあるもんが考えなあかんところなんや。軍部がクーデターを狙ってる話をしたことがあったやろ？　けどな、そのもっと奥に裏があるんや。ええか、今の日本の政界や経済界や軍部は、大きな借金をかたに米国が陰から動かしているようなもんなんや。米国の息がかかった輩がうようよしとる。本当のところ、荒木《あらき》を唆して満州建国を煽《あお》った吉林なんぞ、完璧《かんぺき》に米国の紐付《ひもつ》きやがな。荒木はようわかっとらんようやけどな」

「なんで米国がそんな事をしなきゃならないんだ？」

余りの話に、柏木はしどろもどろだった。しかし、政治や軍部の上層部とも通じている出口の言うことだ、本当に違いない。

「諸外国からの非難を受けることなしに、植民地を手に入れたいんや。米国の親分の英国は、植民地で巨大な利益を得た国や。ことにアヘン貿易で大英帝国を支える巨万の富を生み出しよった。その親分の真似をして、柳の下の二匹目のどじょうが欲しいんや。満州からの利益が喉《のど》から手が出るほど欲しい。けど国連で『植民地はあかん』いうことになったやろ？　しやから子飼いの日本の軍を動かして、満州を占領させて、満州占領に関しては意見を異にしている中央政府と軍との仲介に、日本に立場の強い米国がうまいこと入るいう形で、満州を遠隔支配したいんやがな」

「そっ……その為に日本は利用されているのか……」

柏木は絶句した。一般市民の常識を遥《はる》かに超えた、えらい話である。出口と朱雀の話を聞いていると、日常が危うくなる。

「そうや。あんた、驚いたらあかんで。国際政策なんてそんなもんや。ところがな、もっとすんなりいくはずやったのに、厄介な事が起こりよった。『皇道派』が出てきよったからや。こいつらが『満州を米国に渡す』なんて事、承知するはずがないやろう？　あんたも知ってる通り、皇道派いうのは下級の軍人達の集まりやわな。しやから、そないな計画で日本の上層部が動いているなんて、努々《ゆめゆめ》知らんわけや……。

日本なんて国な、とうの昔に無くなってしもうてるんや。国なんてのは方便なんや、そう言うて国民の士気をうまいこと煽って、利用してるだけなんや。そやのに、それを真に受けて、『今まで米国の為に動いてた政治家や軍部上層部を打倒して、昭和維新を起こそう』やなんて、うまいこと行くと思うか？　しかも、やっぱり天皇さんを国の頭にする気なんや。自分らの事どう思うてるか分からんけど、当の天皇さんにしたら、見当はずれな神輿《みこし》を担いで持って来られたようなもんや。そんなもんに乗ったら、金を貸してもろうてるモルガンはんが怒るがな。しやからな、天皇さんは絶対に皇道派にええ待遇を与えへんで。そんな事も分かっとらんのや」

「そんな虚《むな》しい……しかし、ならば、皇道派の方こそ憂国の士という事なのか？　そんな……そんな事は認めない……」

「憂国の士いうたかて、頭が悪すぎるがな。しやから、米国に利用されるんや」

「米国は彼らのことも利用を？」

「あんな猿並みの頭では、米国にとっては赤子の手を捻《ひね》るがごとしやな。米国はな、小うるさい皇道派を利用して、いっそ日本に無謀な戦争を起こさそう思うたんや。なんぼ日本が足掻《あが》いても絶対に米国には勝たれへん。そしたら、日本を叩《たた》きつぶして、占領地にする。その時こそ満州を含めて自分らの手のうちに入れてしもうたらええとな。これで皇道派もなくなるし、一石二鳥やろ？　それでわしは、そんな米国の作戦におめおめ利用されるのは嫌やいうわけや」

柏木は額にだらだらと流れ出てくる汗を掌《てのひら》で拭《ぬぐ》った。

大変だ。なんという話を聞いてしまったんだろう。

「では東泰治《たいじ》は？　東泰治はどうなんです？　奴も利用されているだけなんですか？」

「東泰治……？　あれは、もっと一筋縄ではいかんわ」

出口の小さな瞳《ひとみ》が、ぎらりと光った。

「出口さん、それ以上よしましょう。柏木君などは一介の新聞記者なんですからね。彼の平和な日常を破壊してしまっては気の毒だ」

朱雀はさらりとそう言うと、

「それで、最近の君をそうも精神不安定にさせている原因は？」

と、不意に、柏木に顔を向けた。

「そんなにイライラするのには訳があるのかい？　それともなんの理由もなく漠然とイライラするわけなのかい？」

「……いや……理由といっても……」

柏木はのぼせ上がった頭で東や、このところ気になっていた陸軍の不審な動きに思いを巡らせた。

「それが理由なのか、いらついているから、それを理由と感じるのか分からないが……」

「そりゃあ、そんな千々に乱れた心で自問自答したって答えは出やしないさ。僕が診断してやろう。君が鬱《うつ》病なのか、あるいはそうでないのかをね。その『理由と思われる事』っていうのは何なんだい？」

朱雀の顔は、もはや抜き差しならない好奇心を湛《たた》えていた。

出口は素知らぬ顔で、かりん糖を食べている。

出口の話で混乱していた柏木は、唐突に質問をした。

「例えば、死体が生き返るなんてあり得るだろうか？」

「なんだって？……死体が……」

朱雀は興奮した様子で火鉢を押し退《の》け、にじり寄ってきた。

出口が、ほほぉ、と呟《つぶや》いた。

「ねえ、何なんだい、柏木君、その死体が生き返るっていうのは？　なんだか面白そうな話じゃないか。死体が生き返るかだって？　そりゃあ『反魂《はんごん》の術』なんてものが古来言い伝えられてはいるが、効果の程は知らないね。本当にそんな事があるのだったら、是非に知りたいものだよ」

「いえ……。おそらく夢だ。そんな夢を見たんだ」

「夢ねぇ……」

解せない返事をして、朱雀は腕を組んだ。

自分の質問を、すぐに夢であると否定した柏木だったが、実のところを言うと、死体を追いかけていた男が、殺された田中誠治に似ていた事が大きくわだかまっていた。

もし、あの男が田中誠治であり、現実の出来事だったとすれば、妖精《ようせい》のような少女もまた現実であり、不思議な夜の出来事全てが現実だったということだ。とすれば、自分はまたもやおかしな世界に足を踏み入れようとしているのではないか……。そんな不安が、柏木の苛立《いらだ》ちの理由であった。

「夢とは残念だ。まぁいい、夢は歪《ゆが》んだ自己の表れだというから、君の病理を解決する為に夢を分析してみるのも悪くないね。どういう夢か言ってみたまえ」

柏木は、泰明小学校の裏口を徘徊《はいかい》していた腐乱死体や、その後を追いかける田中誠治そっくりの男の話を詳しく説明した。

朱雀はその間中、透き通った瞳で中空を見つめたまま微動だにしなかったが、柏木が話し終わった途端に、興冷めした溜息《ためいき》を吐いた。

「なんだくだらない。もしそれが夢なら、そりゃあね、君、君がいつまでも未練たらしく過去の出来事にこだわっているという意味の夢だよ。死だよ、死。死者の復活がテーマなわけだ。まだ高瀬《たかせ》美佐のことをぐずぐずと悩んでいるのかい？　悔やむのは止めにしたまえ。もし彼女が生き返ったとしても、君を愛することはないのだからね」

にべもない冷酷さで朱雀が言った。

「でも……本当に夢なのかな？」

出口が眉《まゆ》を顰《ひそ》め、小声で言葉を継いだ。

「そうやなぁ、わしは鶏ぐらいなら生き返らす男を知っとるで」

出口がそう言って、にかっと笑った。

「え！　なんですって！」

出口の言葉に柏木はぞっとして凍り付いた。

「ほかならぬ、このわしや」

冗談なのか本気なのか、出口が自分の顔を指さして真顔で言った。

「夢だ……。本郷先輩もそうに違いないと言っていた」

柏木は頑《かたく》なに答えた。

朱雀は、ちっと舌打ちをして「本郷君の言うことなんてどうだっていいよ」と言った。

そうして、暫《しばら》くの間、腕組みをしながら何事か口の中で呟いていた。

柏木はだんだんと薄ら寒い気持ちになってきて、朱雀が何を言いだすのかと、神経を尖《とが》らせた。

「面白いね」

「どういうことです？」

柏木の質問に朱雀は露骨に不快な表情を返した。

「どういうことって？　君、そんな事も分からないのかい？　それはだね……ああ！　やっぱり面倒だ。君のようにトロい男に一から十まで説明しなきゃならないなんて、そんな大仕事をする気にはならないね。おいおい全ての謎解きの駒が出そろったら教えて上げるよ。何故なら僕は今、大変な仕事をかかえているんだよ。ほら菊人形さ、前宣伝に五体ほど飾ってあった植木柵《さく》の菊人形を、そのまま十一月の末まで飾る予定だったんだが、台風から後、ここ連日みたいにつづく強風で蕾《つぼみ》がすっかり散ってしまってね、これじゃあ肝心の菊祭りの時に咲く花がありゃあしない。それで取り替えることになったんだが、この費用を吉原と菊人形を搬入した業者のどちらが負担するかで大揉《おおも》めしてるんだ。五体といえど半端な金額じゃないからね。それなのに、君に僕の考えている事を説明したりしてたら日が暮れてしまうよ」

朱雀は途端に苛立った様子で悲鳴のような声を上げた。自分の脳の動きに他人がついていけないことが朱雀には猛烈なストレスらしかった。

出口がそれを見ながら、にやにやと笑った。

柏木はうんざりとした。


それにしても、面白いとはどういうことなのだろう？

「そうだ、時に柏木君、ローズ仁丹《じんたん》の看板とポスターに、富士楼《ふじろう》の絹代《きぬよ》を使いたいという申し出があったんだよ」

「ローズ仁丹？」

唐突に話の矛先が変わったので、柏木は反応に戸惑ってしまった。

「なんだい、君は一体、何をしに吉原に来ているんだい？　仕事だろ、仕事。大体においで今日は、顔見せの予定を決めるのが目的だろう？　絹代が天下の森下博営業所のポスター美人に抜擢《ばってき》されたから、菊祭り顔見せは絹代を大看板にすればどうかと言ってるんだよ。まったく、ぼうっとしているね。君は仕事のこともそっちのけで、奇怪な事件のことばかり考えてるんじゃないのかい？　そんな事、君には基本的に何の関係もないじゃないか、それよりも目の前のことをしっかりとしたまえよ」

「……それはそうだが」

「そうだよ。まったく困ったもんだ。それにしても、大した売れっ子でもないのに絹代はシンデレラガールだよ。ほら、谷中墓地の近くに名物の百メートル看板があるだろう？」

「ああ、あの国道沿いの『どりこの』の看板」

「そうさ、あの看板が丁度看板の交代の時期で、どりこのに変わって森下博営業所が宣伝を打つ予定だったんだ。ナポレオン面の仁丹印に社名が入った愛想のない定番看板を、看板描きの元さんが手掛けるはずだったらしい。ところが足場を組んで、下塗りを終わらせたのはいいが、いざ看板を描こうと足場のてっぺんに上がった途端、びゅうっと一陣の強風がふいて、元さんは足場から転がり落ちてしまったというんだよ」

「それは危ない、命に別状は？」

「幸いになかったんだが、足を折ってしまったらしい。全治一ヵ月の重傷を負ってね。それで看板描きは一旦《いったん》中止だ。そんなこんなで遅れたのが幸いして、『どうせ看板描きが来月になるんなら、絹代の顔を入れよう』ということになったんだ。国道沿いに大きく顔が出るなんて、まったくついているだろう？」

　カタ　カタ　カタ……。一際大きく障子が鳴った。

「そうそう。銀鮫《ぎんざめ》の頭《かしら》が、『菊祭りの顔見せの撮影は十月の初旬までにして欲しい』と言ってたよ。それ以降は客足が多くなるから忙しいしね。まぁ、頭のところへ寄って詳しく打合せしたまえ」

吉原を仕切る三者組合の頭・銀鮫と打合せが残っていることを思い出した柏木は、夢から覚めたような気分で立ち上がった。油灯の明かりで長く伸びた影が、ゆらりと揺れた。

「ほな、またな」

出口が軽い調子で言った。

「それじゃあ」と言いながら柏木は背中を向けた。

「柏木君、確かに最近は妙な動きがあるのさ。町中じゃあ、小さな子供達が、笛吹き男の夢を見て夜泣きしたり、夜尿症になったりしているという。それだけじゃない。最近では、不良少年少女ばかりか、大人達までもがこぞって笛吹き男の恰好《かっこう》を真似るようになって、変装屋が大繁盛だというしね。誰も彼もが笛吹き男に取り憑《つ》かれているんだ。それに、花魁《おいらん》達が仕入れた巷《ちまた》の噂じゃ、陸軍がこそこそとあちこちを巡回しているらしい。憲兵までもが動きだしたっていうことだ。東も異例の二階級昇進の祝いで帰ってきているしね……。何にしても物騒な予感がするよ」

カタ　カタ　カタ……。再び大きく障子が鳴った。

3

「それで津田博士捜しに君も巻き込まれたっていうわけかい……」

ひと気のない社員寮の廊下で、米国の途方もない陰謀に関しては何も触れず、本郷はそう言っただけだった。そしてポケットから取り出した櫛《くし》で丹念に髪型を整えた後、片手一杯の仁丹粒を口に含んだ。顔色が青白く見えるのは、二日酔いのせいだ。

柏木は頷《うなず》いて歯磨きを済ました後、苛立ち紛れに水飛沫《みずしぶき》を上げて顔を洗った。そして水道の蛇口を締めた。

滴……滴……滴……。

朝の日差しを反射させながら、しっかり締まりきらなかった蛇口から水滴が流れ落ちる。

本郷がキュッと音が立つほどに締め直した。

柏木は憤りの目を本郷に向けた。本郷は柏木の襟元に付着している白い歯磨き粉を見ながら首を振った。

「しかしなんだねぇ、気鬱《きうつ》の病になっても君のその大雑把なところは一向に治らないな。僕はてっきり、ああいう病になれば神経も繊細になるものだと思っていたよ」

「先輩のように、まるで婦女子みたいに一日中暇さえあれば鏡を見ている方が変ですよ。男子たるもの、風体ばかり気にするのはよくありません」

「それにしても、君の場合は気にしなさすぎさ。そんな風だから女性の一人も寄ってこないんだ」

「興味ありませんから」

「僕はね、キッパリとそう言う君が心配だよ。今も心の中に『あの女』の面影を抱き抱えているからだろう。しかし、それはいけない。しごく危険だ。もっと俗でいい加減な男になった方がいい。それに、いい年をして恋人もいないのでは、実家のお袋さんが嘆くだろう」

「母は、生涯の伴侶《はんりょ》はゆっくり選んだほうがいいと言ってますよ」

「そんな事を言ってるうちに老人になってしまうぞ」

柏木達は一階の階段に続く廊下を歩きだした。

「今日の仕事は？」

「昼すぎに深川です。トーキーの役者がよくお忍びでいくという置屋を取材するんです。写真屋の村川《むらかわ》と一緒ですよ」

「そうか、それにしてもいいねぇ、気楽で。僕は花柳界を担当していた頃が懐かしいよ。こっちは毎日、やれ検閲だ、臨時発表だと気ぜわしくて仕方ない。給料がそう変わるわけでもないのに損だよ。僕も軍部から目をつけられたほうが良かった」

「先輩、本気で言ってるんですか？」

「ああ大いにね。まったく、いやだいやだ。お洒落《しゃれ》じゃないね。いやな世の中だよ。巷じゃ、就職難にあえぐ大学生達が、『いっそ外人部隊に入ろうか』なんて言うのが流行《はや》ってるらしいが、僕の場合は、『こんななら女と心中してしまったほうがずっといい』ってところだ」

機械的にそう言って、本郷はソフト帽を被《かぶ》りなおした。

何故か互いに肝心の話題を逸《そ》らしていた。それは緩慢に死に至る病に冒された病人が、日頃から極力、死の話題を避けようとする心理に似ていた。

階段を下りて玄関を出た。

朝の緊張した空気は、全てを弾《はじ》き返すような冷たさに満ちていた。児童達の群が、黄色い声を上げながら泰明小学校の門へと歩いていく。

いつもの朝の光景を横目で見ながら、小学校の塀沿いにぐるりと回り、数寄屋橋に出た。

両端は人間が歩く場所。中央部分には噴煙を上げて黒い車、通勤自転車、商屋に向かう大八車が往来している。白い石造りの橋は、足の裏でコツコツと硬い音を立てた。

その橋から長く長く続く舗装道路が、誰かが決めた、ある地点に向かっていた。


誰が決めたのか？

そして何処に到達するのか？

道を計画した主は、その行き先を知っているのだろうか……。


柏木は、今の今まで考えもしなかった事を漠然と物思った。確かにこの道は誰かが何かの目的で作ったものに違いないのだ。

突如として足元が崩れんばかりの地響きを立てた。柏木達は背後を振り向いた。

猛スピードで走る異様な形の真っ黒なトラックが四台続いて近づいてくる。どこにも窓が無い。トラックの一団は、日劇の前を右に折れて消えていった。

「朝っぱらから、何の騒ぎだろうね。あんなに黒ずくめで、窓もないなんて……不気味なトラックだ」

「朱雀が……最近の軍の動きが奇怪《おか》しいと言っていた」

「と……すると、やはりあれかな……」


クーデター……。


二人は緊張に顔を強張《こわば》らせ、すぐ目前に見えている朝日新聞社へと足を速めた。

だが、出社して一時間、二時間と経過しても、クーデターらしき情報はどこからも入ってきはしなかった。

「どうやら我々の考えすぎだったようだね」

本郷は気が抜けたように言って、エアーシップを取り出して一服した。

柏木も緊張していた分、大きく伸びをした。本郷の表情がまだ少し硬い。

「そうだ、知ってるかい？　またも市電が人員を五百人削減すると発表するらしいよ」

「市電が？　滅茶苦茶だ。去年一万人以上も首を切ったばかりじゃないですか。横暴です」

「ああ、けど強行するだろうさ。なにしろ治安維持法が、労働者のデモから守ってくれるからね」

「治安維持法……って、一体、何の治安維持なんですか？　奴らのやってる事は、労働組合潰《つぶ》しでしかありませんよ」

「おそらく、資産階級の治安維持なんだろうよ。やれやれ。また巷に浮浪者が増えて、犯罪が増加するんだろうね。クーデターがなくても、このままじゃ犯罪大国になってしまう。今や小口のスリや傷害ぐらいでは、留置場で一日泊まれば放免されるって噂だ」

柏木は拳《こぶし》を握りしめた。

一体、何処に正義や真実があるんだ。

いっそ、戦争でもなんでも起こって、何もかも無くなってしまえばいいんだ……。

4

「川岸へ来て下さい」

差出人のない短い手紙と、簡単な地図と、黒い女物の網靴下が柏木に送られてきたのは、深川から社に戻った時だった。

差出人は女のようだが、恋文めいた手紙をやりとりするような女に覚えがない。不可思議に思いながらも、無視すれば恥をかかせる女性がいるかもしれないことを思うと、無視は出来なかった。柏木は、仕方なく川岸に出向いた。

浅草寺の東の入口、二天門から、二天門通りを、真っ直ぐに行くと大川へ突き当たる。電車通りを横切り、川べりは山之宿町《やまのしゆくまち》、左は言問橋《ことといばし》、右の吾妻橋《あづまばし》の脇にはサッポロビールのネオン看板が瞬いている。岸に、黒い波に揺られて二、三十艘《そう》の小舟が止まっていた。柏木は、その一艘の棹《さお》に長々と網靴下が干してあるのを目に留めた。

どうやら、あそこで手紙の差出人が待っている様子だ。緊張に引きつった顔で、船からコンクリィトの岸に渡された細長い板を渡った。

船頭が立っていた。柏木を見ると、

「中におられます」

と短い言葉をかけた。

柏木は唾《つば》を呑《の》み込んで、一呼吸してから、屋形船風の小さな障子を開いた。

暗い。僅《わず》かに一つ、灯の入ったランプが中央の柱にかけられているだけだ。

座敷に敷かれた夜具に胸を投げ、心地よい寝息を立てて一人の少女が眠っていた。

思わぬ事態に、柏木は胸の鼓動の高鳴りと微《かす》かな目眩《めまい》を覚えた。

少女の短髪の細い髪が乱れて、汗で額に張りついていた。長い睫《まつげ》毛から続く柔らかな頬の曲線は奥に桃色の血色を忍ばせている。青い影を落としている睫毛が、驚くほど長い。十分に胸をはだけたベージュのブラウスの胸元に、真珠のネックレスが覗《のぞ》いていた。膝《ひざ》よりも上の大胆な赤いスカァトから、ぴったりと組み合わせた素足が艶《なまめ》かしく伸びている。

この少女は、いつかの不良少女じゃないか。

柏木が驚きに息を呑んで、そう思った時、くらぁり、と足元が揺れた。

船が岸を離れはじめたのだ。奥の柱にかけられた小さなランプの灯が、少女の寝姿の上を真っ白な膝から、桃色に染まった頬まで移動していた。

その途端、少女が顔を上げた。

「あら、ごめんなさい。ほんとうに眠ったのかしら」

少女は恥じらった仕草《しぐさ》で起き上がると、短い丈のスカァトを引っ張ってひざ頭を隠し、柏木から顔をそむけて深く俯《うつむ》いた。

柏木は、余りのことに動転して言葉を失っていた。

「ずいぶん気を揉《も》んで、待っていたのよ。その窓を閉めてくれない？　船頭さんは焼き餅《もち》屋さんだから」

言ってる意味が分からない、頭が空白になって、少女が命じる通り船室の窓を閉めた。

「ど、どういうことなんだ？　君、誰なんだ？」

少女は、まるっきり柏木の問いかけには答えなかった。ただ全く自分勝手に言葉を続けていた。

「私、船で待っているって約束したけれど、船で起きて待っているなんて約束しなかったわ。寝てしまってたら悪いかしら。まぁ、それぐらいに私は眠いのよ。なにしろ、夜がちっとも眠れないんですもの。毎日、毎日、眠るどころじゃなかったわ。お化粧道具は無くしてしまうし。船に乗る時、足をすべらせて濡《ぬ》れてしまうし」

少女はそう言いながら、ランプの灯《とも》った柱の陰から、もう一つランプを取り出すと、火を入れ、夜具の横にあったちゃぶ台の上に置いた。

胸元から、奥に潜んだ膨らみが微かに伝わってくる。

最初にあった時の少年めいた印象とまるで違っていた。今日の少女は確かに生身の女性であった。

「お酒はないわよ」

また唐突に、少女が言葉をついだ。

「い、いや酒など飲まないよ。どうしたんだい？　僕に何の用事だ？　それに、どうやって僕の居場所を知ったんだ？」

「私があなたを好きになれるかどうか、試してみたかったのよ」

「ええ、何だって？　何をわけの分からない事を言ってるんだい。しっかりしたまえ。僕をからかっているのかい？」

「どうして？　あなたはもう私が好きじゃない。だから、私があなたを好きになれば、それでいいじゃない。私があなたを好きになるようにしてよ」

少女は瞳《ひとみ》を大きく一杯に見開いて柏木を見つめた。

波の音が流れた。

柏木は途方にくれてしまっていた。

夢の中の少女が突然、目の前にいて、摩訶不思議《まかふしぎ》な恋の告白をしているのだ。

暗い船内。橙《だいだい》色のランプの光の中で、柏木と少女の影が伸び縮みしている。

息が苦しくなった。何処かで、こんなことがあったような気がする。


夢で見たのだろうか？　すると、この少女は……？

妖《あや》しい恐怖と陶酔が、忍び寄って来る。

「君は誰だ……？」

「私はね、ずうっと前から、あなたを知っていたのよ」

赤いルージュで濡れた唇が囁《ささや》いた……。

「僕を……？」

いよいよ、頭が混乱した。

そうすると、今のいままで、しっとりと真摯《しんし》な表情で柏木を見つめていた少女の顔が、たまりかねたように歪《ゆが》み、桜貝のような唇から、ぷっ、と笑いが漏れた。

「もう、いやだわ。わからないの、弓子《ゆみこ》よ、弓子、紅団《くれないだん》の弓子の真似をしていたのに」


弓子？

そう言われて柏木は、あぁぁぁと呻《うめ》き、がっくりと脱力した。紅団の弓子とは、川端康《かわばたやす》成《なり》が朝日新聞に連載していた小説「浅草紅団」に出てくる不良少女のことである。そう言われてみれば、確かに弓子が男を船に誘い出して誘惑するこんな場面があった。それで、何処かでこんなことがあったように錯覚したのだろう。

柏木は額の冷や汗を拭《ぬぐ》った。

「あきれた記者さんだわ。つい何年か前に、あなたのとこの新聞に連載していた小説じゃないの。私なんて、昨夜、一生懸命に小説の中のセリフを思い出したのよ。タンスの中から型の古い短いスカァトまで探し出して用意したの。途中で気づいて合わせてくれるかと思ったのに。全然駄目ねぇ」

少女はそう言うと、立ち上がり、船室の窓を開けた。川に出たと見える。街のネオンの灯が、岸の向こうに燦然《さんぜん》と瞬いている。

「分かるわけがないじゃないか、突然あんなことを言われたら、こっちはもう動転してしまって……それにしても、どうやって僕の事が分かったんだ?」

「あら、まだ分からないの?」

壁にもたれて、うっとりとネオンを見ながら少女が言った。

「分からないね」

柏木は憮然《ぶぜん》としてそう言った。

「確かに本郷さんの言う通り、女に興味のない朴念仁らしいわね」

「本郷先輩？　どうして本郷先輩を知ってるんだ？」

少女はあくびを一つかみころすと、口を開いた。

「昨夜、訪ねてきたのよ」

「何だって、君、まさかその歳でカフェーなどで働いているんじゃないだろうね」

「おお、また怖い顔。だったらどうだと言うの」

「いけないよ。すぐに止めるんだ」

少女はくすりと笑うと、小さな肩をすぼめた。

「あなた、大きな誤解をしているようだわ。私はカフェーの女給なんぞじゃなくてよ。あんな男に媚《こび》を売るような仕事は大嫌いなの。それに、もう一つ間違っているわ。私は貴方《あなた》が思っているような子供じゃなくてよ。私、いくつに見えて？」

「誤魔化しても分かるぞ。その様子じゃあ、良くいっても十七ってところだ」

「大ハズレ！　二十歳よ。童顔だから若く見えるのよ」

「二十歳？」

「そう、それに私の仕事は何でしょう？」

そう言うと、少女は、えいっ、とちゃぶ台の上に飛び乗って、ポーズを作った。何処かで見たことのあるポーズだ。

「あれ？……き、君はもしかするとサァカスの空中ブランコの……」

「そう、川田サァカスのマリコよ」

少女は川田サァカスのマリコだった。空中ブランコや女軽業師と言えば、何処のサァカスでも美人を起用して、看板娘にしているのだが、マリコは六区の中では評判のスタァだという話だ。それにしても化粧を落とすと、こんなに若い娘だったとは気づかなかった。

「なんだそうか、見世物の妖怪《ようかい》を見にいった時に案内してくれたんだったね……。だけど、何で本郷先輩が君を訪ねなきゃいけないんだい？」

「『柏木という僕の後輩が、全く女に奥手でいけないから、デートなどをしてやってくれないか』と頼みに来たのよ。『僕が見るに、君と柏木は気が合いそうなんだ』なんてね。チップをくれたわ」

「何だって、先輩が君にそんな失礼なことを頼んだのか。それは済まない。僕からよく言っておくよ」


まぁ、不思議ね。


マリコは大きな目を一層に見開いてそう言った。

「何が不思議なんだい」

「サァカスの女なんかの言うことを、真面目に聞いて謝ったりするからよ」

「サァカスの女だからって関係ないだろう？」

「関係は大ありだわ。サァカスの女なんて、お客さんに媚を売って、たまにはお酒の相手をしていくらの仕事よ。さっきは大見得を切ったけど、カフェーの女給と変わらないわ」

「それは違うだろう。空中ブランコは芸だ。君は芸を売ってるんだ。何も卑下する必要はないだろう。しかし、カフェーの女給を馬鹿にするような考えもいけないよ。女給だって立派な仕事だ。どちらにしろ女性なら誰だって、好きでもない男に言い寄られたら、嫌がる権利はあるだろう」

「あなた、変わったことを言うわね。フェミニストという人かしら？」

「フェミニストとか、そんなんじゃない。僕はそういう考えだという事だ」

マリコは少し黙り込んで、疑わしそうな、それでいて縋《すが》るような瞳で柏木を見た。そして、子供のように親指を噛《か》んだ。大人びたことを言っていたのに、赤ん坊のように頼りなげな仕草だ。

「サァカスの時も、私だと分からなかったでしょう？」

「全然、分からなかった。チューリップ帽を被《かぶ》っていたから、顔が見えなかったんだ」

「そんな事はないわよ。はなから見る気がなかったのよ。眼中に無いって顔をしていたわ」

「それが気に入らなくて、こんな風にからかったのか……」

「からかったなんて人聞きが悪いわ。それに私は、自分を見てくれない人がいる事に腹を立てるほどの自信家でもないのよ。それどころか、世の中の誰かが私の事を気にかけてくれるなんて、思ったこともないのよ」

　意外に気弱なことを言って、マリコは暫《しばら》く黙った。

「まぁいいわ……ともかくアノ時に会った貴方が偶然にもサァカスに来て、本郷さんからデートしてやってくれなんて言われたから、ついその気になったのね。それで、改めて自己紹介をするのに、洒落《しゃれ》た設定がないかと思っただけだわ」

「確かに随分と洒落ているけれど、心臓に悪いな」

「そのようね。貴方って本当になんでも真面目になるのね。初めて会った時も、そりゃあ必死で説教していたし、本当に変わった人だわ」

「変わった、変わったとそう連発するもんじゃないよ。僕なんて平凡で、何処といって特徴のない男だ。それより君のほうが変わっている。女なのに新聞を読んで、連載小説の真似事をするなんて、そっちのほうが変わってるよ。それに、こんな事をして……相手の男が不埒《ふらち》な輩《やから》で本当に襲われでもしたら、一体、どうするつもりだったんだ」

「それはそれでいいわよ」

　マリコは恐ろしく捨て鉢な言葉を吐くと、

「船頭さん、お酒を頂戴《ちょうだい》」

　と言った。

「おい、お酒はないと言っただろう？」

「それは小説の中のセリフよ。お酒もおいてないような屋形船があるはずないでしょう」

俯《うつむ》いたマリコの瞼《まぶた》は瞳《ひとみ》の大きさに比例した優雅な幅があり、そこから形の整った柔らかな鼻筋が続いていた。

柏木は屋形船に年頃の女性と二人でいるという事実に改めて戸惑いを覚えた。

だが、船は川に入ってしまっている。立ち去ることは出来なかった。柏木は観念して胡座《あぐら》をかいた。

マリコは、船頭がそろりと障子を開いて差し入れた銚子《ちょうし》と猪口《ちょく》を、ちゃぶ台の上に置いた。そして二つの猪口に酌をすると、その一つを親指と人指し指で摘《つま》んで、一気に空けたのだった。

髪の短さで小ささが強調された顔。細く尖《とが》った顎《あご》から続く喉《のど》が、ゆっくりと波うった。

柏木は慌てて目を逸《そ》らした。

「ところで、君はあの時、どうしてあんな所にいたんだ？　まさか弓子のように不良少年の頭目というわけではないだろう？」

マリコは二杯目を注いでいた。

「お客さんとのお付き合いでカフェーに行ってたのよ。お手洗いに立った時に、裏口の方で物音と人の声がしたから、飛び出したってわけ」

「そう言えばよかったのに」

「あら、どうであろうと、私はあの子らの味方よ。こんな不景気な町で生きていくには、子供だって強《したた》かにならなくては仕方ないんでしょうよ。それともあなたは、あの子らや、あの子らの親を助けて上げられて？」

マリコはさらに、三杯目を続けて飲んだ。

「助けるというのは難しい問題を含んでいるから、どう返事をしていいか分からないけれど、出来ることがあるなら、やってみようと思うよ。けど、それが盗人の手助けではないことは確かだ」

「そう、それは良かったわ」

と、マリコは気のない返事をして、再び猪口を飲み干した。余りあてにしていないという投げやりな素振りであった。

「君、飲みすぎじゃないか。女の子がそんなに飲むものじゃないぞ」

「あら、私はとっても強いのよ。だから、あなたが心配することなんてないわ。それに、最近、寝付きが悪いというのは小説の中のセリフじゃなくて本音なのよ。余りに寝付きが悪くて、毎日疲れてしまうから、全てがどうでも良くなってしまっているの。自分の事だって、うっちゃってしまいたい気分だわ。さっき、それはそれで良かったのに、と言ったのは本音よ。ねぇ、それに私ね、まだ女ではないのよ。弓子のようにね、そんなものにな るものかと思っていたんだけれど、昨夜はふと、もしそうなったら、少しは気分が変わって、晴れるかしらと思ってみたりしたんだわ。それにしても、毎日言い寄ってくる馬鹿な男達の相手をするのなんて御免だから、女に興味のない朴念仁さんなら、後腐れがなくていいんじゃないかしらと思ったりしてね」

「随分な事を言うじゃないか。それじゃあ、僕を馬鹿にし過ぎている。最近の君ぐらいの年頃の子は、みんなそんな風に、はすっぱなのかい？　女性が自分をそんな風に大事にしなかったら、落ちるところまで落ちてしまうぞ」

マリコは説教はうんざりと言いたげな溜息《ためいき》を吐いた。

「貴方は楽観的な人ね。私なんて、どんなに自分を大事にしたって、仕方がないのよ。あなたみたいに恵まれた人に、私の気持ちなんて分からないわ。なんのかんのと言ったって、恵まれているから、そうやって新聞社の記者さんになんかなって、銀座で飲んでいるのよ。……確かに恵まれているのは貴方《あなた》の責任ではなくてよ。でも。私やあの子達がこんな風に生きているのも私達の責任じゃなくてよ……」

まぁ、なんてつまらない愚痴を言ったのかしら。

マリコは自分ながらに驚いた表情をして、酔ったのかしら……と呟《つぶや》いた。

「今の話は大げさだったわ。私は言うほど恵まれてなくはないわ。けど、どうしようもない境遇というものはあるのよ。勿論《もちろん》、それに立ち向かっていく意志も持たなければいけないけどね。でもやっぱり、しょうがない時もあるわ。特にこんな世の中じゃね。例えば浅草を見てごらんなさいよ。浅草にいる女よ。フェミニストは、市谷田町《いちがやたまち》に、『働く婦人の家』なんてものを作って、理想論をぶっているけど、六区にはまともな暮らしをしている女なんていやしない。皆、自分の体を見世物にするか、売り物にするかしているのよ。スタァになれる人を除いたら、八割がたは紐《ひも》付きになって、みじめな生涯を送るのよ。子供達だって、自分から不良や路上少年になっているわけじゃないわ。飢えて仕方がないからよ。どうやってあがいても、そのまま末はポン引きか、スリと相場が決まってる。田舎から労働力として駆り出されて、仕事にあぶれた浮浪者だってそうよ」

　確かに、マリコの言うことの方が現実だった。今の日本は民主主義とは名ばかりで、特権階級と民衆の貧富の差はひらいていくばかりだ。大岩のようにびくともしない不況の中で膨れ上がる失業者。ことに子供達への影響は甚大だ。今日の文部省の発表では、中学生の一割が病気で死亡、あるいは退学しているという。その大部分が栄養不良などが原因の結核である。だが、子供を中学に通わせることが出来る家なら、まだ、余裕がある方だと言っていい。もはや誰もこの事態を止めることが出来ない。

　民衆は政治に絶望している。より強い指導者を欲している。それが、軍部の台頭を許している一因であることを思うと、柏木は、どうしようもないジレンマに陥るのだった。

「君がこの社会体制に腹を立てているのはよく分かるよ。僕だって、新聞記者として何か出来ないかと思っている。だが、実際には筆なんて無力なものだ。目の前に悪が見えていてもどうすることも出来ない。力にねじ伏せられて、諦《あきら》めるしかない」

　暗く俯いた柏木にマリコは首を振った。

「いいえ、何もそんな事、望んじゃいないわ。貴方に何かしてもらいたいという目的がなければ、こうして話をしてはいけないかしら？」

「いや……そういうわけでは……」

柏木は口ごもりながら、深い溜息を吐いた。

そうね……とマリコは真剣な表情で黙り込んだ。

「最近、腹が立っていたのよ。なんて私はちっぽけなのかしらってね。難しい理屈じゃないのよ。だけど、そういう観念的なことって、話し相手になる人が私の周りにはいないから、誰かに聞いてもらいたかったのね。あなたのようなエリィトなら、私の知らない答えを教えてくれるかもしれないし」

「なるほど、君は頭のいい子らしい。でも僕はエリィトなんかじゃないよ。僕の方が誰かにどうすればいいのか教えてもらいたいぐらいなんだ。プロレタリアートの弾圧に憤りながらも、毎日、浮いた浮いたの花柳界の記事を書いている。自分でも腹立たしい」

マリコの唇が微《かす》かに動いた。何か言いたげだ。しかし、声は声になるまえにかすれて空中に散じてしまっていた。

情けない自分の言葉に、絶望したのか、あきれかえったのか……と、柏木は思った。

マリコはそのまま、凍りついたように動かなくなった。そして、一時黙り込んで外の景色を見つめていた二人は、どちらからともなく酌をして、猪口をあけた。

川面はひたすらに暗い。船はゆらゆらと危うげに揺れながら、ネオンの泡の中を漂っている。

マリコの苛立《いらだ》ちと不眠……。

帝都を覆う苛立ちと絶望と興奮……。

僕達はこのまま何処へ流されてしまうのか……。


「私の言った事なんて、気にしないでいいわよ」

マリコが、ぽつりと呟いた。

船がゆっくりと向きを変えた。

柏木は移り行く光芒《こうぼう》を見ながら、暗い予感をめぐらせた。未来への絶望と共に、また一つ、不吉の種が芽吹き始めていた。

マリコという夢の少女が実在していた。それによって、死体を追いかける田中誠治に出会った記憶が夢ではなかった可能性が高まったからだ。


あれは……あの記憶は、何だったんだろうか。

田中誠治は何を追っていたんだ……？

何か、事件と関係しているのではないだろうか？

柏木は、暗闇の向こうから自分を捉《とら》えて離さない磁力の存在を感じていた。

5

朝から笛吹き男の事件資料を丹念に読み直していた馬場は、いつの間にか机の上に置かれている一枚の報告書に気づいて、目を通した。

木村元治　届け出による、塗料盗難の件に関する報告──。
盗難被害にあった品物、ベンジン10リットル入、赤色塗料10リットル、
　黄色塗料10リットル……

どうやら、『元さんの塗料』の件らしい。馬場は、ざっと読んで、長い溜息をついた。

「これ以上俺にどうしろって言うんだ……」

報告書を乱暴に机の引き出しに突っ込む。

暫《しばら》くすると、馬場と遠藤刑事に、警視総監からの呼び出しがかかった。一向にはかどらない捜査に対して、叱責《しっせき》が飛ぶに違いないと、苦い気分で総監室に入った二人であったが、用件は予想と違っていた。

総監室には、石井四郎《いしいしろう》という男がいた。陸軍免疫研究所の所長で、出火した研究所を津田博士に貸し出していた人物だ。

現在の日本の軍事医療・衛生は世界の最高水準にある。戦争での死者が全体の二十%、伝染病による死者が八十%といわれる先の大戦で、日本軍の病気死亡率は驚異的な低さだった。その為、『日露戦争の勝敗を決したのは、武力ではなく、衛生技術の差だった』と言われている。

当時、日本軍が兵士の健康確保の為に支給していたのが、かの有名なクレオソート錠だ。あの舌の痺《しび》れるまずい薬が、あらゆる伝染病から兵士を守ったのである。それを祝して、クレオソート錠は以後、『征露丸《せいろがん》』と命名された。

そういう経過があった故に、医学・衛生分野は軍事上、重要なものとされ、陸軍施設に免疫研究所が制定されていた。

石井四郎は陸軍少佐であり、日本免疫研究の第一人者だった。飲料水で悩まされる兵士達の為に、移動式の水濾《ろ》過《か》装置を開発したことでも有名な博士だ。

石井博士は、かしこまって席に座った馬場と遠藤刑事に、いきなり取り留めのない話を始めた。奇妙な実験の話だ。

それは人間の尿から塩と蒸留水を作りだす実験についての話であった。馬場と遠藤刑事は、よく理解出来ぬ実験の話を長々と聞かされて汗を拭《ぬぐ》った。

「ほら、嘗《な》めてみたまえ。これがその塩だよ」

そう言うと、石井博士は脇に置いていた茶色い革鞄《かわかばん》からオブラートで包まれた白い粉末を取り出し、馬場の目の前に差し出した。

「な……嘗めるんですか……」

馬場は口ごもりながら、自分の前できらきらと光っている白い粉末を凝視した。嘗めろと言われても、元が小便だと聞いたのでは、喜んで嘗める気にはなれない。遠藤刑事も戸惑っている。

「さあ、何を躊躇《ためら》っているんだい？　成分は君が普通に食事をして食べている塩と全く変わらないものだ。さぁ、嘗めてみたまえ。……ところで君達が兵役でいた頃の階級は上等兵だったね……。まぁ、立派なものだ」

はっ、と短く返事をして、馬場と遠藤刑事は一気にその粉末を口の中に押し込み、ごくりと呑《の》んだ。

「どうだね、全くの塩だろう？」

味などゆっくり味わってなどいない。ただその石井の気迫に押されて、二人は頷《うなず》いた。

「こういう研究をしてね、極限状況の戦場にいる兵士の自給に役立てようというわけだ」

そう言うと、石井は憂鬱《ゆううつ》そうな息つぎをした。

「今回の津田君の研究所の出火については、私も軍部も実に憂慮している。実はあの出火は放火であることが判明した。出火現場に石油の残留物が見つかったのだ。放火となると、事態が深刻なので、直《じか》に捜査責任者である君達に話をしておかなければならないと思ってね」

「深刻、と言いますと……？」

遠藤刑事が訊《たず》ねた。

石井の声が一段低くなった。

「実は、津田君に扱ってもらっていたのは、最も危険な類《たぐい》の細菌なんだよ。……つまり、ペスト、コレラ、チフス等のだ……」

「ペスト……コレラ……」

馬場と遠藤は、青ざめた顔を見合わせた。

「理学博士である津田君には、これらの細菌に感染した個体がいかにして死に至るかを研究してもらっていたんだ。予防研究の一環としてね」

「なる程、それで現場の安全性を確認する作業が念入りなのですね」

遠藤刑事が納得したように頷いた。

出火した研究所にはロープが渡され、ずっと立ち入り禁止になっていた。ただの火事の原因究明の調査にしては、随分と物々しいことだと馬場も感じていたところだ。

「そういう事だ。ところが……実にゆゆしい問題が持ち上がっている」

「問題とは……?」

そう、と石井は馬場の反応を確認しながら深く頷いた。

「津田君の実験室には、実験に必要なもの……つまり、細菌に感染させた小動物や昆虫類が飼われていたはずなんだ。それが今度の出火でいなくなっていることが判明した」

「なんですって！　つまり……逃げた……という事ですか」

「そういう事も考えられる。だが、持ち出された可能性のほうが強いんだ。津田博士と二人の助手が、杳《よう》として行方知れずになってしまっているのも、研究成果を狙って誘拐されてしまったのかも知れない」

「ブンヤの推察通りというわけですか？」

馬場は面白くない口調で聞き返した。

「一部そうなんだ。だが新聞社は知らない事情がある。我々も実験内容が内容だけに、アカや国家転覆を狙う不逞《ふてい》の組織の動きに対して、少なからず情報網を持っている。それによるとだね、どうやらある組織が津田君の研究所を狙っていたようなんだ。『菌に感染した小動物を町中に放して、国家を非常事態に陥れよう』という計画らしい。それにあの出火の前日に、陸軍病院の塀に、不審なチョーク文字が書かれていた。これもその組織のいやがらせではないかと思われるんだよ」

総監が、うっほん、と高らかな咳払《せきばら》いをした。

大変な話である。事件は終わってはいなかったのだ。むしろ事件が起こるのはこれからだ。それも火事や殺人どころではない、もっと陰惨な事件が……。

「まさに緊急の事態だ。だが、こんな事が少しでも漏れると、恐慌が起こるのは必至だ。だから、この一件に関しては当分の間、秘密厳守だ。無論、警察上部の方々はご承知だが、現場サイドからも、漏れないように気をつかってもらいたい。今はまだ、君達の部下の耳にも入れないでもらいたい。分かったね」

石井の目は真剣であった。

「分かりました。しかし上部と軍部は今後、どうするつもりなのでありますか？」

遠藤刑事が気色ばんだ声で訊ねた。

「今回の捜査には、公安も参加する」

総監が言い、石井が深く頷いた。

「とにかく研究所側では、非常事態が発生した時にそなえて、ワクチンを手配している。軍は秘密裏に非常線を張って、菌感染した小動物、そしてこの謀略を計画した輩達を、どんな手段をもってしても駆逐する動きだ」

「防犯課として、しなければならないことは……」

馬場が慌てて質問した。事態が大事すぎるので、捜査から外されるのではないかと、不安を覚えたのだ。

「それは上からの指示が出ると思う。しかし、非常事態であるから、捜査態勢は強固なほどいい。勿論《もちろん》、防犯課にも全力で捜査に協力してもらいたい。特に、挙動不審者への職務質問を強化するようにしてもらいたい。警察の協力には期待しているよ。……ところで、綿村《わたむら》助手のことは知っているだろう？」

「津田博士の私設助手ですね」

「そう、そうだよ。私も津田君が無上の信頼を置いている様子であるから、気にしていなかったが、どうも綿村里雄《さとお》が、そのさる組織と絡んでいるのではないかと考えられるんだ」

「スパイですか……」

「そうかも知れん。どんなに調べても、綿村助手の個人書類が見あたらないのだよ。ようするに正体不明であるのだ」

　こりゃあ、国家防犯の危機だ。

　馬場は熱くなった頭をがりがりと掻《か》いた。

「待って下さいよ。不穏分子が研究所の出火に絡んでいるとなると、先の誘拐殺人事件も某《なにがし》か世情を不安におとしめようとする輩の計画の一環ではないんですか？　組織的犯罪なら三十人の一斉誘拐という離れ業も出来ないことはありません」

「十分に考えられることだ。いや、かなりその線が強い」

　遠藤刑事が身を乗り出した。

「それで、石井博士、その組織というのは？」

「何しろ極秘なのでね、無闇に教えられないんだが、これからも協力をお願いしなければならない君達には教えておこう」

「名前だけしか分かっていない。『帝都転覆同盟団』……。まだその実態はハッキリと摑《つか》めてない。声はすれども姿が見えない。幽霊のような地下組織だ。まぁ、勿論、地下組織というものは大体はそういうものだが……。ともかく、何か少しでも手がかりがあればいいのだが」

帝都転覆同盟団？

ちくしょう、人を喰《く》った名前だ。

馬場は怒りの為に真っ赤な顔をして、石井の顔を見返した。石井の眉間《みけん》には青筋が立っていた。

「言語道断じゃないか！　国家施設にも等しい研究所に放火して、その上、国家の頭脳でもある津田博士と共に研究データーまで持ち去るなんて……。国の緊急時に、それも陛下のお膝元《ひざもと》においてこのような狼藉《ろうぜき》を働くなど不埒《ふらち》千万だ。そうは思わないか？」

「全くです」

馬場は同意して語尾を強くし、拳《こぶし》を握りしめた。馬場は仕事には厳しい真面目さを持った男だ。真摯《しんし》な馬場の職務感が、石井の言葉に触発されてたちまち苛烈《かれつ》な愛国心として燃え上がるのに多くの理屈はいらなかった。

軍部で多少の小競り合いや先走った行動があったとしても、それが何だと言うのだ。陰謀などほんの一部の腐敗した輩《やから》の起こした出来事だ。

大部分の兵隊は心底国を憂い、聖上陛下につくしているのだ。なのに花魁弁財天での事件以来、上層部の意図を女々しく思いあぐねているうちに、このざまだ……。

ここは、小義を捨てて大義を取らねばならん。

馬場は下唇を嚙《か》み締めた。

「馬場君、遠藤君。遅かれ早かれ、世界の大国はこの日本に戦争をしかけてくるだろう。その時の為に、我々は全力を尽くして国家の防衛に役立つ努力をしている。軍部もそうだ。国を思う余り、様々に衝突することもある。特に若い連中などはそうだ。しかし今、我らはつまらぬ私情を乗り越えて一丸となって敵に立ち向かわなければならないと思わないかね？」

「その通りであります。本官も聖上陛下の忠犬として、この身で出来るかぎりのご奉公をと常々念じているのです」

遠藤刑事がすばやくそう返答した。勿論、馬場も同じ気持ちであった。

「いや……真に……真に……」

握手を求めた石井の手を、馬場と遠藤刑事は固く握りしめた。

6

柏木は取材の合間を見計らって、帝国大学に出向いた。津田博士に関する聞き込みをするという、朱雀との約束を果たすためだ。

外は久しぶりに風が弱かったので、柏木は人力車をとった。

空は相変わらず曇って、鈍い鼠色の光彩を放っていた。人力の上から町の様子を眺めていると、心なしかまた浮浪者の数が増えているように見える。車夫の黒い背中も疲労感を漂わせていた。

湿度が高い為に、頭がぼんやりとし、体が気怠《けだる》かった。血の巡りが悪くなっているようだ。神田の学生街を走っている頃には、目にも霞《かすみ》がかかったようになっていた。印象に残ったのは、遠近《おちこち》の塀に張られていた『就職口求む』の張り紙だけであった。学生達が連名で署名したものだ。

お客さん、もうすぐですよ。

起こされて背筋を伸ばすと、両脇には銀杏《いちょう》並木が広がり、目前に帝大の正門が見えていた。この辺りには張り紙がない。さすがに帝大生ともなると、就職難には無縁のようだ。

白い二本の門柱が高く聳《そび》え、上部がアーチで繫《つな》がっている。アーチは西洋の飾り文字のように湾曲した細かなレリーフに彩られ、中央に菊の紋が描かれている。

両石柱と脇の勝手口までは白い石造りだが、両脇に伸びている壁は、重厚な赤色であった。

大層立派な門だ。貴族の館《やかた》への入口のようにも見える。

柏木はその手前で人力を降り、門に向かって歩いた。黒いマントが数名、その門の下に屯《たむろ》して、聞いたことのない異国の言葉を交わしている。フランス語か、ドイツ語らしき響きであった。

見慣れない訪問者に振り向いた帝大生達の眼鏡の奥の見下したような瞳《ひとみ》に、柏木は少し気後れしながら門を潜った。

鉄筋コンクリィトの校舎の中は、酷《ひど》く静かであった。僅《わず》かに体を動かした時の風の音さえもが、建物内にこだまし、壁の中に吸収されて消えていくような感覚を覚える。新聞社とは違う類《たぐい》の気取ったインクと紙の匂いが充満している。

その寡黙な空間は、陰謀渦巻く日本の頂点に立つ官僚を輩出し続けているという秘密めいた雰囲気を漂わせていた。

学長室には、山羊《やぎ》のような立派な髭《ひげ》を生やした男がいた。高い鼻柱に載せられた眼鏡の容貌《ようぼう》が、いかにもインテリらしい。

柏木が萎縮《いしゅく》しながら扉を潜ると、学長は難しそうな本をパタリと閉じ、柏木を見た。

柏木は下世話な用事で学者の神聖な思索の時間を邪魔しにきたような気分になった。

「初めまして、朝日新聞の柏木洋介という者です」

柏木は名刺をうやうやしく差し出した。男は柔和に微笑んだ。

「どうぞ、卒業生の朱雀君から手紙を貰《もら》っていますよ。学長の中代です。さあ、そちらに座って下さい」

そう言って、軽く手でソファを指し示す様子や、椅子から立ち上がった動作は極めてあか抜けしたものだった。フランスなどに留学経験のある紳士なのだろうと、柏木はどうでもいいようなことを思った。

「どうですか、朱雀十五は元気にしておりますか？」

「ええ、僕が見るかぎりではいたって元気な様子です」

「うんうん、それは良かった。彼の将来には期待をしていたんですが、本当に残念です。あんな事故で失明という事さえなければ、検察庁長官になっていたに間違いないのですから。さぞかし本人も落胆したに違いありません。……しかし、元気なら良かった。また学生の頃のように、遠慮せず家に遊びに来いと伝えて下さい。なにしろ家内が大の贔屓《ひいき》でしてね。礼儀正しい立派な若者だと言って」

礼儀正しい、立派な若者？

柏木はひとつ咳払《せきばら》いをした。学長は懐かしげな目をして言葉を継いだ。

「彼の祖父の十三《じゅうぞう》とは、帝大時代の悪友でしてね」

「朱雀さんの御祖父は十三というのですか……」

「いやぁ、愉快でしょう。朱雀家は一代目からずっと番号順の名前をつけるのが習わしらしいのです。なんでも御先祖の朱雀一《はじめ》という人がそう遺言したということです」

流石《さすが》に朱雀の御先祖だけあって、人を喰った話だった。どうやら変人は朱雀家の血統らしい。

「実に……変わった御先祖ですね」

柏木は苦笑いをしながら言った。

「血筋でしょうかね、十三も変わってましたから。さて、時に津田悟君のことで聞きたいことがあるそうですね？」

「そうです。突然で失礼ですが、津田博士と中代学長のご息女は婚約をなされる寸前だったとか……」

それを聞くと中代は酷く戸惑った顔をした。

「いや……実は、そういう噂が流れているようなのですが、私にも娘の明子《あきこ》にも全くに覚えがないのですよ」

「どういう事です？」

中代は鼻眼鏡を取って、ハンカチで拭《ふ》いた。

「確かに津田君は、丁度盆の終わった頃でしたか……何処からか娘の明子が欲しがっていた猫のことをききつけて、送ってくるということがあったのは事実です」

「猫……ですか？」

「ええ、猫です。明子は大の猫好きで、わが家では娘にねだられて以前から六匹ほどいろいろな外国種の猫を飼っておりました。ところがある時に、綾小路《あやのこうじ》子爵が飼っている猫を見て、それを明子が欲しいと言い出したのです。なんでもエジプト産のとても珍しい猫だということで、日本には二匹といないという代物です。これには私も弱ってしまいました」

「ええ、何処で見つけてきたのか……」

「それを津田博士が？」

「それから？」

「それからも何も、それっきりのことです。ただ津田君からは週に一度ぐらいの割合で、猫の安否を気づかう手紙が届いていたのです」

「明子さんと、お付き合いがあった訳ではないのですね」

「ええ、それだけのことなのですが……。何と言いますか、津田君という人物は変わったところがあるのです」

「変わったところ……ですか？」

柏木は、津田の写真を見て「偏向した所があるようだ」と直観したのを思い出した。

学長は言いにくそうに言葉を続けた。

「ええ、思い込みが激しいというか……想像力が人並み外れているというか……。まぁ、優れた研究者には多少そういった変わった性質があるものなのですが……」

「じゃあ、津田博士が勝手に、明子さんと婚約すると思い込んでいたんですか？」

「どうやらそうなのです。私も明子も、津田君にそれらしい事を言った覚えすらないのですが、猫を貰ってしばらくして明子と津田君との婚約の話が私の周囲で囁《ささや》かれるようになりましてね、その出所を探ったら、津田君自身だったわけで……」

「それは、ご迷惑な話ですね」

「無論です。しかし彼も将来を嘱望される人物ですし、滅多なことで騒いで経歴に傷をつけるより、暫く放っておけば、思い込みも冷めるだろうと考えていた次第で……」

それは、まったく意外な話だった。津田博士は明子との婚約が自分の思い込みであることに気づいていたのだろうか。

「それで、津田博士に注意などをなさったことは？」

「いいえ、話は内輪だけで止まりましたし……。その点では津田君という人物は滅多と研究室の外に出ないくらいに研究の虫だったから助かったのです。その他には娘に対して近づく様子もないので、まぁ、何か騒ぎになりそうであれば注意を促そうとは思ってましたが、その機会もなかったわけです」

「……そうですか……。しかし尚更おかしな話ですよね、婚約をすると言いながら、明子さんに近づく気配もないなんて」

「ええ、ですから津田君の場合は、現実というものが常に自分の頭の中にある現実なわけでして、学生時分からそういう過剰な空想癖のようなものは認められていたのです」

「それでは異常者じゃありませんか」

中代は暫く考え込んで強く頭を振った。

「いいえ、異常者とは違うでしょう。確かに偏ってはいますが、そうした津田君の特異性が研究における天才的なヒラメキをもたらしているわけですから、自分の特異性を有効利用できる者のことは異常者とはいいませんでしょう」

「なる程、そういうものでしょうか……」

「例えば、貴方《あなた》は片思いをして、過剰な妄想を相手の女性に膨らましたような事はありませんでしたか？」

柏木は内心どきりとして、口ごもった。

「ありますでしょう？」

「まぁ……確かに」

「津田君の思い込みも、それを延長したようなものだと私は見ますね。ようはそれが行為として、どれだけエスカレートするかの問題です。津田君の場合は無害とはいえませんが、大いに有害なことをしたというわけでもありません。ですから、異常とはいえない範疇《はんちゅう》です」

そういうものだろうか……？　と柏木は疑問に思って、柔和な笑みを刻みつけた中代の顔を見つめた。

「中代学長は、津田博士から近況や実験成果などのお話を聞かれたことはありませんか？」

「それが、津田君が帝大の研究室から移籍して四原の方へ移ってからは、親しく話をしたことがないのです」

「津田博士は、どういうきっかけで、四原の研究所へ移られたのです？」

「陸軍病院の石井君が、津田君を預けてもらえないかと私に頼んできたのです」

「陸軍病院の石井……石井四郎博士の事ですか？」

「そうです。石井四郎君です。私が懇意な京都帝大の学長と義理の親子関係にある男です。今は陸軍病院内の免疫研究所の所長をしているんですよ。世界一といわれる日本の伝染病予防技術を担う人物です」

「それでは、津田博士も伝染病予防の研究を？」

「ええ、彼の専門は生理学でして、病原菌に冒された生物の生理機能の推移を調べる研究について欲しいということでした。私も津田君があれ以上おかしな研究を続けるより、その方がいいと思いましてね。石井君が言うには、ヨーロッパ、合衆国、カナダなどを訪問して海外の研究を見聞している時分に、エール大にいた津田君と出会ったそうです。それで津田君の研究が突出してすぐれていることを知って、是非後援してみたくなったのだということです」

「おかしな研究とは？」

あ……いや……と中代は言葉を濁らせた。

「とにかく、津田博士は職業的な方面では順調だったと……？」

「ええ、大いに順調ですね。大学にいるのとは破格に違う研究費用を貰《もら》えますし、石井君に気に入られたとなれば、エリィト街道に乗ったようなものなのですから」

確かに、学長の娘との婚約がなかったとしても、失踪《しっそう》しなければならない動機があるとは思えなかった。

「どなたか、津田博士と親しい方はいませんか？」

「ああ、それならば井上《いのうえ》君がいいでしょう。ここの研究室にいた時の同僚です。新校舎の二階の理学部実験室にいけば会えますよ。彼も相当の変わり者で、津田君とは気が合ってたようでしたから。まぁ……その津田君の事は、彼の方がよく知っているかと思います」

中代は妙に奥歯に物がはさまったような口調でそう言った。

「分かりました。有り難うございます」

柏木は頭を下げて学長室を出た。

旧校舎から続く回廊を歩いて、井上博士がいる理学部の実験室を訪ねた。分厚いカーテンを閉め切った薄暗い部屋だった。

ずらりと並んだ大小のビーカーやフラスコや顕微鏡……。それらが紫外線消毒器から漏れてくる紫色の光の中で淡く光っている。

正面に黒板があった。黒板の上にはチョークで幾何学的な渦巻き文様が幾つも幾つも描かれている。一見すると狂人の落書きのようだった。

その前に、井上博士は座っていた。

井上博士は三十代の半ば、失踪した津田とそう変わらぬ年齢らしかった。頭髪は薄く、分厚い眼鏡をかけている。

紫外線消毒器の光のせいか、その顔は死神のように青白い。

「お邪魔します。学長の中代さんに言われて伺いました。僕は朝日新聞の柏木という者ですが、津田博士のことについて少し伺いたいのですが……」

その途端、井上は奇矯な声を上げて笑った。

「ひゃっはっはっはっ、津田君のことですか。あはははははは、ひゃはははは、いいですよ何でもお話ししますよ。この間も警視庁の人達に話を聞かれたところです。ああ、私が笑っているのは気にしないで下さい。発作なのですよ。医師が言うには、神経の衰弱による笑い病だということです」

薄気味悪かった。柏木は一つ席を空けて座った。

「井上博士は津田博士と大変親しかったと聞きましたので、事件前の津田博士の様子などを知っておられないかと思いまして……」

「親しい？　私がですか？　さぁ、親しかったんでしょうかね？　いひっ、あはっ、確かに津田君は面白い人でしたね。しかし事件前の様子なんて……私的なことを余り話したことはありませんからね。ああ、そうだ……」

「なんですか？」

「ひっひっひっひっひっ、津田君とはここ数ヵ月会ってはいませんが、助手の綿村という男は事件の一週間程前に、足りないものがあるから分けてくれと言ってきましたね」

柏木は記憶をまさぐった。確か、津田博士には綿村と麻巻《あさまき》という二人の助手がいて、博士と同時に失踪したはずだった。

「井上博士は、綿村助手に会ったのですね？　足りないものとは何だったのです？」

「あはっ、あはっ、培養液です。細菌や微生物、細胞の培養に使う液体です。津田君から電話がありましてね、助手の綿村が車で取りに行くから、少しばかり欲しい。すぐに返すからということでしたね。いひひひひひひひ」

「その綿村という人は津田博士の私的な助手だと聞いてますが、どんな人でした？」

「綿村？　あれは変な男です。怪しい男です。えへへへへへへ。私が思うにあれは変装していますよ」

「えっ、変装ですって？」

「あはっ、あはっ、あはっ、奇怪《おか》しいでしょう？　サングラスをかけて大層な髭《ひげ》を生やしているんです。そんなものだから、人相というのはよく分からないんですけど、なんだか髭がいかにも作り物臭い感じがしてね。へっへっへっ」

「それは確かですか？」

「確かといわれても、いひっ、いひっ、髭を引っ張ってみたわけでもないから分かりませんけどねえ……」

「どうにも怪しいですね。綿村助手について、津田博士は何と仰《おつしや》ってました？」

「いひひひひ、そうですね……。津田君が四原研究所に移った頃でしたね、調子はどうかと訊《たず》ねたら、『優秀な助手を雇ったから順調だ。アメリカから連れてきた助手がいる』とか言ってたんです。多分それが綿村のことじゃないかな？　えへっ、えへっ、津田君がエール大にいた時に知り合ったんだと思いますけどね」

そう言って井上は、薄い唇をぺろりと嘗《な》めた。

柏木は井上の話をメモしながら質問を続けた。

「では……井上博士から見て、津田博士という人はどんな人でした？」

「津田君？　いひひひひひ、彼はそう、とても野心家で、私なんかよりずっと政治家ですよ。陸軍病院の石井さんにもうまく取り入って、まったく羨《うらや》ましい。彼はね、石井さんのようになることを目標にしているんですよ」

「石井さんのように……というと？」

「あははっ、あははっ、つまりね石井さんという人はね、京都帝大の学長の娘と結婚することで、色々と政治や軍の上層部に繋《つな》がりをもちましてね。いひひひひひ。今の地位を獲得したわけで……。だからね、ほらここの学長のご息女との噂話、津田君が自分で振りまいた話ね、聞きましたでしょ？」

「ああ、なるほど。そういう意味ですか」

「ひひひひひ、そうです。あれは何も津田君が学長のご息女に惚《ほ》れていたわけではありませんでね、彼の人生計画なんですよ。えへっえへっ、自分は石井のようになるんだと、よく言ってましたからね」

「かなりの野心家であったわけですね。それにしても随分と身勝手な話ですね」

「あはっ、あはっ、そうそう、彼はとても優秀な学者ですけど、ちょっと妄想気味ですね。例えば、自分の生い立ちなどについてはとてつもない話をしてました」

「とてつもない話？」

「はっ、はっ、ええ彼は貧乏農家の長男だと聞いているのですが、彼が言うにはですよ。えへへへへ、ああ、これは本当に可笑《おか》しくて笑ってるんです。実は自分はやんごとなき人の落とし種で、今の実家に預けられたのだというのです」

「本当ですか？」

「いひひひひ、自己申告ですからね。えへっ、えへっ、何の根拠があるのか知れませんがね……。例えば、研究に関しても彼の根拠なき妄想とはよく議論になりましたよ。いひひひひ、私はね、専門が遺伝子なのです。遺伝子、ご存じですか？」

「ええ……ある程度は学生の時分に勉強しましたけれど」

「うふっ、うふっ、うふっ、グレゴール・メンデルが遺伝の法則を発見し、さらに、我々学者の四十年近い研究と観察の結果によって、動植物の形状、親子間の類似、ひいてはその生命活動の仕組みというものが、細胞内に存在する遺伝子という情報伝達物によって決定されているという事にほぼ間違いないという結論を得ているわけですよ。いひひひひひ、ところが津田君ときたら、形状決定の最終因子は遺伝子ではないと言いはりましてね。ひひひひひひ、津田君は錬金術とか魔術とか、そういう思想にかぶれて研究していたわけで……。その熱心さたるや、科学の研究と変わらないものでしたね。彼は現代科学よりも古代の迷信のようなものを信じているきらいがありました。まったく軟尖《ナンセンス》な話です」

「はぁ……よく分かりませんが……」

柏木は頭を掻《か》きながら、喉《のど》の奥で笑いをかみ殺している井上の狂気めいた顔を見た。

「柏木さん、貴方《あなた》、津田君がここで夢中になってた実験のこと知ってますか？」

「いいえ」

「大学にはですね、医学部の学生の解剖実験の為に、死体が提供されているんです。ひひひひひ、津田君ときたら、その死体を切り刻みましてね、腕とか足とかに電極を繋げて、こう……ぴょん、ぴょん、と生きている時のように動かすことに熱中していたんですよ。へっ、へっ、気の毒に、その実験に付き添わされて以前から津田君の助手をしていた麻巻君なんて、一時、鬱《うつ》病になってしまったことがあるのです。ひひひひひ、全く、変でしょう？　大学側も余りに体裁が悪いというので、すぐにそんな実験は止めさせましたがね」

柏木はぞっとした。井上の眼鏡の奥の瞳《ひとみ》が青く光っていた。

「……死体から切断した手足を……電気で動かす実験ですか？」

「そうそう、電気ですよ。ひひひひひひ、生理学の素養のない人は意外に思われるでしょうが、人間というのはね、車やロボットのように電気で動いているのですよ。へっへっへっ、体の中には微妙な生体電気が流れていましてね、筋肉などはその電気刺激で動くのです。そういう実験ですよ。我々と車はそう大して違いはないのです。有機物か無機物かの違いだけで、その動く構造というのは変わらないのですよ。ひひひひひ」

「そういうものなのでしょうか？　ですが、生き物には心というものがありますでしょう？　車やロボットとは違いますよ」

「いひひひ、津田君に言わせれば心も電気だそうです」

7

ちり——ん

風鈴が泣いた。朱雀がまだ軒に吊《つ》るしっぱなしにしているのであった。

燃える程の赤い日差しが、部屋の中に入り込んできていた。

こんな夕暮れに、風鈴の音を聞いていると、忘れかけていた何かを思い出して切ない気持ちになる。そんな感傷が胸に湧きあがるのも、人に心があるからだ……と、柏木は思った。

「なる程、まぁなかなかの聞き込みの成果だね」

朱雀が楽しそうに言った。

「それで、井上博士が言うには『助手の綿村という男は変装しているようだ』と？」

「しかし、どこまで信じていいのか分からない。井上という学者も笑い病とか言ってるような随分と奇怪《おか》しな人だった。妄想の類《たぐい》かもしれません」

ふふん、と朱雀は笑って長い睫毛《まつげ》を瞬かせた。

「僕が調べたところによるとね、津田博士はエール大学でバー教授のチームに入って、脳波や人間の体に発生する電気について観測していたようだ。ええ……と、チームは全員で五人いたはずだ。マイケル・ガスター、アンナ・テレシー、リオ・ワトソン、ピーター・クック、それと津田君。日本人は津田君だけだ。電気にこだわったのは、前からやっていた実験の影響かな？　切断した手足を動かす実験の事は、僕は以前から中代先生に聞いて知っていたよ。まぁ余り趣味のいい実験とは言えないが、なかなかに興味深いね」

「人権侵害だ。死人にだって人権があるはずだ。それに人の心も電気で出来てるなんて、到底正気の沙汰《さた》じゃない」

「そうかい？　君は人間を特別扱いしたいようだけど、車やロボットには本当に心がないのかな？」

「当たり前だ」

「そうだろうか……。無機物に心がないなんて、それこそ歪《ゆが》んだ近代科学的な見解だよ。無機物より有機物のほうが高度だと考えるのは、とんだ差別思考だと思うけどね。第一、出口さんが言ってたように、わが国には古来『物霊』という考え方があるじゃないか。石、木、かみなり……あらゆる物にはそれぞれの『霊』と表現される心が宿っているわけだよ。物だけじゃない。言霊《ことだま》論によれば、言葉や音にもそれぞれが持つ心がある。

西洋科学も古来は同じ思想を持っていた。僕達が魔術と呼んでいるもの。その源流はカバラという古代西洋の錬金術の書にあるらしいが、そこでは鉱物に性格と霊が宿るとされているし、言葉には呪術《じゅじゅつ》的な力が秘められていると書かれているんだ。

おや、疑っているのかい？　物に心なんてあるはずがないって言いたいのかい？　でもね、例えば僕は三台の車を持っている。同じ車種のものだ。ところがこの三台にはそれぞれ特徴があるね。しょっちゅう故障を起こす病気がちの奴や、速い速度で走ったほうが滑りがよくて好調な奴。速く走るとすぐにガタガタと不平を言う奴とかね。同じ設計で作られているはずなのにどうしてだい？　まるで車に性格があるようじゃないか。性格があるってことは心が存在するってことだろう？」

「それは……微妙な歯車のかみ合わせとか、接合の不良とかで、そういう差が生じているんだろう」

「それならば逆にだよ、人間が心や性格と信じているようなことが、単に人体を構成する部品のちょっとしたかみ合わせとか、不良とか、そういうものが生み出した現象だとは考えられないかい？」

柏木はそれを聞いて、薄ら寒くなりながらも、馬鹿馬鹿しい、と強がりを言った。畳の目が不条理な光彩を反射して、怪しい文様を部屋の中一杯に描き始めていた。

いやな男だ。こうして人の心をかき乱して喜んでいるんだ……。

柏木は眉間《みけん》に皺《しわ》を寄せて、黙り込んだ。

「君が心だと信じているようなものは、単なる生理学的な反応だという説もあるよ。例えばさっき君は感傷的になっていたようだが、何故そうなったか分かるかい？　察するに夕日を見ていたんだろう？　そうだろう？　夕日を見て感傷的になるのは君だけじゃない。多くの人間が起こす反応だ。何故なら夕日は赤いからさ。人間の脳の中には、人類の祖先の記憶が詰まっている領域があると言われている。その脳がね、赤を見ると、火や血を連想するのだよ。そのどちらもが原始脳を興奮させる働きがある。いわゆる動物返りの現象を起こすのさ。すると理論武装する脳よりも、原始的な感情脳のほうが活発になってね、感傷的な気持ちになるということなんだよ。第一、心なんて何処にあるというんだろう？　昔は胸にあると信じられていたけれども、今は脳にあると言われている。だけどそれも確かではないんだから。人体という限られた場所の中で所在さえも分からないなんてねぇ」

「僕は、そんな風な考え方は好きじゃない」

おやおや、と朱雀は肩を竦《すく》めた。

「まったく君とは話が出来なくて困るよ。僕は心というものの深淵《しんえん》な謎について、じっくり討議しようと思っているのに、好き嫌いで終わらせてしまうのだから。僕が言いたいのは、心には無意識で機械的な構造も隠されているということだ。他にも、僕達の意識が認識出来ない領域は心の中に多々あるんだ。例えば、今日の笛吹き男の流行だよ。巷《ちまた》はまるで熱に浮かされたようになっているだろう？　最近では小学生ぐらいの児童の間で、『夕暮れに笛吹き男が学校に出没して、その姿を見た者は三日以内に熱が出て死んでしまう』なんて流言飛語まで飛び交っている始末だ。そういう現象をどう見るかという事だ。それにしても、津田君が魔術や錬金術の思想にかぶれていたというのは面白いね」

「かなり変わった人ですね。誇大妄想癖もあったと言うし……」

そう言ってから、柏木は伊部の存在に気づき、すいませんと頭を下げた。朱雀はけらけらと軽く笑って、長火鉢の上に両肘をついた。

「何、天才なんて大部分はそういうものさ。柏木君は、フィリップス・アウレオルス・テオフラストゥス・ボンバストゥス・フォン・フォーエンハイムという恐ろしく長い名前の男の事を知っているかい？」

「誰ですか？　知りませんね」

「これは心外だ。フィリップス・アウレオルス・テオフラストゥス・ボンバストゥス・フォン・フォーエンハイム、彼の通称はパラケルスス。ルネッサンス期のヨーロッパで奇跡的な治療を行う名医として賞賛された医学博士だよ。ヨーロッパ医学界の歴史の中で、パラケルスス以上に、評価が二分する学者はいやしない。なにしろ彼はまごうことなき名医であった傍ら、数々の魔術的思想を基盤にして、不思議な業を披露することで有名だったからだ」

「魔術的な業……ですか……」

「そう。ことにね、『ホムンクルス』という人造人間を作ったことでは有名だね」

朱雀の顔が西日を反射して赤く染まっていた。見えない瞳《ひとみ》が緑色に輝いている。

「人造人間……」

「うん。人造人間だよ。彼の記した『物性について』という著書の中に、その事が詳しく書かれている。まず精液を入れたフラスコを密閉し、それを馬糞《ばふん》の中に四十日の間埋める。すると精液が磁気を帯びて、活動を始めるというんだ。ふむ、実に面白いだろう。パラケルススも津田君も、共に電気的な流れを生命原理として考えていたんだね。天才の思考は似るのかもしれないよ。まぁ、それはともかくとして、やがて精液はじょじょに人間の形を取っていくのだけれど、まだ体は透明な状態で、本当の肉体ではない。そこで約四十週間になるまで秘密の科学的な処理が施され、しかも馬糞の中に入れたまま恒温下に保つと、精液は人間の子供に成長して、肢体は人間の女から生まれたのと同じ状態になるという。でもね、背丈は通常の人間よりかなり小さく、異形《いぎょう》らしい。これがホムンクルスと言われるものさ。パラケルススの話によれば、妖精《ようせい》や小人といわれる存在は、昔作られたホムンクルスを先祖として分岐したものだというね」

「しかし……それは作り話でしょう」

柏木の言葉に、朱雀はゆっくりとかぶりを振った。

「そうとも言えないよ。なにしろパラケルススには、彼自身について不気味な伝説があるんだ。パラケルスス自身が、当時のドイツ人としては珍しく百五十センチしかない小男だった。しかも母親は彼を産んですぐ発狂して死んだと伝えられていたし、父親はパラケルスス同様、高名な医師だった……。だから、彼自身が人造人間ホムンクルスではないかとね」

「そんなの、馬鹿げた妄想ですよ」

「いやいや、そうでもないよ、柏木君。井上という博士が言ったように、すでに遺伝子という生命の種子を我らは発見しているんだ。日々の医学界の進歩を見れば、父親や母親が存在せずとも子供が生まれる時代がやってくるのも、そう遠い出来事ではないように僕は思うね。過去の先人が、魔術的な知恵で同様の成果を遂げていなかったとは、誰も言い切れまい？　僕はパラケルススの描いたホムンクルスは寓話《ぐうわ》的な表現を取っているだけで、かなり信憑《しんぴょう》性があると見ている。ほら、例えば、精子を密閉するフラスコという表現があるだろう？　だけどフラスコの形は何かを想像させせやしないかい」

「何かとは？」

「鈍いねぇ。あの形はほら、子宮の形に似てるじゃないか。フラスコというのは、人工子宮の隠語ではないかと思うんだよ」

人工子宮……。

柏木の脳裏にウロトフとタスローの姿が浮かんだ。それから、田中誠治が追いかけていた腐乱死体と不気味な仮装の笛吹き男の姿が浮かんだ。次々に奇怪なものが浮かび上がった。田中誠治が証言した巨人の女、浅草公園にいる得体の知れない瘋癲《ふうてん》とポン引き、町をさまよう異形の物売り達、六区を蜃気楼《しんきろう》のようにすばやく走っていく小さな男……。

突然、そうした全てが混ざり合って、最後には全身がひび割れた醜い猿のような奇怪な生物が現れた。この想像が余りに不気味だったので、柏木は必死で自らの想像を打ち消した。

朱雀の話に対して、様々な疑問が頭の中に湧き上がった柏木だったが、朱雀はそれ以上パラケルススの話をするのを止めてしまった。

「それにしても、もう少し津田博士のことを知りたいものだね。伊部君、実は僕の掴《つか》んだ情報によるとね、研究所の出火は『反政府組織が、研究そのものを狙って企てたのだ』という説が有力になってきているらしい。だとすると、このままでは、津田君の命自体だって危ういということだ。ねぇ、伊部君、君、本当は津田君の研究の事を何か知ってるんだろう？　知ってる事をちゃんと全て話してくれなければ、僕としても調査しにくくてしょうがない。どうだい、正直に話してみたら」

するど、今まで朱雀の前でおとなしく正座をして二人の会話に耳を傾けていた伊部が、

「あのう……」とか細い声で言った。

「だ、誰にも言わないで下さい。こんな事が知れると、津田君にとってよくないと思ったので隠していたんです。実は……内緒にしていた事があるんです。人前で言うのが憚《はばか》られる事なので黙っていたんです。フランケンシュタインのことです。私はフランケンシュタインを見たことがあるんです」

「なんだって！」

柏木は仰天した。

朱雀が「ひゃあ」と、嬉《うれ》しそうな悲鳴を上げた。

「これは驚いた。実はね、柏木君もこの間、腐乱した死体が生き返って歩いている所を見たなんて言ってるんだよね。話が面白くなってきたなぁ……いいぞ……」

朱雀がわくわくとした声で身を乗り出した。

静かに伊部が語り始めた。

8

辺りは真っ暗だった。青白い瓦斯灯《ガス》だけが蛍のように点々と瞬いて奥へと延びている。瓦斯灯の周りだけがほんのりと明るく映え、よく手入れされた芝の周りに羽虫が群れているのが分かった。

表の門の柵《さく》を越えて邸内に忍び込んだ津田と伊部は、木立の陰で辺りの様子を緊張しながら窺《うかが》っていた。

「あれだよ、フランケンシュタインだ」

暗闇のはるか奥に薄ぼんやりとある黄色い灯。おそらく家屋の窓から漏れている灯だ。それを指さしながら津田が確信的な口調でそう言ったので、伊部はこみ上げてくる唾《つば》をごくりと呑《の》んで頷《うなず》いた。

やがて闇に目が慣れてくると、前方に黒い巨大なコウモリに似た洋館の輪郭が浮き上がってきた。

それはまったく、流行《はや》りの怪奇雑誌の表紙や口絵に描かれている悪魔的な洋館そのままだった。残忍な殺人事件が起こったり、獣の顔をした化け物が住んでいたりする想像の中の洋館だ。

洋館そのものの不気味さも言い知れぬものだったが、もっと恐ろしかったのは、館に至る闇の中に何かの獣らしき影がうずくまっていることだった。

道程の最初に待ち構えている獣の黒い影の輪郭が二つ。猫科の凶暴な生き物と、巨大なトカゲあるいは小さな恐竜のように見えた。

二匹の獣は伊部の身の丈ほどあった。うっかり近づいて襲われたらひとたまりもないだろう。危険な道程だった。眠りをさました獣がいつ襲いかかってくるか分からない。伊部はぞっとして、隣の津田の腕を強く摑み、身を硬くしてあとずさった。

「……あれ、大丈夫かな?」

伊部の震えた声に、津田がひっそりと笑ったようだった。

「怖かないよ。よく見てみな、植木なのさ」


植木?


津田の言葉に少し冷静になって目を凝らして見ると、確かに彼の言うように、動物の形に刈られた植え込みであるらしかった。

——それは、津田の一高入学が決まった春の出来事だ。津田は、日本橋にある伊部の大《おお》叔父《おじ》の家に下宿し、そこから一高に通う事が決まっていた。そこへ、田舎から上京した伊部が訪ねて行ったのだ。

津田は伊部の訪問を喜んで、あちらこちらを案内してくれていた。そして夕食の後、『とっておきの秘密の場所だ』と言って連れて来られたのが、西洋人が住んでいるという谷中の洋館だった。

「ここの主《あるじ》は妙な趣味だね」

伊部は、声の震えを押し殺しつつ津田の腕を離した。

「ああ、勿論《もちろん》そうさ。フランケンシュタインには猟奇的な趣味があるんだ。けどこれから見せるものはもっと凄《すご》いよ。僕も一ヵ月程前に忍び込んで、初めて発見したんだ」

「一体、なんでフランケンシュタインだと分かったんだい？」

「衛生展覧会さ。あそこで、異様にぎらぎらする目つきで蠟《ろう》人形を観察している挙動不審の西洋人を見つけたのが始まりだったんだ」

「だけどフランケンシュタインというのは物語の中の想像の人物だろう？」

「物語の中のフランケンシュタインはね。でもだからと言って、あの物語が作者の頭の中だけで考えだされたものだと考えるのは軽率だよ。僕と君でよく読んだ中世魔術の本にも書いてあったじゃないか、科学の母体となった中世の魔術の大いなる目的は、卑金属を金に変える方法を編み出す事と、物に生命を与える方法を明らかにする事だったってね……。実際、そうした実験を繰り返し行った者がいて現在の科学文明を形づくったという事実を考えれば、今もその研究が行われていたとしても不思議ではないだろう？」


その前日、津田に案内された浅草の衛生展覧会の事を伊部は思い出した。

見世物小屋や芝居小屋が混在する並びに仮設で建てられたその建物と会場は、病院のように愛想のない白い壁で囲まれていた。二人で四十銭の木戸銭を払ったあと、混雑に迷わないように津田に手を引かれ中に入った伊部は、硝子《ガラス》ケースの中にいる裸体の少女にぎょっとさせられた。誰だってぎょっとするに違いない。等身大の硝子の箱に、少女がまるで人形のようにすっぽりと収められているのだから……。

その少女は十二、三歳と思われた。お河童《かっぱ》の頭に、一重の切れ長の瞼《まぶた》を伏せ、薄桃色の唇をほんのりと開いて、眠っている様子だ。

「蠟人形だよ」

津田にそう言われてはいても、俄《にわか》に信じることが出来なかった。何故なら、睫毛や生え際にある産毛や、微《かす》かな膨らみを帯びた乳房の辺りの柔らかな様子、毛穴まであるきめこまかな皮膚といい、田舎の姉がじゃれついてくる時のあの甘酸っぱい体臭がいまにも硝子越しに匂ってきそうだ。

伊部は恥ずかしさに顔を赤らめながらも、硝子ケースに眼鏡をこすりつけて自分の体と硝子ケースの中の人体とを交互に見比べ、それが人形であることをどうにか確かめようと試みたが、どうしても少女のものと生身の自分の体との差異を発見することが出来なかった。

ただ、其処《そこ》には眠っている少女がいた。

何処かで生きた少女を捕らえ、秘密の儀式めいた手法を用いて剥製《はくせい》にしたのではないかというような妖《あや》しい妄想が伊部を捉《とら》えた。

それで伊部は、この雑踏の中で少女を安らかな眠りの淵《ふち》から起こしてしまわないように気遣いながら、隣にいる津田に小声で繰り返し尋ねたのだった。

「……本当にこれは蠟で出来た人形なのかい？」

「一応、そういうことになっているさ」

冗談のつもりなのかそれとも確信がないのか、津田は曖昧《あいまい》な返事をした。

それで伊部はますます疑わしい気持ちになりながら、次の標本プレートに目を転じた。

妙絶人体解剖蠟細工

今度は頭に包帯を巻いた若い男が横たわっていた。

この男の場合は明らかに死んでいる様子だった。

何故なら、裸に晒《さら》された男の胴体の喉元《のどもと》から性器にいたる部分の皮膚がすっかりはぎ取られ、肺や胃や腸などの内臓が露出していたからだ。そんな状態で生きていられるはずがない。スッパリと切り取られた皮膚の断面には、細かな筋肉や脂肪層さえ確認された。

本当にこんなに精巧な人形が出来るものなのだろうか？

何かに呪いをかけられた生きた人間ではないのだろうか？

そしてこの男がもし、こんな体で立ち上がって私を振り向いたりしたら……。

突然頭の中に陽炎《かげろ》った空想に怯《おび》えた伊部は、独り言を呟《つぶや》いて、馬鹿げた空想をうち消した。

「もしそうだとしても、これは、とうに死んでいるよね……」

呟いた途端、自然と瞳《ひとみ》が吸い込まれるように、男の腑《ふ》に向かった。無意識に男の剝《む》き出しになった内臓を観察して、男が死んでいることを確信しようとしたのだ。

それはグロテスクでありながら、一種美しいものだった。

滑らかな紅色の臓器の表面には蜘蛛《くも》の巣を張ったように血管が広がり、神秘的な生命の文様を描いていた。

と……突然、

どくん

いきなり、露出した赤黒い心臓が目の前でびくんと動いた。伊部は短い悲鳴を上げて後ずさった。

「……い……今……動いたよ」

「うん」

津田が短く答えた。

どくん　どくん　どくん

心臓の律動とともに、みるみる肺が大きく膨らみ、男は口を開いて、「は……ぁ……」と切なげな息を吐き出した。

こいつ、意識がある……。

そう思った。脳に傷を負って植物人間になった男の皮膚を剥《は》いだのだろうか？

「……これでも蠟人形なのかい？」

「電気仕掛けらしいよ。でもあっちの方が面白いんだ、さあ行こう」

津田はあっさりそう言うと、伊部の手を引いて、人の集まっている場所へと誘った。

十数人ばかりの見物客が声も無く凝視しているショーケースの前には、白衣を着た年配の男が立っていて、もっともらしい真面目な声で解説を行っていた。

「さて皆様、これは人が生命を失い、その後、いかにして自然の中に返っていくかを忠実に表現したものです。真冬でありましても、死体は摂氏五度以上の場所におかれた場合、すぐに腐敗が始まります。その過程といたしまして、まず外部の細菌による侵食と腸内細菌が血管を伝わって全身に広がり、体の各組織の分解が始まります。胃はその消化液で胃壁自身を溶かし始めます。これを称しまして『自家融解』といいます。さらにこの状態から二十四時間から三十六時間経過しますと、死後硬直も破れ、下腹部から始まる暗緑色の変色が徐々に上腹から胸部へと広がります。この時、体内では化学変化から人体の持つ硫《い》黄《おう》含有蛋白《たんぱく》が分解され、硫化水素が発生いたします。やがて、これが血液中のヘモグロビンと結合しますと、死体独特の異臭が漂うようになるのです。さらに二、三日が経過しますと、全身の血管が溶け、血が皮膚下でまき散らされることになります。そうなりますと、腐敗網と呼ばれる紫褐色の変色が木の枝のように皮膚下に張りめぐらされて全身が黒くなるのです。次に体内に蓄積された強烈な腐敗ガスが膨張し、皮膚の下で細かな水疱《すいほう》をいくつも作ります。そしてこの水疱が破れますと、いよいよ皮膚が剝離《はくり》を始めて、真皮が露出するのです……」

気分の悪くなるような話を聞きながら、伊部はさっきから寡黙に展示物を見ている津田の横顔を盗み見た。

その時ほど、伊部は素晴らしい親友を惚《ほ》れ惚《ぼ》れと見たことがない。

津田の瞳は透き通った硝子玉《ガラスだま》のように無機的にきらきらと輝いて見えた。瞬きも無くケースの向こうを見ていた。その瞳は恐怖や嫌悪などとは無縁の何かを宿していた。

伊部は、津田が自分にはとうてい見るに及ばない宇宙的な世界を把握していることを感じて、敬服した。

伊部は津田がこの世で類《たぐい》まれなる非凡な頭脳に恵まれていることを誰よりも知っている人間だった。

天才……。そう、津田こそは天才だった。

天才は何を見ても、その中に魔術の呪文《じゅもん》や宇宙の螺旋《らせん》公式を発見するという。だからたとえ本物の解剖された人体を見ながら笑っていたとしても、問題にされるべきことではないのだ。

むしろそれらを見て、恐れの感情しか抱けない自分の稚拙な脳こそが情けないのだ。

伊部は、腐敗ガスによって蛙のように腹部が醜く膨れ上がった死体を見ながら、なんとか津田とおなじ世界に共鳴して、この奇怪な催しを楽しもうと試みた。

猟奇的な見世物は次々と続いていた。

病原体の標本、丸まった胎児、梅毒患者の切り取られた患部、その中に本物のバラバラ死体が紛れ込んでいたとしても分からないに違いない。

次第に平衡感覚が狂っていくのを感じた。なにしろ、隣でさっきから硝子ケースを眺めている老人こそが、実は蠟人形ではないのかという気がしてくるのだ。

生と死、生物と無生物の境が危うくなってくる。

伊部は、生まれ落ちた時に初めての光を見た時のような目眩《めまい》を覚え、立ちくらんだ。

「明日はもっと面白い所に案内してやるよ」

「面白いところ？」

「人造人間だよ、僕達の夢じゃないか……」

伊部の手を引いて展覧会場を出ながら津田がそう言った。

——そうして、二人は谷中へとやって来たのだ。

伊部は津田の興奮した声を聞きながら、おそるおそる背後に目を転じた。

細い道を隔てた暗闇の中、萱草《かんぞう》が風に靡《なび》いてか細い歌を歌っているのは谷中の墓地だ。墨で点を打ったように序列正しく墓石が並んでいる様が微《かす》かに分かる。すると、その墓石と木立の陰の合間に懐中電灯らしき数個の光が次々と輝いた。

わおぅ――、と警戒の念を漲《みなぎ》らせて野犬達が吠《ほ》えたのも同時だった。

耳を澄ませると、スコップでざくざくと土を掘るような音や、誰かが笛を吹いているような音さえ聞こえてくるような気がした。

黒服の男が、暗闇伝いに人目を避けて墓穴をかきだし、死体を担いでいく。それを野犬が見つけて吠えたてる。そんな想像が頭の中を掠《かす》めた。

同じことを思ったのか、野犬の声に俊敏に振り返った津田が、「行こう！　太郎、今がチャンスだ」と囁《ささや》いてきた。

木陰に身を潜め、じりじりと屋敷に近づく道のりは恐ろしく長い距離に感じられた。ことに伊部は、植木と知りつつも獣の影が目前にせまると速度を落とすので、その歩みが遅かった。

壁の向こうからにょっきりと手が出て、伊部を手招いた。先に屋敷の裏手に回りこんだ津田の手だった。

伊部が転がるようにして屋敷の裏に回り込むと、窓の一角から中を覗《のぞ》いていた津田が、ゆっくりと振り向いた。

津田の顔は死体のように青白く見えたが、その瞳は異様な高揚の為に濡《ぬ》れ輝いていた。

「ここだよ、見ろよ」

伊部は、冷や汗で湿った掌《てのひら》を上着で拭《ぬぐ》い、そうっと窓の枠に手をかけた。

黒い箱のような物からぬっと生え出した人間の腕や足が目の中に飛び込んできた。


これは、何だ⁉


恐怖に打たれて尻餅《しりもち》をつきそうになりながらも、必死で両手の握力を振り絞り、窓枠にしがみついた。

その部屋は病院の霊安室のように明るかったので、何もかもがハッキリと確認出来た。

絨毯《じゅうたん》も何の装飾もない部屋の中で、手足の生えた黒い棺桶《かんおけ》のような箱が、いくつもいくつも壁に立てかけられて並んでいる。その黒い箱は、赤や緑や黄色の幾つかの太いチューブで連結されていた。

喉《のど》を詰まらせながらゆっくりと左右に目を走らせた伊部は次の瞬間、思わず鈍いうめき声をあげていた。


人間の女の首だ！

美しい装飾を施された銀の飾り台の上に、女の生首が載っているのだ。ブロンドで青い瞳《ひとみ》の西洋人の女だ。

「あ……あれは？」

「驚くのはまだ早いよ、これから始まるんだ」

「始まるって？」

「奴が帰ってきてからのお楽しみさ」

「……でも……あの手足は、首は何なんだい？　まさか墓地から……？」

「そうだね、おそらく墓地から掘り出した死体の一部なんだと思うよ」

津田は冷静な学者のような口ぶりでそう答えた。

「どうしてそんな物をあんな風に置いてあるんだい？　一体、あの黒い箱のようなものは何なんだろう？」

「おそらく箱の中には精密な機械が内蔵されているのさ。そして箱を繋《つな》いでいるチューブが生命のエネルギーを送りだす源さ」

津田の言っていることの意味はよく理解出来なかった。伊部は相当に頭が混乱し、のぼせ上がっている自分を感じた。もしかすると、これは自分が見ている悪夢ではないかとも思った。

「こんなおかしな事が現実に起こりうるはずはないよね……これは夢だろう？」

錯乱した質問をした伊部の肩を、津田が軽く微笑んで摑《つか》んだ。

「夢ではないよ、素晴らしい現実さ」

「現実……？　なっ、なら警察に、警察に言わなければ」

吃《ども》りながら言った伊部に、津田は心外そうに眉《まゆ》を顰《ひそ》めた。

「よしてくれよ。君だからせっかくの秘密を教えたのに、そんな事を言われると、教えた事を後悔してしまうじゃないか」

だけど……と伊部が反論しかけた時、ドアを開く大きな物音が響いた。

「しい——っ」

津田が人指し指を唇にあてた。

二人は見つからないように窓際に寄り添った。

熊のように大きな異人が部屋にあらわれた。

刺繡《ししゅう》の入った赤いシルクのガウンを羽織り、たっぷりとした顎鬚《あごひげ》に顔が縁取られていたので、相当に年寄りめいて感じられた。異人は灰色の病的な瞳で部屋の中を隅々まで見回すと、手に持った杖《つえ》でコツコツと床を叩《たた》きながら歩き回り、最後に銀の飾り台の上に置かれた女の生首に接吻《せっぷん》して、満足そうな笑みを浮かべたのだった。

「……あの首は誰のものなんだろう？　死体から取ってきたにしては綺麗《きれい》すぎるよ、まさか……」

「さぁね」

伊部の必死の質問に、津田は気のない返事をした。津田は伊部の狼狽《ろうばい》にウンザリしている様子だった。伊部は深く反省して、余り喋《しゃべ》らないことを心に誓った。

異人は暫く生首を眺めていたが、やがて踵《きびす》を返してドアのところまで戻った。そして電灯のスイッチの横にある幾種類かのボタンを立て続けに押したのだった。

鈍いダイナモの音が部屋中に響き渡った。屋敷全体が、その振動で震え上がったように感じられた。

いや、震え上がったのは伊部自身だったのだろうか……？

音は部屋に並んだ十数個の黒い箱の中から発生していた。

「ほら。あれが、命を吹き込む作業だよ」

津田が言いおわる間もなく、世にも奇怪な光景が展開しはじめた。信じられないことに黒い箱の中から生えていた手足が、思い思いの仕草で動きはじめたのだ。

ある腕はくねくねとフラダンスのように手首を揺らし、またある腕はバイオリンをひくような仕草を真似ていた。ペンを持って文字を書いているように見えるものもあった。又、足は、駆けっこをしていたり、片足で床を蹴《け》ることを繰り返していたり、ダンスのステップのような複雑な動きをしていた。

意志と切り離された五体が闇雲に暴走している様を二人は食い入るように見た。

その極めつきは、飾り台の上の女の生首が、突然命を得た赤ん坊のように何度か瞬きしたかと思うと、甲高い声を張り上げてオペラを歌いはじめたことだった。聞いたことのある有名な楽曲だ。

女の声は透き通って、美しかったが、伊部にはまるで地獄に響く悪魔の歌声のように感じられた。

死体達が命を吹き込まれて動きはじめた途端、伊部は自分の体からエネルギーが吸い取られ、関節が萎《な》えていくのを感じた。

「おい、大丈夫か？」

津田が耳元で訊ねた。当然、大丈夫ではなかった。伊部は今にも発狂しそうな恐怖に打たれて、ゆっくりと地べたに座り込んでいた。

少し心配顔をした津田が、隣に寄り添うように座った。

「ねえ、凄《すご》いだろう？　警察に届ける必要なんてあるもんか。だって彼は死んでいた物に命を与えたんだ。人殺しをしたなら罰せられるかも知れないけれど、死んだものを生き返らせて罰せられる法はないだろう？　ねえ、どうだい？　これで僕の言う事を信じられるかい？　やっぱり可能なんだよ、人造生命を生み出すことは……僕達のさ」

人造生命を生み出す……。

人間は誰しも悪魔の心を何処かに持っているのでしょうか？

あれほど恐ろしいと思いながらも私は、『津田君と二人で作る人造生命』という言葉に、妙なる誘惑を感じたのです。

第四章　G線上のアリア

1

谷中のフランケンシュタインのことを一通り話し終えると、伊部は追われるような後ろめたさを漂わせながら、すごすごと帰っていった。

柏木はまだ朦朧《もうろう》と、夕日を反射して金色に光る吉原の楼閣の甍《いらか》を眺めていた。背後で、朱雀が静かに茶を啜《すす》る音がしていた。

柏木は漠然と、死んでしまった人のことを考えていた。いや、考えるというほどはっきりとしたものではない。それらしき印象を持った影が、移ろいゆく思考の中に彷徨《さまよ》っている。その合間に、人造人間とか、死体を生き返らせるといったようなイメージが差し挟まれていた。

死んだ美佐の面影、フランケンシュタインの話……どちらもが幻想じみていて、それ故にこの危うい二つの物は不安定な分子同士が容易に結合するように結びつきやすく思えた。美佐が人造人間として蘇《よみがえ》り、再び自分の前に現れる……。

狂気めいた物語を柏木は紡ぎ始めていた。柏木が知る女性の中でも、彼女ほど不確かな儚《はかな》い夢が似合う女はいなかったから、まるで恋人が似合いの服を着ているところを想像するかのように、そんな想像が容易であった。

「谷中のフランケンシュタインか……、興味深いね。田中誠治もフランケンシュタインがいると言ってたらしいしね」

「けど、フランケンシュタインと笛吹き男がどう結びつくんです？」

「そりゃあ関係はおおありさ。笛吹き男というのは、別名、マゴスとも言うんだ。マゴスというのは中世の魔術師、つまり錬金術師の呼び名だよ」

「笛吹き男の正体は、錬金術師……？」

「そうとも。あるいは錬金術師の呼び出した悪魔そのものとも言えるよ。ユング先生の『ウォータン説』もその一種と言えるね。ウォータンは大地の主。つまりは金銀などの鉱物の主でもあるから、錬金を手伝わせるには打ってつけだ。通説において、錬金術師という輩《やから》は、必ず自然の精霊や悪魔を呼び出して、自らの研究を手伝わせることになっている。フランケンシュタインは人造人間を作った錬金術の流れを汲《く》む医師だろうから、笛吹き男は彼に召喚された悪魔かも知れないよね」

「しかし、何で悪魔を呼び出してまで、人造人間を作ろうなんて思えるんだろう」

「不思議でも何でもないじゃないか。もともと古来、科学は『永遠なる物を作り出す事』に血道を上げていたんだ。

　卑金属から永遠なる金属である金を誕生させる事……。

それから、死という運命を取り除き永遠の命の法則を発見する事……。

そうじゃあないかい？

錬金術師達はね、『燃焼、溶解、濃縮、蒸留、昇華、結晶化の過程によって物質を構成する元素の比率を変えれば、いかなる物質も別の物質に変成出来る』と考えていた。まあ、彼らが目指した元素の変成は、そもそも考え方が誤っていたんだけどね、けれど、彼らがその限られた方法の中で熱心に金を変成しようとした結果、夥《おびただ》しい化合物が発見されたんだ、それで、化学は進歩したんだよ。アルコォル、塩酸、アンモニアなんかの化合物も発見された。

現在の科学だって、その延長上にあるんだよ。二十世紀になってはじめて、金属の変成の過程は基本原子核における陽子の数を変えることによって成り立つことが分かったよね。例えばだ、鉄を金に変えるには、金の元素はその原子核に七十九個の陽子があるために二十六個の陽子を持つ鉄に五十三個の陽子を加えねばならないわけだ。つまり原子の結合状態そのものを変えてしまうしかないんだ。

残念ながら、錬金術師達は単純な実験道具と限られた知識しか持っていなかったから、こうした変成はできなかったけれどもね。でも、どうだい？　医学が生命の神秘を解き明かしつつあるのと同様に、科学も格段の進歩を遂げている。今や各国で、最も単純な元素である水素をヘリウムに転換する研究が熱心に行われているというから、僕の考えではそう遠くない未来に卑金属を金に変える技術が完成するはずだ。

人造人間にしたってそうさ。命の謎を解き明かし、生命あるものを創造しようとする試み、死者を生き返らせる試みが何百年にわたって試されてきた。その知識の結晶が、解剖学や医学を生み出している。

医学なんてね、柏木君。所詮《しょせん》は『死にたくない人間の錬金術的抵抗』じゃないか。『不変の物はなく、死なぬ人間はいない』という神の定めた自然の理に逆らおうとする試みだから、悪魔の手助けが必要になる。……そう考えれば、津田博士は科学の純粋目的を果たそうとしただけかも知れないよ」

「それが、科学の純粋目的ですか……」

確かに朱雀の言う通りだ。科学進歩がこの勢いで進めば、ホムンクルスや石ころから出来た金だってこの世に生まれてくるかも知れない。

……そんな世界はぞっとしないな。一体、何が本物で何が偽物か、生と死の境目までが曖昧《あいまい》になる。自分の存在にすら、自信が持てなくなってしまうだろう……。

疲れた足を引きずるようにして柏木が車組を出た時、辺りは夜になっていた。

夜の吉原は昼間より明るい。電灯と軒灯とが規則正しく連なる道が真っ直ぐに続いていて、その両脇から男女の談笑、三味の音、やり手婆《ばば》の掛け声が漏れてくる。人力が走っている。見世先の牛太郎が挨拶《あいさつ》の声をかけてくる。

外の世界から男達が次々と入って来ては、柏木の方に歩いてくる。軍人がいる。サラリーマンがいる。商人がいる。女達が艶《つや》っぽい声をかける。難しい理屈はいらない。ここには、実存の世界に点在する者同士が瞬間触れ合う時に放つ生々しい光が溢《あふ》れている。

だが、吉原の大門を抜けると、急に闇に包まれ静かになった……。

月も無く、のっぺりとした暗幕のような空が頭上にあった。

柏木は途端に自分の存在がおぼつかなくなったように感じた。幻の女の陽炎《かげろう》に浸りすぎていたせいかも知れない。

吉原を出ると、右を向いても左を向いても、闇ばかりだ。

かん　かん　かん　かん

騒がしく鐘を打ち鳴らす音が聞こえていた。またあの笛吹き男の一団が悪ふざけをしているのだろう。見回してみたが、姿はなかった。不安の種が何処にあるのかさえも分からない。

柏木は歩きながら、いつの間にか自分の『存在』を確認出来るような、別の何かを探していた。

闇に包まれた道を歩いていくと、浅草寺が見えた。

塀の向こうから頭を覗《のぞ》かせているのは本堂と五重の塔だ。堆《うずたか》く積み上げた組み木細工の柱の紅色は、漆黒の中で濁って見えた。

門の前に、女が一人立っている。

柏木の足は自然にそこへ向かっていた。女の着ている着物は白くて闇の中でひときわ目立っていた。

危うい……危うい……。

闇夜に一際目立つ女が立っている時は、鬼女か亡霊と決まっている。

そう思うが足が止まらない。いやそう思うからこそ足が止まらなかった。

心のどこかが陶酔に似た恐怖に魅せられている。

次第に足が早まっていく。いつしか息を切らしながら女に駆け寄っていた柏木は、次の瞬間、我が耳を疑った。

洋介さん。

女の発した声だった。闇夜に鈴の音が響いたように、それは柏木の耳に飛び込んできた。

足が止まった。

見知らぬ女から呼ばれた名前に、呪文《じゅもん》のような響きを感じて柏木は震えがくるほど動揺し、胸が疼《うず》いた。

2

「柏木洋介さんでしょう?」

女がゆっくりとそう言った。

「……美佐か?」

柏木はその名前を口走っていた。

今まで弄《もてあそ》んでいた空想と、見知らぬ女が呼んだ名前とが、動揺の糸に絡まり、結合してしまったのだ。

「……美佐? どなたの事?」

女が小首を傾げた。

それでもまだ柏木は半信半疑で妄想の中を漂いながら、立ちすくんでしまっていた。

「いやだわ、もう、幽霊でも見たような顔をして……。また知らないって言うのね。一体、いつになったら顔を覚えてくれるのかしら」

柏木は、ようやく自分を取り戻し、あっと叫んだ。

「マリコちゃんか……」

マリコだった。着物姿で、薄化粧などして鬘《かつら》をつけているから、すっかり分からなかったのだ。それにしても、会う度に印象が変わる子だなと柏木は思った。

「そうよ。マリコよ。一体、誰だと思ったのかしら。でもいいわ、昨日は随分と失礼をしたようだから、帰ってから反省していたのよ。だから会えて良かったわ。でも、どうしてここに？　お家が近くなの？」

「いや、家は数寄屋橋の社員寮なんだ。それよりこっちこそ失礼したよ。まったく分からなかったんだ。着物なんかを着ているから」

柏木が口ごもるので、マリコはますます可笑《おか》しそうに少し俯《うつむ》き、口を手で隠して笑った。

「いいのよ。別に気にしないで。いちいち行きずりの女を覚えていてはきりがないわ」

「行きずりの女なんて、そんな風には思ってはいないよ」

「まぁ、じゃあどう思っているの」

「いや、どう、って。その、知人とか友人とかそういう風に思ってるかな。いや、友人と言うには数度しか会ってないから親しさが足りないだろうが、これから友人になることは出来る」

柏木は生真面目に答えた。

「友人……なんだか、素敵な響きね。今まで、私には友人なんていやしなかったわ。確かに、お喋《しゃべ》りをする相手ぐらいはいるけれど、友人なんてものではなかったのよ」

「友人がいないのはよくない。人間、一人ぐらい腹を割って話せる友を作らなければ」

「それに貴方《あなた》がなってくれるというのね、本当かしら」

「嘘をついても仕方ない。マリコちゃんがそれでよければ、よろこんで友人になるよ」

ふうん、とマリコは親指を噛《か》んだ。

「それにしても間が悪いというのか、いいというのか、貴方の現れかたってそんな風だわ。これは何かの啓示なのかしらね」

マリコは独り言のように言うと、暫《しばら》く沈み込んだ。柏木は不思議な気分になった。美佐と再会した時も、相手の意図が摑《つか》めないようなこんな風な言葉をよく聞いたからだ。その時の感じに風の匂いや空気の色が何処か似ている。先程、取り違えたのも、そのせいだろう。

「……君は一人なのかい？　いや、変な意味じゃなく、親に捨てられたとかなんとか言ってなかったかい？」

柏木が唐突にそんな質問をしたのは、美佐も孤児という境遇であったからだ。

「捨てられた？　いいえ、そうではないのよ。私の家族は先の震災の時に火にまかれて死んでしまったの」

「それは辛《つら》いことだったね。僕はその時には東京にいなかったから見ていないけど、随分と火の手が上がって焼け死んだ方も多かったと聞いている。気の毒に……。マリコちゃんは小さかったんじゃないのかい？　それから一人なのかい？」

「ええ、七つの時よ。すぐに今の川田サァカスの団長に拾ってもらったから、こうして生きているようなものなの」

そう言いながらマリコは眉《まゆ》を顰《ひそ》めた。辛い記憶があるようだった。

「そうか……」

「ええ、川田団長は私の親がわり、とてもいい方なの」

「しかしなぁ……客の酒の相手をするのは、団長の言いつけだろう？」

「それは仕方ないわ。例えば、六区の縄張りで顔をきかせてる侠客《きょうかく》の親分などの相手をしなければならない時もあるけどね、時々機嫌を取っておかないと興行に差し支えるんだもの、仕方がないわ。私も本当は大嫌いだけど、そんな事ばかりいってたら生きてはいけないでしょう。それに、団長なりに私を大事にしてくれてるのよ。大陸帰りで苦労をしてきた人だから、私が孤児で自分が世話したからと言って、お給金だって値切りはしないわ。それに私の家も借りてくれてるのよ。本当になかなかしてもらえない事だから、不服を言ったりしたら罰があたるでしょう」

柏木はマリコの言葉を聞きながら、執拗《しつよう》に美佐を彼女の中に確認しようとしていた。

首の長さと色の白さが似ている。

暗闇で取り違えた原因だろう……

本当のところを言えば、マリコを美佐と重ね合わせたのは不可思議な現象だった。物狂いしやすそうな危うい手応《てごた》えは別として、あとはどうひいき目に見ても、二人の女性には似ているどころか、違うところのほうが多かったと言える。モダァンガールで勝ち気そうなマリコと、男の為に狂うほど弱かった古風な美佐とは、むしろ対照的であった。

二人は連れだって浅草寺の裏門を入った。淡島堂《あわしまどう》を過ぎて薬師堂《やくしどう》にさしかかり、観音堂に向かう参拝の喧騒《けんそう》が見えた時、「マリコ」と子供らしい声が聞こえた。

八つぐらいと見える少年が、まだ小さな妹の手を引いて立っている。

「まぁ、あんたたち、どうしたの？」

少年は擦り切れた袖口《そでぐち》で青洟《あおばな》を拭《ふ》いたきり黙っていたが、マリコは何事か察したらしく、ハンドバッグから財布を取り出し、十円札をその手に握らせた。少年は刺《とげ》のある目つきで柏木を一瞥《いちべつ》し、妹をせきたてながら、走り去っていった。

「今の子は？」

「別に、ちょっとした知り合いなの」

マリコがそう言った時、遠巻きに様子をみていたらしい中年の女が近づいてきた。

「マリコちゃん、また李《リ》って子だね。いくら可哀想だっていっても、今月に入って渡しすぎじゃないのかい」

「ま、おばさん見てたの？　大丈夫よ、困るほど渡してやしないわ」

「それならいいけどね……。ちょっと、お兄さん聞いて頂戴《ちょうだい》よ、もうこの子ったら人がよくて、自分が稼いだお給金を全部、人にやっちまうんですよ。そんな事をしてたら年いった時に困るって言ってるのに……。ちょいとあなたからも、言ってやって下さいよ」

「いや……まだ僕は知り合って間もないから、お節介なことは言えません」

「あらまあ、そうですか」

不服そうに言った女に、マリコが頭を下げた。

「心配かけてご免なさいね、でも大丈夫、本当よ」

女は「そりゃあ、お節介だろうけどさ」と、ぶつぶつ言いながら歩き去った。

「そういえば、君、ミルクホールで待っている時も、物売りの人達に何かを上げてたね」

柏木はふと先日の光景を思い出して訊《たず》ねた。

「……あの人達はとても大変なの。男家族が職にあぶれたり病気になったりしてね、その日その日、ああして嫌がられながらも売り子をしたりで、やっとこさ食べてるの。貧しくて親に捨てられた子供達も多いのよ……。支那《しな》やコリアから来て、言葉も分からない人が沢山いるわ。誰も好きでそんな生活をしているわけではないのよ、仕方なくそうしているの。私は一人だから、これといってお金を遣う先もないし、ご飯なんかはとても高級な料理を食べさせてくれるファンの方がいるわ。だから余った分を、少し融通してるだけ。何も大した事してないわ」

「そうなのか、偉いんだね」

「偉くはないわ。だって……」

とまた何かを言いかけてマリコは止めてしまった。マリコの奇妙な歯切れの悪さが、どうにも気にかかった。

「それより柏木さん、さっきの美佐というのは何方《どなた》なの？　恋人かしら？　それにしてはなんだか変だわ。恋人と赤の他人を間違えるなんて……」

「いや……恋人というわけではないんだ。死んでしまった人で……丁度その人の事を考えていたものだから」

「そう……死んでしまった人……。人が死ぬのは悲しいわ。だって生きてる者がどんなに嘆いても、相手に通じやしないんですもの」

おそらくマリコも亡くなった家族のことを考えたのだろう。暗い顔を見せた。

「さっき、家族のことを観音堂でお祈りしてたの。いつもこの時期にはご祈禱《きとう》をしてもらうのよ。今年はあれこれあったから、少し遅くなってしまったの。その方のこともお祈りしましょうよ」

マリコがそう言った。

二十段ばかりの石段を上って入った観音堂の高い円天井には、朦朧《おぼろ》な影が広がっていた。天井から無数に下げられた灯籠《とうろう》の揺れる光の中、あちこちに描かれた天《あま》の邪鬼《じゃく》や魑魅《ちみ》魍《もう》魎《りょう》の姿が揺れている。不可思議な魔物達だ。

どうして神仏を祭っているはずの寺に、こんなにも魔物が溢《あふ》れているのだろう。人々は知らぬうちに魔物に祈っているのかも知れない、と柏木は思った。

夜だというのに、途切れることなく出入りする参拝客が打ち鳴らす柏手《かしわで》の音、賽銭箱《さいせんばこ》の中に落ちていく銭の音、子供達の駆け回る音が柱廊に反響していた。

よく耳をすませば、その中に魔物の嬌声《きょうせい》が一つ、二つ、混ざっているように聞こえる。

柏木は何者かに幻惑されているような気がして、横のマリコを窺《うかが》った。マリコは取り出した小銭入れの中から五銭を取り出して賽銭箱に投げ入れ、長い間、手を合わせている。白いうなじだった。

二人は黙り込んだまま観音堂を出ると、喧騒渦巻く六区の方へ歩いていった。

マリコの姿は雑踏の中に入っても確かに光っているように見えた。

旅順《りよじゆん》開城約成《な》りて、
敵の将軍ステッセル、
乃木《のぎ》大将と会見の、
所はいずこ水師営

立ち並ぶ劇場から流れてくるレビューの歌声や、剣劇の居合いの声。それらに混じって、子供達の大合唱が聞こえていた。遠足団でもあったかのように、百名近い子供達が、二人の警察官に引率されて歩いてくる。おもちゃの兵隊ラッパが狂ったように吹き鳴らされていた。

「なんの騒ぎだろう」

「昼間、隅田川《すみだがわ》の川辺で、軍事演習があったのよ。最近、あっちこっちでよくやっているでしょう？　戦車が機関銃を撃つのが珍しいから、今日も、そりゃあ凄《すご》い見物人だったわ。夜になっても、なかなか子供達が帰らない時は、ああして巡査さんが家まで送っていくのよ」

「そうか、物騒だからね。ところで、さっきマリコちゃんは、支那やコリアの人達のことを言ってたけど、実際、彼らの生活って、そんなに酷《ひど》いものなのかな」

「ええ、そりゃあ違うわ。お給金そのものは日本人の半分ぐらいね。それに周旋の親方が二割取ってしまうから、日本人の三割ほどの給金しか貰《もら》えないの。それにコリア街には電気も上下水道もガスも引かれていないのよ。不衛生だから、赤ん坊なんかはすぐに病気になってしまうわ」

「それは……ひどい話だ」

「どんなに身を粉にして働いても、その日ぎりぎり食べていけるだけ。それでも仕事があればいいんだけど。今なんかは三日に一度、二日に一度、仕事にありつけたらまだいい方よ。貧しいのはあの人達の責任でもなんでもないわ」

「日本人でも大変な世の中だからね。なんとかならないんだろうか」

「なんともならないわ。あの人達が何を訴えようと、嘆こうと、取り合ってくれる人なんていやしない。みんな、諦観《ていかん》しているのよ」

子供の一団が通り過ぎると、その後ろから青年将校達が鋭い目配りをしながら行進して来た。一糸乱れぬ靴音が、脇をすり抜ける。

柏木は緊張しながら将校達の様子を窺った。マリコは将校達が通り過ぎると、あからさまに不快な顔をした。

「いやだわ、軍人って。私、軍人が大嫌いだわ。無謀で、卑劣で、なんでも武力で解決しようとして……」

誰かが聞きつけたら騒ぎになっていたろうが、幸い誰もその声を聞きつけなかった。当の青年将校達は二人の横を行きすぎると、二十メートルほど後ろで、道に座って詩集を売っている青年に尋問を始めていた。又、何か難癖をつけているのだろう。

柏木はマリコの発言に、しっかりと頷《うなず》いた。

「変な人ね、柏木さん、貴方《あなた》も軍人が嫌いなの？」

「嫌いだ。僕は奴らのことを信じちゃいない」

「やっぱり変わってるわ」

「変わってなんぞいやしない。彼らのことを良く思っていない者は沢山いる。ただ、軍人が怖いんだ。僕の知り合いの女性は軍のせいで死んだんだよ。奴らは僕の敵のようなものだ。あの本郷先輩だって軍人嫌いだ。『嫌な世の中だ、こんななら女と心中してしまった方がましだ』なんて、言ってるからね」

「そうなの……。私は、みんな軍人が好きなのだと思ってたわ。だって出兵の見送りなんかを見ても、誰もがとても熱狂的なんですもの。皆、何度も何度も万歳なんかして……見ていると気持ちが悪くなってしまうわ」

「一部の人はそうだ。皆、焦ってるんだよ、強い国になろうとして……。しかし、考えの違う者だっている」

「そう……そうよね。誰もが戦争が好きなんて、変だもの」

マリコは曖昧《あいまい》な笑顔で笑うと、手を振りながらサァカスの中へと走り込んだ。

「旦那《だんな》ァ、旦那ァ、オイラに煙草を恵んでおくれョ」

ぼんやりとサァカスのテントを見つめていた柏木は、自分の足元から呼びかける声を聞いた。

俯《うつむ》くと、奇怪な白黒の化粧顔が膝《ひざ》の辺りにあって、柏木を見上げている。ぎょっとして後ずさった時、それが笛吹き男の仮装をして立っている小人であることに気づいた。

「すっ、すまないが、煙草はやらないので持ってないんだ」

「そうかい、そりゃあ残念だネ」

いやに明るい声で小人は言うと、小さな掌《てのひら》を空中で数回振った。いつの間にか指先に煙草が出現していた。

手品？

小人はにやにやと笑った後、突然、発作のような興奮状態にみまわれたらしい。いやらしく白目の濁った瞳《ひとみ》が充血して、蛙のように膨れ上がった。

「旦那ァ、知ってるかい？　春風やよいって女が殺されたことをサ」

「は、春風やよい？　いや……知らない」

「笛吹き男サ、笛吹き男がやったんだ。今度は食ったんじゃないよ。生き埋めさ、生き埋めにして殺したんだ」

笛吹き男が……？

また新たな事件が発生したんだろうか……。

「オイラは地獄耳なのさ。まだこれは誰も知らないんだよ」

小人はそう言うと、にたりと笑い、短い足でステップを踏んで踊り始めた。

3

「出口が吉原にいるだろう！」

「出口氏が？　何故だい」

朱雀は乱れた前髪を女のように白い指先で払い除《の》け、そのついでに馬場の膝頭《ひざがしら》を弾《はじ》いて、体を起こし、胡座《あぐら》をかいた。

「とぼけないでくれ、ここで出口を見た者が何人もいるんだ」

朱雀は呆《あき》れたように肩を竦《すく》めると、怒りをかみ殺した薄笑いで馬場に応じた。

「馬場君、紳士たる者が人と話をする時は、せめて目の位置を同じにするものだよ。礼儀というものを知らないのかい？　さぁ、座りたまえよ」

馬場はむっと苛立《いらだ》った鼻息をついたが、観念したように朱雀の前に座った。後木が、馬場の背後で襖《ふすま》を閉める。

「で、どうなんだ。出口がいるんだろう？」

馬場は答えを急《せ》かした。

「知らないよ。馬鹿みたいに何度も同じことを聞かないでくれたまえ。ここには毎日、何千人という人々が出入りするんだよ。その中に出口氏が紛れ込んでいたとしても、僕が知るわけがないじゃないか。僕の担当は、吉原での揉《も》め事の法的処理なんだよ。出口氏が問題を起こしたのなら僕の耳に入るけど、花魁《おいらん》達と仲良くやってることまでも知らされることはないからね」

「おい、本当なのか？　いくらあんたでも、これに関して嘘をつくなら、俺も黙っちゃいられないんだ。ことは国家の重大事なんだからな！」

右翼の大物から皇族までをも信者に持つ、巨大な宗教・大本教のナンバー2にして日本史上最高の霊能者と呼ばれている出口王仁三郎。彼が最近、国家反逆のデモンストレーションを行っているとして、当局は厳重警戒をしていた。

大物故に、これまで下手な手出しも出来ずにいたが、その彼が、一連の猟奇事件の起こった上野、谷中にほど近い吉原で目撃されているのだ。不穏分子との繋《つな》がりが疑われても当然と言えた。

朱雀はそれを聞くと、ますます小馬鹿にしたように口の端で笑った。

「随分と物騒なことじゃないか。国家の重大事というのは、出口氏が白馬に乗って遊んでいるあれかい？」

「不敬罪だ！　白馬の騎乗は、畏《おそ》れ多くも聖上陛下にしか許されておらんのだぞ。国家反逆の意思表明でしかないだろう。しかもそれを堂々と士官学校の前でやりやがったんだ」

「たかが馬に乗ったぐらいが何だというんだい。あんな事ぐらいを不敬罪だというなら、企業と癒着して国家の経済を不正に食いつぶしている政治家や軍人どもが大勢いるだろう？　そっちのほうがよっぽど失礼じゃないか。彼らを逮捕したらどうだね？　それとも警察は上には逆らえないというわけかい？　茶番劇だよ、まるっきり。僕はもうこのところ国の腐敗に呆れ返っているんだ」

「問題をすり替えるな。白馬に乗ってるだけじゃない。出口は不穏分子どもを操って国家転覆を謀っているかも知れんのだ。捜査に協力してくれ」

「不穏分子？　初耳だね。どういう不穏分子だい？」

「それは言えん」

「何だって！　人に物を訊ねておいて、そういうことを言うわけかい？　馬場君、君がとことん礼儀を知らない人間だと分かったよ。それなら僕も言えないね。ああ、金輪際言うものか。もう今後一切の協力を放棄させてもらうよ」

意地悪く言い放った朱雀と、馬場は暫《しばら》くにらみ合いを続けた。しかし、馬場がどんな意地を張ろうと勝負ははなから決まっていた。


まったく、質《たち》の悪い男だ。

元検事のくせしやがって、国家の一大事に、俺と取引をしやがる気だ。

張りつめた空気を震わせて、
ぶ——ん
と蚊が唸《うな》った。

馬場はぴくりと耳を立てた。次に鋭い目で空中を飛んでいる黒い影をとらえると、力まかせに両手で叩《たた》き潰《つぶ》した。

掌の上で捩《ね》じれて死んでいる蚊の死体を、入念に火鉢の中にはたき落とす。

何処に伝染病菌を持った生き物がいるか分からない。最近の馬場は、子犬や鳥の姿にさえ警戒心を覚えていた。

「ふふん」

朱雀が鼻先で愉快気な声を出した。

形良く尖《とが》った顎《あご》を悠然と持ち上げ、深い色を湛《たた》えた瞳を馬場に向けると、口元をニヤリと歪《ゆが》め、これ以上嫌味な顔はないだろうと思えるほど悪魔的な表情を作って見せた。

「馬場君はよほど伝染病菌が怖いと見えるね。で？　その不穏分子とやらは伝染病菌をばらまいて、どうしようと言ってるんだい？」

ぎょっとして馬場は朱雀の笑いを含んだ顔を睨《にら》んだ。

こいつ、何処でそんな情報を仕入れたんだ？　国家機密のはずだ。それを何故、吉原の……たかが顧問弁護士が知っているんだ？

「おい、それは誰に聞いた？」

声を潜めた馬場の問いに、げらげらと朱雀が明るい笑い声で答えた。

「君だよ、君。君に聞いたんだよ、馬場君」

「何だと！　ふざけるな！」

にこやかに微笑む朱雀を見て、馬場は背筋が寒くなるのを覚えた。盲目ゆえに動かない目が曲者《くせもの》である。何を考えているのか、一向に読みとれないのだ。

沈黙に耐えかねた馬場が再び口を開いた。

「お、俺がいつそんな話をしたと言うんだ」

「今だよ、今、正確には話をしたんじゃないね。ほら、今、君は飛んでいる蚊を慌てて叩き殺して火鉢に捨てただろ？　そうだろ？　気配で分かったよ。随分念入りな殺し方だ。

尋常じゃない。何故だ？　思い当たることと言えば、あの四原にある研究所の出火だ。あれは陸軍病院の石井のものだから、細菌研究に使われていたに違いない。蚊と言えば細菌を媒介する代表選手じゃないか。それに不穏分子の話だ。しかも君の口ぶりは、誰かから秘密保持を言い渡されている様子だ。すぐにどんな筋か結びつくというもんだ。で、その不穏分子というのは何なんだい？　どうしても言わないというなら、『不穏分子が研究所から細菌を持ち逃げして、帝都にばらまくようだ』って噂を流してやろうか？　大変な事になるだろうね」

「ば……馬鹿を言うな。敵の思う壺《つぼ》だ！」

「そんな事、僕の知った事じゃないね」

朱雀は本当にそう思っているに違いなかった。単なる嫌がらせの為に、そんな大事までをも平気でやる男なのだ。馬場は悔し紛れの舌打ちをした。

「よし、言おう。言うから、そんな噂を流さない事と、出口の情報を教える事を約束してくれ」

「最初から素直にそう言えばいいんだよ。ああ、お安い御用だよ。で、その不穏分子とやらは？」

好奇心一杯の顔を輝かせて、朱雀が身を乗り出した。先程までの仏頂面はどこかへ吹き飛んでいる。

とすれば、馬場がこの部屋へ入った時以来の不機嫌な様子も、事を有利に運ぶ為の芝居だったのかも知れぬ。

それとも、単なる気まぐれなのか……。

馬場には一向に分からなかった。

「『帝都転覆同盟団』という組織だ。詳しいことはそれ以上分かってない」

「『帝都転覆同盟団』だって！」

朱雀ははしゃいだ声を上げると、もういても立ってもいられないという様子で畳を叩いて大笑いを始めた。

「ああ、可笑《おか》しい。これは傑作だ。帝都転覆同盟団だって！　なんて名前なんだろう！　ああ、その団体は随分と語彙《ごい》の少ない人間が集まっているんだね。そんな名前を名乗るなんて、まるで詐欺師が、今から騙《だま》そうという人間に、『詐欺田　詐欺男』という名刺をきるぐらいに傑作なことだよ。ああ……苦しい。笑いすぎて苦しいよ」

「おい真面目な話なんだ。こっちも言ったんだから、早く出口の情報を教えてくれ」

「うん、言おう。やはり知らないね」

ケロリと言った朱雀に、馬場は頭から湯気を噴き出さんばかりの赤い顔で怒鳴った。

「何だと！　俺を馬鹿にしてるのか」

「馬鹿になんてしてはいないよ。本当に知らないんだ。何度も言ってるだろう？　一体、何をそんなにむきになってるんだね」

「あんたこそ、何をそんなに落ちついてるんだ。国の一大事なんだぞ。俺はな、毎晩みたいに田中の夢を見るんだ。やつめ、生きてた時と同じ話を繰り返すんだ。恨みがましそうにな。それから誘拐された子供達が、犯人を逮捕してくれって泣いてやがるんだ」

すっかり憔悴《しょうすい》しきって呻《うめ》いた馬場に顔を背け、朱雀は畳の上にトランプに似た絵札を並べながら眉《まゆ》を顰《ひそ》めた。

馬場は、朱雀の超然とした態度に、激しい嫉《ねた》みと怒りを感じて、荒々しく畳を叩いた。

「あんたが、あくまでも知らないといいはるなら、吉原を封鎖して全部の見世を捜査するぞ！　えっ、どうだ、そうなれば大変な損害だろう」

「随分、乱暴だね」

ようやく反応を示した朱雀の横に、馬場は満足気に息を荒らげながら、どっかりと座った。

「ああ、そうしてやるとも」

「待ちたまえ、馬場君。一体、何の八つ当たりだい？」

「帝都転覆同盟団の根城の疑いありとしてだ！　四原の研究所の件と笛吹き男の犯罪、この二つの重大事件のホシの有力候補が出口だ。奴はこのところ露骨に国家に対する反逆の意志を露《あらわ》にしている。それに、事件直後から綾部《あやべ》の本拠地から姿を消し、この辺りで目撃されてるんだ。偶然にしては出来すぎだ。奴が噛《か》んでるに違いない。それをあくまで匿《かくま》うなら、あんたや吉原も同罪だ」

全く……困ったもんだ。

「何だと？」

「困ったもんだと言ってるんだよ。事を荒らげる前にもう少し、頭を使って考えてみたらどうなんだい。例えば、田中誠治の証言についてでもね」

なにっ、といきり立った馬場が朱雀の襟首を摑《つか》んだ。朱雀が嫌気の差した顔で馬場の手を払いのけた。がらり、と襖《ふすま》が開き、とば口に控えていた後木が覗《のぞ》き込んだ。

「馬場さん、朱雀先生に手荒なことをしてもらっては困ります」

「貴様！」

飛び掛かろうとする馬場を朱雀が呼び止めた。

「馬場君、君には同情するけどね。ここで大暴れして、無抵抗の市民に暴行を加えた防犯部長になりたいのかい？　それとも、事件に役立ちそうな情報を仕入れるほうがいいのかい？　えっ、どっちだい」

「情報だと？」

馬場は気を静めようと、赤ら顔を振って何回か深く息をし、座り直した。

「どんな情報だ？」

「吉原には変わり種の客がいてね……。その中でも『虎之助《とらのすけ》のお大尽』という富士楼の客なんぞは飛びきりの変わりものだ」

「虎之助のお大尽だと?」

「そう、この男の職業が何だと思う?」

朱雀は手元で絵札を弄《もてあそ》びつつ、勿体《もったい》ぶった口調で言った。

「俺が知るわけがないだろう」

「そうだよね、君は全く情報に疎いからね。実はね……乞食《こじき》なんだ」

「乞食だと! 生意気に乞食が吉原通いをやってるのか!」

馬場は憤慨に顔を顰《しか》め、五分刈りの頭を撫《な》ぜながら吐き捨てるように言った。

「馬場君、乞食、乞食と馬鹿にしちゃあいけないよ。そりゃあ、見事な腕前を持っていて、彼の横を通りすぎる者は、どんなにケチでも、いつの間にか財布の紐《ひも》を緩めて銭を投げているといわれるぐらいだ。そこまでなればもう、乞食といっても大したものさ。そんな虎之助のお大尽は、乞食の中でもかなりの格上なのさ。この浅草一帯の乞食どもの大親分なんだ」

「乞食に親分子分なんぞがあるのか?」

「勿論《もちろん》あるとも。乞食の社会というのはあれで結構複雑で、序列にうるさいもんなんだ。乞食というのは、日勧進業——ようするに人さまに物を恵んでもらうことを職業にしている階級のことで、最近あちこちに増えてる浮浪者なんかとは又、違う。乞食に言わせれば、浮浪者なんぞは社会で食い詰めた、ただのはみ出し者だということだ。それで自分達よりずっと格下に扱ってる」

ふざけた話だ。乞食と浮浪者などどんぐりの背比べじゃないか……と馬場は舌打ちをして、ゴールデンバットを取り出した。

「おや？　納得出来ないんだね。乞食というのはね、地主のようなものなんだよ。何代も前から、親分子分の関係で一つの土地を受け継いでいる。なあに、土地の権利書なんぞはなくても、かれらの土地の使用権というのは結構強いんだ。

世の中には、慣れとか慣習というやつがあるだろう。『ああ、ここには乞食がいるんだな』という世の中の人の記憶と先入観が、彼らの権利書なのさ。これは強いよ。案外に法的な書類よりも効力を発揮する。ま、それはさておき、要するに何気なく道端に座っているように見えるけど、違うってことなんだ。大体において交通量が多くて、財布に余裕のある人間が通る場所が選ばれている。商売するにしたって特級地だ。よく『乞食がいた場所に店を開くと、流行《はや》る』などと言われるが、根拠のある話なのさ。

それでだね、馬場君、乞食がおよそ建物が立っている場所以外の地主だとすると、浮浪者というのは其処《そこ》を間借りしている借地人みたいな立場にある。乞食は自分の縄張りの残飯を貰《もら》う権利、古紙を集める権利を昔から持っていて、浮浪者は其処に間借りして、一銭程度で残飯を分けてもらって生活をしているんだ。それで、この浅草では新入りの浮浪者が入ってくると、必ず虎之助のお大尽に顔見せすることになっている」

紫色の煙で輪っかを作りながら朱雀の長話を聞いていた馬場だったが、やがて鬱陶《うっとう》しそうに貧乏ゆすりをし始めた。

「おい、その乞食と浮浪者の話はいつ終わるんだ？」

にやり、と朱雀が笑った。

「まぁ、聞きたまえ。ここからが大事な話なんだよ。ところがだ。そういう決まりになっているにもかかわらず、最近こっそりと、見たこともない浮浪者が、隅田川の近くで寝泊まりしてるという報告があったんだ。そこで虎之助のお大尽は、すわ縄張り荒らしめと息巻いて、手下と共にその浮浪者を詰問に行った。すると、その浮浪者が言うには、『どうかここから追い出さないでくれ。そうなったら自分は行くところがないし、行方が知れたら命が危ないかも知れぬ』と穏やかならぬ話をしたというんだ」

「命が危ない？」

「ああ、そうだよ。それで虎之助は、その只《ただ》ならぬ風情に少しばかり考慮した。命が危ないとまで言われたら、そうそう叩《たた》き出す訳にはいかない。といって、危ないわけありの男を縄張りに入れておいたら、何があるか分かったもんじゃない。そこで『その理由とやらを言ってみな』と、こう浮浪者に訊ねたわけだね。ねぇ、馬場君、その浮浪者は誰だと思う？」

「またか！　俺が知るわけないだろ！」

朱雀は眉をつり上げ、露骨に不快感を剝《む》き出《だ》しにした。

「ふぅん、それは心外だ。少なくともその浮浪者の正体を知ることは君の職務の範疇《はんちゅう》だよ。何故なら、その浮浪者は、麻巻健児《けんじ》だからだ」

「麻巻！　津田博士の助手の麻巻なのか！」

「そうとも……」

朱雀が溜息《ためいき》まじりに答えた。

「奴は今どこにいる？」

「うん、それから又、身の危険でも感じたのか、姿を消してしまったそうだ。行方が分からなくなった。けど、虎之助の大尽はね、四原の研究所で出火が起こった時に麻巻が何を見たか……それを聞いたんだ。なんでもね、その夜、現れたそうだよ」

そこまで言うと、朱雀は絵札をいじり回した。がさがさと指で一枚一枚を確かめている。勢いこんで身を乗り出した馬場は、またしてもその時間が長いのに苛立《いらだ》って、貧乏揺すりを始めた。

「馬場君、その貧乏揺すりを止めてくれないか。神経が集中出来ないよ」

「あんたが、そうやって大事な話の腰を折るからじゃないか、えっ、それで何が現れたって言うんだ」

「あ、ああ、そうだったね……。ハーメルンの笛吹き男だよ。笛吹き男が現れて、研究所に火を放ったという話だ」

「なんで、それを今まで黙ってたんだ！」

「僕もさっき聞いたばかりだからさ。詳しい話を聞きたければ、後で虎之助の大尽を呼びにやらせるよ。でもね、それを聞いて僕は思ったんだが、この事件からは手を引いた方がいいよ」

「そんな事が出来るものか！」

「そうかい、後で酷《ひど》い後悔をすることになると思うんだがなぁ……」

と、朱雀は浮かない顔で呟《つぶや》いた。

「やっぱりあんた、何か知ってるな。いつもそうだ。しかしな、今回は俺も『ハイ、そうですか』と引く訳にはいかないんだ。国の一大事なんだ。あんたの知っていることを洗いざらい喋《しゃべ》ってもらわない限り、梃子《てこ》でもここを動かないぞ」

それを聞くと、朱雀は気の毒そうに言った。

「世の中には知らぬが仏ということもあるのに、全く困ったもんだねぇ。僕の忠告を聞かなければ本当に後悔するよ。馬場君、それでもいいんだね」

「俺が後悔して事件が解決するんなら後悔でもなんでもしてやる！　さぁ、言ってみろ」

ふうん、と朱雀は暗い顔をした。そして、なんとも気の進まない様子で、普段の快活さのない口調で喋り始めた。

「まずね、田中は事件を目撃していたんだよ」

「田中の証言は本当だと言うのか？」

「そうさ、まず、事実として、子供達は四原の研究所の近くで殺されたのさ。それから笛吹き男は研究所に向かって、火を放ったんだ。君は田中の口走ることが余りに奇天烈《きてれつ》なので、それを妄想だとしか思わなかったようだけど、僕にはすぐにピンときたよ」

「あの巨人の女の話や、工事現場の死体の話は妄想じゃないと言うのか？」

「ああ、フランケンシュタインの話もだ。確かに四原には昔フランケンシュタインが住んでいたという噂がある。しかも、その実験の様子を津田博士の友人・伊部太郎という人物が見たことがあると言ってる」

「なっ……なんだと！」

馬場は、混乱に巻き込まれて目を白黒させた。

「だから、田中誠治の話はまんざら出鱈目《でたらめ》ではないんだよ」

「それじゃあ、巨人の女というのは、本当にフランケンシュタインに作られた人造人間だと言うのか？」

「いや……それは違う。そこのところは田中誠治の思い込みだよ」

「じゃあなんだ？」

「前に元さんの塗料の話をしただろう？　あれはちゃんと調べてくれてるのかい？」

馬場はうんざりした様子で、膝《ひざ》を叩いた。

「またその話か……分かってる。ちゃんと調べてるが、まだ見つかってない。それより、話の続きだ」

「ふうん、なるほどそうか、よく分かったよ。ところで、その巨大看板さ。あの巨大看板には、何処が宣伝を打ってたか知らないのかい？　え？　あの看板は上野のほうから行くと松林を抜けたところに立っているだろう？」

あっ、と馬場は大声を上げた。『どりこの』だ。あの『栄養飲料水どりこの』の瓶を手に持って、笑っている女の看板だ。

「そら、わかっただろう。巨人の女というのは、どりこのポスター美人のことだよ。顔だけで、ちょうど人の背丈ほどある。もっとも描かれているのは顔だけだけどね。元さんが看板を描き変えに行ったのは、四日の昼。だから四日の夕方には、看板の中に女はいなかった。田中誠治が言ってただろう。『子供達が墓地で殺された時には、巨人の女がいなくなっていた』とね。ちゃんと辻褄《つじつま》が合っているじゃないか。だから田中は四日の夜に、四原の研究所の近くに行って、そこで見たんだよ」

「子供がバラバラにされるところをか？」


そう……見て……ね。


朱雀は確かめるように言った。

「さぁ馬場君、もうこのくらいで十分だろう？　僕だって忙しいからいちいち巷《ちまた》の事件のことをそれ以上に深く突っ込んではいられないんだよ。今は、これに夢中でね……」

ああ……あった。

朱雀は、絵札の束の中から一枚、意味ありげな図版のものを畳の上に置いた。

「変わったトランプだな」

「トランプじゃないよ。確かにトランプの元になったものだが、これはタロットと呼ばれるものでね、錬金術と魔術の奥義が図版化されたものだと言われているんだ。もっともらしい言い伝えではだね、七世紀、キリスト教が異教徒の大弾圧を始めた頃、エジプトのセラペイオンの神殿に描かれていた知恵の神トートの秘法を、迫害に追われたエジプトの神官達が写し取って逃げた物が始まりだとかいう。ところで、タロットってやつは全部で七十八枚で、その中の絵の描かれた二十二枚は特に重要で魔術的で『二十二の大秘法』なんて大層な名前がついている。それが面白いんだよ……」

「二十二の大秘法だと？」

馬場は畳の上に置かれた絵札に目を転じた。強烈な色彩。神秘的な絵。西洋のものには、どんなものにでもこけおどしじみた幻想的な雰囲気が漂っている……と馬場は思った。例えば、何のこともない人形や皿一つとってもそうだ。

「馬場君、僕は、以前からタロットを愛用していてね……。これはね、占いの道具の一種なんだ。おっと、占いだといって馬鹿にしてはいけないよ。心理学でもインクの染みを見て患者に何に見えるかを問うことによって、心理的な病理を露出させる方法があるけれど、タロットもそれと同じものさ。ほら、面白いだろ？　これらの絵には一つ、一つ、意味があるんだ。そういう意味では単なる絵画ではないんだよ。

例えば、絵の中で描かれる近景は過去の状況を表している。人物のいる地点が今の状況だ。そして遠景は未来を、人物の顔が左を向いていれば、それは自己の内面を見つめていることを意味するし、右を向いていれば外の世界に向いている。体と顔の向きが不自然に捩《ね》じれていれば、本音と建前が違うというわけだ。稲妻は暗い本質を打つ神の意志、柵《さく》は人間の野性的な本性を封じ込めるもの、犬は忠実な友……そんな具合に、動物、色、小道具すべてに意味が込められている訳だね。この図の中には、人間の深層心理に働きかける象徴がちりばめられているんだ。一定の手順で札をこんな風に並べ、端から順に現在、過去、未来と絵を見て心に浮かんだ事を占いの結果とするんだ。

いいかい、現在と未来を決定するのは外的な要因なんかじゃない。自分の中にあるイメージなんだ。イメージが僕らの内なる時間を紡ぐんだよ。そして内的な印象こそが現実に反映するというわけだ。まぁ、想像力が貧困な君には分からないだろうがね」

「絵を見て未来を占うのだかなんだか知らんが、あんたがそんな事をしても仕方ないだろう。なにしろ、肝心の絵が見えないんじゃないのか？」

「僕はあまねくこの一枚一枚の札を記憶しているからいいのさ。この絵札は見えなくなってから専用に作ったものなんだ。札の下に厚紙で番号を張りつけてある。この番号を触りさえすれば、札の中の絵が、僕のスクリーンに出現する……。ところで、この大秘法の絵札というのは、元来は二十一枚組だったんだ。そこに、一枚、何処からともなく滑り込んできた謎の札がある」

朱雀は、手元で温めていた一枚の札を馬場の目の前に差し出した。

崖《がけ》の間際に一人の男が立っている絵だ。

羽飾りのついた鍔広《つばびろ》の帽子、道化師のような斑《まだら》の服。その足元に犬が食いついている。

「こっ……これは……ハーメルンの笛吹き男！」

「謎の札さ。この札は二十二の大秘法の一番最初の札であり、一番最後の札でもある。だけどハーメルンの笛吹き男とは呼ばれていない。この札の呼び名はね、『愚者』だよ」


愚者？


「そう、愚者だ。その意味は『狂気、混沌《こんとん》からの始まり。0《ゼロ》』……」

朱雀は意味深げな笑みを浮かべると、唐突に顔を上げた。

「ところで馬場君、昨日瓢《ひょう》簞《たん》池を練り歩いた笛吹き男の仮装行列を、端から引っ張って留置場に放り込んだようだが、命令したのは君なのかい？」

「そうだ、悪いか。あんな輩《やから》がうろうろしてたら、肝心の帝都転覆同盟団が動きだした時に隠れ蓑《みの》に使われる恐れがあるからな。見せしめだ」

「全く、余裕の無いことをするもんだ。騒ぎを起こしたのは皆、十代の少年少女というじゃないか。ああいう事をしたい年頃なんだよ。まぁ、彼らじゃなくともこのご時世、世の中に不満の無いものなどいないだろうけどね。それをまたヒステリックに弾圧するなんてどうかしているよ。誰も彼も、頭がどうかしてしまっている……そう言えば、以前も似たような事があったじゃないか、ほら、江戸の『ええじゃないか』の騒動だ。その後にはお化け騒動ってのも流行《はや》ったな。結局、それが最後に大爆発して明治維新の原動力にもなったんだ」

朱雀は、ふっと力なく口の端を歪《ゆが》めると、札をしまいこんだ。

「話はこれでお仕舞いだ……後木、すまないが虎之助のお大尽を呼んできてくれ」

「はい」

低い声で返事をして、後木の巨体がすっくと立ち上がった。

「そうだ、馬場君。田中誠治が子供を事故で亡くした時、何をしていたか知っているかい？」

「何？　家にいたんじゃないのか？」

「そういう事を言ってるんじゃないよ。僕の聞いたところによると、元国語教師をしていた田中はその年、浅草の小さな小屋で人形劇をしている劇団に頼まれて、台本を書いてやってる。そこは童話専門の劇団なんだが、原作作品のままでは芝居として面白くないということでね、少し脚色してくれと田中に頼んだらしい。田中は快くうけ入れて、台本を書いてやったそうだよ。田中は、噂通りの子供好きを発揮して、近所の子供達を人形劇に招待した……。その、人形劇というのが、『ハーメルンの笛吹き男』だったんだ」

「なに！」

馬場の血相が変わった。

「その人形劇団と、ハーメルンの笛吹き男が現れた事には関係があると言うのか？」

朱雀は眉《まゆ》を顰《ひそ》めると、長い髪を後ろにかき上げた。彫刻のように整った美貌《びぼう》が露《あらわ》になった。

「さぁね。劇の内容はハーメルンの笛吹き男を脚色して、現代ばりの怪奇話に仕立てたものだったらしいよ。それだけじゃない。人形劇団を主宰しているのは高橋《たかはし》という男だ。自称・彫刻家で、実に器用に人形を作るらしいんだが……。その劇以来、取りつかれたように笛吹き男の人形ばかり作り続けて、変人奇人扱いされていたという事だ。ところが、そこへ笛吹き男の事件だ。高橋の人形は一躍人気を集めて、高値で飛ぶように売れ出したそうだよ」

そこまで言うと、朱雀は重々しいため息をついた。

「僕はね、田中が死のうと、津田博士のようなエゴイスティックな人格破綻《はたん》者がどうなろうと、構いやしない。俄然《がぜん》、この事件のことが気に食わなくなってきてるんだ」

硝子《ガラス》のように冷たい響きを持った声だった。

どうやら朱雀の機嫌が酷《ひど》く悪くなってきている様子だ。

「今日、津田博士の母親が、田舎に帰るというので挨拶《あいさつ》にきたよ。少し茶など出して、いろいろと年寄りの愚痴話を聞いたがね、津田という男は酷い奴さ。なにしろね、帝大の入学式や卒業式に来たがる母親に、恥ずかしいから来るなと止めたらしいよ。信じられるかい？　自分を産んだ人間に向かって、恥ずかしいだって？　出世するのに無学な母親がいては邪魔だとばかりに、ここ数年来は便りの一つもよこさなかったと嘆いていた。余りに気の毒なので、僕は思わず組の者に言って、母親を浅草見物などに連れてやらせた。ねぇ、そうだよね」

とば口に向かって声をかけた朱雀に答えて、一人の法被《はっぴ》姿の男が「へいっ」と答えた。

「劇や見世物なんぞに連れていきやした。今流行りのレビューショーと、ほれ、あのペルシャの妖怪《ようかい》博士ですよ。不思議な生き物でしてね。刑事さんもご存じでしょう？　そりゃあもう、津田さんのお袋さんときたら、目え丸くして食い入るように見てやした。田舎の人だから、相当にびっくりしたようです」

「……というわけさ馬場君。津田君が何かの事件に巻き込まれたとしても、自業自得というものさ」

「お袋さんには、そりゃあ気の毒だな。しかし津田博士が自業自得だとしても、それだけじゃ済まない問題だ。殺された子供達だってそう言うだろう。俺は犯人を許さない。奴らが伝染病菌を使う前に逮捕しないと大変な事になる。あんたはそれでもいいと言うのか？」

ふん、と朱雀は呆《あき》れたように俯《うつむ》いた。

「いいとも。僕には関係のないことだよ。まあ好きにしたまえ。だけどね、僕なりに真面目な意見をいわせてもらうよ。笛吹き男というのは本当の魔物だ、イドの魔物だよ。あれには関わらない方がいい」

「井戸の魔物だと？　奴が河童《かっぱ》かなにかだとでも言って俺を担ぐ気か？」

朱雀は蔑《さげす》んだ笑いを浮かべた。

「そうじゃない、本当の事さ。笛吹き男を捕まえるなんて、軟尖《ナンセンス》な目論見なんだよ。僕が神に誓って言うよ。奴は実体のない、魔物だ。手を引きたまえ。そうしないと、君も祟《たた》られるぞ」

「あんた正気でそんな事を言ってるのか？　魔物だなんてことがあるもんか。俺がこの手で逮捕してやる」

それを聞くと、朱雀は性悪そうな、いつもの表情で眉を顰めた。

「逮捕……ね。気をつけたまえ、魔物に枯れ枝を掴《つか》まされるかも知れないよ。ようく気をつけたまえよ。それから……田中誠治に台本の依頼をしたのはね、『赤い靴』という劇団だ。今日も六区で興行しているから、訪ねてみたければ、訪ねるがいいさ。じゃあ、もうこの話のことは僕のところには持ち込まないでくれたまえよ。僕は魔物に祟られるのはご免だ。第一、このところ忙しくてね、君の仕事を手伝っているような暇はないんだ」

いっこう無責任な朱雀の態度に、馬場は腹立ちながら立ち上がった。

「ああ、分かった。来なけりゃいいんだろう。俺だってこんな所へなんぞ来たくはないんだ。今だって、あんたの事だから、ちゃんと報告しなけりゃ、後で五月蠅《うるさ》く言うと思って、来ただけなんだ。何も手伝ってくれと頼んでるわけじゃないぞ」

くじゃないか」

「何言ってるんだい。そんな事を言いながら、結局、僕からいろいろ情報を聞き出してい

憎々しげに朱雀が言った。

4

虎之助のお大尽なる乞食《こじき》の話によると、麻巻は、四日の日、実験室で博士と綿村助手が争う声を聞いたらしい。そして、深夜、一時頃、墓地の方から飛び込んできた青白い炎が、研究所の窓を掠《かす》めて停電となった。その後、実験室からハーメルンの笛吹き男が出現したそうだ。

津田博士と綿村は、その時既に研究室にはいなかったらしい。そして麻巻だけが、命からがら逃げ出したという事だった。

素性の知れない助手・綿村が帝都転覆同盟団の一員であることは、間違いない。言い争いの末に、津田博士を誘拐したのも一味の犯行だ。麻巻が見たという青白い炎は、新型の火炎弾の一種だろう。すると一味は相当の武力を持っているということだ……。細菌と武力を持った組織……。早く尻尾《しっぽ》を摑まえないとえらい事になる……。

馬場は人力で谷中へと向かった。

谷中というのは、上野と本郷の丁度谷間の場所だ。繁華街の浅草、交通と文化の中枢である上野に隣接しているにもかかわらず、不思議なほど寂寥《せきりょう》たる未開地である。

墓場ばかりの陰気な土地だった。

生きた人間よりも死者のほうが圧倒的に多い。

広さ三万坪の広大な谷中霊園の北側に天王寺墓地、東側には寛永寺墓地が隣接し、地平線まで墓標の列が続いている。

谷中を通る全ての道はこうした墓地のどれかを横断しているのだった。そして盆と彼岸以外の時は、どの道の人通りもまばらで呼吸が停止してしまったような静けさが漂っている。

出火した研究所のある四原は、谷中霊園と道一つ隔てた西側にあった。

朱雀が言った通り、巨大看板が四原の南角と墓地の間に立っていた。こんな辺鄙《へんぴ》なところに巨大看板とは妙にも映るが、実際はこの道は東に折れてすぐ天王寺に至る広い道路であり、また西に折れると区役所と中学校に至る大通りだ。

言わば谷中の交通の要所であって、夏の彼岸になると東京中から墓参りにくる人出で一杯になる。来年には道が舗装されて、上野から荷揚げされる輸送物資を帝都の北側に運ぶ大動脈の一つになる予定だというから、気の早い陣地とりであろう。

それにしても以前に現場を検証しに来た時には、全く「どりこの」の看板のことに意識が向かなかった。

不覚だ……馬場は歯ぎしりをした。

田中よ、だからお前は毎晩、俺の夢の中に現れて訴えていたんだな……。

マッチを一本、火をつけて看板にかざしてみる。看板は一色に塗りつぶされていて、見慣れたポスター美人の姿はなかった。それから周囲を見渡すと、確かに田中が言った通り、看板の右手にある松の枝が折れ、何かの強い力が加わったらしく根元が浮き上がって傾いでいる。よく見ると、看板の一番近くにある赤松の幹の部分には焦げ跡がついていた。

火炎弾を撃った時の衝撃だな……。

夕刻を知らせる天王寺の鐘が、風に乗って聞こえてきた。

木立の間を抜ける風の音が強くなり始めたので、馬場は上着の襟を立てて歩いた。煙草を取り出して火をつけようとしたが、マッチの火が風に吹き消されてしまって上手《うま》くいかない。

一段低くなった右手にしだれ柳が揺れる荒涼とした墓地が続いている。地面がごっそり広範囲にわたって抉《えぐ》りとられたという感の低地である。

其処《そこ》を入れば、八百メートル程で子供達の死体遺棄現場に突き当たるはずだ。

馬場の歩く緩い曲線を持った細い道を境に、左手が四原。鬱蒼《うっそう》と広がる萱草《かんぞう》の草原の中央に、ぽつんと研究所の建物が見えていた。

馬場の足元からは一本の急な坂道が研究所に向かって萱草を分けながら伸びている。視界を遮るものは何もない。

ぴょゅるぴょゅるるるる　ぴょゅる……

馬場はぎょっとした。辺りに寂しい笛の音が鳴りはじめたからだ。よく聞くと、物悲しい歌声のようにも聞こえる。

いやこれは、風の音だ。墓場を吹く風が、足元から急降下で傾斜していく坂に当たって吹き上げ、そんな音を立てているに違いない。

四日の深夜……この辺りの何処かで、子供達は肉切り包丁でバラバラに刻まれたのだ。

その光景を田中誠治は目撃していた……。

恐らくこの辺りからか？

すると笛吹き男は、あの原っぱの何処かで肉切り包丁をふるっていたのだ。

墓地の横手に松林が続いていた。奇態な姿をした赤松の太い幹がむらむらと萱草の間から立ち並んでいる。

萱草の波間に、市松模様のマントが翻っている……。


くそうっ、あんな物は錯覚だ……。

それより、次は人形劇団の団長、高橋の家を訪ねるんだ。


馬場は、歩き出した。

木々は枝を複雑に交え、折り重なり、布団針のように尖《とが》った葉を鬱蒼と繁らせている。

やがて鶯谷の方へ向かうにつれ、松林は雑草のおいしげる貧弱な雑木林になり、道を上り下りする度にその隙間から、小さな墓石が顔を覗《のぞ》かせた。すっかり荒れ果て欠けた墓石が並んでいる様は格別に陰気臭い。

墓地が途切れて少しした頃に、馬場は小さく光る黄色い外灯の灯を発見した。

どうやら谷中町と呼ばれる町であるらしい。実に小さな町である。人家や商家の数を合わせても二百軒もないと見えた。町の角に見えた石屋はすでに灯が消えていた。その並びには長屋が続き、平屋も十数軒認められた。

高橋の家は長屋の一角にあった。

5

「それで、骨董《こっとう》屋で人形を偶然に見つけたから、ハーメルンの笛吹き男の劇をしようと思ったわけか？」

「そうです。偶然なのです。この人形を買ってから、だんだんとこれの魅力に取りつかれていったのです。ほら、実に不思議な雰囲気を持っているでしょう？」

神経質そうに口元をひくつかせながらそう答えた高橋の顔は、肝臓病みのように黄色く、どんよりと疲れた小さな目の下に、墨で引いたような濃い隈《くま》が出来ていた。

切れかけて瞬いている豆電球の下。馬場は高橋の隣に寄り添うように座っている斑服《まだらふく》の男に目を移した。

孔雀《くじやく》の羽飾りのついた真っ赤な鍔広《つばびろ》の帽子。白黒の面。三日月形に歪《ゆが》んだ目、微《かす》かに開いた赤いルージュの口元。フリルの袖《そで》から見えた右手に握られたフルート。あの日、田中誠治の家のベランダに立っていた悪魔が、其処にいた。

「これは最近作った大作なのです。特に良く出来ているので、とても気にいってます。よく見ますとね、この人形は少し黒目がロンパリなのですよ。こんな風に作ると、何処から見ても人形が自分のほうを見ているように感じるのです。それに顔が白と黒に分かれていますでしょう？　これも、人形の表情に深みを出す工夫だと思えるのです。この人形の顔は能面に似てるのです。ちょっとした角度や向きで、笑っているように見えたり、泣いているように見えたり。時には男に見えたり、女に見えたり……もとの素材と見違えるほど素晴らしく出来た……」

そう言いながら高橋は斑服の袖を撫《な》ぜると、笛吹き男の首を持って馬場の前に突き出した。高橋の手の動きに合わせて、笛吹き男は俯《うつむ》いたかと思うと、くっと馬場を下から睨《にら》み付けた。そうすると、無表情であったその顔がにったりと笑ったようだった。

気味の悪い人形だ……。

高橋が手を離したので、人形は不自然な形で首を傾げていた。今にものっそりと動き出しそうな、奇怪な生き物に見える。

馬場は、ぞっとしながら右から左に嘗《な》めるように周囲を観察した。

天上から吊《つ》るされた何十体もの笛吹き男。同じように壁にかけられた笛吹き男達。箪笥《たんす》の上に座っているものもいる。馬場と高橋が座っている周囲にも、姿形が寸分と変わらぬ大小様々の笛吹き男が、部屋の中を埋め尽くしている。これだけ作るには凄《すさ》まじい執念が必要と思えた。

「おい、笛吹き男ばかり一体、どれだけ作ったんだ？」

「そうですね……この部屋にあるので百近くありますね。けど、本物に比べたらまだまだです」

百だと！　こいつもハーメルンの悪魔に取りつかれているんじゃないのか？

帝都転覆同盟団などというような人為の仕業ではなく、妖《あや》しい悪魔の力が高橋を魅了し、田中を呪い殺したのではないのか……。一瞬、そんなあらぬ想像が馬場の頭を過《よ》ぎった。

「田中誠治に台本書きを頼んだ理由は？」

「別に、ハーメルンの笛吹き男だけが特別ではないのです。田中さんには以前からずっと脚本をお願いしていました。全部で二十本ぐらいは書いてもらっていると思いますよ」

「意図は無いというのか？」

馬場が鋭い目で高橋を睨み付けると、高橋は不精髭《ぶしょうひげ》を痙攣《けいれん》させて笑ったようだった。

「意図なんて……」

高橋はそう言って、首を振った。

本当に意図は無かったのだろうか？

馬場は自問自答した。

芸術家とかいう奴らにはアカ活動に傾倒するものが多い。子供相手の人形劇団とはいえ高橋がそうでないとは限らない。帝都転覆同盟団はアカかも知れない。高橋の頭文字もTだ。疑う余地は十分にある。なにしろハーメルンの笛吹き男の人形劇を公演している最中に田中の子供は事故で死に、それ以来、笛吹き男が田中の前に出現しはじめているのだから。

「田中誠治と知り合ったきっかけは？」

「田中さんが子供を何人か連れて、うちの劇を見に来たのです。それで、劇の台本が雑じゃないかと……そう向こうの方から言ってきたのです」

「ふん、雑だとね……。そんな風に言われるとやはり不快だろう？」

馬場は意地の悪い誘導尋問を行って、高橋の表情を観察した。

いいえ……別に……と小さく高橋は言った。

「自分でもそう思っていたところでしたから。もともと私は彫刻家であって、物書きではありませんので。台本のほうとなると、かなり苦労していました。ですから、それを国語が得意な先生が助けてくれるんであれば助かるとすら思ったのです」

なかなか尻尾《しっぽ》を摑《つか》ませないな……。

「しかし、新聞報道でハーメルンの笛吹き男のことは知っていただろう？　なんで劇のことを警察に届けなかった？」

高橋は眉間《みけん》に皺《しわ》を寄せて、実に困った表情をした。

「何でと言われましても、単に先生には台本を書いてもらった事があるだけですから。これといって事件の犯人に心当たりがあるわけでもありませんし、それを警察に通報しろと言われても……」

「しかし、この事件でお前の人形は随分と売れているそうじゃないか、えっ？」

「ええ、それはそうです。けど、人形を売るために殺人を犯すような愚かな真似はしません。それに……私はね、猟奇事件があったから人形が売れたとも思っていないのです。この人形がこうも大衆を魅惑し、売れ始めたのは、これが人の心の中にある暗い光を引きずり出すある種の仕掛けを持っているからです。

ほら、この美しくも奇怪な姿を見て下さい。私が思うのにですね、これの顔や体が白と黒に分かれているのは、象徴的に昼と夜を表しているのです。人間的な理性と動物的な本能と言ってもいいかも知れません。またコレの顔は笑っているようでいて、泣いているような、それでいて怒っているような……いわば全く次元のことなる感情が混在した顔をしています。ともすれば狂ってしまった人間がこういう表情をすることがあるように思えます。体形も男のようであり、同時に女のようでもあります。

いわばこの人形の中には本来ならまったく分裂してあらねばならない要素達、一方があることによって一方が成立しえないような要素達が、現実の秩序を無視して共存しているのです。この人形そのものが、大いなる混沌《こんとん》を内在させた一つの小宇宙的なものを感じさせるのです。

混沌は狂気です。狂気こそが最高の魂の自由を約束するものなのです。ですから今の時代に求められているのです。刑事さん、どんなに私のことを調べてもらっても結構ですが、笛吹き男の事件に関しては、正真正銘、潔白ですよ」

その時、笛吹き男の首が、かくんと下を向いた。まるで高橋の言葉に頷《うなず》いたようだった。

6

忙しく万年筆が紙の上を滑る音、電話の呼び鈴、交錯する靴音……。

相変わらず新聞社は喧騒《けんそう》に満ちていた。

午後の検閲会議を終えた本郷が、席に戻るなり原稿の最終校正をしていた柏木を捕まえ、帝大での聞き込みの話や津田博士の魔術狂いについて詳しく訊《たず》ねてきた。話は長くなり、一区切りつく頃には帰社時間になった。他の記者達は席を去り始めていた。

「それにしても、全く現実は小説よりも奇なりだね。日本屈指の天才と言われたあの津田博士が、本当は魔術狂いで、死体の手足を動かすなんて忌まわしい研究をしていて、子供の頃に見たフランケンシュタインの実験に影響を受けてたなんてね」

「本当に奇怪な話です。僕は学者に対する見解が変わりましたよ」

「天才なんて言われる人間は、凡人からみれば奇人変人の類《たぐい》が多いというよ。それに笑い病とかなんとかいう井上って学者も、妙なことを口走ってたんだろう？」

「そうです。綿村は変装してるんだそうです」

半ば呆《あき》れ果てて、柏木は投げ出すように言った。

そして、待てよ……と思った。

本当にこんな事をのんびりと話している場合なんだろうか。

ゾンビを追いかけていた田中に似た男のことが、稲妻のように脳裏を掠《かす》めた。

もう少しで何かが……見えそうだ。

柏木の胸中に疑惑が膨れ上がった瞬間、本郷が手を打って叫んだ。

「そうだ……そう言えば、早川に見せてもらった研究所の出火当時の写真の中に、軍の職員が焼け跡の中から黒い金属製の箱のような物を運び出している写真があったぞ」

「黒い金属製の箱……」

「そうだ。確かにそれらしき物が写っていた。確かに見た。早川は、『研究設備の一部らしかった』と言っていたが……。おいおい、これはひょっとすると、ひょっとするぞ。ほら伊部の話にあったじゃないか。フランケンシュタインの実験室の黒い箱だよ」

「まさか、津田博士の研究所にもそれがあったということですか。単に焼け落ちた建築物の一部かなにかかも知れない。給水タンクとか……そういうものは色々ありますから」

柏木は敢《あ》えて慎重に答えた。

「そりゃあ、そう言ってしまえば切りもないが、よく考えてみろよ。辻褄《つじつま》が合うじゃないか。君の見た夢……動く死体を田中に似た男が追いかけていたってのは、きっと現実だ。一方では、津田博士はフランケンシュタインばりの実験をしていた。黒い箱を使ってね。その前にも田中は、笛吹き男を追って工事現場に行った時に、三人の死体を見たっていうのがあるだろう。つまり田中が追っていた死体ってのは、津田博士の実験室から生まれたゾンビじゃないのか？　いや、ホムンクルスかも知れない。まぁ、そんな事はどっちだっていいが、つまりは津田博士がそういった妖怪《ようかい》達を次々と生み出したってことになるんじゃないのか」

柏木の中で、まだ漠然と形にならなかった想像を、本郷が明確に言ってのけた。

フラスコの中から生まれる出来損ないの人間。

それは百五十センチしかなかったパラケルススの夢想だったのか？

それとも……やはり朱雀が言うように……。

「まだ定かではないにしても、かなり確信のもてる推理だろう。えっ、どうだい。第一、切り取られた児童の手足はどうなったんだ？」

「どうなったとは？」

背中がひんやりと凍えていくのを感じた。

「そうだよ。身代金の要求もしない犯人なんて変だろう？　もともと金が目当てではないのさ。子供達の体から切り取った部分をどうするつもりなんだ？　どうにも僕はよくない考えが頭に浮かんだよ」

「よくない考え……」

「そうだよ、柏木君。つまりさ、生体実験による人造人間の製造だよ」

「子供が生体実験に使われた……？」

恐ろしい空想に、柏木は身体中が粟立《あわだ》つのを感じた。小さく頷いた本郷が、声を潜めた。

「だってそうとしか思えないよ。津田の研究所は陸軍の研究所も同じだろ？　あの陸軍ならやりかねないじゃないか」


そうだ、確かにあの田中の怪死した夜。

東は銀座にいた。あれは偶然ではないのだ。

奴らの命令を受けた津田博士は、石井の研究所で、表向きは細菌研究と称しながら、実は人造人間をつくりだす研究をしていたとしたら……？

ある日、その人造人間達が逃げだしたのだとしたら……？

それを田中誠治が目撃したのだとしたら……？

さらなる生体実験の為に、陸軍はハーメルンの笛吹き男を名乗って、三十人もの子供を誘拐したのではないのか……？

「谷中にいたフランケンシュタインがだよ、怪奇小説もどきの人体実験をしていた狂気の科学者だったとすると、津田博士との関係はそれっきりだったんだろうか？」

「つまり、本郷先輩はその後も津田博士と谷中のフランケンシュタインとの間には交流があったって言うんですか？」

「そりゃあ憶測でしかないけれど、そう考えれば津田がわざわざアメリカの客員教授を志願したのだって意味がありそうじゃないか？　エール大の脳医学の権威バー博士のチームに入って研究していたなんて言うが、本当は何をしてたか分かったもんじゃないぞ」

本郷の一言一句が、怪談話のような不気味さで柏木を侵食した。柏木と本郷は、ひと気の無くなった編集室の中で暫《しばら》く黙り込んでしまった。

廊下の電気が次々と消灯され始めた。光の光度が変わっただけで、日用の平坦《へいたん》な物までもが違う表情になる。編集室は突然、異質な空間に早変わりした。

ドアの向こうから、コツーン、コツーンと靴音が響いてきた。

守衛が見回りを始めたのだろうか。実は、誰でもない何者かが歩き回っているのかも知れない。白日の下に見えていた安穏とした世界など、積み木のように崩れやすいのだ。

柏木と本郷は意味もなく緊張した。

「そうだ……。昨日、妙な噂を聞いたんです。『春風やよい』って女の人が笛吹き男に殺されたというんです」

「春風やよい？　聞いたことがあるな……。そうだ、昭和座の前座レビューのダンサーの中にそんな名の女がいたぞ。一体、誰からその話を聞いたんだ？」

「ほら、六区に小人がいるでしょう？　キネマ倶楽部《クラブ》の路地でよく姿を見る奴です」

「キネマ倶楽部の……？」

本郷の顔がみるみる青ざめた。

「どうしたんです、先輩？」

「キネマ倶楽部に出ていた小人と言えば、源五郎《げんごろう》だが……、そいつは半年も前に首を吊《つ》って死んだはずなんだ。さんざん金を貢いだ女に振られたのが原因だと聞いたが……」

　死んでる……。

ぞっとした。

「きっ、きっと他の小人だな。新しく雇ったに違いない。そうだよ。そうに違いない」

慌てて本郷が訂正した。

「僕が見たのは、亡霊なんでしょうか？」

不安に呑《の》み込まれる。妖《あや》しい疑惑の全てが、真実である気がする。青ざめた柏木の肩を、本郷が叩《たた》いた。

「厭《いや》な事件のことばかり考えてるから、そんな風に思えてしまうのさ。他の小人だよ。ようそう、よそう、もう出よう」

二人は、とうに閉まっていた正面玄関を迂回《うかい》して裏口から外に出た。

「なあ、洋介。ウロトフとタスローの事はどう思う？」

「あれも、西洋人の訳ありそうな女が夜半に連れて来たといってましたね」

「そうさ、しかも津田博士の研究所の出火から数日後の事じゃなかったか？　こうなってくると、あの妙な生き物の出所も怪しいぞ」

ホムンクルス

地下鉄工事をしている銀座大通りの方向で、タスローの赤い憎悪に満ちた目玉が光った。

目玉？　いいや、違う……。

警備員の赤い警備灯じゃないか……。

激しいドリル音が響いた。その音に背中を向けて二人は寮への道を歩きはじめた。その柏木の足がピタリと止まった。

「先輩……僕、ちょっと吉原に寄ります。生体実験に使われた子供達の末路が、あの妖怪博士のようになるのだとしたら……。黒い箱の事を朱雀に伝えておかないと」

柏木は道行くタクシーを止めた。

7

足早に車組を訪れた柏木は、朱雀がいつも暇を潰《つぶ》している奥座敷に入るなり、其処《そこ》にある異様な物体に目を見張った。

なんだろう？　これは……。

しっかり等身大はある女の生き人形が一つ。

格別に美しい女であった。ビードロで作られているらしい瞳《ひとみ》は淡い琥珀《こはく》色で、異国風の雰囲気を漂わせている。生え際まで緻密《ちみつ》に植えられた黒髪は腰の辺りまで長く、植物かなにかのように女の体に絡まっていた。

薄衣を纏《まと》っているだけで殆《ほとん》ど裸体に近い……。

どうやら白木で作られているものと思われるが、特別な塗装をしているのだろう、人肌の色に大層近い。薄暗がりで見れば思わず本物の女と見間違えてしまいそうだ。

しかしそれにしては奇態であった。なにしろ女の背中からは、肩口から続く二本の腕とは別に蜘蛛《くも》のように、にょっきりと、六本の腕が生えており、その一組は人間の髑髏《どくろ》を持っているのだ。柏木が思わずその姿の美しさと恐ろしさに見とれていると、後ろで襖《ふすま》ががらりと開いた。

「やぁ、柏木君かい」

朱雀であった。その後ろから後木と見知らぬ男が続いて入って来た。

「お邪魔してます」

朱雀は正確な足取りで、いつもの長火鉢の前に胡座《あぐら》をかいた。後木と見知らぬ男は間を取って、部屋の隅に座った。柏木は二人を気にしつつも朱雀に向かい合った。

「なんですか、この裸婦像は？」

「ああ、そうか、まだ柏木君は見たことがなかったね。これは例のほら、花魁弁財天に安置されていた陀吉尼天《だきにてん》だよ。余りに素晴らしい出来だから、あのまま放置しておくのももったいなくってね、破損しているところを腕のいい人形師に修理してもらってたんだ。今日、帰ってきたところなんだよ」

朱雀は事も無げにそう答えた。


陀吉尼天……。


陀吉尼と聞くと、柏木の脳裏に懐かしい切なさが蘇《よみがえ》る。

傍らで、陀吉尼の琥珀色の瞳が中空を見つめていた。その像には美佐の面影が宿っていた。大きな瞬きをしない狂気めいた瞳も、笑いを含んだような蠱惑《こわく》的な唇も……。

柏木は目眩《めまい》を覚えた。

「まぁ、そんな事はどうでもいいさ。それよりいいところに来たよ。柏木君は鼻がきくらしい。珍しい人物を発見したので、今、連れてきたところなんだよ。ほら、誰あろう後木と一緒にいるのが麻巻君なんだよ」

「麻巻だって！　津田博士の助手の麻巻健児さんなのか？」

柏木の驚いた声に、男はびくりとして、小さく頷《うなず》いた。細面の頰のこけた男だ。分厚い眼鏡のレンズのせいで、目鼻が奇妙に歪《ゆが》んで見えた。

「心配しなくても大丈夫ですよ。この男は僕の友人で柏木君というんです。僕が秘密にしてくれと頼めば、決して麻巻君のことも口外しないでしょう。ねぇ、柏木君」

軽い調子で言った朱雀に、柏木は戸惑いながら頷いた。

「ほんとうに大丈夫ですか……？　約束ですよ」

蚊の鳴くような声で麻巻が上目遣いで柏木を見た。柏木は仕方なくもう一度頷いてみせた。

「それより麻巻さん、貴方《あなた》は行方不明になってるはずだ。それがどうしてこんなところにいるんです」

それを聞くと、麻巻は俯《うつむ》いて黙り込んだ。

「まぁそんな事は僕が後で説明するよ、柏木君。それよりも麻巻君が津田博士の研究所の出火の当日に、実に不思議な体験をしたと言ってるんだ。それを詳しく聴きたくて、彼を捜していたのさ」

「不思議な体験？」

「そうだよ。何を隠そう、例のハーメルンの笛吹き男のことさ。ねぇ麻巻君？」

麻巻は、固く口の端を結んだまま、おどおどと首を縦に振った。

「話をしてくれたまえ、君の身柄は僕が保証して預かるよ。けどね、それならそれで、僕にも少しばかり事情を聞く権利というものがあるはずさ。いやだと言うんなら、この話はなかったことにしてもいいんだよ」

麻巻は朱雀がそう言ったのを聞くと、転がるようにして長火鉢に縋《すが》りついた。

「お願いです。助けて下さい。僕は見つかると殺されてしまうかも知れないんです」

「殺されるだって？」

訊ね返した柏木に、脂汗を滴らせた麻巻が、泣きそうな顔で何度も頷いた。

酷《ひど》く逼迫《ひっぱく》している様子だった。

「さぁ、事件当日のことを話したまえ、麻巻君」

朱雀の声に麻巻は薄い血の気の無い唇を震わせた。

傍らで陀吉尼天が薄笑いを浮かべて佇《たたず》んでいる。

麻巻は生唾《なまつば》を飲み込み、歯切れの悪い口調で話し始めた。

「……四日の夜の八時頃から、うつらうつらと事務室の机で眠ってしまっていました。それで、最初に悪夢を見たんです」

「悪夢を？　柏木君、聞いたかい？　悪夢だってさ。君もよく見るやつだよ。で、どんな悪夢だったんです？」

朱雀は小さく、くすりと笑った。

「怪音が聞こえて……窓の向こうに青白い光が飛んでいるのが見えるんです。よく見るとそれは米国の戦闘機なんです。それで、僕は米国が奇襲をかけてきたのかと動転してしまうんです。夢なんですが……。ところがどういう訳か、夢から覚めても聞こえていたんです。夢の中で聞いた音が……」

「待ってくれたまえ麻巻君、話をはしょって言ってもらうと困るよ。最初から、四日の日の最初からどうだったか、話してくれたまえ」

麻巻は自信なげに頷くと、その日の模様を克明に語り始めた。

もういい加減にしなければ……。

一刻も早くここから出て行かなければ……。

だが、この研究所を辞めたいなどと口走れば、一層ひどい所に送られるに違いない。

ああ、大学の研究室に戻れたならどんなにいいだろう……。

しかし……どうやって？

麻巻は事務室の椅子にうなだれて腰掛けながら、壊れた蓄音機にでもなったように同じことを呟《つぶや》いていた。頰のこけた顔に深い影がさしている。

かちっ　かちっ　かちっ　かちっ

ガランとした空間の中で時計の音だけが鳴り響く。

重い首をもたげ文字盤を見た麻巻は、長いため息と共に牛乳瓶の底のように分厚い眼鏡を外してレンズを袖口《そでぐち》で拭《ふ》いた。もとより、酷い近視である麻巻にとって、眼鏡はとっくに用をなさないものになっていたが、それでも今日の自分の著しい意志力の喪失は、度の合わない眼鏡の歯がゆい曇りの為ではないかと考えたのだった。

神経質なくらい隅々までレンズを拭き、かけなおしたが、やはり視界は滲《にじ》んだままである。

アルミ製の、いかにも事務用めいた愛想のない丸時計が麻巻の視界にぼんやりと浮かんでいる。

文字盤のアラビア数字の間を、長い針と短い針が、徘徊《はいかい》老人のように虚《むな》しくいったりきたりするのを、どれだけの回数眺めただろう。

さっきから、同じ事ばかり繰り返し考えあぐねている自分もこの時計と同じく、迷路の中を彷徨《さまよ》っているのだろうか……。

「今から三十時間、誰ひとり実験室に近づかぬように見張れ」という博士の命令の時刻まで、まだ二十六時間もあった。

かちっ　かちっ　かちっ　かちっ

音とともに、すべての思考が空振りしたあげく亜空間に吸い込まれて行く。心が全て闇に吸い込まれてしまったなら、自分はそこらの机や椅子や床と同じ無機物になってしまうのだろうか……あらぬ思いにとらわれた麻巻は、そろりと席を立った。

もとより麻巻はたいした野心もない男だった。大学の研究室でコツコツと地味な実験を重ねるのがせいぜいと自分でも分かっていたし、それで十分満足であった。

「一緒に世界最高峰の実験を」

と津田博士に誘われたあの運命の日、自分の中に芽生えたのは、今から思えば付け焼刃の野心だったのだろう。

科学者なら逆らいきれない誘惑であった。確かに津田博士には、人に夢を見させるようなカリスマ性があったのだ。

麻巻の中に、自分の人生を変えた男に対する、恐れとも憎しみともつかない複雑な思いが渦巻いていた。

とりわけこの数ヵ月間というもの、博士は私設助手の綿村と共に実験室にこもりきりで、麻巻には以前からの研究の観察と、せいぜい雑用が命じられるだけなのである。

博士が今扱っているテーマに夢中になっているのは明白だ。

そして、自分はどうやら邪魔者扱いされているようだ。

一体、博士と綿村は何を研究しているのだろう……。

疑問を数えればキリがないが、それでも麻巻は、面倒な問題に関わりたくないが為に、その日までをただ静かに暮らしてきた。

だが、それもどうやら限界だった。

「博士達は一体、何をしてるんだろう……？」

麻巻は事務室の扉を開け、廊下の奥を覗《のぞ》き込んだ。

細長い暗闇が、五十メートルほど奥にある博士の実験室に続いていた。

実験に電力が必要だという事で、博士は余計な電気機器を使わせなかった。それだから、灯がついているのは麻巻のいる事務室の中と博士達のいる実験室だけだ。

麻巻はその余りの暗さに一瞬戸惑ったが、好奇心に負けて、廊下に踏み出していた。

左手で廊下の壁を伝い、右手で前方を探りながら、一歩、二歩、三歩……。頭の中で自分の歩んだ歩数を数える。

普段から廊下が暗いので、目標に向かって歩数を数え、場所の見当をつける癖がついていた。

六十歩目で、もうそろそろだと思った頃、津田博士と助手の綿村の話し声が扉の向こうから聞こえはじめた。

その様子がどうも奇怪《おか》しい。

激しく言い争っているようだ。

麻巻は左手で金属の感触を探しあてると、冷たい扉に耳を押し当てた。

「どうした？　驚いたようだな。いつの間にこんな事をしたかと思ってるんだろう？　私はね、この機会をずっと狙っていたのさ。だから、おとなしくしていたんだ。そら、手も足も動かないだろう？　今や君は私の思いのままさ。君は私の操り人形だ。君は私を都合よく利用していくつもりだったんだろうが、冗談じゃない。私は自由になりたいんだ、そろそろ好きにさせてもらうよ」

「なんだと！　お前の主人は私だ。そんな事が出来るというならやってみるといい。それに実験だって、まだ完成したとはいいきれないんだぞ！」

するとと、綿村のものらしき笑い声が響いた。

「そう言って脅せば、私が引き下がるとでも思っているのだろう？　だが無駄だね。私は君の影でいることにうんざりしているんだ。慌てなくても実験は完璧《かんぺき》だよ。この実験の半分以上は私の力によるものだ。その私が言うのだから、間違いない」

廊下の麻巻は緊張に震えていた。博士の片腕であった実験助手の綿村が、独立したいと言いだしているのだ。

麻巻は戸惑った。

そして迷った挙げ句に、麻巻はこう考える事にした。

もしかすると、これは千載一遇の機会かも知れないぞ……。

綿村は、実験を買い取る大きな後援者でも見つけたのかも知れない。

これで研究がストップすれば、自分から言いださなくても御祓《おはら》い箱になって帝大の研究室に戻れるかも知れない……。

意志が意志といえるほどの力を持たなくなってしまった今、偶然だけが唯一ここからの脱出口であるに違いなかった。

そうだ、もともと実験室には近づくなと言われていたんだ。

本当ならこの話は聞いていないはずなんだ、そうとも……。

麻巻は知らぬ素振りを決め込む決意をすると、来た時以上に足音を用心深く忍ばせて事務室に引き返した。

かちっ　かちっ　かちっ　かちっ

相変わらず、時計は無表情に時間を刻んでいる。麻巻は判決を待つ囚人のように居住まいを正して椅子に腰をかけなおし、机の本立ての中から「聖書」を取り出した。

クリスチャンである父親から、何か悩みがある時に読めばいいと手渡されたものだが、麻巻自身はクリスチャンではない。お義理で持ってきた本だった。

それでもここに来てからは、藁《わら》にも縋《すが》る思いで手垢《てあか》で茶色くなってしまうぐらい、この本を繰り返し読み返した。

その変色具合が麻巻の悩みの深さを物語っていた。しかし何度読み返しても、紙面にはこれから訪れる未曾有《みぞう》の災害と戦争が、呪いの言葉のように書き連ねてあるだけだ。一体、その何処に魂の救いを見いだしてよいのか、麻巻には一向に理解しがたかった。

それで最近は、むしろ辻占《つじうら》をするのに利用しはじめていた。

辻占は、ごくごく偶然性に頼った占いの方法だ。心に質問事が浮かんだ時に、「辻占の神、辻占の神、私の質問にお答え下さい」と三回唱え、偶然その後で耳にした通りすがりの人の言葉や、目にしたもので未来を占うのだ。出がけに黒猫を見ると凶事が起こるというのも、その一種である。

昨日は、「日本は近い将来に戦争をするのか？」と質問して、いい加減に本を開くと、黙示録の最終戦争のページが開かれた。さて、今日はどうだろうか？

辻占の神、辻占の神、私の質問にお答え下さい。

辻占の神、辻占の神、私の質問にお答え下さい。

辻占の神、辻占の神、私の質問にお答え下さい。

この研究所を無事に辞めることが出来るのでしょうか？


麻巻は、震える指で本を開いた。


主の手がわたしの上に臨んだ。

わたしは主の霊によって連れ出され、ある谷の真ん中に降ろされた。

そこは骨でいっぱいであった。

主はわたしに、その周囲を行き巡らせた。

見ると、谷の上には非常に多くの骨があり、また見ると、それらは甚だしく枯れていた。

そのとき、主はわたしに言われた。

「人の子よ、これらの骨は生き返ることができるか。」

わたしは答えた。

「主なる神よ、あなたのみがご存じです。」

そこで、主はわたしに言われた。

「これらの骨に向かって預言し、彼らに言いなさい。枯れた骨よ、主の言葉を聞け。

これらの骨に向かって、主なる神はこう言われる。

見よ、わたしはお前たちの中に霊を吹き込む。すると、お前たちは生き返る。わたしは、お前たちの上に筋をおき、肉を付け、皮膚で覆い、霊を吹き込む。すると、お前たちは生き返る。そして、お前たちはわたしが主であることを知るようになる。」わたしは命じられたように預言した。わたしが預言していると、音がした。見よ、カタカタと音を立てて、骨と骨とが近づいた。わたしが見ていると、見よ、それらの骨の上に筋と肉が生じ、皮膚がその上をすっかり覆った。しかし、その中に霊はなかった。主はわたしに言われた。

「霊に預言せよ。人の子よ、預言して霊に言いなさい。主なる神はこう言われる。霊よ、四方から吹き来れ。霊よ、これらの殺されたものの上に吹きつけよ。そうすれば彼らは生き返る。」

わたしは命じられたように預言した。すると、霊が彼らの中に入り、彼らは生き返って自分の足で立った……。

麻巻は恐ろしくなって、本を閉じた。そして、薄暗い窓の外を眺めた。研究所のある四原という場所は、身寄りのない無縁仏を埋めていた事から、元は『死原』と呼ばれていたらしい。

その証《あかし》のように、窓の向こう、一段低くなった低地には墓地が続いている。月明かりの中に、しだれ柳に挟まれて、ぽつり、ぽつりと墓石が黒い影を落として並んでいた。

ぴょゅる ぴょゅる ぴょゅる……

例の音が聞こえはじめた。

毎日、この時刻になると、墓場の方から細い笛の音色が、風に乗って流れてくるのだ。


誰が吹いているのだろう。

墓場で真夜中に笛の練習をするような者がいるのだろうか?


まるで呪いか警告のように、低く高く一定のメロディが刻まれていく。

博士達は昼夜実験室に籠《こも》っているから、この笛の音のことは知らない様子だ。

すこぶる薄気味が悪かったが、麻巻はこの事を誰にも相談出来ずにいた。

ノイローゼの病歴がある麻巻が相談したとしても、冷たい目で一瞥《いちべつ》されて「安定剤でも飲みたまえ」と言われるに決まっているからだ。

麻巻は深い苦悩を眉間《みけん》に刻んで、両手で顔を覆った……。

どれぐらい、そうしていただろう。随分長い間だと思えた。

いつの間にか、笛の音色を打ち消して耳に響いてきた、ごおっ、という何とも言えない怪音に驚いて、麻巻は窓の近くににじりよった。

墓地の上空に、人魂のような青白い光が見えた。

なんだろう……？

分厚いレンズの中で、必死に目を凝らした麻巻は、あっと思わず声を上げた。白い馬だ。その後に奇怪な獣の姿をした集団が付き従っているようだ。黙示録の白い馬だ。

一瞬にしてあらぬ幻想の中に取り込まれそうになった麻巻に、まだ少しばかり残っていたひ弱な理性が、「幻覚だ……」と囁《ささや》いた。

そんな馬鹿な……。

麻巻は、眼鏡を外すと、ごしごしと力の限り袖口《そでぐち》で拭《ぬぐ》い、かけなおすと、もう一度、上空の青白い光に目を凝らした。

するとなんとか、それが心なしか金属的な鈍い光を放つ飛行物体の群であることが確認できた。

あれは……白い戦闘機だ！　米軍の戦闘機だ！　何百機もいる！　敵の来襲だ！

「来襲だ！」

自分の声に押されて、麻巻は机の上でがばりと身を起こしていた。

じっとりと背中に汗をかいている。

今の今まで窓辺にいたと思ったのに、何故椅子に座っているのだろう。暫《しばら》く状況が飲み込めずに、麻巻は呆然《ぼうぜん》としていた。


そうか、夢か……。


時計の針は一時を指していた。すでに四時間も寝てしまっていたことになる。いつの間に眠ってしまったか分からぬままに、悪夢を見たのだ。まるで時間を魔にさらわれてしまったようだった。

ふうっ、と何度目かの深いため息をついた麻巻は、その数秒後に、再び背筋が寒くなるのを覚えた。

ごおっ、という夢で聞いたのと同じ怪音が、向こうの墓場の辺りから小さく響き始めたかと思うと、だんだん耳を劈《つんざ》くような大音響になって迫ってきたからだ。

彼は最初、それを何でもない『夜の音』だと思い込もうとした。しかしそれが出来たのは僅《わず》かな間だけだった。麻巻の額から、あぶら汗が滴り落ちた。

窓の向こう――墓場と四原の境目にある闇の中から、青白い人魂のような光が迸《ほとばし》ったかと思うと、奇妙な螺旋《らせん》運動をしながらこちらに向かってくるではないか。

「うわぁ！」

麻巻は叫ぶなり後ずさった。

瞬間、巨大な人魂が窓を斜めに掠《かす》めた。凄《すさ》まじい物音が響いた。実験室のほうからだった。続いて、部屋の電気がかき消えた。

真っ暗になった……。

麻巻はすべり落ちるようにして椅子の下にもぐり込むと、震えながら耳を欹《そばだ》てた。

しかし、それっきり研究所内は静寂に閉ざされてしまっていた。麻巻は、そっと腕を机の上に伸ばすと、置いてあった燐寸《マッチ》を手に握った。

しゅっ。

朧《おぼろげ》気なオレンジ色の火が、僅かに視界をはっきりさせた。それが麻巻に、何事が起こったのか判断しようとするだけの勇気を与えた。

麻巻は立ち上がると、軸が燃え尽きそうになる度に燐寸を擦りながら、一歩、一歩、先程凄まじい物音が響いた実験室のほうへと歩き始めた。

一歩……二歩……三歩……四歩……。

五十歩まで数えた時、かちゃり、と錠前の音が響いた。

次に重い金属の扉が開く音がした。

麻巻は、ほっとして、マッチの火をかざしながら現れた人影に声をかけた。

「大丈夫でしたか。博士？　綿村さん？」

だが、暗闇ににじみ出すように浮かび上がったのは、異様な物だった。

赤い鍔《つば》の広い帽子の下に醜怪な顔があった。

その顔には鼻の真ん中から縦に分けて、白と黒のドウランをべったり塗るという不気味な化粧が施されていた。白い部分だけが暗闇の中に浮かび上がり、まるで縦に切断された顔が浮かんでいるようだ。

男か女か、老人か若者か、さっぱり分からない。

いやそれどころか眉《まゆ》も塗りつぶされてしまっていて、およそ人間的な感じがしない。

その顔の中の小さな瞳《ひとみ》が、麻巻を見てしばしばと瞬いたかと思うと、帽子と同じ赤い口紅を太く塗った口元が、にたりと嬉《うれ》しげに笑った。

8

「その轟音《ごうおん》というのは、どんな音なんです？」

柏木が訊《たず》ねたのに対して、麻巻は自信なげに視線を泳がせた。

「そ……それは、戦闘機が耳元を掠めて飛んでいくような爆音に似た音です」

「ただの風の音を聞いただけじゃないのか？」

麻巻が強く首を振った。

「いいえ、あれは台風が来る直前で、むしろ嵐の前の静けさというアレです。風の無い日でした。風を切って何かが勢いよく飛んでくるような感じの音です」

「うむ……確かにそうだったね」

記憶を繰っていた朱雀が頷いた。

「それは何時頃です？」

「時計を見た時は一時頃でした。窓の外を見ると、夢と同じ人魂のような青白い光が、螺旋運動をしながら目の前を掠めていくところでした。なんなのか……全く分かりません。青白い光です。それから実験室の方で物音が響いて……部屋の電気が消えてしまったんです。おそらく建物の電気が全て消えたと思います」

「停電かな？」

朱雀は顎《あご》を摩《さす》りながら、少し首を傾げた。

「分かりません。停電かも知れませんし……博士か綿村さんかどちらかが電源を切ったのかも知れません。研究所の元電源は博士達のいた実験室にありましたから……」

麻巻の声は戸惑っていた。消灯の謎は麻巻にしても不可解な事態らしかった。

「それで？」

と、朱雀が訊ねた。

「……それでって、おっ、お話しした通りです。僕は何か非常事態が発生したのかと思い、実験室の方に確認しに行かなければと思ったんです」

「なる程、しかし実験室から現れたのは、笛吹き男だった」

朱雀は麻巻の話を、まるでオウムのように、しつこく繰り返した。

「そうです」

麻巻は、体と声を同時にぶるっと震わせた。

「前から気味が悪いと思っていたんです。夜になると必ず、笛の音が聞こえてくるから……」

「本当に笛の音が、以前からしていたんですか？」

柏木に向かって麻巻は、「ええ、ええ」と、か細く答えながら、見えない何者かに首を絞められているように苦しそうに首筋を掻《か》きむしった。思い出すだけで、息苦しいほどの恐怖を感じるのだろう。

「あの日は、博士に三十時間は事務室に詰めて、人の出入りがないように見張れと言われていたんです。大事な実験をするから、途中で人がきて秘密が漏洩《ろうえい》してはいけないからと……」

「大事な実験？　麻巻さん、ちゃんと答えてくれ。津田博士はどんな実験をしていたんだ？」

人造人間を作る実験なのか、と、柏木は身を乗り出した。

「ぼ……僕は知りません」

「知らない？　そんなはずはないだろう。貴方《あなた》は津田博士の実験助手なのに、博士が何の実験をしていたか知らないなんて……」

「知らないんです。僕が知ってるのは、博士が実験のことを『フラスコ実験』と呼んでいたことだけです」

フラスコ実験だって……！

朱雀が、ほうっと顎をさすった。

「でっでも、実験については、ほとんど綿村さんが助手を務めていました。僕は、眼が酷《ひど》く悪くなって、顕微鏡を使うような細かな実験には支障をきたすようになってましたから……。博士は本当は僕など必要なかったんです。そっ、それに綿村さんには滅多に会いませんでした。いつも知らないうちに来て、帰っていくんです。神出鬼没で……。あの研所は、なにもかも、本当になにもかも、薄気味の悪いことだらけでした」

「そして、ハーメルンの笛吹き男に会った……？」

「ええ……。羽飾りのある帽子を被《かぶ》った、奇妙な化粧をした奴でした。あれは人間なんでしょうか？　今から思い出しても気味が悪くてしかたありません。そいつは私を見ると、にたりと笑って近づいてきました。私は……私はもう何がなんだか分からなくなって、なにより恐ろしくて、腰を抜かしてしまったんです」

殆《ほとん》ど虚《うつ》ろと言ってもいいような声で麻巻が答えた。

柏木は自分の指の先が酷く冷たくなっているのに気づいた。

「笛吹き男は実験室から現れたんだね？」

朱雀が何かの念を押すように聞き返した。

「……そうです」

「実験室に外部の者が入るのはたやすいのかな？」

「……いえ……正面玄関は僕が見張っていました……。研究所は電気錠なので、普通の者には開けられません。内部からは開けられますが」

「なるほど」

朱雀が声高らかに頷いた。


何故、朱雀はそんな事を確認するのだ？

ハーメルンの笛吹き男が外部からの侵入者でないとしたら誰なのだ？

実験室にいたのは、津田博士と綿村だけだった。

つまり二人のうちのどちらかが笛吹き男だという事なのか？


「あれは……あの怪人は……もしかすると綿村さんなんでしょうか？」

「ほうっ、何故、怪人が綿村助手だと思うんだね？」

朱雀が興味深そうに麻巻に訊ねた。

「だって、二人は実験室の中で喧嘩《けんか》をしていましたから……。綿村さんが博士から独立すると言ってました。いつまでも博士の影でいるのに我慢出来ないと……」

「それに博士はなんと答えたんだい？」

「……怒っていました。けど、今から考えると縛られていたような気もしますし」

「どうして？」

「手足の自由がきかないとか、お前は操り人形だ……そんな事を綿村さんが言ってたのは、縛られていたんじゃないんですか？」

「ふうん、そう思うのかい？　麻巻君、それなら君はどうしてそれを知ってて、博士を助けようと思わなかったんだい？」

朱雀の大きな瞳が麻巻を見透かすように大きく瞬いた。麻巻は顔を真っ赤にして俯《うつむ》いた。

「僕は……僕は……こんな大変なことにまでなると思わなかったんです。ただその時は、あの研究所から逃げたかったんです。だから、博士と綿村さんが袂《たもと》を分かてばいいとそう思ったんです。それを機会に僕も逃げられるんではないかと思ったんです」

だんだんと空気が濁ってくる。妙な気分だ……。

「何故逃げたかったんだ！　君は博士がどんな実験をしていたか知ってるんだろう？　知ってて意図的に隠そうとしているんだ！」

柏木は麻巻の煮えきらない態度に業を煮やし、大声を出した。

麻巻の体は、びくりと動いたが、やはりただ「分かりません……」と譫言《うわごと》のように繰り返した。

「まあいいでしょう。君の罪を糾弾するための話をしているんじゃないからね。それで、それから笛吹き男はどうしたんだい？」

「出ていきました。僕は……しばらく呆然《ぼうぜん》としていて……それから、いつの間にか停電しているはずなのに周りが明るくなっているのに気づいたんです。見ると、実験室の中のカーテンと床がもの凄《すご》い勢いで燃えてました。とても消せないことは一目瞭然《いちもくりょうぜん》でした。それで……僕は走ってそのまま研究所から逃げたんです」

ふうん……と言ったきり、朱雀は暫く黙っていた。

それから、ふと気づいたように麻巻に訊《たず》ねた。

「その時、津田博士はすでに実験室にいなかったんだよね？」

「えっ……ええ、実験室の中には誰もいませんでした」

「これは妙だなぁ。笛吹き男が綿村助手だとすると、笛吹き男が去った後に、綿村がいなかったことは理解出来る。でも、縛られて動きが不自由であったらしい津田博士までもがいなかったとは、どういうことだろう？」

そうだ、確かに理屈に合わない。津田博士は縛られたままで、何処に行ったというんだ。

まさか、魔力で消されてしまったわけではあるまい……。

柏木の額に冷や汗が流れた。

「ところで、綿村助手は不審な人物だったと言ったね、井上という帝大の教授によれば、綿村助手は仮装しているというか、普段から変装しているような様子だったと言っている。そうなのかい？」

「変装？……分かりません。僕は目が悪いんです。この一年余りでみるみる視力が落ちて、実質的な研究が出来なくなっているくらいです。人の顔も、一メートルも離れるとぼんやりしていますから……。だから博士が僕を『もう一度助手に』と指名してきた時には、本当に不可解だったんです」

「そりゃあ、確かに妙な話だね。それで君も疑心暗鬼になったんだね」

殆ど寝ぼけているような頼り無い様子で、麻巻が頷いた。

「ところで、柏木君は何の用事なんだい？」

朱雀の問いかけに、柏木は麻巻を牽制《けんせい》して、朱雀の側に回り込んだ。

「例の田中誠治の夢は現実だったらしいんです。それと、うちの早川という記者が取材した四原の研究所の写真に、黒い箱が写っていたんです」

「それは捨て置けない話だね」

後木が無言で立ち上がり、麻巻の腕を引っ張るようにして車組を出て行った。

柏木は、研究所の焼け跡から軍の職員が黒い金属製の箱のような物を運び出している写真があったと話した。そして、田中が見た三人の死体は、津田博士の実験室から生まれた生体実験による人造人間であり、石井少佐の命令を受けた津田博士は、表向きは細菌研究と称しながら、実は人造人間をつくりだす研究をしていたのではないかと推測を語った。

朱雀は無言だった。

車組からの帰り道、見返り柳を通りすぎ、浅草寺の裏に続く長屋の細い路地を歩く柏木の足元で、どぶ板が居心地の悪い音をたてていた。

かん　かん　かん　かん

助手をしていた麻巻が実験内容も知らない、同僚の綿村の顔もよく見てないと言い張り、最後には「分からない」の一点張りになってしまうとは、どう考えてもおかしな話だった。麻巻は何かを隠しているのだろう。自分の身に危険を感じているのだろう。

……軍の生体実験が、その裏にからんでいるに違いない……。

あるいは、麻巻が軍部の手先という可能性もある。

そうだ、それに警察に届けられた怪文書の差出人『T』は、津田の頭文字とは考えられないだろうか……。

子供の誘拐や生体実験を指揮していたのは津田なのだから……。

今までの話を総合すると、津田はかなり誇大妄想的な自己顕示欲の強い男のようだ。

だから、警察に怪文書を届けるぐらいのことをしないとは限らない。

だが……、
もし麻巻の話が真実ならばどういうことになるのだ……？

「ハーメルンの笛吹き男は、錬金術師の呼び出した悪魔だという説もある。錬金術師は自然の精霊や悪魔を呼び出して、実験の手伝いをさせるんだ。神の定めた自然の法則に逆らうのだからね、悪魔の手伝いが必要になるんだ」

一瞬、朱雀の言葉が脳裏をよぎった。

一緒に研究所にいた麻巻を、神出鬼没と怯《おび》えさせる綿村助手の正体が急に気になり始めた。

確かに、一連の事件といい、田中誠治の証言といい、笛吹き男にまつわる謎は、到底、人間の仕業とは考えられないことばかりだ。麻巻の言うことを真に受《う》けるならば、それに加えて、研究所を襲った不気味な青白い光、実験室から忽然《こつぜん》と消え失せた津田博士の行方も謎になってくる。

かん　かん　かん　かん

長屋を抜けた矢先、笛吹き男の集団が闇夜から踊り出たかと思うと、柏木の目の前を駆け抜けて行った。その後を警官がサーベルを振り上げて追いかけて行く。

柏木は長い溜息《ためいき》をついて額の汗を拭《ぬぐ》った。

瓢箪池の集団連行以来、不良少年達はまた質の悪さを増したようだ。

一体何が、彼らをこのような行動に駆り立てているのか？

笛吹き男の妖《あや》しい魔力がなせる業なのだろうか？

そんなはずはない。現実の世に悪魔が存在するなんて……。

自らに言い聞かせた柏木だが、といって、事件を解明するような、合理的な推理が成立するとは、とても思えなかった。

それにしても、麻巻を匿《かくま》うなんて、簡単に言ってのけた朱雀だが、何か目算があるのだろうか？

第五章　魔弾の射手

1

本郷がコップの水をサロンストーブに注ぐと、鉄兜《てつかぶと》の部分から熱い蒸気が部屋の中に立ちのぼった。

本郷は生来の寒がりで、秋になると早々にストーブに火を入れ、春までそうしている癖があった。多血症の柏木にすれば、本郷の部屋はのぼせるほど暑いのだが、本郷は青い顔で毛布を被《かぶ》り、ストーブを抱きかかえていた。

「先輩、暑いですよ」

「いやいや、今日は寒いよ……」

「変ですよ。先輩こそ、どこか体が悪いんじゃないですか？」

連日のカフェー通いで浮腫《むく》んだ顔を横に振りながら、本郷はエアーシップを一本取り出して火をつけた。

「高橋とかいう人形師が重要参考人で引っ張られて、巷《ちまた》では『これで笛吹き男の事件も終結か』なんて騒がれてるが、どうにもそれだけではない事は確かさ」

「ええ、まだまだ解けない謎が多すぎる」

「うん。僕は昨夜、同郷の後輩で、今は陸軍士官になってる武藤《むとう》という男と会っていた。家が貧乏なせいか、現金な奴でね。実に与《くみ》しやすい男なんだ。物をもらうと口が軽くなるタイプというやつさ。僕は時々こいつに奢《おご》ってやって、いろいろと情報を仕入れるようにしてる。そいつから実に嫌な話を聞いたよ」

「嫌な話？」

「うん、ほら去年、満州の背陰河《ペイインホー》にある『防疫特務機関』を中国のゲリラ隊が襲撃した事件があったろう？」

「そう言えば、そんな事がありましたね」

「『防疫特務隊』といえば、津田博士に研究所を提供していた石井四郎が作った部隊だよ。ゲリラの襲撃で背陰河の施設が閉鎖されて、石井は今日本に帰ってきているらしいんだがね……。来年には又、満州の平房《ピンファン》に関東軍の防疫部隊を新設することになっているらしい。その防疫部隊の秘匿名がだね、『七三一部隊』と言うんだそうだ」

七三一部隊……？

暫《しばら》く訳が分からず、目配せした本郷の顔を見つめていた柏木だが、数分考え込んだ後に、本郷のいわんとしている意図をようやく飲み込んだ。

「ウロトフが書いた数字だ。一と三と七しか書けないと……」

「そうだよ。なぁ柏木君、ウロトフは七三一部隊のことを何か伝えようとしてるんじゃないのかな？　なんだか、そんな気がしないか？」

「するとやはり、あれは研究所から……」

「考えたくない事だけどね。なんて言ったっけ、ほら朱雀の言ってた人造人間の話……そう、ホムンクルスだ。……今となれば、ウロトフとタスローを連れてきた異人の女が、あの妖怪《ようかい》のことを『父も母もなく生まれてきた、この世のものではないもの』と言ってたのも何か暗示的だな」

「先輩、今回の事件に関して、こうは考えられませんか？　殺された田中誠治は、何かの偶然で津田博士の秘密の実験の内容……生体実験の事を知ってしまったんです。それに気づいた軍が、証拠隠滅の為に研究所を焼き、津田博士は身を隠した。そして証人である田中を殺害した……。勿論《もちろん》、生体実験の為に子供を誘拐したのは陸軍です。一個師団使えば、三十人という神業的な誘拐も不可能ではないし、軍の輸送車が往来したって、誰もそれを不審がりはしません。それに、田中が殺された夜に、僕達はカフェーで東の姿を見ているじゃないですか。今回の事件に奴が絡んでいるとしたら、全ての辻褄《つじつま》が合うと思うんです。それに田中は、『笛吹き男が、軍隊ラッパを吹いた』と語っていたでしょう？」

本郷は首を傾げた。

「なるほど、しかしそれじゃあ麻巻の証言と一部食い違うぞ」

「麻巻は怪しいですよ。あの男の言ってることはまるっきり変だ。東が情報攪乱《かくらん》のために潜入させたんじゃないかと、僕は疑ってるんです。なにしろ、以前の事件で東は朱雀に煮え湯を飲まされてますから。あるいは、綿村という助手が軍の手先だったとも考えられる」

本郷は、うつろっていく煙草の煙を追いながら、酒の飲みすぎでジンマシンの出ている首筋を掻《か》いた。

「確かに陸軍は怪しいと思うよ。陸軍が『反社会分子の仕業だ』と断定しているのだって、自分達の所行の隠れ蓑《みの》だという考え方が出来る。しかし、それだけじゃ割り切れないものがあるよなぁ……」

「何が割り切れないんです？」

「笛吹き男の行動だよ。笛吹き男が東の配下の者だとしたら、生体実験の為に児童を誘拐したり、証拠隠滅の為に実験室に火を放ったり、津田博士が身を隠したりした事までは理解の範疇《はんちゅう》さ……。けど、どうして笛吹き男は、わざわざ田中誠治のところに行ったんだ？」

「それは、田中に笛吹き男という架空の犯人を証言させる為です。ああいう男なら、欺きやすいでしょうからね……」

「そうかなぁ、それにしては演出に凝りすぎてやしないかい。子供の死体を墓地にならべたり、田中誠治の死体をわざわざ高い御神木の上に置いたりしてだよ。そんな凝ったことをしている内にも、目撃されたら、全てがおじゃんじゃないか。それに反社会分子の仕業にするならば、何も、謎の笛吹き男なんかを出してこなくてもいいんだ。もっと直接的に、名前の知られた反社会組織の名前で犯行声明を出すとか、安全で簡単な方法はいくらでもあるじゃないか」

「攪乱工作とは考えられませんか？」

確かに、それも考えられるが……と、本郷が咳払《せきばら》いをした。

「田中誠治は三年前に子供を亡くして以来、ずっとその命日に笛吹き男の訪問を受けているわけだ。一体それはどうしたわけだい？　そこのところが一番に僕は解せないよ。陸軍が計画的にそんな事をするだろうか？　年にたった数日、子供の命日の度に、律儀に田中のもとへやって来るなんて、なんだか普通じゃない。かなり不気味な行動だよ。そこのところが極めて謎さ。私怨《しえん》じみてるだろう？　だが、何の私怨だ。私怨にしたって、異常な執念だよ」

痛いところを指摘されて、柏木の信念は揺らいだ。

「確かに……その事はよく分かりません。けっ、けど、陸軍が絡んでいるとみれば、かなり事件が説明出来る部分があるのは確かですよ」

「もし児童誘拐事件や研究所の出火に軍の生体実験が関わっているとしたら、前の一件と同じことで迷宮入りになるんじゃないのかな」

「やっぱりそう思いますか……」

「うん、思うね。機密隠蔽《いんぺい》に動くに決まっている」

「くそうっ！　僕達は無力だ」

柏木は畳を拳《こぶし》で叩《たた》いてそう言った。本郷は、ただ、そうだね、と返事した。

「だがな、僕も君も、陸軍に関しては、私的な意味で悪い印象を持っている。だから色眼鏡でそう思ってしまうのかも知れん。それに、もし陸軍が嚙《か》んでいたにしても、笛吹き男は本当の魔人かも知れないぞ。僕は色々と考えてるうちに、なんだかそんな気がしてきてるんだ。だって、東の手先にしても奴の行動は不審な点が多すぎるし、考えられないような不思議な魔力を持っていることは確かなんだ……。

奴は田中誠治の子供を黄泉《よみ》の国に攫《さら》っていった魔人でだね、田中誠治は奴に取りつかれていたんだ。田中は霊媒みたいなものさ、最後は笛吹き男の呪いに取り殺されたのさ。同じように魔人は魔術狂いの津田博士にも取りついたんだ。そうして一仕事終えたので、津田博士や綿村を攫っていったんだろう。

突如として現れたり、消えたり、人知じゃ理解不可能な動きをしたり……。奴は麻巻助手が見た青白い人魂の中から現れた、世紀末の魔人なんだよ。考えてもみろよ、あの殺人の手口を。悪魔の美学そのものじゃないか。『笛吹き男が誰か』なんて、考えるほうが軟尖《ナンセンス》なんじゃないだろうか？」

軍が事件に絡んでいる線が濃厚になったせいで、追及に嫌気がさしたのか、本郷はやけくそな口調で言った。しかし、笛吹き男が本当の魔人であるという説には、否定しえないぐらい強力な響きが込められていた。いや、むしろそれが真実のような気すらする。

「けど……悪魔の存在を信じられますか？」

「そりゃあ、分からないさ。だけど、馬車道にいる祈禱師《きとう》の浅見《あさみ》トキって婆さんは、犬神を呼び出して人を呪い殺すことが出来ると、もっぱらの噂だよ。犬神を呼び出せるんなら、悪魔だって呼び出せない法はないだろう？　どちらにしても、僕達には手が出ない相手だよ」

本郷は再び水をストーブに注ぎ、毛布の襟をきっちりと詰めなおして小さくなった。

柏木は何がなんだか分からなくなっていた。

ただ、確信出来るのは、笛吹き男が本物の魔物であったにしろ、無かったにしろ、陸軍が津田博士を使って恐ろしい実験をしているに違いないという事だった。

蒸気が部屋に薄い霧をかけていく。

二人は寡黙なまま酒を酌み交わした。

午前二時過ぎ、半ば悪酔いしているのを感じながら、柏木は自分の部屋に戻った。

押入れを開け、煎餅《せんべい》布団の下敷きだけを無造作に畳の上に投げ出すと、電気を荒っぽく消し、服のまま横になって寝入ってしまった。酒のせいで、殆《ほとん》ど気を失うという感じの寝入りばなだった。

丑《うし》三つ時の浅草公園の闇夜の間を軽い身のこなしで飛んでいる、長い影法師があったのです。ひらり、ひらりとはためく市松模様のマントが、お月様の銀光で飾られて、それはそれは綺麗《きれい》です。

影法師が身に纏《まと》っている服も、赤やら青やら緑やら黄色やら斑《まだら》の模様が描かれた蛇革で出来ていて、極彩色の鱗《うろこ》のようでした。

その姿を見た者は、誰もが思わずうっとりしてしまいます。

案の定、公園で屯《たむろ》していた少年団が、男の周りを取り巻いて歓声を上げたのでした。

ゴミを漁《あさ》っていた犬どもは、吠《ほ》えるのも忘れて影法師を見送りました。

影法師は、稲妻が横切るほどに素速く駆け抜け、ひらりひらりとマントを輝かせながら走っていきました。

「さぁ、子供達、一緒に行こう。幸福の国が待っているよ」

——これは夢だ……。

うっすらと柏木の意識が戻った。


妙な夢だったな。「不良少年団と笛吹き男」という探偵小説と同じだった。

本郷先輩が、見せてくれた本だ……。

本の内容そのままの夢なんて、奇怪《おか》しなものを見るものだな……。


深酒をしすぎた。胃のむかつきと、頭痛の不快感の為に熟睡が出来ない。

意識が、覚醒《かくせい》と睡眠の間を振り子のように揺れて、昼間の記憶や空想が夢の中に混じりこむ。

布団の中で横になりながら、細く目を開くと、ベランダがあった。開け放しの白いカーテンの向こうに、泰明小学校の四角い影が見えていた。夜の闇にそそり立つ黒い棺桶《かんおけ》だ……。

そう思った時、突然、カーテンの陰に人影が揺らいだように見えた。

揺れるカーテンに映る光の陰影の悪戯《いたずら》だろうか。それともまだ夢の中なのか。

又、人影が揺らいだ。

丁度ベランダの右端から、こちら側をカーテン越しに誰かが覗《のぞ》き込んでいる。

ぼんやりと大きな鍔《つば》の広い帽子を被っているように見えている。


……笛吹き男……？


鈍い恐怖感が頭の隅にあった。それでもまだ夢の続きのような気がして、体と心が反応を起こしかねていた。

やがて静かに、黒い化粧を施した横顔がカーテンから覗いた。

こちらを窺《うかが》っている瞳《ひとみ》だけが、蛍のように光を放っている。

想像した以上に不気味な顔だ。

真っ赤なルージュを引いた唇が歪《ゆが》んでいた。

笑っているというより、むしろ泣いているような不可思議な表情だ。

「本物だ！」

柏木は、ようやく水に打たれたように凍りついて、はっきりと両目を開いた。

ベランダに、夢で見た通りの笛吹き男が立っていた。

ひらひらと市松模様のマントが風に翻っている。


恐ロシイ事ガ、行ワレテイル。


腹話術師の声色に似た、甲高い声がそう告げた。

恐ロシイ事ガ、行ワレテイル。

実験室ト、病院デ……。


一陣の風が吹き込んだ。

その瞬間、笛吹き男の体が、ふわりとベランダから空に舞い上がって消えた。

柏木は反射的に布団から身を起こした。立ち上がるとまだ酔っているのが分かった。

視界がふらふらと定まらない。

ただ異常な興奮と恐怖で体を支えて、笛吹き男が立っていたはずのベランダへと転げ崩れるようにして出た。

手すりによりかかり、泰明小学校とアパァトにはさまれた狭い通りを目で追ったが、人影はない。野良犬が数匹、道端のゴミ箱から尻尾《しっぽ》を下げて走っていく姿があった。

幻だったのかと訝《いぶか》しがった柏木の足元に、硬い感触がある。目を凝らすと、やがて異様な物体の輪郭が闇の中からわき上がった。

細い棍棒《こんぼう》の先に鈍い光を放つ鏡のようなものがついている。

ぼやけた頭の中に、ようやくソレを表す名詞が浮かんだ。

「包丁……」

黒い血糊《ちのり》と思われる染みのついた肉切り包丁が一つ、ベランダに転がっていた。

柏木はすぐに隣室の本郷を叩《たた》き起こし、自分の部屋に招き入れた。


「それで……笛吹き男が包丁を置いて行ったのかい……？」

本郷は包丁を包んであるタオルを、ちらりと開けてみた。途端、血糊と思われる黒い染みが目に飛び込んできたので、慌ててタオルを元に戻し、落ちつかなげにベランダを見た。

「洋介、どういうわけで、君の所に笛吹き男が来なけりゃいけないんだ。こんな物騒なものを持ってさ……」

本郷が不安そうな声で呟《つぶや》いた。

「僕の方が理由を知りたいです」

柏木も、ちらりと、くるまれた包丁に目を遣《や》った。

　この包丁で……切り刻んだのか……？

子供達の体を……？


「どうするんだい？　警察に持っていくか？　馬場刑事あたりにさ」

「それも考えたんですが、もし軍の生体実験が事実であれば、警察に持って行っても仕方ないでしょうし……」

「……じゃあ、どうする」

「朱雀のところに持って行きます。津田博士の件もありますし、朱雀なら調べてくれるでしょう」

「そうだな。そのほうが無難だな」

「笛吹き男は『実験室と病院で恐ろしい事が行われている』と……そう言ったんです」

「笛吹き男が？」

「ええ、生体実験のことでしょうか？」

「考えられるのはそれぐらいだが……おお薄気味悪い、鳥肌が立ってきたよ。やっぱり妙だ。奴は軍の手先なんかじゃないぞ。軍の手先なら、君のところに軍の機密を暴露しに来るのはおかしいじゃないか。奴め、一体何を考えているんだ。それとも、君や朱雀が顔を突っ込んできているのを察知して、軍が脅しをかけてきたのかな。この肉切り包丁は、殺してやるという意味の脅しだろうか？　いや、そんな事はもうどうでもいい。殺人鬼が此処《こ》に来たってことだけは確かなんだ。奴が軍部の手先だとしても、本当の魔人だとしてもやばいよ」

「僕は軍などの脅しには負けませんよ。明日、朱雀のところへ行きます」

柏木は固い決心をした。

2

ハーメルンの笛吹き男による児童誘拐事件から、すでに十日が経っている。

日曜日だった。

重たい灰色の雲が、空からこぼれ落ちてきそうになっている。台風以来、帝都は不順な天候に悩まされていた。

暗鬱《あんうつ》とした空想に苛《さいな》まれ、本郷とともに眠れない夜を過ごした柏木は、包丁を手提げ鞄《かばん》にいれて、午前中から早々と寮を出た。

柏木が吸い寄せられるように足を向けたのは、六区の川田サァカス団のテントだった。ウロトフとタスローが実験により生みだされた生き物だとしたら、もはや軍の手が回っている可能性がある。その安否を確かめておく必要があった。

すでに並び客はいるがテント前の看板には、開演十一時からとあるから、まだ一時間半近く時間がある。どうやら早すぎたようだ。落ちつかない思いで、『ペルシャの妖怪《ようかい》博士ウロトフとタスロー』の大きな看板の前を、柏木は何度も行き来した。

「どうしたの？」

真っ赤なスパンコールドレスを身に纏《まと》った化粧の濃い女が目の前に立っていた。頭にも大きな羽飾りがある。

少し驚いて、だがすぐに女の正体を見抜いて柏木は微笑んだ。マリコだった。

マリコは化粧をすると、別人のように見えた。素顔のほうが可憐《かれん》で愛らしいのに、わざときつく目張りを入れている。年頃も十ばかり老けて見える。

「どうしたの柏木さん、こんなに早くからサァカスにご用？」

「いや、ウロトフとタスローのことが気になってね」

「まあ、じゃあ後でこっそり見せてあげるわ。団長が食事に出たら、部屋に入れるから」

「本当に？」

言いながら、柏木は身の処しようがなくなり、手持ち無沙汰《ぶさた》気に両手を上着のポケットに入れて辺りを見回した。

「お茶でも飲みましょうか？」

と、マリコが笑った。

「いいのかな？」

「ええ、こんな恰好《かっこう》でもよろしければ」

マリコは一寸《ちょっと》おどけてそう言うと、さっさと『美人館』に入っていった。颯爽《さっそう》とした後ろ姿だ。

柏木は後に続いた。

薄暗いミルクホールの中にマリコが入って行くと、自堕落な様子で屯《たむろ》していた学生達や遊び人風の男達の間から、「マリコさん」と声がかかった。マリコは愛想よく笑って応《こた》えながら、ホールの一番隅の目立たないところに席を取った。

「有名人だね」

「囃《はや》したててるだけ。本当は余り好きではないのだけれど、お客さんだから仕方ないのよ」

そう言ったマリコは、一瞬、張り詰めていた表情の中に疲れた様子を覗《のぞ》かせた。

二人ともコーヒーを注文した。運ばれてきたコーヒーに、マリコは角砂糖とミルクを目一杯いれてかき回した。

「その……こんな事を言うのはなんだけど、そのお化粧はきつすぎる。せっかく綺麗《きれい》な顔なのだから、もう少し薄い化粧のほうがいいんじゃないかい？　わざと顔が分からないようにしているみたいだ」

余計なことと思いながら柏木はついマリコの化粧のことを話題にした。意外にもマリコは頬を赤らめて俯《うつむ》いてしまった。

「なんだか、柏木さんて人の胸の内を見透かしたような事を突然言うわね」

「いや、そんな……失礼した」

バツが悪そうに言った柏木に、マリコがまた、くすりと笑った。

「舞台に立つ時にこうして厚化粧すると、自分で無くなるような気がするから楽なのよ」

「ああ、それは分かるような気がする。別人になると上がらないからだね」

いいえ……とマリコは首を振った。

「そうじゃないわ。普段は私達を馬鹿にしている日本人や、大嫌いな軍人に、素顔で愛想を振りまくのが厭《いや》なのよ。でも、別人になりきってしまえば楽ですもの。舞台に上がっている間、本当の私はいないのよ」

「君達を馬鹿にしている日本人……？」

「ええ、そうよ。貴方《あなた》は私を友人だと言ってくれたし、なんだか今日は無性に誰かに告白をしたい気分だから、言ってしまうわ。……私の本当の名前はね、伯恵姫《ペクヘヒ》というの。どう、驚いた？」

非常に思い切ったことを打ち明けたという真剣な目で、マリコが柏木の様子を窺《うかが》っていた。

柏木は、マリコの告白に驚かなかったといえば嘘になるが、彼女の言動を思い起こせば納得できた。

「いや、そうでもないよ。大したことでもないのに、どうして隠してたんだい？」

「コリアだと知ったら、色眼鏡で見る人が多いからよ」

「何言ってるんだ。コリアだということを問題にしない者だっているよ」

「そんな簡単な事じゃないわよ。この国で異邦人が生きていくって、綺麗事じゃないのよ、本当に大変なのよ。道ばたの犬が死んだって、私が道でのたれ死ぬより同情される。そういう意味なのよ」

マリコが悲痛な声で言った。

柏木は驚いた。いくらなんでもそれは大げさだと、柏木は思った。

「馬鹿なことを言うんじゃない。確かに君の知人には酷《ひど》い境遇の人が多いだろうけど、日本人がみんな、コリアを差別していると思わないでくれ。第一、僕はもし君が死んだらほかの友人が死ぬのと同じように悲しむよ。そうだろう？」

強い語調で言った柏木に、マリコは親指を噛《か》みながら、少し戸惑った顔をした。

「柏木さんを責めているわけではないのよ。きっと……信じたいんだと思うの。日本人は厭な人ばかりだと思っていたけれど、そうじゃないんだと……。私がコリアだということを知っているのは、サァカスでも団長さんくらいなの。自分がコリアだということを恥じて隠していたわけじゃないわ。それは誤解しないでね。私ね、とても怖かったのよ……とても。そして悔しかったの」

「一体、何がそんなに怖かったり、悔しかったりするというんだい？」

マリコは、「あら私、そんなこと言った？」と微笑んで、一口、コーヒーをすすった。

「……それにしても、柏木さんはサラリーマンなのに日曜日も早いのね」

「いつもは昼ぐらいまで寝ているけど、昨日は少し眠れなかったから」

「不眠症？　カルモチンを少しわけてあげましょうか？」

「何だい、マリコちゃんはカルモチンを飲んでいるのかい？　よくないよ。依存性が出てくるというよ」

「ほんのたまにだわ。夜などにほら、風が強いと怖くて眠れなくなることがあるのよ」

そう言うと、マリコは何かに怯《おび》えたように視線を泳がせた。

「ああ、最近はそういう人が多いらしいんだ。精神不安が蔓延《まんえん》しているからね。物騒な事件ばかり起こるせいだ。特に女の子なら、怖がるのも無理はないよ」

マリコの震えている長い睫毛《まつげ》を気にしながら、柏木は慰めを言った。

玄関の鈴を乱暴に鳴らして、男が入ってきた。

マリコがはっと血の気を失い、たちまち顔を曇らせた。柏木も見た。

ハーメルンの笛吹き男だ。不良少年ではなく、成人男性のようだった。


何処かの店が人目を引くために雇った宣伝員だろうか……。

いや、分からない。

あの男が本物の笛吹き男でないと誰が言えるだろう。


柏木の全身に緊張が走った。昨夜からの想像が蘇《よみがえ》ってきた。

「マリコちゃん、キネマ倶楽部《クラブ》にいた小人の源五郎って知ってるかい？　その、自殺をしたっていう……」

「源五郎さん？　ええ、本当にお気の毒だったわ。女の人にとってもお金を貢いでいたのよ。死ぬ少し前なんか、借金取りに付きまとわれて、大好きな煙草も買えないような有り様だったの。私も何度か煙草をあげたわ」

旦那《だんな》ァ、旦那ァ、オイラに煙草を恵んでおくれョ

特徴のある黄色い声が柏木の脳裏に蘇った。

「その、源五郎の後でキネマ倶楽部は他の小人を雇ったりしてるのかな？」

「確か新しい人が入ったらしいけど、何故？　源五郎さんを知っているの？」

「えっ、ああ……一寸ね……」

マリコの言葉に柏木は曖昧《あいまい》に答えた。耳にはまだ、昨夜のベランダで聞いた奇妙な声が残っている。

『恐ロシイ事ガ、行ワレテイル』

……それは、何だ？

「知ってる？　柏木さん、ハーメルンの笛吹き男がどう言って子供達を攫《さら》ったのか……。奴は笛を吹き鳴らしてね、『さぁさぁ子供達、おじさんとおいで、そうすれば楽園に連れていってあげる。幸福の国に連れていってあげる』と言って騙《だま》したのよ」

突然、詩をくちずさむような調子でマリコが言った。

「なんだ……驚いたよ、童話の話だね。それにしても、あんな悪鬼のような殺人鬼が人気者だなんて……」

マリコはコーヒーを飲みながら、柏木を一瞥《いちべつ》した。

「ええ……でも、本当に人攫いというのはね、そんな風な甘い言葉をかけて騙して連れ去るものなのよ」

「ああ、そうかもしれないね……。ところでウロトフとタスローはどんな様子？」

「元気にしてるわ。団長の大のお気に入りだから、大事に世話しているもの。柏木さんも意外にあんな物に興味があるのね。好奇心が旺盛《おうせい》なのは、あの本郷さんという方だけかと思ってたわ」


ウロトフとタスローは生きた証拠だ。

あれが無事なら軍部の生体実験の証拠になるかも知れないのだ。

東……たとえ刺し違えることになっても、あの男の悪事だけは暴露してやる！

柏木は自らの決意を確認した。

「柏木さん、そろそろ見にいけるわよ」

マリコの視線は、ホールカウンターの上にある鳩時計に注がれていた。

「いや、元気ならいいんだ。すまないが、用事を思い出したので、また今度……」
柏木は二人分の伝票を手に、席を立った。
かちゃり　かちゃり　かちゃり
金檻《かなおり》を揺する音がひっそりとした部屋の中に響いている。
鉄格子から覗く、ぽっかり開いた風穴のような無表情な目。茶緑色のウロトフの皮膚。
浮腫《むく》んだ両腕で抱いたタスローの半透明の体が、時々、痙攣《けいれん》している。

あれは一体何から生まれたのか？
誰かの死体からか？
それともフラスコの中の精液からなのか……
悪魔の手を借りて……？

3

人工子宮、錬金術、呼び出された悪魔、ホムンクルス——そんな言葉が柏木の脳裏に渦巻いていた。ぼんやり足元を見ながら歩いているうち、いつの間にか千束《せんぞく》通りの飲み屋街に差しかかっている。
肉切り包丁の入っている鞄《かばん》は、歩く度に、ことり、ことりと肝を冷やすような音を立てていた。まるで、死刑執行の時を知らせる時計音のようだ。大門を入ると、植木柵《さく》の中には菊人形が戻っていた。どうやら朱雀が商談をうまくまとめた様子だ。

午前中の吉原には、客の姿は殆《ほとん》どない。泊まりの客は朝になると帰ってしまうし、直しの客は寝ている時間だ。通りを行き来するのは、髪結屋にいく安遊郭の女郎達。皆、寝起きの顔をしている。花魁《おいらん》の場合は、自分の部屋で身支度をするので、外には出て来ないのだ。

仲之町通りを奥に歩き、お歯黒どぶが見えた辺りで、京町通りを左に折れる。車組の詰所の前では、若い衆が数人、はたきかけや、水打ちをしている姿があった。

その中の一人が柏木の姿を認めると、深く礼を取りながら引き戸を開けた。

「朱雀さん、いますか?」

「おや、柏木君。こんなに早くからどうしたんだい?　さては退屈になって、僕と一局やりに来てくれたのかな?」

座敷の奥から朱雀の声がした。

「内密の話なんです」

柏木はいつもの奥の座敷に入って座を取った。茶菓子が運ばれてきた。

「何の話だい?」

「実は、笛吹き男が昨日の夜、僕のところに現れたんです」

「笛吹き男が?」

「本郷先輩とかなり酒を飲んで寝たから、相当に深夜になっていたと思う。夜中に目を覚ましたら、笛吹き男がベランダに立っていた」

朱雀はそれを聞くと、ぷっと吹き出し笑いをした。

「またか！　君は全く奇怪《おか》しな物に見込まれる素質があるようだ」

「笑い事じゃありません。笛吹き男が言ったんだ。『実験室と病院で、恐ろしい事が行われている』と……。そして血痕《けっこん》らしきもののついた肉切り包丁を置いていった……。それをあなたに預かってもらいたい……」

「恐ろしい事が行われていると……怪人が言ったのかい……」

「そうなんです。朱雀さん、僕は津田博士の実験について疑心を持ってる。津田博士は、軍の命令で、帝大の研究室でやっていたのと同じ研究を行っていたんじゃないかと……」

ほうっ、と言うと朱雀は長い睫毛《まつげ》を数回瞬かせた。

「つまり津田博士の研究していた人造人間ですよ。もしかすると、誘拐された子供達も生体実験の犠牲になった可能性がある」

「ようするに柏木君は、『子供達は陸軍によって、実験に使われる目的で誘拐された』と言うのかい？」

「川田サァカスで評判を呼んでいる見世物の事を知ってますか？」

「知っているよ。ウロトフとタスローだろ。僕も目が見えたら見に行きたいところなんだが、残念ながらね。しかしサダさんが国に帰るといって挨拶《あいさつ》に来たので、うちの若い者に見物がてら見にいかせたよ。歌を歌うんだってねぇ。例の妖怪《ようかい》さぁ。いや、不思議なことにサダさんが丁度、その歌を知っていてね。サダさんは何でも徳島の山の方の生まれらしいが、其処《そこ》で伝えられている民謡らしいよ」

「なんですって！　それだ」

柏木は興奮の為、饒舌《じょうぜつ》になって、異人の女の話や、七三一の符合のことなどを語った。

「しかも、歌はサァカスに連れてこられた時からウロトフが歌っていたものらしいんです。やっぱりウロトフは実験室から連れられてきたんだ」

「津田君がウロトフに故郷の歌でも教えたと言うのかい？　僕が聞いている限り、津田君は母を懐かしんで歌を教えるような人柄ではありえないけどねぇ」

「では、あなたならどう説明します？」

朱雀は機嫌の悪そうな顔をして、その質問には答えなかった。

「それより、その包丁とやらを後木に渡してくれたまえ。知り合いに調べさせるよ」

柏木は包丁を鞄の中から取り出して後木に渡しながら、麻巻の居所を朱雀に訊ねた。

「麻巻君は僕の親父の親戚《しんせき》の寺に匿《かくま》ってもらってるよ。ここでは一寸《ちょっと》人の出入りが激しすぎるからね」

「麻巻は隠し事をしているに違いない。生体実験のことだ。いや、もしかすると東が送り込んできたスパイかも知れない」

「スパイねぇ……。確かに彼は、何かを知ってるはずさ。しかしスパイとも思えないね。

柏木君、君は最近、人間が変わってきてる。そんなに疑い深くなるなんてね。少し冷静になるんだ。麻巻の話は、演技にしては出来すぎだよ。あれが演技なら新派の俳優にだってなれるさ。馬鹿なことを考えずに待とうよ。麻巻君は相当に怯《おび》えているんだ。強引に喋らそうとしても、口を割らないだろう。うまい機会を見なければね」

座敷にはもう陀吉尼天《だきにてん》はなかった。もう何処かに移動したのだろうか？　柏木は辺りを見回した。

「僕は必ず、どんな手を使ってでも奴らの悪事を世に公表してやる」

「おやおや、随分と気色ばんでるじゃないか。復讐《ふくしゅう》のつもりかい？　ねぇ柏木君、『前にハーメルンの笛吹き男は史実だ』という話をしただろう？　それでさ、僕の見解について話をしなかったよね」

「ええ……」

「じゃあ、言っておこう。僕が思うに、ハーメルンの笛吹き男の物語は、領主への人身納税の記録なんだよ」

4

中世ヨーロッパの市民生活というと、自由で開かれたものであったと錯覚することが多い。しかし、実情はなかなかに悲惨なものだった。

例えば、僕らは『市民』という言葉を簡単に使うが、中世ヨーロッパにおける『市民』とは、一種の特権階級なんだ。都市に住む住民の中でも一定の財産・屋敷を持つ自由人さ。それじゃあ他の住民は何かと言うと、都市内で市民権を持たない者、下層民というわけだ。

ハーメルンにも、教会律院に隷属して農業を営んでいる『隷属農民』や、商業や手工業で働く職人、徒弟、僕婢《ぼくひ》、賃金労働者、日雇い労働者、婦人、貧民、そして芸人や乞食《こじき》、淫売《いんばい》などがいた。都市住民の三分の二の人口が、こうした下層民だったんだよ。

隷属農民などはね、重労働に縛られている上、『自らの冠婚葬祭の度に、律院に税金を納めなければならない』という、甚だ理不尽な扱いを受けていた。特に婦人層には大変な受難が課せられていたんだ。

中世のハーメルンでは、戦乱が相次いでいた。それで成人男子が少なかったんだね。人口に大きな割合を占めていた聖職者は妻帯禁止という事もあって、独り身の婦人の数は想像以上に上っていたと考えてくれたまえ。この時代、婦人は市民権を持っていなかったからね、夫のいない婦人の生活は、それはもう悲愴《ひそう》だった。

職業組合も結成してない婦人達が、僅《わず》かに入り込める隙間のある仕事といえば、毛織物業などの下働きだ。それでも仕事があるならまだいい、殆どは淫売や乞食同然の暮らしをしていたのだよ。独り身の婦人が住めるところも、空っ風の吹き込む小さな掘っ建て小屋か、じめじめと湿気た薄暗い地下住居がおちだった。

そんな暮らしをしていても、女の独り身となれば、通ってくる愛夫も出来る。当然、未婚の母が多くなるわけだ。

だがこの時代、悲しい事に子供の誕生は祝福すべきものじゃなかった。ただでさえ貧困の生活に膨大な経済的負担をもたらすものだったんだ。

出産となれば、産婆や近所の女の手伝いが必要になる。洗礼のための名付け親を捜し、司祭に洗礼のお礼を支払う……。とにかく、嫌というほど金がかかった。

『金がなければ、洗礼などしなければいいじゃないか』と思うだろう？

ところがそうはいかない。

ハーメルンは律院の支配下にあった街だ。そこで洗礼を受けてないとなると、人間として認められないのも同然なんだ。洗礼を受けさせなければ、その親までもが罰を受ける。強制的なのさ。

しかも子供らが行く学校は教会の下組織で、ここでも記念祭などを催して親達に大きな経済的な負担を強いてくるんだ。

律院の抱える大勢の聖職者を養い、一年中繰り広げられる教会の祭典を維持していく為には膨大な費用がかかるから、庶民から取れる物は血肉でも搾り取ってやろうという腹さ。

本来なら慈善を施すべき教会が、これじゃあ逆に悪魔だと思わないかい？

それでね、しかたなく金の無い庶民達は、子供が出来ればユダヤ人から金をかり、高利に追い回されることになった。

つまり子供を産む方にも、生まれてくる方にも不幸な時代だったわけだね。

当然、堕胎ということも大勢がやった。しかし律院は、子供の出産に膨大な負担をかけておきながら、いざ堕胎をしたとなると、拷問や死刑の罪をきせるんだよ。

それは酷《ひど》い拷問さ。穴の中に放り込まれ、刺《とげ》だらけの茨《いばら》の床に寝かされて、その上に土を被《かぶ》せて生き埋めにされたり、公衆の面前で両手足を縛りつけて、鼻や口に水を注いでじわじわと溺死《できし》させたりするんだ。そんなものを見せられりゃ、誰だってぞっとするだろう?

だから親達は仕方なく子供を産み、養いきれなくなって捨て子をする。

孤児は飢え死にするか、なんとか自力で物乞いをして、親達以下の動物並みの生活をしながら生き延びる。地獄図さ。

中世によく見られた子供の舞踏行進や十字軍なんかの異常な現象は、社会によって追い詰められ、空腹と困窮が極限に達した子供らの恐怖が暴走した結果なんだよ。

そんな酷い状況の中、ことに十三世紀には頻繁に、飢饉《ききん》がハーメルンを襲ったんだ。

大体において悪い時には悪いことが重なるものさ。

飢饉と疫病というのは、大抵同じ時に襲ってくる。貧すれば暮らしが不衛生になるし、道端にあるものにだって手をつける。鼠やゴキブリもそれは一緒さ、人間と鼠とゴキブリとで食料を奪い合うんだ。疫病も大流行するはずさ。

それに加えて、裕福な奴らが投機、買い占めに走る。食料物価の暴騰。酷い恐慌だよ。

そりゃあ不作の年だって、食料の貯蔵はかなりあったのさ。ただ到底、市民やいわんや下層民は手が出せない値段になっただけのことだ。

記録によれば庶民は犬、猫、馬はもとより蛙や蛇までも食べた。なんでも食べた。木や野草を食べ、毒草で命を落とすものもいた。人肉を食べたという記録すらある。人肉食の確かな記録だけでも十三世紀に三つの場所で報告があるし、あろうことかその中には人肉が市場で売られたという記録すらあるんだ。……どんな飢えだか分かるかい？

それでももう駄目だとなると、食料のある場所を求めて鼠もゴキブリも庶民も大移動を繰り返した。そうしても食料にはありつけなかったけどね。

想像してみたまえよ、疫病に苛《さいな》まれて膿《うみ》腐れ、殆《ほとん》ど骨と皮ばかりになった死人の軍勢のような老若男女が、疲れ果てた体を引きずり、食べ物を求めて練り歩くんだ。

中には死にかけた乳飲み子をかかえた母親だっていただろうね……。

こうなってくると当然、律院農場の隷属農民達の中にも、脱出者が出るよね。

しかし、農民に脱出されてしまったんでは律院も困るから、監視がきつくなる。

飢えと重労働に縛られた隷属農民はどうすると思う？　納税の義務だけは、収穫がなくてもやってくるんだ。

僕は一二一二年の五月にフランス、オルレアン、クロワ地方であった子供の十字軍騒ぎに着目しているんだ。

若い司教や年配の巡礼が加わって、数千人の少年、少女を集めてマルセイユまで行進し、そこで二人の商人の輸送船に乗り込んだまま行方が分からなくなってしまった。その後、子供達は奴隷として、アフリカの沿岸に売られてしまったということだ。

つまりね、子供の行進と人身売買の歴史が、この辺りから絡んでくるんだよ。

僕が思うに、飢えと不作に迫られて、ハーメルンの親達は子供らを集団で売ってしまったんじゃないだろうか？

それも『名誉ある十字軍に出るのだ』と偽ってね。

童話の笛吹き男は、子供達を連れ去る時だけラッパを鳴らすんだ。まさに軍隊ラッパだよ。『幸福の国』とは、『乳と蜜《みつ》の流れる土地』と聖書に謳《うた》われているエルサレムだ。子供達はね、エルサレムが『幸福の国』だと信じこまされていたんだ。罪な話だが、税を払う方法はもはやそれしかない。

払わなけりゃ、罰がある上に翌年にはその分の割増が待っている。そうなったらもう、村民一同で棺桶《かんおけ》の中に行進していくしかないんだ。

だからハーメルンの物語では、不具の子供だけが村に帰って来たんだよ。不具では奴隷としての価値がないからさ……。

童話の中の笛吹き男は、斑《まだら》の服を着ていると書かれているだろう？　これは極めて上等な上着だから妙なんだ。当時は農民も市民も、大部分が灰色の服しか着てはいけなかったし、ユダヤ人などは黄色の服と決まっていた。農民や市民よりも身分が下の卑賤《ひせん》芸人であった笛吹き男が、斑の服など着ているはずがないんだ。

当時、芸人は酷く差別的な境遇に置かれていてね、一般市民や農民の間では、芸人を騙《だま》したり、残酷な私刑を与えたりすることが、まるでゲームのように流行していた。

だが、斑の服を着た童話の中の笛吹き男は、特別の人物と思われる。

おそらく、この笛吹き男は、貴族や有力者に許されて、華麗な服装で子供達を魅了し、集めることを請け負わされていたに違いない。つまり、有力者御用達の十字軍宣伝員……奴隷収集人なんだよ。

貴族達は、華麗な服を着た芸人を用いて、子供達が偽りのエルサレムへ旅立つ事を鼓舞したんだ。

市民や農民にとっては、日頃、自分達が酷い仕打ちをして、嘲《あざわら》っていた芸人が子供らを連れていく様が、大層不気味に見えたことだろうね。それを、笛吹き男の復讐《ふくしゅう》とすら感じただろう。自分達が差別をしてきた事を反省するんじゃなく、笛吹き男への憎悪を高ぶらせていったんだ。奇怪《おか》しなことだね。

そして笛吹き男に向けられた、差別と憎しみと恐怖の感情が、斑の笛吹き男を、悪魔にまで仕立て上げたんだよ。

5

朱雀は話し終えると、深い深い溜息《ためいき》を吐いた。

そして、ぽつりと「それで笛吹き男は現れたのさ……」と呟《つぶや》いた。

「なんや、あんた来てたんか！」

突然、襖《ふすま》が開いたかと思うと、勢いの良い声がした。出口王仁三郎が立っていた。今日も女物の着物を着ている。

「いやぁ、わしがおった部屋の両隣に陸軍の青年将校と憲兵隊の奴らが入りおってなぁ、ほんま三すくみ状態とはこのことや。見つかったら面倒やから、此処《ここ》に逃げて来たんや。さすがに女物の服を着とったら、なかなか気づきよらんわ。しやけど、顔を隠して通りすぎたら、『不細工な花魁《おいらん》や』とかなんとか、後ろで言いよった。わしは自分ではなかなかの女子ぶりや思うてるのに、どういう事や？」

出口はぼやきながら、どっこいしょ、と掛け声をかけて柏木の横に胡座《あぐら》をかいた。


なる程、いつも女装してるのはそういう事か。


柏木は、ようやく出口の珍妙な出で立ちの理由を納得した。

朱雀が愉快そうに笑い、

「なぁに、軍人などに女を見る目がある奴などいませんよ。僕なら出口さんのような女なら、毎日でも晩酌のお相手をして欲しい。いや一生でもいいですよ」

「そら惜しいことをしたな。わしが女やったら、あんたみたいな身も心も色男はんを逃すことせんのになぁ」

出口が、にかっと反っ歯を見せて笑った。

「ほれで、何の話をしとったんや。えらい柏木はんが深刻な顔をしとるで」

「なに、ハーメルンの笛吹き男についての僕の見解を語ってただけですよ」

「笛吹き男か……あの悪霊は早う祓《はら》わなあかん」

ぬっと出口の手が伸びて、柏木の前の饅頭《まんじゅう》を盗んだ。そうして出口は大口を開けると、美味《うま》そうにほおばった。

霊？　霊だって！

日本屈指の霊能者である出口の口から出た言葉に柏木は、ぎょっとした。

「どうしたんや？」

「今、霊と仰《おつしや》いましたよね。それはようするに……笛吹き男は人間ではなくて、悪魔か何かだと言うことですか？」

「そうや、間違いない」

出口の言葉に、朱雀も黙って頷《うなず》いた。

「そっ……そんな……。あれは陸軍の手先じゃないんですか？」

「そうじゃないよ、柏木君。奴は本当の魔人さ」

「錬金術師の津田が呼び出した悪魔だというんでしょう？　でもそんな事が……」

「何故だい？　悪魔なんてこの世に存在しないとでも思ってるのかい？　それは大間違いだよ柏木君。魔など、至る所に存在している。君のすぐ側にもさ。ほら、其処《そこ》にも」

朱雀が薄笑いで後ろを指さした。そう言われた途端、何者かの気配が背後にあった。

誰だ？

振り向いたわけでもないのに、柏木にはそれが見える気がした。それは確かに、あの小人だった。陰湿な含み笑いが耳元で聞こえた。

旦那《だんな》ァ、旦那ァ、オイラに煙草を恵んでおくれョ

じん、じんとこめかみが痺《しび》れてくる。

馬鹿な、あれは、キネマ倶楽部《クラブ》に新しく雇われた小人のはずだ！

「これは意外だ。君にも……心当たりがあるなんてね」

朱雀が小声で囁《ささや》いた。

「本当に……悪魔なのか？　陸軍の……東の手先じゃないのか？」

柏木は、背後にいる小人を気にしながら訊《たず》ねた。冷や汗が出る。

「柏木君、僕が調べたところによると、谷中のフランケンシュタインはフランク・スタンベルという有名な人形師だったよ。彼は、人造人間を作っていたんじゃなかった。ほら、七年前に京都で開かれた御大礼記念博覧会に、大阪毎日新聞社が『學天則《がくてんそく》』というロボットを出展したのを覚えているかい？　もっともロボットと言っても、体内にゴム管を巡らして、そこに圧搾空気を送りこんで、手を振らせたり、首を動かしたりしてたんだがね。動きとしてはとても滑らかで、機械とは思えないほどだった。まぁ、あの花魁弁財天の陀吉尼のようなものだね。

「フランク・スタンベルというのは、そういうからくり人形の類《たぐい》を作っていたらしい。ちょっと以前に、日本では随分そういう展覧会が流行《はや》ったじゃないか。フランク・スタンベルも、日本の幾つかの企業に依頼されて仕事しに来ていたようなんだ」

「な、なら、今回の事件は、錬金術や悪魔とは関係ないの……か？」

又、頭が混乱した。朱雀が、首を振った。

「フランケンシュタインの正体が人形師だったからと言って、安心など出来ないよ。魔はね、人のいるところには何処にでもいるんだ。彼らは誰かが呼び出してくれるのを待っているんだよ。よく気をつけてなければ、わからない。魔はいろんな物に姿を変えて人を欺くからね。時には神にだって化けるんだよ。君も六区にいけば、奇妙な輩《やから》を沢山みるだろう？　中に一四、二四、本物の魔物も紛れ込んでいるはずさ」

質《たち》の悪い冗談なのか、本気なのか分からなかった。朱雀の顔は青白く、緊張しているように見えた。柏木はざっと血の気が引いていくのを感じた。

不意に、朱雀がパンと手を打って、

「そうだ、出口さん。笛吹き男が昨夜、柏木君を訪ねてきたそうですよ」

「なんやて！」

出口の目が鋭く光った。

「そうか……それであんた、此処に来てたんか」

「出口さんの先見《さきみ》ではどうでてます？　笛吹き男はまだ暴れますか？」

朱雀が淡々と出口に訊ねた。

柏木は朦朧《もうろう》としてきた。

「そうやな。危ないな。もう手に負えんかも知れん」

出口が意味深に呟いた。

小人が踊っていた。ステップを踏む振動が響いてくる。

「さっ、先見って、つまり予知するってことですか？」

出口の不思議な力に関しては、柏木もしばしば実感させられてきた。だが、確信を持って信じているわけではない。

「なんや、あんた疑うてるんか？　わしはな、大本の出口王仁三郎やで、百年先のことまで見えるんや」

「しかし、まだ起こってもいない未来ですよ、それは人の意志で変わっていく事でしょう。それが分かるなんて、どういう理屈です？　どうにも解せない」

「そんな事はない。人間には過去の記憶というものがあるやろう？　それと同じで未来の記憶ゆうのもあるんや。その未来の記憶を読むのが、先見ゆうやつや」

「僕には先見の経験はないが、理論的には十分に可能だと思えるね。時間というものは、超越的なエネルギーの流れに乗って僕らの前を過ぎ去っていくという類のものじゃないんだ。

アインシュタイン博士は、時空の観念に重力を含めて考えている。彼の描く時空の曲線は重力によって歪《ゆが》む。歪んだ時空では、時間の長さにも影響が与えられる。曰《いわ》く、時間は平らな時空と同じように流れない。そして質量体の分布に応じて空間の曲率が場所ごとに異なるように、時間の流れも同様に異なるとね。こいつを平たく言い換えれば、物そのものが時間的経過の要因をすでに決定してるってことになるじゃないか」

出口はそれを聞くと鷹揚《おうよう》に笑った。

「理屈で説明すると、えらい難しい話になるもんや。わしには、一寸其処《ちょっと》まで散歩に行くようなもんやねんけどなぁ……」

朱雀は眉《まゆ》を顰《ひそ》めて、

「それにしても、イドの魔物とは厄介だ」

と呟《つぶや》く。

「何なんですか？　そのイドの魔物とは……」

柏木が渇いた喉《のど》で質問した。

「イドというのは、個人的自我意識・エゴの対極にある、無意識下の魂のことだよ。合理科学に追放された野獣的な本能であり、人間の内に眠る暗黒の霊魂だ」

朱雀が溜息《ためいき》まじりに答えた。

「どういう意味なんだ……？　さっぱり分からない」

柏木が戸惑っていると、出口は自分の膝《ひざ》をピシャリと叩《たた》いて立ち上がった。

「さて柏木はん、朱雀はん、わしは一仕事してこなあかんから失礼するわ」

「何処へ行くんです？」

「わしの出来る事を、やらなあかん時や」

祈禱《きとう》かなにかでも施すつもりだろうか、出口は歯をむいて笑いながら車組の詰所を出て行った。

朱雀は黙り込んだままだ。

柏木も、「じゃあこれで」と挨拶《あいさつ》をして、立ち上がる。頭が酷《ひど》く熱かった。ふらついた足取りで歩く柏木を出迎えたのは、妖嬌陸離《ようきようりくり》たる浅草の町であった。

マリコは、左隅がひび割れた鏡の前で化粧をしながら、震災の日の記憶をゆっくりと解いていた。

化粧に気が入るのは最初の頃だけ。慣れてくると機械的な時間になる。その間、マリコはよく思い出を手繰った。

炎が燃える……。髪が、爪が、肌が灰になる……。

オモニ……、アボジ……、そして……

家族の思い出は少ないから、一番印象的な記憶が蘇《よみがえ》るのだ。

厭《いや》な記憶だ。

まるで震災の日の焦げ跡のように、それが心の中に焼き付いている。

こんな思い出を抱えて、この国で生きていくぐらいなら、あの時、自分も一緒に死んでしまえば良かった……。

マリコは胸の底からこみ上げてくる、いつもの思いを噛《か》み殺した。

憎しみは、所詮《しょせん》、憎しみしか生みはしないのだ。そんな事はよく分かっている。でも、分かってながらも、泥沼の循環に引きずられていく自分を感じる。

笛吹き男……。

運命の物語に、あの日から呪縛《じゅばく》されてしまったのだわ。

着替え部屋には、十ほどの鏡台がずらりと並んでいた。

マリコの他にはピエロの正悟《しょうご》と馬使いのリナが鏡台を使っていた。やはりそれぞれ何かに思いを馳《は》せる目で鏡を見つめている。

芸人は鏡を見て初めて、己の人生を振り返るのかも知れない。きっと、つねに他人を演じているから、鏡に映った己の姿を客観的に見つめることで、己が己であることを思い出すのだ。

鏡と鏡の間には、漆喰《しっくい》の剝《は》げた衝立《ついたて》が覗《のぞ》いている。其処《そこ》に歴代の芸人が書き重ねたいたずら書きがあったり、誰のものだか見当もつかない古ぼけた写真が貼られていたりしている。

若い頃の写真と思われるもの、家族の写真と思われるもの……。貼られた写真は種々様々だ。それを剝がそうとか、捨てようという者は、此処《ここ》にはいない。

何故なら、このサァカスに流れてくる芸人は、人に言えぬ事情を抱えて、人生を捨ててきた者達ばかりだからだ。

そう思うと、マリコは異国の地で身よりもない自分と同じ寂寞《せきばく》とした哀しみを、サァカスの歴代の団員に対しても感じてしまう。

人に素顔を知られることもなく、忘れられて消えていく芸人達。そんな境遇だから、せめて先人達の残した形見は大切にしたいのだろう。自分のものもそうしてもらえるように……。

正悟とリナも、自分の鏡の側に写真を貼っていた。

しかし、マリコの写真はまだ無かった。

家族の写真も持たないマリコにあるものは、瞼《まぶた》の裏にしっかりと焼き付いたあの記憶だけだった。

「マリコ、お客さんが訪ねて来てるよ」

切符売りの少年が、戸口から顔を覗かせた。

「お客さん？　誰かしら、約束は無かったと思うんだけど……」

「この手紙を見せたら分かるって」

少年の手から折り畳まれた便せんを受け取ったマリコは、誰にも見られないように部屋の隅に行き、中を開いた。


『笛吹き男の件、話をしたし』


マリコの顔は、見る間に青ざめた。

恐れていた事がやって来たに違いない。マリコは決心を固めて、客人を迎えるべく部屋を出た。

6

「ふざけるんじゃない！　事件に関係がないと言うなら、どうして怪文書を警視庁に送りつけたりした。えっ、怪文書の封筒から、お前の指紋が出ているんだぞ。それに、町のゴロツキどもに、お前が笛吹き男の装束を配って歩いていたことも分かってるんだ！」

馬場が詰め寄ると、高橋は静かに顔を上げた。黄疸《おうだん》めいた顔の中で、目だけが不気味に輝いている。

「確かに、怪文書を出したのは私です。あれはパフォーマンスというものなのです」

「パフォー……何だと？」

「パフォーマンス、すなわち街頭を舞台とする前衛的な身体表現芸術です。笛吹き男というこの混沌《こんとん》の時代に相応《ふさわ》しいヒーローに敬意を払って、彼を芸術として昇華したかったのです」

高橋はそれ以上、馬場の質問に答えなかった。時折、俯《うつむ》いて、ぶつぶつと小声で独り言を呟くばかりだ。

馬場が耳をすますと、誰かと話をしている風に聞き取れた。

ちくしょう、まいった……

こいつまで頭の具合がいかれてやがる！

馬場は何時間もの間、取調室で高橋と向き合い、睨《にら》みを利かせつつ、苛立《いらだ》った貧乏揺すりを続けていた。

味もしない煙草を燻《くゆ》らせた、その時だ。

地震のように机が揺れて、不穏な音を立てた。

死者のマリオネット

突然、高橋がにやりと笑うと、脈絡のない不気味な台詞《せりふ》を呟いた。馬場はとてつもなく嫌な予感に苛《さいな》まれた。

そうでなくとも、帝都転覆同盟団がいつ動き出すか、神経が過敏になっている。帝都に伝染病が蔓延《まんえん》する地獄絵は、間近に迫っているのだ。なのに、事件の調査は一向に進行を見ていない。相変わらずハーメルンの笛吹き男の正体も、津田博士の行方も、博士の助手・綿村里雄の身元も、帝都転覆同盟団の所在すら分からない。

高橋が事件の鍵《かぎ》を握っているに違いないと睨んだが、どうにも手応《てごた》えのある話を聞き出せないままである。肝心の高橋は、憑《つ》かれたような譫言《うわごと》を繰り返すばかりだ。

馬場は苛立った目つきで取調室の扉の隙間から、牛のように緩慢な動作で部署を行き来する刑事達の姿を睨んだ。

いったいこいつら、何をしてやがるんだ？

警察官としての自覚があるのか！

扉の隙間から自分の顔色を窺《うかが》う刑事の顔が、みな間抜け面に見えてしょうがない。こうなってくると、あの朱雀十五が、今のような重大事件に限って何の反応も起こさない事が腹立たしかった。普段の朱雀なら、馬場達が気落ちしている姿を見る為だけにでも、あの忌々しくも高慢ちきな態度でちょっかいをかけて来ただろう。

不機嫌な部長の態度に、防犯課には息が詰まるような緊張感が流れていた。

じりりりりりりり　じりりりりりりり

一気に静けさを破壊する電話の音が鳴り響いた。

馬場はちっと舌うちをすると、煙草を灰皿でもみ消し、受話器を取り上げた。

「はい、こちら防犯課」

「馬場か、俺だ。遠藤だ。実は今朝、殺人の報告を受けて現場にかけつけたんだがな……。

それがハーメルンの笛吹き男の事件と関わりがあるようなんだ。すぐに来い。場所は六区の川田サァカスだ」

「なにっ！」

馬場は椅子を蹴倒《けたお》して立ち上がると、「誰か、高橋を見張っていろ」と部下に命じるやいなや、素早く上着を摑《つか》んで走り出した。

川田サァカスの前には紙一枚入る隙間も無さそうな黒山の人だかりが出来ていた。何処からこれほど多くの人間が這《は》いだしてきたかと思うほどである。露払いの警官がこん棒を持って、野次馬達を追い散らしている。

馬場は自分の行く手を遮る人影を辺り構わず突き飛ばし、現場保護の為に張られたロープを潜った。突き飛ばした中には一人や二人、警察官が混ざっていたかも知れなかったが、それは馬場のあずかり知るところではなかった。

ロープを潜った途端に目に入ったのは『ペルシャの妖怪《ようかい》博士ウロトフとタスロー』という奇妙な看板であった。

入口から薄暗いテントの内部に入ると、すぐに壁に突き当たった。細い通路が湾曲しながら左右に分かれていた。どちらに行っても同じようであった。

馬場は取り敢《あ》えず右の通路を歩いた。暫《しばら》く歩くと最初の入口が現れた。中に入った。

毒々しいピンク色の空間に、椅子だけの客席が、奥の半円形の舞台に向かって、びっしりと並べられていた。

客席に人はいない。
舞台の後方には、コミカルな象や虎の絵が、ピンクや黄色の蛍光色で浮かび上がってい
た。空中から何本もの鉤《かぎ》のついたロープが垂れ下がっている。空中ブランコに使うロープ
だろう。
不可思議なオブジェのようにもつれ、束になっているロープの下で、数人の刑事の影が
蠢《うごめ》いていた。
馬場は呆然《ぼうぜん》と立ち止まった。
舞台の一角にピンスポットがあたっている。
光の中に、燕尾服《えんびふく》の男が浮遊している。白塗りの顔とカールした髭《ひげ》が、どこか滑稽《こっけい》さを
漂わせていた。男はどうやらロープの先に吊《つ》るされているようだ。
陥没した頭部には血痕《けっこん》があり、肩から腕が切り落とされていた。両腕は別々に、他のロ
ープの先に吊るされている。まるで壊れた操り人形だ。

『死者のマリオネット』

高橋の呟《つぶや》きが脳裏に甦《よみがえ》り、馬場は背筋を強張《こわば》らせた。
「おい、遠藤は何処だ？」
その声がひっそりとしたテントの中に響きわたった。

「遠藤刑事は、犯行現場を調査中です。殺しは、団長部屋で行われたようです。舞台の裏に回りますと、空き地の外に出ます。そうしますと、仮設家屋がありまして、入口を入った一番奥が団長部屋であります。裏口のほうから入ると、最初の部屋になります。ちなみに、裏口は表通りのほうに面した方でありまして、向かって右であります」

馬場の足は、馬鹿丁寧な刑事の説明を聞きおわらぬうちに舞台の裏手に向かい、空き地に飛び出していた。細長い仮設家屋が見えた。簡単な長屋のような造りだ。馬場は裏口から中に入った。

「旦那《だんな》ァ、旦那ァ、オイラに煙草を恵んでおくれョ」

後ろからかかった声に、馬場は「うるさい、職務中だ」と一喝して、扉の開いた部屋の前に立った。

「よう、来たか馬場。殺されてるのは川田鉄蔵《てつぞう》という、ここのサァカス団の団長だ。犯行時刻は深夜三時頃と見られている。えっ、見たか、あの死体遺棄現場をよ。笛吹き男ってのは、気狂いに違いないぞ」

遠藤刑事だった。馬場は、おうっ、と挨拶《あいさつ》すると、やおら現場を覗《のぞ》き込んだ。鑑識が動き回る部屋の中、三面鏡の前の床に大量の血痕がある。

その周囲には、飴玉《あめだま》と白い陶器らしき破片が散らばっていた。今しも刑事の一人が、その破片の周りをチョークでなぞっているところだ。

「目撃者は？」

「いない。昨夜、サァカスの団員は大入りの打ち上げをしていたらしい。川田の奢《おご》りで、近くの店を夜通し借り切ってな。犯行時間帯にサァカスは無人だった」

「打ち上げをしていたのに、何で団長が一人でサァカスに戻ってたんだ？」

「妙だろう？　まるでわざと人払いをしたみたいだ」

「それで、ハーメルンの笛吹き事件と関係があるようだと言ってたな……。何か物証でもあったのか？」

「川田鉄蔵は、この近くにアパァトを借りてる。部下をその部屋に遣《や》ったところ……なんと、洋服箪笥《だんす》の中から例のハーメルンの笛吹き男の衣装らしきものが見つかったんだ」

「なに！」

「行ってみるか？」

「勿論《もちろん》だ」

「こっちだ」

遠藤の後ろに馬場は続いた。川田のアパァトは、六区の繁華街を抜け、瓢簞《ひょうたん》池を通過して田原町《たわらまち》の方へ行ったところだった。

「馬場、お前はウロトフとタスローを知ってるか？」

階段を上りながら遠藤が言った。

「大変な人気だと聞いてるが、俺は見てない。それがどうかしたか？」

荒い鼻息をたてながら、馬場が訊《たず》ね返した。

「それが……盗まれてる」

遠藤の息も切れていた。随分と勾配《こうばい》のきつい長い階段だ。

「盗まれた？」

「そうなんだ。だからウロトフとタスローの人気を妬《ねた》んだ同業者の犯行かとも思ったんだがな……」

「だが、川田の部屋から笛吹き男の装束が出てきた……。どういう事だ？　遠藤、児童誘拐時の川田のアリバイについては調べてみたのか？」

「ざっと団員や家族に聞いてみた。川田は白だ。アリバイがある。それに、このアパァトの部屋には別の人物が住んでいたようだ。川田の自宅は人形町《にんぎようちよう》なんだ。妻と娘が二人いる」

的確に遠藤が答えた。馬場は、久しぶりに仕事をしている気分になる。

「別の人物……？　誰だ？」

しっ、と遠藤が口に人指し指をあてた。

「その先の四〇三号室だ。おかしいぞ、扉が開いている……」

四〇三の扉が微《かす》かに開いていた。中から微かに物音が聞こえてくる。

——犯人か？

——一気に踏みこむか！

二人は顔を見合わせて頷《うなず》き合った。

阿吽《あうん》の呼吸で遠藤が扉を蹴飛ばして開け、馬場が弾丸のように中に飛び込んだ。

ひゃぁ！　という悲鳴が上がった。飛び込んできた馬場を見るなり、部屋にいた男は血相を変えて部屋の端にすっとんだ。

続いて部屋に入って来た遠藤が、ガッカリした様子で「そいつは大家だよ」と言った。

「大家がこそこそと何をしてやがるんだ！」

凄味のある声で馬場が詰問した。

「な……なな……何をしてるって……いや、あの、借り主が死んだ場合、部屋はどう処理していいのか……と思いまして、ちょっと様子見に……」

そう言った大家の手に、イヤリングや高価そうな指輪が握られていた。

無言でそれを睨《にら》み付けた馬場に、大家は言い訳がましく、

「……その……まだ家賃のほうをもらってなかったので……」

馬場は素早く部屋の様子を見た。

女の部屋だ。派手なドレスが衣紋《えもんか》掛けに掛けられ、梁《はり》に引っ掛かっている。

三面鏡の前には装飾品や数種類の口紅が置かれていた。部屋全体に甘い化粧品の匂いが残っていた。

馬場はじろりと大家を睨んだ。

「家賃を貰《もら》ってないからどうしていたというんだ？　えっ、まさかそれを盗んでいく気だったのか？　馬鹿者！　さっさと置いて、出ていけ！　後で警察に来い！」

馬場が怒鳴った。

ひいっと叫んで飛び上がった大家は、転がるようにして廊下に走り出た。

「全く、世知辛い世の中だぜ。大家が店子《たなこ》の部屋を物色するなんてな」

遠藤が、溜息《ためいき》混じりに扉を閉めた。

「この部屋の主《あるじ》は女か……」

馬場の言葉に遠藤は頷き、洋服箪笥の扉を開けた。

斑《まだら》の服と提灯《ちょうちん》パンツが吊るされている。赤い羽のついた帽子も、衣紋掛けの金具に引っかけられていた。

ハーメルンの笛吹き男だ。あの日の悪魔が、すっぽりと皮を脱いだかのような状態で、箪笥に収まっていた。

「女の身元は判明している。劇団にいたマリコという女だ。川田の妻の話では、マリコの本名は伯恵姫。コリアだそうだ」

「伯恵姫？　コリアだと？」

「軽業や空中ブランコの業を披露していた、劇団の花形だったそうだ。孤児だった伯を団長が拾い上げて、面倒をみていたそうだ」

「軽業師……」

なる程、軽業師なら二階のベランダから飛び下りるなんてこともできるわけだ。

田中の死体を木の上に置いたのも、軽業を使ったんだ。

しかもコリアか……。

そうか、帝都転覆同盟団ってのはコリアどもの地下組織に違いない。

外地ではまだ独立運動をしている奴らもいると聞いたが、いつの間に日本国内にまでこんなに力を伸ばしやがったんだ！

くそう……待てよ、すると、田中のもとに笛吹き男が現れたのは……。

もしかするとあの事か？

……あれが原因か……？

黙り込んだ馬場の肩を遠藤が叩《たた》いた。

「おい馬場、聞いてるか？　それでな、伯は現在、行方不明になっているんだ」

「何だと？」

「昨日の夕方、公演が終わる時分に、ほっかむりをした女が伯を訪ねてきたらしい。その女と出ていったきりだそうだ」

「逃げられたのか……」

「そこも不審なんだ。逃げたとすれば、何でウロトフとタスローなんかを連れていったんだ？　目立ってしょうがないぞ」

「うむ、意図が分からん。何か狙いがあるのか？　いや、そんな事はどうだっていい。もともとさっぱり動きの読めん奴らだ。考えてる暇はないぞ。ともかく女を指名手配だ！」

人気サァカス団の団長殺さる！

犯人はブランコ乗りのマリコこと、ハーメルンの笛吹き男、伯恵姫

妖怪《ようかい》博士の見世物で人気を博してゐる川田サァカス団の団長・川田鉄蔵が、テント裏にある団長室で殺され、舞台のロープに結はへられた状態で見つかった事件について、警察当局が新たなる見解を発表した。

川田鉄蔵は陶器の皿で頭部を殴られて死亡した模様であるが、警察の調べで、この川田が借りてゐた部屋で、上野の児童三十人を誘拐したハーメルンの笛吹き男が着てゐたのと全く同じ服が見つかったやうだ。川田鉄蔵がハーメルンの笛吹き男であったかといへばそうではなくて、この部屋に住んでゐたのは、川田サァカスの看板娘である伯恵姫といふコリアの女性であることがわかったのである。

そこで警察が部屋に残ってゐる指紋を調べたところ、殺害された田中誠治の部屋のベランダに残されていたハーメルンの笛吹き男の指紋と一致した。

つまりどうやらこのコリアの女性がハーメルンの笛吹き男の正体であって、川田鉄蔵に正体を見破られた為に殺してしまったやうなのだ。

さらに、この事件には反社会分子の一団が関与してゐると見られ、コリアの過激派が黒幕と予想されてゐる。

警察は一両日中に伯恵姫を指名手配するといふことである。

伯恵姫は川田鉄蔵を殺すと同時に、人気の妖怪博士のウロトフとタスローも盗んでゐるといふ。

もし伯恵姫が近辺をうろついてゐるとすれば、非常に目立つであらうから、国家治安の為に、市民も全力をもつて指名手配に協力してほしいといふことである。

朝日新聞　号外

7

マリコちゃんが笛吹き男の正体だって？

コリアの過激派だって？

確かに彼女は仲間に金を配り、日本人に対する不信感を口にしていた。だが……

柏木は新聞を放り出すと、両手で思いっきり机を叩いた。物音に驚いた他の編集者達が一斉に振り返った。境《さかい》編集長までが、目を丸くしている。

「おい、洋介、皆が驚くじゃないか」

　本郷が辺りを憚《はばか》りながら、柏木に耳打ちをした。

「こんなの出鱈目《でたらめ》だ。マリコちゃんが団長を殺すはずなど……」

「確かに、僕も変だと思う。あんな惨《むご》い犯罪が女性の手によるものだなんてね。しかし、マリコが妙な動きをしていることは確かなんだ。さっき、早川に聞いたところによると、マリコは昨夕から怪しい女と姿を消しているらしい」

「怪しい女？」

「何でも、ほっかむりをした奇妙な風体の女らしい。二目と見られぬような醜女《しこめ》だったという事だ。しかもマリコの残していったメモには、『笛吹き男の件、話をしたし』……と書かれてあったらしい」

　本郷は、自分がマリコと柏木のデートのお膳立《ぜんだ》てをした分、体裁悪げに言った。

　怪しい女とともにマリコが姿を消しただって？

　どういう事だ……。

　確かに、マリコちゃんは何かを僕に訴えたがっていたような風情があった。

　柏木は、笛吹き男の話をした時のマリコの不審な様子を思い起こして、不安にかられた。

確かに、マリコちゃんは何かを知っていたのかも知れない。

しかし、だからと言って彼女があんな残酷な犯罪を……?


親指をくわえたマリコの頼りなげな顔が過《よ》ぎった。柏木は頭を振った。

マリコでは無い……。そう思いたかった。だが、確かにマリコの日本人嫌いと仲間への愛着はただ事ではなかった。

コリアの反政府組織に加わっている事も、あり得なくはない。

「怪しい女と姿を消しているなんて、きっと事件に巻き込まれたんだ」

柏木は『自分の願い』を叫ぶと、上着を摑《つか》み、新聞社を飛び出した。


どこへ行く? どこへ……

彼女の行きそうなところなど、僕には分からない。

そうなのだ、僕は彼女のことなど何も知らないも同然だ。

彼女が事件と関係が無いなど、僕の勝手な思い入れでしかないのだ。

本当に彼女ならどうする⁉

事件の真相を知りたい気持ちと知りたくない気持ちが、柏木の胸中で激しく葛藤《かっとう》していた。

柏木は日本劇場の白い建物を通り過ぎ、駅にかけ込んだ。そうして、足早に吉原へ、朱雀のもとへと急いでいた。

動かない行列をかき分けながら、柏木は吉原への道を急いだ。木馬館の楽隊の音、出兵ラッパの響き、女の裸の看板、浮浪者、白昼の娼婦《しょうふ》。その町角のあちこちに笛吹き男がいる。悪疫のような空気が充満している。

住宅街に入り、煤《すす》色の長屋が立ち並ぶ。細いくねくねとした道を過ぎ、千束通りに行き当たった時、柏木の脇で自家用車が止まった。

「柏木さん」

車窓から顔を覗《のぞ》かせたのは、伊部であった。柏木は荒い息をしながら立ち止まった。

「どうしたんですか、そんなに急いで。吉原ですか？」

「そっ、そうです。貴方《あなた》は？」

「ああ……私は、この間、サダさんが朱雀さんにお世話になった様子なので、お礼にいっていたのです」

伊部は血の気の薄い唇で答えた。

「そうですか。僕は一寸《ちょっと》、今日の事件で朱雀さんに用事があるので行くところです」

「きっ、ききき、き今日の事件……って、サァカスの団長が灰皿で殴られて死んでいた事件のことですか？」

伊部は酷《ひど》くどもっていた。

「ええ、そうです、知り合いが事件に巻き込まれてしまったんです」

「そっ、そうですか。で、では気をつけて」

車が発進した。何故か妙に急いでいる様子だ。柏木は軽く頭を下げて、再び走り出した。

大門が見えた。朱雀は珍しく早くから縁台に陣取っていた。吉原三者組合の頭、銀鮫が一緒にいる。険しい顔で互いに耳打ちをしているところであった。

「朱雀さん、知恵を貸してくれ」

息を切らして仁王立ちした柏木を、銀鮫が凄《すご》みのある茶色い目で、ぎろりと睨《にら》んだ。

「おう、ブンヤの柏木か。なんでぇ、いきなり」

どすの利いたがらがら声だ。

「助けて欲しい人がいるんだ」

朱雀は、白いステッキの上にとがった顎《あご》を載せていた。柏木の声を聞くと、数回長い睫《まつ》毛《げ》が瞬いた。

「助けて欲しい人?」

「マリコ……いや、今日の事件の犯人だと言われている、伯恵姫だ」

「知り合いなのかい?」

「友人だ。貴方は犯人は魔人だと言っただろう? それなら彼女は犯人じゃないはずだ」

柏木は必死の形相で朱雀に食らいついた。

「急に言ったって、どうにもなるもんじゃない。けど、今度の事件に関しては、僕も見届けたくてね。そろそろ動こうかと思っていた矢先なのさ。あと一日、待ってくれないかい」

そう言うと、朱雀は銀鮫との耳打ち話を続けた。

「……そういうわけですよ。銀鮫さん」

「なるほど、しょうがねぇこった。あっしとしちゃあ気が進まねぇが、後のことを先生が責任を持ってやってくれるってんなら、いいでやしょう」

銀鮫は、五分刈りの白髪頭を撫《な》ぜながら、柏木の興奮した顔をちらりと見ると口元にうっすらと笑いを浮かべて立ち去った。

「一日待てとは、どういう事です？」

何かの策を練るのだろうか、と柏木は期待した。

「実はね、今日は葬儀の準備があるんだよ。銀鮫の親方も僕も、色々な手続きをしなくちゃいけない。つまり忙しい。だから一日待てと言ってるんだよ」

朱雀は恐ろしく身勝手な事を言った。柏木は焦《じ》れた。

「あなたが忙しいのは分かる。だけど、このままじゃ……」

「彼女なら一日ぐらい逃げおおせるだろう。しかし、潔白を証明するのは難しいね」

「何だって？　そんな馬鹿な！　何か……方法はないのか？」

朱雀は暫く前髪を何度も掻《か》き上げて、考え込んでいた。

「犯人の見当はついているよ。だけど、言っただろう。この事件は魔人の手によるものだってね。だから、捕まえることなんて到底無理さ。証拠を手に入れるのも土台出来ぬ相談だ。さて……どうするか……それに、解決したからと言って、柏木君の期待に沿えるかどうかは分からないよ」

「犯人は……魔人なんだろう？」

柏木は縋《すが》るように訊《たず》ねた。

そう、魔人だよ。

朱雀は目を伏せたままそう答えた。

8

馬場は走っていた。馬場を走らせているのは、朝になって朱雀から掛かってきた忌ま忌ましい電話であった。

馬場君、言っておくけど、僕はこの事件に関しては、一切関わりを持ちたくなかったんだよ！

馬場が電話口に出るなり、朱雀はいきなりヒステリックにわめきたてた。

なのに君が早まった真似をしてくれるものだから、こんな事になってしまったんだ。一体、どうしてくれるんだ。この唐変木の低能刑事め！

なんだと！　警官を侮辱するのか！

あんたはもう検事じゃないんだ。俺の上司でもない。そんな口の利き方は許さん！

ふん、僕が検事じゃなくて、君の上司じゃないとしたら、何だというんだ！

そんなことは、屁《へ》でもないね。

逮捕するだって？　ああ、そりゃあ嬉《うれ》しい限りだよ。

逮捕でもなんでも出来るならしてみるがいい。猿並みの君に、僕を逮捕するなんて器用な真似が出来るもんか！

逆に君は、土下座をして涙を流すことになるんだよ。

いいかい、すぐに来るんだ。笛吹き男の事件に関する資料を全部持ってね。分かったね。

ちょっとばかし帝大を出ているからって、人を馬鹿にしやがって。

吠《ほ》え面をかかせてやる。大体、出口を匿《かくま》っていることだって気に入らなかったんだ。

大門が見えた。馬場は血相を変えて中に飛び込むと、箒《ほうき》で入口を掃いていた門番の男を突き飛ばし、仲之町通りを一目散に奥へと走りはじめた。

その目前に、ゆらりと人影が見えたのと、力まかせにぶつかったのとは同時だった。

「馬鹿野郎、ぼんやり突っ立ってんじゃねえ！」

馬場が尻餅《しりもち》をついて叫んだ。同じように倒れた地面からのっそりと起き上がったのは柏木だった。

「馬場刑事！」

「柏木！」

二人は互いの名を呼ぶと、にらみ合った。

「なんだ、お前……こんなところで！」

「馬場さんこそなんです、あの警察の発表は！」

普段ぼんやりとしている柏木が珍しく、噛《か》みつくように詰め寄ったので、馬場は面くらった。

「発表だと？」

「そうです、マリコちゃんのことです。彼女がハーメルンの笛吹き男の正体だなんて、馬鹿を言わないで下さい」

「何を言ってる、間違いない。ちゃんと指紋照合もしてるんだ」

馬場はズボンについた土を叩《たた》きながら立ち上がると、大きな顔面を柏木にぐいっと近づけた。

「指紋照合かなんだか知りませんが、違いますね。彼女はそんな人じゃありません」

「貴様！　庇《かば》うのか？　貴様達知り合いだな。ふん、前からアカかと思っていたが、やはりそうなんだな」

今にも飛び掛かりそうな勢いで互いににじり寄った二人を花魁《おいらん》が見ていた。

「何をしてるのでありんすか？」

反射的に振り返った柏木と馬場の視線の前に、牛太郎《ぎゅうたろう》に手を引かれた花魁が立っていた。

鮮やかな菊模様を散らした白い着物の上に、ちょんと載った小さな顔がある。それが又、すこぶる美しい。鼻筋は流れるように通っているし、大きな瞳《ひとみ》は長い睫毛で縁取られている。輪郭といえば彫り出されたばかりの仏像のように滑らかで完璧《かんぺき》だ。

神々しいような美貌《びぼう》の花魁だった。

美貌といえば萌木楼の光代《みつよ》も空前絶後の美貌であったが、光代は先の人質事件以来、滅多に人前に姿を現さなかった。そこへ持ってきてこの花魁であった。

二人はついさっきまでの憤りも忘れて、呆然《ぼうぜん》自失して花魁を眺めた。

ふっ

花魁の紅を引いた艶《なまめ》かしい口元が綻《ほころ》んだ。

かと思うと、その綺麗《きれい》な顔からは想像しえぬような馬鹿笑いが吐き出されたのだった。

げらげらと余程可笑《おか》しそうに笑う花魁に、二人は目を見張った。

「分からないのかい？　僕だよ、僕」

うんざりする程おぼえのある甲高い声であった。

「朱雀さん？」

「なんだって？……朱雀……」

馬場は、もはや目もくらみ心も消え果てて、すっかり惚《ほう》けた声で呟《つぶや》いた。

「いやぁ、菊祭りのポスターを作るのに、誰を起用しようかともめていたので、ちょっと悪戯《いたずら》心をおこしてね。これが意外に好評で、どうせ見世物ポスターだから構やしないと誰かが言いだして、あれよあれよと言う間に写真を撮ることになった」

そう言って花魁姿の朱雀は、またげらげらと笑った。

「さようで、まったくもったいない。朱雀先生が女なら天下随一の花魁になること間違いなしでさ。こうして此処《ここ》にくる合間も、もうあちこちの楼の女どもが、あの傾城は誰だってんで、窓から首出して戦々恐々としてやした」

朱雀の手を引いていた牛太郎が嬉しそうに言った。

とんでもないと柏木は思った。こんな食えない性格の美貌の女がいたら、一体どれだけの数の男が泣きをみるか分かったものではない。

「さぁさぁ、なんだか二人とも、実に仲良さそうにしていたじゃないか、馬場君は久しぶりに来たんだ。ゆっくり茶でも飲んで、無責任な世間話に花をさかそうよ」

それを聞くと、馬場は我に戻って、俄然《がぜん》憤り始めた。

「貴様！　俺を馬鹿にしているんだな。なんだ、その恰好《かっこう》は！　逮捕してやる」

朱雀の華奢《きゃしゃ》な手首を馬場がむんずと摑《つか》んだ。朱雀は全く動揺する素振りも見せない。

「君も全くユーモアーというものを理解しない男だねぇ……。まあ、好きにするがいいよ。僕はいつでも逮捕されてやるけれど、その前に聞かなきゃ君が大恥をかく事があるんだよ」

「はったりをかますな！」

「はったりだって？　よくそんな事が言えるもんだ。いいかい、じゃあ言ってあげるよ。君の捜査をどうしても信用出来ないという人物がいるんだ。そうなんだろ、柏木君？」

「そうだ。馬場さん、僕は彼女をよく知っているが、彼女は川田団長を慕ってた。その彼女が、団長を殺すわけがない」

なにっ！　といきり立った馬場は、朱雀の腕を離した。

「まぁいいさ、こんな所でどうこう言ったって始まらない。とにかく無粋なお二方には、車組の詰所まで来てもらおう」

そう言うと、朱雀は花魁達がそうするように、しんなりと片手を前に差し出した。

牛太郎がうやうやしくその手を持って、歩きはじめた。柏木と馬場は、喧嘩《けんか》ゴマのように視線を絡ませながら後ろからついていった。

車組の詰所につくと、後木が待機していた。朱雀は奥座敷の横の間に入り、二人を待たせた。どうやら、やり手が一人控えていて、着替えを手伝っている様子だ。

しばらくすると、大仰な荷物を抱えたやり手婆《ばば》が出てきて、そそくさと二人に挨拶《あいさつ》をして立ち去った。

いつもの白いスーツ姿で現れた朱雀は、すっかり不機嫌面になっていた。お遊びが終わったので、本来の機嫌の悪さを取り戻したのだ。

朱雀はいつもの様に長火鉢に肘《ひじ》をつくと、いきなり言った。

「さぁ、早いところ話を済ませてしまおう。実に不愉快な話だからね。取り敢《あ》えずは、事件の資料を見せてもらおう。馬場君、僕が君の間違いを十分に教えてあげるよ」

「おい、偉そうに言うなよ。あんたはもう検事じゃないんだ」

馬場が怒りの為に頬の肉を震わせながら言った。

「まだそんな下らないことを言ってるのか」

「二人に言っておくぞ。柏木、川田を親のように慕ってるったって怪しいもんだ。口ではなんとでも言える。警察の仕事を妨害するのも、いい加減にしろよ。朱雀、あんたもだ。二日前に車組から出口が出て行くのを目撃した者がいるんだ。俺があれだけ言ったのに、出口を隠してたんだな」

朱雀は呆《あき》れたような溜息《ためいき》を吐いた。

「結局、出口氏は事件とは関係ないという結論が出たんだろ？　ならいいじゃないか。犯人はコリアの反政府組織なんだろう？　いいかい馬場君、悪たれ口をきくのは、これからの僕の話を聞いてからにしたまえ。ほら、資料を後木に渡してくれ。このままだと、君はとんでもない捜査間違いで、国家の治安を破壊しかねないんだよ」

馬場の額に深く皺《しわ》が寄った。

「なんだと」

「僕を信用するの、しないのは別として、そうなって欲しくはないだろう」

馬場は嫌気顔で、しぶしぶと持参してきていた事件の資料を後木に渡した。

「後木、読んでくれたまえ。後木が読み終えるまで、お二人には静かにしていてもらうよ」

ぱらり、ぱらりと紙をめくる音だけが響いた。

国家の治安を破壊しかねない事態とはどういう意味だろう？

警察発表の通り、反政府組織が絡んでいるのだろうか……？　コリアの？

柏木は胸に渦巻く疑惑に耐えるしかなかった。

やがて資料を見終えた後木が、朱雀に向かって短い耳打ちをすると、朱雀はふん、と不敵な笑みを浮かべた。

「最初から大体の事は察しがついてたんだ。僕は君みたいに愚鈍ではないからね。ただ僕がひっかかっていたのは、依頼されていた津田君の行方さ。津田君の身に起こった現在の不測の事態について、どうにも常識では確信が持てなかったので、長い間、考え込んでしまってたんだ。ところで、僕は川田を殺した犯人を知っている。そして自首をするように勧めていた。だが、返事がない。そろそろ猶予を見る必要はないだろう」

「なっ、何だと、笛吹き男の正体を知っていて、隠していたのか」

馬場が再び、立ち上がりかけた。

「短気は損気だよ、馬場君、話を全て聞き終えてから怒りたまえ。今、逮捕すると言うなら、僕は金輪際、事件について話をしないよ。まぁ、話を聞いて僕を逮捕など出来るかどうか問題だけどね。さぁ、これから事件を解決しにいこうよ。表に停めてある車に乗ってくれ」

いつの間にか車組の詰所の前には、黒い大型車が停まっていた。

後部座席から青白い眼鏡づらを覗《のぞ》かせたのは、麻巻だった。

エピローグ　復讐の女神の踊り

1

麻巻は息を詰まらせて小さくなっていた。

馬場は車に乗っているのが麻巻と知って、朱雀を物凄《ものすご》い形相で睨《にら》んだが、その後は不思議なほどに静かだった。何かの予感めいたものが、馬場の憤りを宥《なだ》めているらしい。

走り出した車の中は、やけに静かだった。

「何処へ行くんです？」

柏木は尋ねた。

「両国にある伊部君の屋敷だよ」

助手席の朱雀は振り向かぬまま、低い声で答えた。

伊部さんの家へ？　何故だ？　まさか伊部さんが……。

柏木が疑問を口に出さぬうちに、朱雀が静かな調子で語りはじめた。

「今後、君達が僕を面倒事に引き込まないように、この事だけは教えておくよ。余り難解な事を言っても君達には理解出来ないから、あくまでたとえ話として言おう。

いいかい、世の中には『随時変化するもの』と『変化しないもの』がある。

『変化しないもの』とは、例えば山に生えている一本の木だ。これが変化するのは、長い年月をかけて生長したり、台風で折れたりしたような場合しかあり得ない。あるいは太陽の軌道だ。朝は東から昇って夕には西に沈んでいく。

こうしたものが変化する場合は、たいてい緩慢で、自然な移行での変化であって、すぐにその原因の推測もつくものなんだ。

しかし、『随時変化するもの』もある。例えばその代表的なのが人の感情や行動さ。人間界には、いつも異常なことが起こるんだ。例えばこの事件のようにね。

考えてもみたまえ、毎日同じ事をして生きている人間はいないだろう？　同じような事をしているように見えても、何処かが少し違っているはずだ。中には毎日違うことばかりしている者もいる。

例えば柏木君は朝九時に会社に出社して、六時に会社が終わる。自然の流れなら、六時半には家に帰っているはずだ。ところが現実には、六時半に家に帰るようなことはしない。小腹がすいたから食堂に寄ってみたり、飲み屋に行ったり、あるいは偶然に知り合いに道で会って帰りが遅くなったりする。

動物や自然には、そういった不規則性が存在しない。人間以外のものは、合理的で現実的に自然に対応しているからだよ。

だが、人間は時間や、季節や天候等のあらゆる自然の摂理に正しく反応しない。悲しいことに、肥大した脳という全てを歪《ゆが》めてみせるフィルターが存在する。おかげで、寒い時でもはらわたが煮えくり返る事があれば、かっかと体は熱くなるし、心配事があれば三日食べていなくても腹が減らない。暑さ、寒さ、飢えという、本能的な生理現象まで、イメージ次第と言うわけだ。

柏木君、最初に会った時、僕はこう言ったよね、『人は見ているようで物を見ていない。観念的にこうだという自分のイメージを現実のように感じているだけだ』とね。

僕らが記憶と信じているものは、実は自分勝手に描いたイメージの羅列でしかない。同じ場所に居合わせた人間同士でも、まったく違う記憶を持っている場合がある。そしてこういう記憶の積み重ねから出来上がった情報をもとに又、僕らは行動するのさ。

何か特別に異常な事態が起こった場合は、その行動主体者を行動せしめたイメージの歪みを考えてみたまえ。異常な事態とは、観念の歪みに起因しているんだ。

だから今回や前回のような事件に関して言えば、指紋をとったり現場状況を物理的に分析したりするような手法だけでは、何一つ分かりはしない。そこに係わった人間達のイメージを繙《ひもと》いていかなければ、解決出来ないんだよ。すなわち、『魂』でもって『魂』を読まなければいけない。事件の傍観者でいる限りは分からないんだ。これは途轍《とてつ》もなく骨の折れる作業さ。人のことを当てにする前に、その努力を少しでもしてから、僕の所に来てくれたまえよ」

四人の押し黙った男を乗せて、さらさらと車の外を景色が流れて行く。

柏木は殆《ほとん》どその景色を見ていなかった。気がついた時には、一本の見事な杉が門から覗く伊部邸に到着していた。

鈍い曇り空が、ぼやけた光彩をその邸宅の上に投げかけていた。白い霞《かすみ》の中に建つ白木づくりの日本家屋は、輪郭も曖昧《あいまい》で、陽炎《かげろう》の如く儚《はかな》い佇《たたず》まいに見えた。

柏木は車を降り、門に落ちた杉の葉が舞うのを眺めながら、周囲の余りの静けさに自分の耳が聞こえなくなってしまったのでは、と疑った。

朱雀はこの時、初めて白いステッキを使った。杖《つえ》が小刻みに左右を探りながら主人を引っ張っていく。

厚い雲間から時折差し込む光が庭の踏み石に反射し、それがまた朱雀の白い背広に反射していた。乱反射の為に、朱雀の後ろ姿は現れてはまた消えた。殆ど全てが幻のような光景だ。

叩《たた》かれた玄関。

やがて、内側から扉が開く。

現れたのは、サダだった。黒い石のような老婆が、たった一つの苦い現実のように背中を丸めて立っていた。その存在は、小さな背丈の割に、大層重たげに見えた。

サダは朱雀を見ると、覚悟を決めていたかのように会釈し、無言のままひと気の無い長い回廊を歩きはじめた。朱雀がその後に続き、柏木も馬場と共にその後を追った。

それは屋敷の一番奥の部屋だった。

壁一杯の本棚に、錬金術や魔術の本が並んでいる。おそらく伊部自身の書斎かと思われた。

窓際の揺り椅子に、座っている女の姿があった。金髪の長い髪が背凭《せもた》れから覗いている。

サダが揺り椅子の側に立ったので、四人は椅子の前方に回り込んだ。

女は、醜い妖怪《ようかい》……ウロトフとタスローを大事そうに胸に抱き抱えていた。

どちらも、眠っているように見えた。

だが、女の右手には拳銃《けんじゅう》が握られ、力なく肘《ひじ》かけから滑り落ちた恰好《かっこう》でだらりと下がっていた。分厚い白粉《おしろい》が塗られた顔に、点々と赤い液体が飛び散っている。

馬場が白目を剝《む》いて朱雀を見た。其処《そこ》にいる誰もが、この状況を理解出来なかった。たった一人、見えていないはずの朱雀を除いては……。

「血の臭いだね……」

と、朱雀が言った。

そうしてやり切れぬほど深い溜息《ためいき》を吐いた。

「サダさん、伊部君は自殺したのですか？」

サダがそれまで一言も発しなかったにもかかわらず、朱雀は自分を出迎える者がサダであることを予測していたらしかった。

「おれに止めることは出来ませんでした。本当に、申し訳ない。自業自得で浅ましい姿になるだけならいいけんど、ぼっちゃんまで巻き添えにして……。情けない……情けない……やっと帰ってきたと思ったのに……。親馬鹿と叱って下さい、けど、どんなになっても、おれの倅《せがれ》だから……」

サダはそう言うと床に突っ伏して深々と頭を下げた。そして小さく丸まった。本当にこの老婆はそのまま石になってしまうのではないかと、柏木には思われた。

麻巻は、誰もが聞こえるほど歯を鳴らして小刻みに震えていた。

「馬場君、このハンカチをタスローの顔の上に置いてみたまえ」

朱雀はそう言って、胸ポケットから白く柔らかなシルクのハンカチを取り出した。

馬場は震える手でハンカチを受け取り、萎《しな》びた体をウロトフの上で捩《ね》じっているタスローの顔の上に置いた。

薄いハンカチが自らの重みで深く沈む。シルクがぴったりとタスローの顔に吸いつくと、白いデスマスクが浮かび上がった。

「こっ……これは」

馬場の額から汗が噴き出していた。

2

「津田博士だね」

朱雀が念を押すと、馬場が嗄《しわが》れた声で、ああ、と答えた。殆ど声になっていなかった。

麻巻はそれを聞いた途端に、へたへたと膝《ひざ》をついた。

「分からない、僕にはさっぱり分からない！　どういう事だ？　何故、朱雀さんは分かってたんだ？」

柏木が混乱の悲鳴をあげた。

「それはね、津田博士が魔術の陶酔者だったと知った時さ。僕もそう詳しくはないが、幾ばくかなら魔術についての知識を持っている。馬場君、僕は君にＴＡＲＯＴ《タロット》を見せただろう？」

馬場は呆然《ぼうぜん》としていたが、朱雀の声に我に返ったようだった。

「ＴＡＲＯＴは魔術の奥義を図案化した絵札だ。このＴＡＲＯＴという文字にはちょっとした仕掛けがある。これは西洋魔術のアナグラム……日本の言霊《ことだま》学のようなもので繙くと、『神聖で完全なる円運動』、すなわち『終わりと始めが同一点に帰結し、永遠に回りつづける永久運動の法則』が施されている。こんな風にね」

そう言うと、朱雀はポケットから紙を取り出して、実に器用に万年筆でアルファベットを書き綴《つづ》った。

Ａ
Ｔ
Ｔ　　Ｒ
Ｏ

「タロットという文字は、頭のＴが最後尾のＴに戻っていく仕組みに出来ている。Ｔはこの文字魔方陣の中心となっていて、この配列を中心であるＴから時計回りに読んだのがＴＡＲＯＴ。時計と逆回りに読むとＴＯＲＡ——すなわち『律法』というヘブライ語と同じ響きになる。Ｔの対称点であるＲから時計回りに読めばＲＯＴＡ——『不断の回転』という言葉になる。

これらの言葉の一つ一つに錬金術の極意が秘められているんだ。一つの名詞の中にその属性を表す違う名詞を潜ませ、言葉の魔力を高める魔術の一種だよ。

津田君は若い頃から魔術に陶酔していたようだから、魔術的な技法を試行錯誤したり、弄《もてあそ》んだりしていたことだろう。それで、アナグラムを真似た言葉遊びもよくしていたことと思われるね。アナグラムの原理で、ＵＲＯＴＯＦＵという綴りを考えてみたまえ。終わりと始めのＵで円に結ばれる仕組みになることが分かるだろう。この魔方陣をウロトフと逆回転で読み直してみるといい。終点を始点として逆から読むということだから、単純に下から、さかさに読めばいいんだ。……フトロウ……。

永久運動の魔方陣を作る為にＵで始点終点を結びたかったから、太郎をフトロウと読みかえたものと思われる。伊部君の名前だよ。ではTASURROはどうなる？　ウロトフが伊部君の名前となると、タスローの暗号は察しがつくだろう？　だがこの場合は少しひねってある。最初と最後が、どうしても同じ文字に成りえなかったからだ。だからおそらく二つ並ばせたRを仮の結合点に見立てているに違いないと僕は考えるね。そこで魔方陣を作ってみよう」

O　T

R R　A

U　S

「タスローの読みは、魔方陣の中の中心であるRを起点としていないね。変則的にTから始まっている。だからこれをタスローの逆回転で読もうと思うならば、中心点であるRから見て、Tの対称位置にあるSを起点に逆回転するのが妥当だ。するとSATORU……サトル、悟は津田博士の名前だ。ウロトフとタスローの名前は、おそらく伊部君が津田君に送った暗号なんだよ」

馬場と柏木は、言葉もなく頷《うなず》いた。

「この謎解きが出来た時点で、僕は妖怪の名付け親が津田博士か、もしくは津田博士と親しく彼の魔術趣味をよく知る人物——つまり伊部君か、そのどちらかだろうと考えた。そして伊部君の性癖から推量して、妖怪をサァカスに連れていったのは伊部太郎のほうと結論したんだ。

僕が伊部君と最初に会った時に話題にした、吃音《きつおん》のある知人がいたよね。ほら、伊部君と家族構成などがよく似ているという知人さ。実は六区の陰間《かげま》茶屋にいる男なんだ。だからすぐにピンときたんだよ。伊部君は同性愛者ではないかとね。そこで、その筋の情報をあたってみると、伊部に女装癖があることが判明した。一方では、『サァカスに妖怪を連れて来たのが異人女だ』と聞いていたから、これは見事に符合したよ。背の高い金髪の異人の女、しかも日本語が流暢《りゅうちょう》な女なんてそういるもんじゃない。しかし、陰間茶屋に行けば、一見それ風のオンナは一杯いるからね」

柏木は「成る程」と小さく呟《つぶや》いた。確かに、何度か見かけたことがある。派手なかつらと化粧の陰間が、路上で引いた男と一緒に、裏筋の連れ込み宿に入っていく姿を……。大抵が金髪や赤毛の外人女のような様相を真似ていて、ひっそりと後ろめたそうな振るまいの割によく目立つのだ。

「だけど異人の女が伊部さんだったなんて……」

柏木は溜息混じりの言葉を吐きながら、伊部が朱雀の事を「美しい人」と形容していたのを思い出した。

そういう事だったのか……。

妖《あや》しい想像に、頭が熱くなる。

「意外かね？　伊部君のことを調べてみると、津田博士の研究所が出火する一週間程前に、会社もこの邸宅も銀行や債権者に差押え手続きを取られていた。勿論《もちろん》、津田君の研究に嵩《かさ》んだ出費が原因だ。身を持ち崩すほど、伊部君は何故、津田君に尽くしたんだろう？　いくら友人で尊敬しているとはいえ、尋常じゃない。伊部君は愛していたんだよ……。子供の頃からずっと津田君のことをね……。全く可哀想に。津田博士は伊部君の気持ちを知っていたから、やすやすと伊部君のことを利用したんだろう。残酷な話さ。性の別で愛情の価値が違うわけでもないだろうに。こうまで尽くしても報われなかったんだから」

厚化粧を施された伊部の顔は、目の上の青いアイシャドーのせいで泣いているように見えた。

「おそらく、津田博士は伊部君がもう後援出来る状態でないと知った時から、掌《てのひら》を返したように冷たくなったに違いない。伊部君が言ってたよね、『事件の当日、津田君に何度も連絡を取ろうとして、津田君の家まで訪ねた』と……。津田博士は露骨に伊部君を見限ったんだろう。だから新しい後援者の事や、帝大学長のご息女との婚約話などを聞かせたんだ。だが、おそらく伊部君はそれでは諦《あきら》められなかった。そりゃあそうだろう？　あんまりじゃないか。寝つかれず、きっと夜、研究所まで足を運んだに違いない」

「それで、事件に遭遇したんですか？」

「うん、おそらく火の手が上がった直後だ。研究所が燃えていた。伊部君は我を忘れて津田君を助ける為に、割れた窓の中から侵入したと考えられる。窓が割れた原因は、後で話すとして、全くいじらしいだろう？　だけどそこに津田君の姿は無く、代わりにウロトフとタスローがいた。これが実験用のウサギや鼠なら伊部君も見向きもしなかったろう。だが炎の中に立っていたのは、目を疑うような異形《いぎょう》の妖怪《ようかい》だった。伊部君はこう思ったに違いない。『これは津田君の大事な人造人間だ……』とね。

　それで伊部君はウロトフとタスローを助けて一旦《いったん》は屋敷に連れ帰ったんだ。津田君がそれを取り返しに来るだろうから、もう一度会えると期待していたんだろう。女でもなかなか、そんなに献身的な者はいないよ。僕は男色家ではないけれど、其処《そこ》まで愛されたなら、何らかの気持ちを返そうと努力ぐらいはしただろうね。しかし津田君はそういう人間ではなかった。それ以前に……」

「津田博士は行方不明になっていた」

「そうだよ。それで伊部君は慌てた。まさか妖怪自身が津田君だなんて、その時の伊部君には思いもよらなかっただろうからね。津田君を捜さなければ……、そうすると妖怪の面倒を見ることが出来ない。妖怪の事は誰にも秘密だから、このままだとかかりきりにならなきゃいけない。思い余った伊部君は、妖怪を世話してくれそうな心当たりに一時的に預けようと考えた。それにもし津田君が自ら行方を晦《くら》ましていたとしたら、きっと見世物になっている自分の人造人間のことを聞きつけて現れるかもしれない」

「それで変装をして……」

馬場は身じろぎ一つしなかった。女装癖のある男色家など、馬場にとっては妖怪と変わらぬ代物に感じられた。目の前の奇怪な生き物達の死骸《しがい》が、頭を混乱させていた。

朱雀は咳払《せきばら》いをして続けた。

「そうだよ。それで、僕はサダさんを妖怪見物に行かせたのさ。伊部君が反応して動きをみせないか、観察しようと思ったんだ。しかし、僕も妖怪の正体を津田博士だと思いかねていたから誤算が生じたよ。本業の面倒な事務的処理に追われていた時だったから、可能性の追求に甘さが出てしまった。まさか伊部君が川田団長を殺してしまうとはね……」

「しかし、団長を殺したのが伊部さんだと何故分かったんですか？」

柏木が再び訊ねると、朱雀は、頭が悪いんじゃないかと言いたげな、軽い溜息《ためいき》を吐いた。

「そりゃあ、団長が殺されて、妖怪が連れ出されたとなれば、殺人の狙いは妖怪なわけだ。妖怪を持ち込んだ伊部君がまず最初に疑わしい人物さ。それに昨日、伊部君が僕に挨拶《あいさつ》に訪れた時、川田団長は『灰皿』で殴られて殺されたそうですね……と言ったんだ。あの日の朝刊には、凶器が灰皿とは書いていなかった。『皿』と書かれていた。どこの新聞もそうだ。どうして、そんな取り違えが起こったのか、不可解に思ったので、警視庁に問い合わせると、皿と発表したほうが間違いで、本当の凶器は灰皿だったんだ。しかし、川田団長の部屋にあった灰皿はベネチア製の大層高価な物で、皿と見間違うほど美しかった。だから、皿と発表してしまったそうだ。だが、伊部君は、以前、何処かで見たことがあるんだろう。それが灰皿であることを知っていたんだ。……だから伊部君が団長を殺したんだよ」

「ああ……」

馬場は気の抜けたような相槌《あいづち》を打った。

「しかしサダさん……貴方《あなた》は何故、サァカスの見世物が息子さんだと分かったんです？歌ですか？」

「痣《あざ》です……。倅《せがれ》と同じところに痣がありました」

床にうずくまったまま、サダが呻《うめ》くように言った。

「母親にしか分からないことですね……。いや、もう母親の勘でしかない。おそらくそれを聞いた伊部君は、川田団長のもとに妖怪を返してくれるように懇願しに行った。しかし、すでにウロトフとタスローはサァカスの看板スタァだ。簡単に首を縦に振るわけがない。おそらく川田団長は法外な値段を伊部君にふっかけたんだろう。

川田団長が殺された夜、二人は秘密取引をする約束だったに違いない。団長は人に知れないように団員を出て行かせたんだ。しかし、伊部君には団長が要求してきた金額を支払う能力がなかった。思い余った伊部君は団長を殺し、ウロトフとタスローを取り戻した」

「伊部さんが笛吹き男の正体なのか？」

訊《たず》ねた柏木に、朱雀は苦々しい表情で、「それならまだ、事は簡単だったのだけどね……」と呟いた。

「団長の両腕を切断してロープで吊《つ》るしたのは、騒がれている笛吹き男の犯行に見せかけるためだよ。伊部君は笛吹き男ではない」

「じゃあ、笛吹き男の正体は誰なんだ？　助手の綿村は何処へ消えた？　それにあんたは何で、妖怪が津田博士と知ったんだ」

やっと我を取り戻した馬場が、性急に訊ねた。

「さぁ、それが問題さ。綿村里雄……謎の男が糸口だ。だけどもう分かるはずだよ。例のアナグラムさ。こっちはもっと簡単だ。単純に綿村里雄を別の読み方でいえば、ワタソン・リオ。そう、エール大学で津田博士と同じ研究チームにいたリオ・ワトソンだ」

「リオ・ワトソンが日本に？」

「いや、違うね。リオ・ワトソンはアメリカを離れちゃいない。僕はそこが知りたくて、知人の伝手《つて》をたどって、エール大のリオ・ワトソンに連絡を取った。津田君の身に起きているだろう非常事態を知らせて協力を願ったんだ。その返事が昨日の時点でようやくきた。驚くような事が書かれていたよ。津田君がリオ教授と組んで秘密裏に行っていた脳波の移植実験だ」

「脳波の移植！」

「そうさ、バー博士は脳医学の権威だ。ことに脳波の測定を専門にしていて、そこから人体全てに発生する電気的性質の解明を手掛けている。津田君は心と電気というものに異常な関心を示し、リオ教授の脳波を自分に移植してみたいと申し出たらしい。

当時は、リオ教授も倫理的な問題より実験そのものに魅せられていたこともあって、それを承知した。しかし実験を始めて暫《しばら》くたって、津田君が人格分裂の症状を見せはじめたので、恐ろしくなって止めるように何度も言ったらしい。やがてその事はバー博士にも知られることになり、津田君は客員教授を事実上罷免されている。ただバー博士は非凡な天才の行く末を考慮して、表向きには発表しなかったらしいけどね」

「では……綿村里雄というのは……」

「津田君のもう一つの人格だろう。本当にリオ教授の人格が移植されたのか、頭に電極をつけて電流を流すなんて無茶をしたせいか知れないが、ともかく別人格が津田君の中に形成され、それがやがて一個の人格としての独立を求めだしたということなんだ。麻巻君が聞いた、激しく言い争っていた津田君と綿村の声は、一人芝居なんだよ。

津田君は生体実験をしたくて仕方なかった。しかし自分を使うには誰だって恐怖がともなう。その葛藤《かっとう》が人格同士の葛藤として表れたのかも知れないね。

単純な事実として考えればだ。研究所が出火する直前、実験室には津田博士一人しかいなかったということになる。そして、火災が起こり、麻巻君が笛吹き男に出会った。ここの所は詳しく麻巻君に聞くとしてだね……。

とにかく、次に伊部君が実験室に入った時には、津田博士がいずに妖怪がいた。これをどう考える？　笛吹き男が博士を攫《さら》ったのでも、博士が自ら行方を晦ましたのでもない。まして帝都転覆同盟団などが絡んでいるわけでもない。その点は後で説明するけれど明白なんだ。すると、津田博士と妖怪が入れ替わったとしか考えられないわけだ。

しかしさすがに僕だって、妖怪の正体が津田博士だと断定するのには勇気がいったよ。伊部君が団長を殺してまで妖怪を連れ去ることがなければね……。あのおとなしい伊部君が人殺しをしてまで自分のものにしたい物があるとすれば、それは津田博士その人しか考えられないじゃないか。

僕に理解出来るのはここまでだ。さぁ麻巻君、後の説明をしてもらえないかい？」

馬場は麻巻のもとに歩み寄ると、その襟元を摑《つか》み、大声で怒鳴った。

「さぁ、言え！　言わんと今すぐにでも貴様をムショにたたき込むぞ！」

麻巻は蠟《ろう》人形のような青白い顔で、異人の女に抱かれて死んでいる醜怪な生物に視線を釘《くぎ》付けにされたままだった。

「複製に失敗したんです……」

「複製だと？」

麻巻は馬場の腕を襟元から外すと、少し噎《む》せたように咳《せ》き込んで頷《うなず》いた。

「博士は……博士は複製生物を作る実験をしていたんです。石井博士が依頼したんです。戦局が激しくなれば、もっとも困難になるのは食料調達だから、育成をする手間なしに出来る食料が欲しいと……」

「つまり……どういうことだ？」

「博士はアメリカにいた時に、いろんな興味深い実験に参加したと言ってました。その中に生物の細胞を一つとって培養して、全く同じ生物を作りだす実験があったと言っていました。例えば一つの植物を構成する細胞は数十億単位ですから、一個の植物があれば数十億の種を手にしたようなものなのです」

馬場には麻巻の言っていることの意味がよく分からなかった。柏木にしても同様だった。

「その研究をしていたのは、エール大学のリオ・ワトソン教授だね」

朱雀が言った。

「そ……そうです」

「しかし津田君がやっていたのはそれとは違う研究だ。この結果が物語っている」

「博士が……博士がしていたのは、その論理をさらに発展させたものです。細胞から培養して複製を作る実験は、培養環境の設定が難しい上に、いろいろな制約があって完成はしなかったらしいのです。博士は……そうではなくて、例えばアメーバーが分裂するみたいに、各体細胞を生体内で倍に増殖させて、複製を作るほうが安易なはずだと言って……」

3

アメーバーのように分裂する！

柏木は我が耳を疑った。想像しただけで鳥肌が立つような薄気味の悪い話だ。

麻巻の細い声が続いている。

「なんでも博士の理論では、生物の細胞は電気的な鋳型があって初めて、その鋳型にそって細胞が整列し、一つの生体になるのだそうです。トカゲは敵が来たら自分の尻尾《しっぽ》を切り落としますが、その後で生えてきます。ところが人間の場合は指を切っても生えてはきません。しかし博士が所属していたバー博士のところではそういう不可思議な現象が起こったそうです」

「これは驚いたね。つまり切り落とされた指が生えるというような事が起こったと？」

朱雀がゆっくりと訊ねた。

「そうです。博士によれば、人間の体には各所に違う電圧の微弱な電気が流れていて、それがあたかも電気の設計図のようになっているんだそうです。それで切り落とされた指の周りに、指が完全に存在しているような磁場を張りめぐらせると、指が再生したそうなんです。

それで博士は、『各器官の体細胞を二倍に増加して、その生物が持つのとまったく同じ電気的な鋳型を作り、其処《そこ》に流し込んでやると複製が出来る』と自信を持って言ってました。僕は研究の初歩にしか関わってませんでしたから、詳しい事は本当に分からないんです。博士はそれに自分の研究にはとても秘密主義な人でしたから……。そしてアレを作りだしたんです」

「黒い巨大な複製装置だね」

「そうです。……僕はとても恐ろしかった。一体、あれに何を入れる気なのか……。もしかすると……」

「もしかすると、君自身が実験に使われるんじゃないかとすら疑った……？　視力障害の助手を博士が指名した狙いは其処にあるんじゃないかと疑ったんだね？　しかし、それは君の考え過ぎだ。津田君が、わざわざ君を助手に指名したのは、自らが変装した綿村の正体を知られたくなかったからだ。国家的研究を担っている博士が、人格障害を持っているなんて知れたら、信用問題だからね」

　麻巻はがっくりと首を垂れた。

「見つかると……こんな軍の機密を知っている僕が見つかると……満州の研究所送りにされてしまう……。嫌なんです。あんな所でくる日もくる日も生体実験をやらされるのは……。地獄です」

「だから君は、笛吹き男を地獄から救い出してくれる使者のように感じたんだね。そして、人体実験に自分が関わっていた証拠を隠蔽《いんぺい》するつもりで、笛吹き男が持ってきた物を隠した」

　麻巻は、ぎょっとしたように朱雀を見た。

「僕は知ってるんだよ、麻巻君。君の心配は的を外れている。話をしても大丈夫だ。僕が保証するよ。さぁ、全てを話してしまうんだ。そうしたら楽になる」

汗が麻巻の額ににじみ出した。

「知ってたのですか……」

「麻巻さん、何ですか？　笛吹き男が持ってきたものとは。言って下さい。今、無実の人が濡《ぬ》れ衣《ぎぬ》を着せられようとしてるんだ」

麻巻は朱雀の顔を窺《うかが》い見た。

「あの日、……笛吹き男は私を見ると、にたりと笑って、近寄ってきたんです。そして、突然、大きな段ボールを私の前に投げ出しました。そこに、切断された沢山の小さな手足が入っていたんです。一目見て子供のものだと分かりました……」

麻巻は震える手で顔を覆った。

「手足だって、それを、それを貴方《あなた》が隠したというのか？　何故だ？」

柏木が麻巻を睨《にら》み付けた。

「僕は、僕は本当に知らなかったんです。博士があんな恐ろしいことをしていたなんて。けど、火事に気づいて消防署や警察が来れば、なにもかも漏洩《ろうえい》します。そうしたら、僕が関わってないと言ったところで……」

「当然、君は逮捕されて、刑務所送りか、もしくは軍に連行されて一生、娑婆《しゃば》には出られないよね。だから、犯罪証拠を隠蔽したのかい。どうやって隠蔽したんだい？」

朱雀が静かに言った。

「化学薬品につけたんです。動物実験用の塩酸プールがあったんです。沢山、死骸《しがい》が出ますから、いちいち捨てていても切りがないんです。それで、プールで溶かして処理していたんです。そのプールにつければ、肉はおろか骨まで跡形もなく溶けてしまいますから」

「咄嗟《とつさ》に、その箱をプールに放り込んで逃げたんだね」

麻巻は力無くうなずいた。

馬場が荒い鼻息で麻巻の顔を睨んでいた。

人体実験だと……？

馬鹿な……。俺はそんな事、知っちゃいない。

この日本の中で、政府はそんな実験を黙認してるというのか……。

だとしたら、俺は……一体、俺は何をやってるというんだ……。

「子供の誘拐は人体実験の為なのか！」

悲愴《ひそう》な声で、馬場が朱雀に訊《たず》ねた。

「いや、心配しなくてもそれは違うよ、馬場君。麻巻君にしても勘違いだよ。いくら陸軍でもそんな馬鹿なことをしやしない。人体実験に使われているのは、満州の中国人やコリア達だけさ。日本人を使ってやしないよ。まったく恥知らずなことだね。今回のこの事件に関しては、軍が糸を引いたんじゃない。むしろ軍だって何が起こったかなんてさっぱり分かってやしないだろう」

朱雀は動じず、辛辣《しんらつ》に答えた。

馬場の眉毛《まゆげ》が痙攣《けいれん》するように動いた。しかし無表情だったので、馬場が何を感じたのかは、誰にも分からなかった。

柏木は腹の底からこみ上げてくるような怒りに震えていた。

凍りついたような間があって、馬場が再び朱雀に質問した。

「で……では、この男が見た青白い光はなんだ、ハーメルンの笛吹き男が研究所を燃やした目的は？」

「研究所を燃やしたのは笛吹き男ではないよ。考えられる原因はたった一つ。例の元さんの塗料だ」

「塗料だって……？」

「あれからずっと調べても、塗料は見つからないんだろう……？　つまり塗料が何処へいったかという問題だよ。そして馬場君が見つけた『お化け看板の右手にある赤松の幹の焦げ跡』が何故ついたかという疑問だ」

「焦げ跡が何故だって？　火炎弾の痕跡《こんせき》じゃないのか？」

「馬場君、君は、僕があれほど言ったのに、元さんの塗料の盗難資料をしっかり読んでいないんだね。これだから困るんだ。いいかい、僕が元さんに聞いたところによると、塗料は、ふき取りや溶剤として使うベンジンと一緒に荷造りされたまま、看板右手の赤松の下に置いていったということだよ」

「つ、つまり、どういう事だ？」

「ベンジンというのは石油製の揮発油で、極めて点火しやすい性質を持っている。石油系のような電気を通しにくい物質は、容器と摩擦して静電気を発生させる性質があるだろう？　その場合、静電気の逃げ場がないと、静電気量が、どんどん増えていって、放電が始まる理屈だよね。静電気だからといって馬鹿には出来ない。溜《た》まると相当な電圧になって青白い火花を散らす。火花は結構に高温だ。燃えやすいものが近くにあれば引火して火が出るほどにね。一般には余り知られていないが、火災原因にはこの種類の化学反応事故が少なからぬ割合を占めている。馬場君は防犯課だからそういう事は学習しただろう？　赤松の幹の焦げ跡は、あきらかにベンジンの放電によるものだよ。そして、研究所の出火の原因だ」


化学反応による火災……。確かに、そいつは火災原因の一割近くは占めている。工場なんかの火災は、特にそうだ。だが……しかし……

「だっ……だが、そんな物がどうやって……」

「竜巻だ」

「竜巻だぁ⁉」

馬場が驚いた声を上げた。柏木も朱雀の奇想天外な答えに絶句した。

「何を驚いているんだい、驚くに値しないよ。日本では年に平均二十個は竜巻が発生してるんだよ。いいかい、日本でもっとも竜巻が発生する地域は沖縄だ。その次が何処だと思う？　東京なんだ。次が千葉だ。そして、日本に発生する竜巻のうちの三十％が台風が接近してきた時に起こっている。研究所の出火は台風の前だったじゃないか。それに、四原は研究所以外に建物が無く、辺りは広大な墓地に囲まれている。この凹凸の無い地形は、竜巻発生にはもってこいの条件だ。

　看板を描いてた元さんが、突風で足を踏み外したことを思えば、この辺りの気流が四日の日、かなり不安定なものになっていたことが想像出来るし、竜巻は日本で発生した場合、気流原理によって、西に向かって進行する事を思い出してごらんよ。お化け看板から、研究所は正確に西にあるだろう？　日本の竜巻は小型だから殆《ほとん》どその影響が認識されない。強風域の幅も僅《わず》かに百メートル平均だ。しかしそれでも塗料とベンジンを、研究所まで吹き飛ばしてしまうぐらいの力は十分にあるよ」

「じゃあベンジンの入った容器が、放電していた状態で竜巻に飛ばされて、研究所を直撃したのか！」

　柏木は呆《あき》れ返った。

「そう考えると、麻巻君の見た『光』にぴったりの説明がつくじゃないか。台風までの乾燥した気候で、静電気が発生しやすくなっていた事は疑う余地がない。それに加えて、運搬中の車の中で揺られ、ベンジンと容器には随分と摩擦が生じていたはずだ。丁度いい具合に静電気が充満して、放電が始まっていたところに、小規模の竜巻が襲った。荷物は竜巻のせいで螺旋《らせん》運動をしながら飛ばされ、放電の青白い光を放ちながら、麻巻君の目の前を通りすぎて実験室の窓に突っ込んだ。其処《そこ》には丁度、元電源と変電器があった。放電の為に計器が狂い、電気がショートした。コピー装置の中に入っていた博士は分裂途中だったのに、この不測の事態で計器に狂いが生じてしまったんだ。さらに停電になって分裂が中断し、そして不完全なまま……」

不完全なままこうなった……。

三人の男は、萎《しな》びた哀れな生き物の姿を見た。

「さらに放電によって、カーテンに火がついた。当然、ベンジンも燃え上がった。一緒に荷造りされていたペンキも乾燥性の油が原料だから、火が広がるのは早かっただろうね」

「じゃあ……笛吹き男は？」

柏木は一番最初に訊ねたかったことを思い出した。

「笛吹き男の正体は伯恵姫さ」

「そ……そんな……」

柏木は目の前が真っ暗になった。朱雀がマリコの無実を証明してくれるのではないかという期待は、余りにもアッサリと裏切られてしまった。

「だが、笛吹き男は……マリコであると同時に、召喚された魔人でもあったんだよ」

朱雀が目を伏せて言葉を継いだ。

「おい、話をはぐらかすな。笛吹き男は伯なんだな！」

馬場が狭い額に皺《しわ》を刻み込んで朱雀に近寄った。その答えだけが、自分の刑事としての存在を肯定してくれる唯一の救いだった。

その途端、大きな音が響きわたった。朱雀がステッキで床を強く打ち鳴らしたのだ。怒りに満ちた音だった。

「田中のもとを訪れる笛吹き男の正体がコリアではないかという事ぐらい、僕にはとうに見当がついていたよ。しかしそうなら、何故、笛吹き男は田中誠治のもとを訪れた？　馬場君、さぁ、答えてみたまえ。君はどう思うね？　笛吹き男が田中を毎年訪ねた理由だよ。何故、笛吹き男は田中誠治のもとに毎年現れたと思うね？　えっ、何故だ、何故、田中誠治の子供の命日に毎年のように現れたんだ？」

激昂《げきこう》の為に青白くなった朱雀の顔は、その美貌《びぼう》の為、凄味を帯びてさえ見えた。声は一段甲高く、突き刺すような響きがあった。

馬場は朱雀の問いに答えられなかった。立っているのがやっとの風情で、蛇のような目で黙って朱雀を睨《にら》みつけていた。

「うすうすは分かっているんじゃないのかい？　えっ、馬場君。分かっていて、分からぬふりをしてるんじゃないのかい？　何故なら、君も脛《すね》に傷を持っているからだよ」

「どういうことです、馬場さん！」

柏木が馬場を追及した。馬場は押し黙っていた。

「柏木君は勿論《もちろん》、知らないだろうね。この帝都の住民が結託して行った恐ろしい犯罪の事はね……。警察と軍によって、公然の秘密とされた犯罪だ」

「帝都の住民が結託して行った犯罪？　何の事だ……」

柏木には全く見当がつかなかった。

だが、馬場には確かに思い当たる節があったのだろう。「貴様、それを言うつもりか？」と低い声で朱雀を制した。朱雀が、面白そうに肩を揺すった。

「何をびくついてるんだい馬場君？　ああっ、そうか……これは国家機密だものね。だけど、この席は無礼講でいこうじゃないか。構やしないよ。誰も聞いてやしないじゃないか」

朱雀は、まるで気取った挨拶《あいさつ》でも始めるように、コホンと咳払《せきばら》いをした。

「いや、実はね、田中誠治の子供の命日、九月一日は関東大震災の日でもあると同時に、日本人がコリアを大虐殺した記念日でもあるんだよ」

「大虐殺の記念日だって！」

声が高くなった柏木から、馬場が僅かに目を逸《そ》らした。

「馬場君、そうだろう？　知らないとは言わせないよ。万歳事件が起こった後で、政府は大惨事に乗じてコリアが暴動をおこさないかと疑念を抱いた。それを受けて軍が、『コリア達が井戸に毒を投げ込む相談をしている』とデマを流した。そして『自警団』と称して市民に武器を持たせ、コリアを見つけしだい皆殺しにするように命じた。震災の興奮の坩《る》堝《つぼ》にあった市民は平気でコリア達を縛りつけて燃える火の中に放り込み、日本刀で切り捨てた。そうだよね？　そうだったよね。君も警官として大活躍していたことだろう」

一体、君は何人殺したね？

馬場はぴくぴくと唇を痙攣《けいれん》させた。

「……コリアどもは飲料水に毒を入れる相談をしていたんだ……」

馬場の言葉に、朱雀の眉《まゆ》がつり上がった。

「ふうん、そうかい？　何処のなんという名のコリアがだね？　それとも殺されたコリア達の全てがかい？　だけどだよ、それなら何故、軍や警察はコリアの虐殺のことを固く市民に口止めしたりしたんだろうね？　軍や警察だけじゃない、殺戮《さつりく》に加担した市民もぴたりと口を閉ざしてしまった」

「待って下さい、本当にそんな事があったんですか？」

柏木は馬場にむしゃぶりついた。

「いやぁ、あったもあった。そりゃあ、凄《すご》かったよ。無抵抗で、軍に投降すれば保護してやるなんて、宣伝しておいてさ、次々と無実を訴えて投降してくるコリアを、かたっぱしから虐殺したんだよ。どうやって殺したか知ってるかい？　女子供すら足を引っ張って体を引き裂き、針金を首に縛って池に投げ込み、苦しめて苦しめて数限りない虐待の末に生殺しにしたんだ。そうして殺されたコリア達は全部で六千人！　いや……本当はそれ以上だろうね。ねぇ、馬場君」

「こっ……こいつの言う事など出鱈目《でたらめ》だ」

馬場はそう言った。しかし、その言葉には力が無かった。

「田中誠治も自警団の班長をしていたらしいから、駆けずり回っていたことだろう。もちろんコリアを見つけて殺す為だ。そうして伯恵姫の家族を見つけた」

柏木は掌にびっしょりと汗をかいていた。

そうだ……マリコちゃんは震災で家族を亡くしたと言っていた。

田中誠治が！

「当時七歳の伯恵姫は、避難途中で偶然にも家族とはぐれて難を逃れたけれど、父と母と妹が自警団に取り囲まれて殺される様子を目撃してしまったんだ。伯の家族がどんな殺され方をしたか知りたいかい？　なんとね、震災で残った焼け棒杭《ぼうぐい》に縛り上げられ、竹刀でさんざんにいたぶられた挙句、生きたまま焼き殺されたんだそうだよ。その時、伯の妹などはわずか三歳だ。そんな子供も一緒に、紅蓮《ぐれん》の炎が燃え盛っていた上野の地下鉄の構内に投げ込んだと言うんだ。三人はね、無実を訴えながら、アイゴ〜と泣き叫び、焼けただれて死んでいった。

　田中誠治が殺したんだ！　伯はどんな思いでそれを見ていたんだろうね？　普通なら警察に通報すればいい。なにしろ殺人だ。当然、犯人は捕まえられて、死刑にされることだろう。けど、可哀想に、伯には警察に通報することさえ許されなかった。何しろ、この国の警察と軍と民衆がぐるになって犯した罪だからね。えっ、馬場君、君なら目の前で父や母や妹を、そんな風に殺されたらどんな気がすると思う？　仕方なかったと諦《あきら》めるかい？　それとも憎き仇《かたき》を殺してやりたいと思うかな？　馬場君、君の事をそう思っている人間がいるかも知れないよ」

　馬場は蒼白《そうはく》になって、僅《わず》かに蹌踉《よろ》めいた。

「……安心したまえ。脅しただけさ。人間、日々生きていくのにそうそう過去にこだわってやいられないもんだ。ましてこの国のコリアや支那《しな》人は、そんな暇などないくらい貧しいんだ。伯恵姫だって、ずっとその事ばかり考えて生きてきたわけじゃない。どうしようも無いなら、忘れてしまったほうが楽だったはずだ。それ以上に日々暮らしに追われて夢中だったろう。だが、三年前のある日、忌まわしい伯の記憶が運命の手によって呼び覚まされてしまった。悲劇の到来だ。高橋の人形劇団が川田サァカスの隣で公演を行ったんだよ。丁度休憩時間で川田団長と二人で人形劇を覗《のぞ》いた伯は、そこに忘れられない憎い人物の存在を発見してしまった」

「田中誠治か！」

柏木は叫んだ。

「そう、田中誠治だよ。伯は驚いたと言ってたよ、『自分の家族を殺した鬼のような男が、にこやかに笑いながら、子供達を連れて人形劇を観賞している姿が信じられなかった』とね。矢も楯《たて》もたまらず、次の公演を腹が痛いと言い訳して休み、田中の後をつけて家を突き止めた。すると、なんとも幸せそうな家族の姿があった。……理不尽だよねぇ。どういう事なんだ？　自分の家族を殺した男が、そんな風に罪も咎《とが》められず学校の先生になんぞ納まって幸せに暮らしているなんて。そう思わないかい、柏木君？」

朱雀は思いっきり皮肉っぽく唇を歪《ゆが》めてそう言った。

「伯はそれから、時折田中の様子を窺《うかが》うようになった。そして、子供の事故のことを知った。天罰だと思ったそうだ。震災と同じ日に家族を失うのはね。田中は嘆き悲しんでいた。そりゃあ側から見ても異常なぐらいね。その姿を見て、本当なら胸がすくはずなのに、伯は段々と怒りを感じてきた。そうだろう？　自分の家族を皆殺しにした男が、息子を事故で亡くしたぐらいのことで身も世もないほど泣き叫んでいるんだ。傲慢《ごうまん》じゃないか。それで伯はその事を知らせてやろうと、ハーメルンの笛吹き男の仮装をして田中のベランダに立ったんだ。おそらく、伯は笛吹き男の姿に、家族を奪った田中誠治を見たんだろう。国家はさらにハーメルンの笛吹き男は、日本人の象徴として相応《ふさわ》しい悪魔だったんだ。

コリアへの移住を民衆に煽《あお》っているけどね、日本人が一人移住してくると、五人のコリアが土地を奪われて路頭に迷う現実があるんだ。コリアでは裕福な日本人移民が増える度に、丸裸にされたコリア達が飢えて死んでいくんだよ。伯の家族も日本軍に土地を追い出され、家も財産もなくした。無一文になって、家族して路頭に迷っているところに、『日本に行けば良い生活が出来る』と唆されて移住してきたんだ。ところが待っていたのは、酷《ひど》い重労働と差別と貧民窟《ひんみんくつ》での生活だった。挙句の果てには、伯を除いて皆殺しだ」

『さあ、幸福の国に行こう。幸福の国に……』

人攫《さら》いは大抵そんな風に言って、連れて行くものなのよ。

マリコの声が柏木の耳に甦《よみがえ》った。柏木は自分が日本人であることを呪った。聞いているだけで胸が悪くなるような話だ。信じられない。愚かしい。

それで、マリコちゃんは反政府組織に身を投じたのか……。

柏木はがくりと肩の力が抜けるのを感じた。

「さて、ここで問題だ。田中誠治のもとを訪れた笛吹き男が伯である事は間違いない。だが、しかしだよ、笛吹き男なる悪魔は本当に現実に存在していないと言えるのか？」

「与太話に用はない。早く続きを言ってくれ」

馬場がわめいた。

朱雀は不機嫌そうに眉を顰《ひそ》めた。

「田中は笛吹き男を、子供を奪った悪魔だと思った。田中誠治は伯が思っていた以上に笛吹き男の出現に怯《おび》え、震え上がった。だが伯の計画は予想を外れた。伯の本心はね、一度でも田中に謝ってもらえれば良かったんだ……。

しかし田中は自分の罪を悔い改めるどころか、殺人の事など知らないと言い張った。伯は許せなかった。彼女は田中を殺してやりたいと思った。だが女の身だから下手をすれば返り討ちになるかも知れない。なにより、コリアが復讐《ふくしゅう》で日本人を殺したと知れれば、日本にいる他の仲間がどんな仕打ちをうけるかが心配だった。

それで伯は決心したんだ。毎年、田中誠治のもとを訪れることをね。田中を一生涯かけて恐怖に縛り付けておくことをね……。これは上手《うま》くいったさ。田中は毎年やってくる笛吹き男の恐怖に、だんだんと精神の均衡を崩していった。仲むつまじかった奥方が、奇怪《おか》しくなっている田中に呆《あき》れて逃げ出してしまったぐらいだ。

どうだね、もし君達なら、伯のように復讐を考えはしなかったかな？　ねぇ、今年に入って炭鉱の大事故が二つあっただろう。その被害者は全員、コリアだ。日本人は一人もいない。何故だい？　答えは簡単だ。死んでもおかしくない仕事に、コリア達を専任させているからさ。コリア達は炭鉱現場で『丸太』と呼ばれて、一本、二本と数えられている。

未《いま》だに日本人はコリアを殺し続けてるって訳さ」

僕だって、東が手の届くところにいる男なら、いますぐにでも殺してやりたい！

柏木は、ひたすらマリコを哀れに感じた。マリコの犯した罪が哀れだった。軍に対して同じ心を共有しながら、自分は日本人としてマリコにその憎悪を向けられている側でもあるのだ。

それなのに、彼女が日本人を嫌う理由も知らず、薄っぺらなヒューマニズムを振りかざし、『頑《かたく》なに日本人を嫌うな』などと言った自分は何だ。

まさに傲慢な日本人そのものじゃないか。

事実はもっと重いのだ。無知な日本人の若造は、マリコにどう映っていたのだろう……。

僕は、コリアの虐殺のことも知らなかった。

大東亜帝国思想を間違っていると思ってはいても、何も行動していない。

僕は人間として、日本人として、どうやって彼女の心の傷や殺された家族に対して詫《わ》びればいいのだ？

第一、この国の法律に彼女の犯した罪を罰する権利があるというのだろうか……。

柏木は情けなさで、拳《こぶし》を震わせた。

「それで……伯は日本人への復讐の為に子供達をさらって殺害したのか？　だが、どんな事情があろうと、それは許されんぞ！　確かに理由はあるだろうよ。けどな、それをいちいち認めていたら、犯罪は取り締まれないんだ」

馬場が吠《ほ》えた。それを聞くと、朱雀は呆れたように鼻を鳴らした。

「はん、軟尖《ナンセンス》だ。いつ僕が伯を児童殺害の犯人だと言ったね？　田中すら殺さなかった伯が、何故子供達を殺さなければならないんだい。子供達を殺して、研究所に現れたハーメルンの笛吹き男は、田中誠治だ」

馬場と柏木は、余りに意外な朱雀の発言に、悲鳴に近い声を張り上げた。

「田中だって！」

「そうだよ。もともと一番疑わしい人物じゃないか。馬場君は田中誠治の部屋で笛吹き男を見た為に、はなから彼を子供の誘拐犯人の目星から外してしまったのさ。失敗だったね。田中が事件当日、研究所の辺りをトラックで彷徨《うろつ》いていた事まで知っていて、何故そんな甘くなったんだろうね。田中が君と同じ上官に世話になった後輩だったからかい？　それとも、同じ公僕だったからかい？　コリアであれば、すぐに人殺しをした犯人に違いないと性急に決めつけ、仲間ならばそうして庇《かば》うんだね。実に美しい同胞愛だよ、実にね」

朱雀は嫌味っぽく語尾を上げると、再び苛立《いらだ》ったようにステッキを打ち鳴らした。

「だがね、そのトラックには三十人もの誘拐された子供達が積まれていたんだよ。おそらく田中は彼自身が言ったように、『サァカスに連れて行ってあげる』と声をかけてたんだ。『誰にも内緒にするんだよ』と言い含めてね。よく劇に連れていってもらった田中の言うことだ。子供らは素直に言うことを聞いたはずだよ。知っているだろう？　子供がどれだけそういうものが好きか。

田中は待ち合わせ場所にひと気のないところを選んで、順次やって来る子供達を待っていさえすればよかったんだ。そんな場所は鶯谷の方には其処此処《そこここ》にあるからね。だから不審者を見た者もいないし、誘拐現場を目撃した者もいない。一人一人を誘拐していたら、どこかで面が割れていたはずさ。だけど、子供達は、てんでばらばらに、自分達みずから誘拐現場に歩いて行ったんだ。

後はトラックに子供達をのせ、睡眠薬を入れたジュースなどを与えれば静かになる。田中の仕事はいつも同じだ。生薬屋と暖簾《のれん》屋に荷降ろししている。一箱分の睡眠薬ぐらい手に入れるのは簡単さ」

「待て、警察だって馬鹿じゃないんだ。子供を誘拐したのは田中じゃないぞ。田中が現場付近を彷徨いてた事は確かだ。しかし、俺達は田中のトラックの走行経路で目撃者の証言を取って確かめてる。誰もが、田中のトラックは空だったと言ってるんだ。あんたの説だと、その時田中は、三十人もの子供を運んでたはずだろう！」

馬場が唾《つば》を飛ばしながら反論した。

「三十人の子供を乗せながら、中を空に見せる唯一の方法があるんだよ」

「どっ、どんな方法だ」

「事件資料の中に、死んだ田中の部屋の残留品が記録されているよね。そこに高さ二メートル、幅一・二メートルの巨大なV字鏡があったと記録されているじゃないか」


V字鏡……田中の部屋を訪ねた時に、布団の傍にあった鏡だ。


馬場の額に、冷や汗が流れた。

「V字鏡なんて、そうそう個人の部屋にあるもんじゃないよ。それもそんな大きな物なら尚更だ。あるとしても百貨店か、着物の着付け屋ぐらいなものさ。そんな珍しい物が部屋にあったのに、何故、見落とすんだろう。全く、間抜けな話だよ。

いいかい、田中が誘拐犯だという証拠は二つある。馬場君、君が最後まで見つけられなかった犯行文の『タ』の文字とV字鏡だ。あの『タ』の文字は五年前まで使われていた尋常小学校の一年生の教科書の五十一頁にある算術の練習問題、『ハトガ　ヒダリ　カラ三バ　ミギカラ四バ　キマシタ』の最後の『タ』の文字だと後木が知らせてくれた。確か田中は尋常小学校の教師だったはずだ。教科書は完全非売品だから、馬場君がいくら本屋を回っても見つけられなかったわけだ」

「後木さんが？」

柏木が首を捻《ひね》った。

「そうだよ。ここで後木の特殊な能力について説明しておかなければならないね。後木が何故、僕の秘書を務めているかというとね、それは彼の持っている特殊な能力……いや一種の病といってもいいんだが……ようするに直観像という能力のおかげなんだ」

「直観像？」

「聞きなれない言葉だろう？　直観像というのは、ある種の脳障害によって現れる特殊な症状なんだ。この病になると、一度見たものの全てが、あたかも写真に焼きついた像のように頭の中に貯蔵されてしまう。

例えば、細密な地図を見たとしよう。一年たとうが、十年たとうが、直観像の持ち主はその地図を思い出し、一つの間違いもなく図として再現することが可能なんだ。後木にはそういう能力があって、常人にはとても負担出来ない僕の特別優秀な目としての役目を果してくれているのさ。

その後木が言ったんだ。『タ』の文字は教科書の文字だとね。そして『タ』の上にある細い線は、教科書に印刷されている鳩の尾の一部だとね。疑うなら照合してみるといい。

そして鏡なのさ。いいかい、田中がどう鏡を使ったか……。僕の推理はこうだ。午前中の荷積みと荷降ろしをすまし、田中は昼食時間を取らずに、子供達との約束の場所に出かけた。二時頃と言っておきさえすれば、近所の子供達のことだ。二時半までには全員集まっただろう。いや、楽しみにしているサァカスだから、もっと以前から田中を待っていたかも知れない。そうして、集まった子供達に睡眠薬入りの菓子やジュースを与えてからトラックの荷台に乗せたんだ。強い睡眠薬を三錠も与えれば、七つ、六つの子供なら、十分以内に簡単に昏睡《こんすい》状態に陥り、丸一日は目覚めない。さて、二トントラックなら三十人の子供達を積んでも、上手く積めば半分弱の容量で済むよね。

そうしておいて、おそらく前日あたりに付近に隠しておいたV字鏡を取り出し、昏睡状態の子供達と空の空間の中心に立てたんだ。Vの凸のほうを外に向けてね。V字の面は空っぽの空間と左右の壁を映すから、屋根のある二トントラックの中身は、あたかも空に見える。多少奥行きは狭く見えるが、そんな事まで通行人は関知してはいないだろう。このトリックはプロフェッサー・フォフマンという魔術師が発表した『モダン・マジック』という本に紹介されている。田中はよく子供を集めて、奇術を見せるような事もしていたらしい。だからこの種の知識があったんだ。

こうして人に気取られることもなく、田中は、悠々と子供達を積んだまま、住宅街の中を走行したんだ。そして何食わぬ顔で報告の為に会社に戻り、次の荷積みに出かける途中、予《あらかじ》め目星をつけていた谷中墓地の人目につかない場所に子供らを隠した。この計画はさして時間を必要としない。子供達を昏睡状態に陥らせてトラックに積むのには、昼食時間の一時間をあてれば十分だ。さらに、次の仕事に行くついでに、子供らを隠す時間は二十分もかからないだろう。田中は普段通りに仕事をこなす事が出来たというわけだよ。

馬場君が田中を訪ねた時、田中誠治は犯行文を作成して、おそらく新聞社か警察などに届けようとしていたんだろう。伯が扮《ふん》したハーメルンの笛吹き男さえ、折りよく其処にあらわれなければ、馬場君はただちに田中を逮捕出来たはずだ。まったく運が悪かったね。君は笛吹き男と遭遇した事で、大きく事実を認識しそこねたんだよ」

「しかし、どうして……、どうして田中誠治が子供を誘拐して、バラバラにしなきゃならないんだ」

馬場は酷《ひど》く慌てふためき、顔を赤く上気させていた。

「さて、ああいう男の考える事なんて、僕のような正常な人間に分かるはずもないが、それなりに推理してみようか……」

そう言いながら朱雀はいきなり背を向けた。そうしてもと来た回廊の方へと歩きだした。

「おい、何処へいくんだ！」

馬場が叫んだ。

「場所を変えよう。ここにいる人達は、今更誰も逃げやしないんだ。僕の配下がすでに警察に連絡しているはずだよ。此処は部下にでも任せておけばいいだろう？　それより行く所があるんだ。馬場君、柏木君、麻巻君、車に乗るよ」

4

麻巻はすっかり胸のつかえを吐き出して、脱力している。

馬場は額に深い皺《しわ》を刻んだままの表情で前方を向いていた。目の前に朱雀の華奢《きゃしゃ》な背中があった。

「全く、津田君が天才であったことは確かさ……。百年に一人、いや千年に一人現れるか否かの天才だよ。かのアインシュタイン博士と同格の天才……それ以上かも知れないね。事故が起きなかった場合、あの実験が成功していたかどうかは分からないけれど、独自の発想で、なんらかの成果を挙げていたことだけは確かさ。惜しいことだね」

朱雀が小さく呟《つぶや》いた。そして言葉を継いだ。

「人が科学文明を追い求める意味というのは、一体何なんだろうね？　確かに生活は便利になったけど、いざ戦争となれば科学兵器で何万人もの死傷者が出るようにもなった。やがて津田博士のように神の領域にまで手をつけて、自ら首をしめなきゃいいんだがね」

柏木にもその答えはよく分からなかった。ただ灰色の砂塵《さじん》がエントツから噴き出されていく光景を眺めていた。

「それより何故、田中が子供を誘拐してバラさなきゃならなかったんだ？」

馬場が訊《たず》ねた。

ああ……と、すっかり忘れていたように朱雀は手を打った。

「そうだった、話が途中だった。馬場君、献体用の陸軍病院の箱の話をしたことがあるだろう？　ほら、金属製の実に味気ない箱のことだよ。その箱がね、黒いんだ。つまりね、津田博士の実験室から運ばれた黒い金属製の箱と似ているんじゃないかな……」

「例の棺桶《かんおけ》……いや複製装置ですか？」

柏木が確認した。朱雀が後ろ姿で頷《うなず》いた。

「田中が最初に見たという三人の腐乱死体は、陸軍病院に運ばれてきた生体解剖されるはずだった二人のコリアと一人の中国人の被験者達なんだよ」


生体解剖……！


「柏木君の推理は一部正しいよ……。満州の免疫研究所では、中国人の匪賊《ひぞく》や反抗的なコリアを捕まえてきて、実に恐ろしい実験を行っているんだ。例えば、研究所が開発した毒ガスや疫病菌を彼らに植えつけてその成果を記録したり、生身のまま解剖して死に至る過程を観察したりね……。

三人の男達は研究所で疫病菌を移植され、日本に輸送されて、その後、陸軍病院で解剖されるはずだったんだが、護送途中で逃げ出したんだ。田中誠治が工事現場で見た時、丁度輸送から逃げた彼らは、深夜のひと気のない工事現場を探し出して、疲れ果てて眠っていた。そこに田中が現れた。三人は恐ろしくて、何をされても死んだふりを決め込んだというわけなんだ。田中は皮膚の膿《うみ》ただれた三人の様子から彼らを死体だと勘違いした」

「それで、また歩き回っているその人達を田中が再び発見したんですか？」

「うん、そのようだね。田中と同時に伯も彼らと遭遇していた。田中が去った後、起き上がって母国の言葉で話すのを聞いて、伯は彼らと話をしたと言っていた。そして陸軍病院で行われている生体実験の事を聞いたんだ。伯は彼らを一時的に自分の部屋にかくまおうとしたが……彼らは疑心暗鬼になって密告されると思ったのか、逃げ出してしまったらしい。酷《ひど》い目に遭ってきたんだ。それも仕方ないだろう。おそらくそのまま見つけられて、病院に連行されてしまったんだろうね」

「そうか。この所、将校達があちこちを捜していたのは、生体実験をされた三人の行方を追っていたんだ……」

柏木は独り言のように呟いた。

その間も、馬場は言葉にならない呻き声を発していたが、不意に助手席の背を叩いて叫んだ。

「そりゃあもういい！　田中が子供を誘拐した理由を聞かせてくれ！」

朱雀は苛立《いらだ》たしげな、甲高い声を張り上げた。

「なんだい！　まだ分からないのか。だからさ、田中は死体が動き回っていると勘違いしたわけだ。そこに同僚から聞いた『谷中のフランケンシュタイン』の話が被《かぶ》さった。どうしても真相を知りたくなった田中は、あの辺りで一番疑わしい建物を覗《のぞ》いてみたんじゃないのかい？」

「つまり、津田博士の研究所をか？」

「そう、そうすると偶然にも田中は自分の子供の死体を入れたのと同じ黒い箱を見つけた。

彼は思ったんだ。あの中に子供の死体があるとね……。フランケンシュタインの屋敷の中に子供の死体がある。フランケンシュタインは自分の子供を実験に使うつもりだ。子供は生き返るのだ……」

「待て！　なっ……なんでそうなるんだ」

馬場は後部座席から今にも助手席の朱雀に摑《つか》みかからんばかりに身を乗り出した。

「馬場君、言っただろう？　人は内的なイメージを投影して現実だと錯覚するのだとね。普通の人間でもそうだが、田中のような場合には顕著に表れる。田中誠治には、二つの精神病要因が認められるよ。まずは、精神不安定ヒステリー症の症状。そしてコルサコフ症候群だ」

「コルサ……ってのは何だ」

「『コルサコフ症候群』というのはね、重いアルコォル中毒によって引き起こされる病気の一種だ。田中は子供が死んでから暫く、酷いアルコォル漬けになっていたそうじゃないか。いいかい、コルサコフ症になると著しい記憶力の欠如が病状として表れる。そして記憶が無くなる事に非常な不安感を感じる為に、患者は覚えている僅《わず》かな記憶をつなぎ合わせて、それを手掛かりに、何か状況に辻褄《つじつま》の合う『つくり話』を創作してしまう。無意識のうちにね。そして自分の創作を本当だと思い込んでしまう傾向があるんだ。

ほら、例えば巨人の女もその典型的な例さ。田中の記憶に残っていた『看板の女の顔』、そして『松林』、しかし彼にはその周辺の記憶が無いんだ。そこで『フランケンシュタイン』という記憶と無理やり繋《つな》ぎ合わせて、ああいう話が出来上がってしまう……。

事件の目撃証言だってそうだ。馬場君、君は田中が語ったフランケンシュタインの容貌《ようぼう》が柏木君に似ていると気づいただろう？　実は柏木君は、田中に会っているんだよ。それも三体の腐乱死体とおぼしき物が町を徘徊《はいかい》しているのを追跡する田中にね。自分の犯罪の記憶、震災の時の記憶、さらに高橋の人形劇、そして柏木君と三人の脱走者の記憶の印象的な部分が少しずつ複合してしまって、あんなストーリーになったんだ。

だからさ。『子供が入った黒い箱』、そして『フランケンシュタイン』、『生き返った死人』というのも結合して、田中の中に一つの物語が生まれたんだよ。そこで田中誠治はフランケンシュタインの記憶を手掛かりに、実験材料となる子供の手足や体の部品を集めて、自分の子供を生き返らせる実験に協力しようとしたんだろう。

もしかすると、永山中佐が田中に言った言葉『ハーメルンの笛吹き男は、君の頭の中にいる悪魔だ』というのが一つの暗示として田中に働いて、田中はハーメルンの男の姿を取ったのかも知れない。

田中は睡眠薬で昏睡《こんすい》状態の子供達を谷中の茂みか、林のどこかに隠して、次の配送に出掛け、会社が終わってからおもむろに死体解体の作業をしたんだ。あの辺りは夜とは言わず昼だって殆《ほとん》どひと気がないから簡単だったろうね。それも彼岸前だから墓参りをする人もいなかったんだろう。どうせ彼岸まで幾日と思えば、墓参りは同時に済ませてしまおうと手控えるものさ。

田中は部品の中からよりすぐったものを箱づめし、フランケンシュタイン博士のもとに届けに行った。丁度、伊部君が研究所に行った直後にだ。建物の玄関は電気錠だから、扉は開かなかった。困った田中は迂回《うかい》して黒い箱のあった実験室の方に回った。ちょうど、窓が開いていた。もちろん、壊れてだけどね。田中は喜んで贈り物を届けようと中に入ったが、その時点で、実験室には誰もいなかった。田中は実験室のドアを開けて廊下に出た。そこに麻巻君が居合わせたんだ。田中は麻巻君をフランケンシュタイン博士だと思って、箱を手渡したんだよ。

おそらく犯行文を作っている間ぐらいまでは、田中にも自分が犯した罪だという意識があったと思われるね。けど、そこに笛吹き男が現れて、馬場君が笛吹き男を犯人だと断定してしまった時に、田中の混乱が再び始まったんだ。それに高橋が怪文書を別に送りつけたことも災いした。大体において記憶の危ういコルサコフ症患者なんだ。自分の犯した罪への確かな記憶があやふやになり、君の言ったことや、状況に辻褄を合わせる為に、覚えている事を目撃した事として話してしまったんだよ」

「ベランダの肉切り包丁は？　それにあんたいつ、伯と話をしたんだ」

馬場が再び短く訊ねた。

「出口氏が仕事に行くと言って出ていった日、伯恵姫を吉原に連れてきたんだよ。午前一時ぐらいだっただろうかね……そのまま三人で朝まで話をしていた。だから団長を殺したのは伯でないことは確かなのさ。出口さんは予知で伯の身が危ないことを知ってたんだ。

全くあの御仁には脱帽するよ。

肉切り包丁は、伯恵姫が笛吹き男の姿で田中のベランダに立った時に見つけたものらしい。一目見て、田中が何か大変な事をしでかしたと察知した伯は、証拠に肉切り包丁をなんとか警察に持っていこうと思っていたんだ。ところが、そこに馬場刑事が押しかけて、妙な具合になってしまった。そこで伯は、たまたま知り合いになったこの柏木君……つまり人が良さそうで、コリアに差別意識を持っていない真面目な新聞記者に狙いをつけて、陸軍病院と田中誠治の罪をなんとか告発しようとして、笛吹き男の姿で彼のもとに現れたんだ。柏木君が調べてくれることを期待してね」

「だが、それじゃあ田中誠治を殺したのは誰なんだ！」

「それはね、僕が思うに単なる事故だよ」

「事故だって！」

「そうとも。僕の摑んだ情報ではあの日、銀座のアポロという店で仮装パーティーがあった。二百人の大パーティーだ。パーティーは八時から十時半までの間だ。すると十一時頃にパーティーの客が電車で帰宅するために駅に詰めかけたと思わないかい？」

お京の言ってた仮装パーティーだ！

柏木は無言で朱雀の言葉に頷《うなず》いた。

「それは奇々怪々な仮装パーティーだったという話だ。怪物の面を被ったり、黄金バットを真似たりしてね、中でも笛吹き男の仮装が一番多かったらしい。そこで、十一時頃の銀座の駅を想像してみたまえよ。大勢の笛吹き男と、その他もろもろのいかれたなりをした集団が、降り始めた雨に急《せ》かされるようにして駅に向かって走っていたはずだ。その時、丁度田中が駅の改札を通った計算だよね。そして大通りに出ようとして踏切に立った。さぁ、其処《そこ》でどんな事が起こったかが問題だ」

「何が起こったんだ！」

「何が起こったんです！」

馬場と柏木が同時に叫んだ。

「田中は何気なく踏切に立ったはずだよ。そうするとその目の前を、ぞろぞろと怪物や、大勢の笛吹き男が通りすぎたんだ。田中は驚愕《きょうがく》したはずだ。いや、もう動転したはずだ。そして、ヒステリー患者特有のヒステリー性麻痺《まひ》の発作を起こした」

「ヒステリー性麻痺の発作？　そりゃあなんだ」

そう叫んだ馬場の声は裏返っていた。

「馬場君、最初の田中の証言をよく分析してみたまえよ……。田中は夜中に何度も悲鳴を上げたり、急に意識が途絶えたりしている様子が分かるじゃないか。これはね、田中誠治にはヒステリー症による意識障害があった事を物語っている。つまりヒステリー性麻痺の傾向を疑って間違いないということだよ。ヒステリー性麻痺発作は、患者が極度な緊張や恐怖におかれた時に起こるんだ。意識を失って忘我の状態に至り、その間、刺激された肉体部分が、反射的に習慣的筋肉運動を起こして異常運動をすることで知られている」

「そっ……それがどうなったって言うんだ」

「つまりね、田中誠治は発作を起こした最初の瞬間、踏切で倒れてしまった。そしておそらく直ぐに雨が激しく降り始めたんだ。視界が滅法悪かったと聞いている。そうだね？」

「ああ……」

「そういう状況下で何が起こりうるか……。田中は踏切の端で股《もも》の辺りが線路上に来る形で倒れた。其処を列車が通過した。視界が悪かったし、寝ていた田中を確認出来なかったに違いない。なにしろ田中のその時の服装というのが、黒色のセーターに焦げ茶色のコォルテンのズボンだ。夜目に雨とくればこんなに識別しにくい色合いはないさ。

そして、田中の足は電車によって切断された。足はミンチ状態になって線路にまき散らされたろう。しかも、僕が時刻表を調べさせたところによると、それが一般客車の最終列車だった。当然、駅には人通りがなくなり、線路上の田中の足に気づく者もいない。雨は深夜の二時まで降り続いた。その間、今度は夜間の貨物列車が四本も通過してしまう。すると、田中の足はどうなる？　滅茶苦茶に潰《つぶ》れてしまい、一部は通過していく車輪に付着するなど、傍目《はため》には目立たなくなったろう。犬か猫の死骸《しがい》ぐらいの形跡しか残らなかったろうね。しかも、雨が線路の血を洗い流し事故の痕跡《こんせき》も定かではなくなった。恐らく、残った肉片なんかも、あの辺りの餓えた野犬に食われてしまったに違いない。

銀座の乞食《こじき》が言ってるそうだ。深夜まで待っていると、野犬がゴミを荒らして食料がすっかり無くなってしまうから、ゴミが出た途端に回収しなくちゃいけない。それで忙しくてしょうがないとね」

「列車事故なのか？　しかしそれならなんで足の無い田中が大通りに移動して、警備員に目撃されたりしてるんだ？　誰か田中を運んだ奴がいるはずだ」

「だからね、其処から田中のヒステリー性麻痺発作の異常運動が始まるんだ。田中は足を列車に轢《ひ》かれても、恐らく分からなかった……。それどころか痛みも感じなかった。なにしろ忘我の境地だ。ヒステリー性の麻痺は体の感覚まで失わせる。しかし、刺激を受けた肉体部分……すなわち足は、反射的に起き上がって、普段の習慣的筋肉運動……歩行運動を始めたんだ」

「太股までしか無くなった足でか！」

「うん、そうだね、其処がこの病気の発作の奇怪なところだよ。恐らく、自然と地面につく状態になった両手も刺激を受けて、歩行運動を補助したんだろう。無意識下の状態での人間は予想外な能力を見せるものだね。颯爽《さっそう》と……とはいかなかったろうが、田中は歩き始めた。ヒステリー発作中というのはね、肉体感覚だけでなく殆どの知覚も失ってしまう。ところが赤色に対する視覚だけが失われないんだ。だから発作中の患者に赤色を見せると、その方向に向かって運動することで知られている。そこで、田中は赤い色に向かって歩き始めた。警備員の持っている警備灯だよ。雨で視界は悪かったが、あの強烈な赤色光だけは認識出来たんだろう。だから田中は警備員に向かって歩いて行ったんだ。まあ、二百メートル程歩くのが限界ではあったろうがね」

「…………」

馬場は、すっかり脱力しきったように肩を落とした。それからもう何も喋《しゃべ》ろうとはしなかった。

かわりに、柏木が訊《たず》ねた。

「田中が警備員に『ハーメルンの笛吹き男が鳥に乗ってた』と告げたのは？」

「列車事故の推理をした時、銀座の時刻表を調べさせたらね、十時五十二分に最終の『快速つばめ』が出ていた。新型列車だよ。車体に赤い翼のマークで人気がある。そして気象庁に問い合わせたら十時四十九分に雨が降りだしたという答えを得た。ここから推察するに……」

「そうか……、田中は四十九分頃に踏切で倒れた時、通過する『快速つばめ』に轢かれたんだ。発作を起こした田中の目に、赤い翼が飛び込んできたわけですね」

「そうだよ、柏木君、なかなか頭の巡りがよくなったじゃないか」

「では、田中誠治の死体を木の上に置いたのは誰なんです？」

「それは、田中が警備灯の赤色光に誘われて、銀座の大通りに出ていかなければ起こりえない事態だったんだ。田中が大通りに立っていた時、大雨のために工事が中止となり、人足や工事道具を乗せたトラックが日暮里の飯場に向かって何十台も帰っていくところだった。田中はそのトラックの通り道に立っていたと証言されている。

ところで、トラックをよく見たことがあるかな？　トラックの荷台の側面には、荷物を固定させるゴム紐《ひも》なんかを結び付けるフックがあるんだよ。L字型のフックが並んで突き出ている。L字フックには横向きのものと、上向きのものとがある。おそらくは横向きのフックを持った荷物を載せたトラックが、路上で立っている田中の脇を掠《かす》めたんだ。田中のその時の身長はおよそ一メートルぐらいだったろう。トラックの運転席は高いし、雨で視界が悪いから、運転手は田中に気がつかない。そうして通りすぎざまに田中のセーターの襟にL字フックがひっかかったとしよう。三十キロ程度のものをひっかけたって、荷台には一トンや二トンの荷物が載っているのだから、びくともしなかっただろう。振動もなかったはずだ。そうして両足が切断されたままL字フックにぶら下げられた田中は、車に揺さぶられながら、血抜きされたのさ」

「ああっ……」

柏木は酷《むご》たらしい光景を想像し、呻《うめ》き声を漏らした。

「田中の体はトラックごと運ばれてしまったので、警備員には消え失《う》せたように見えたんだ。そこから日暮里の飯場までの経路に、急なカーブがあった。丁度、田中が発見された木の裏側に、坂道があったよね、あれだ。

トラックがカーブを曲がる。遠心力で引っ張られた勢いでL字フックが外れる。そのままの勢いで、田中の体は斜め後方に回転しながら飛ばされ、木の上に落ちたんだ。この理論なら三十キロほどになった田中の体を三・八メートル飛ばすことが出来る。

だけどね、田中の事故は、まさしく笛吹き男の呪いでしかないのさ……。

あの田中の死に様を思い出してごらん、馬場君。僕が君に見せたあの『愚者』の絵札にそっくりじゃないか。『愚者』は坂の上の崖《がけ》っぷちに立って、すなわち高みに立って、足を犬に噛《か》みつかれていただろう？『愚者』とはFOOLであり、同時に錬金術師の意味をも示している札なんだ。秘法二十二枚が表す完璧《かんぺき》な世界を引っかき回すトリックスタァにして、笛吹き男の別名『マゴス』……。田中は自分でも気付かぬうちに、『愚者』というトリックスタァを演じていたんだよ。

そこでさぁ、お立会い。アナグラムのお遊びをしてみようじゃないか。魔術の呪文《じゆもん》が発動するのさ。

伯と田中を図らずも引き合わせた高橋が、頭文字『T』で怪文書を送りつけ、捜査のみならず田中自身をも混乱させたのは偶然だったのか？さらに津田博士の研究が田中の凶行の動機となってしまったのも偶然だったのか？いや、僕は霊的な導きによるものだったと思うね。

錬金術の奥義を秘匿したTORAの中心が『T』であることからも明白なように、『T』は錬金術の永久円運動のシンボル文字だ。

一方、FOOLという絵札にも、『O』すなわち終わりが始めに帰する円の運動という意味がこめられている。つまりFOOLはそれ一枚で錬金術の円運動を表現していて、その中には錬金術のシンボル文字であるTが内在しているんだ。

田中・FOOLにTが加われば、FLOOT……フルートとも読める。笛吹き男の笛だね。そしてこれをTAROTと同じアナグラムにしたがって、Oを円の結合点と考え、FOOLTと逆回転で読むとLOFTという文字が導き出される。LOFTには『高いところ』という意味がある。……どうだい、田中の死に様を暗示していると思わないかい。さらにFOOLには『鷲《わし》の王子』というエジプト名がある。田中の今際《いまわ》の際の言葉通り、鳥に乗って飛び去っても奇怪《おか》しくはないんだよ」

朱雀は一呼吸し、さらに捲《まく》し立てた。

「この事件は三人の愚者が引き起こしたものだ。田中と高橋と津田博士……。三人の愚者というトリックスタァ達が、まさに『ハーメルンの笛吹き男』の寓話《ぐうわ》がもつ奇怪で多様な顔を、現実に映し出してしまったのさ。

では何故、こんな恐ろしいストーリーが現実となったのか？　それはね、笛吹き男が現に存在しているからなんだ。彼の正体は、帝都住民の無意識に憑依《ひょうい》した魔人なんだよ。

知ってるかい？　仏教の教えでは、あらゆる人間の意識は、深いところで皆繋《つな》がっていると言う。時空を超え、個を超えて人々は共有意識を持っているんだ。これをアラヤ識というんだがね、『集合無意識』と言い換えてもいい。

我々が『個人』『僕』『私』と呼んでいる部分を『自我意識』とか『エゴ』なんて言うけれど、これは僕らが管理していると信じている所の、精神の表層的な一部分に過ぎない。

自我意識の奥には、普段は感知できない『無意識』という混沌《こんとん》たる未消化意識が横たわっているのさ。さらに、その奥には、一個の集団、民族、時には人類全体が共有する『集合無意識』があるんだ。こうした『集合無意識』は、通常は認知されない程度の微弱な力しか持っていない。個人の生活に影響を及ぼす事はほとんどないとされている。

けれども、心理学ではね、ある方向性を持った集合エネルギィ＝イドが過剰に膨張すると、それが個々の意識の領域にまで侵食し、共通の幻想をもたらし、ついには、個々と集団を操って、暴走や変革へと導く原動力になると説かれているんだ……。

今日の日本の世情を見たまえ、この犯罪の多さ、デモや争議の多さだよ。恐怖や憎悪といった、負のエネルギィが膨張していることは明白だ。そんな負のエネルギィの象徴として、笛吹き男は、ピッタリの鋳型だったんだよ……。

無意識の世界でエネルギィを吹き込まれた鋳型が、現実の世界に具現化したもの……。それこそが、笛吹き男だったんだ。高橋を魅了し、田中と伯を引き合わせた笛吹き男の人形劇……。あの時に二人の心に笛吹き男の霊が取りついた。ハーメルンの呪いが時空を超えたのさ。

それだけじゃあない。今日の物狂いしたような笛吹き男の流行の仕方を見ていると、僕はこんな風に思うんだ。

笛吹き男は、高橋から田中、そして伯を媒体にして、大衆の無意識に流れ込み、人々に憑依したのではないかとね……。田中や津田や高橋は、無意識の中から操られていたんだ。

そして僕達も安心してはいられないよ。魔は至る所に存在しているのだから……」

L

O　T

O

F

アルファベットによる魔方陣が、馬場の脳裏に浮かんだ。そして、田中に下された死は天罰か、魔術による呪詛《じゅそ》なのかも知れないと、確かに感じたのだった。

「納得出来たようだね、馬場君。しかし、君が納得しただけではこの騒ぎは収まらない。そこが問題なんだよ。僕が語ったのは、すべて推理でしかない。子供を攫《さら》って殺した田中が死亡している以上、真実を確実に確かめる方法がないんだ。

血糊《ちのり》のついた肉切り包丁だけじゃ証拠にはならないし、その包丁が田中のものだという証明すら難しい。馬場君が田中のベランダでそれを見つけていればともかくね……。

今日の法では、確たる証拠がない場合、犯人が自白しない限り、事件は迷宮入りするシステムになっている。だが、事件を灰色のまま終わらせてしまったのでは、ここまで興奮した民衆が納得しないだろうね。たとえ伯が犯人では無かったと発表してもだよ……無意識世界のエネルギィに動かされた者達はもう、誰かを血祭りに上げなきゃおさまりがつかない状態までできている。それこそイドの魔人……笛吹き男の思う壺《つぼ》だ」

「そんな！　それじゃあ無実の伯さんはどうなるんです」

柏木が悲痛な声をあげた。

「さぁ……どうするね、馬場君？　もうあちこちでコリア達に対するヒステリックな攻撃が勃発《ぼっぱつ》しようとしている。吉原のカフェーでも物売りのコリアが何人か、傷害に巻き込まれているんだよ。どうするね、馬場君？　抜き差しならない事態になってるんだよ。ああ、再び大虐殺の再現かなぁ……」

馬場は玉のような汗をかいていた。

「大丈夫、君を責めやしないよ。君は警察官だ。警察とはなんぞや？　国家の法を守るものである。つまりさ、警察は人道上の倫理や道徳を守るより先に、国の作った法を優先的に正義として守らなければならないんだよ。国の法とはなんぞや？　国を保持存続させていく為の規則である！　だからね、国が危急存亡の際には秘密にしておきたいというものは、秘密にしておかなきゃならない。それでいいんだよ。ねぇ、馬場君、国ってなんなんだろうね？　可笑《おか》しいよね」

「馬場さん！」

柏木が叫んだ。その言葉には馬場は答えなかった。ただ「帝都転覆同盟団は？」と、最後の抵抗をするように呟《つぶや》いた。

「ああ、帝都転覆同盟団かい。あれは六区に屯《たむろ》しているマルクス青年達の悪ふざけだよ。夜中に赤いチョークで『帝都転覆同盟団』とイタズラ書きして回ってるんだ。まったく、そんな事にまでピリピリしている軍部もどうかしているよ。軍部や石井がコレラ菌の話をしたのは、逃亡中の三人の疫病患者が見つかった時か……もしくは疫病が繁殖しはじめた時の言い訳にするつもりだったんだろう。それよりもね、伯恵姫は自首すると言っている」

「……何故だ……」

馬場は青い顔で項垂《うなだ》れていた。

「逮捕して、死刑にしてくれと言っている」

「……何故……」

「今回の事で罪を免れても、仲間にどんな影響を及ぼすか知っているからだよ」

「彼女は今、何処なんです？」

青ざめた柏木が身を乗りだした。

「知ってどうするんだい、柏木君。君に何が出来る？」

「何が出来るとか出来ないとか……そんな事を貴方《あなた》と言い争ってる暇はありません！　今は彼女を逃がす事が先決です！　生きてさえいれば、後の事はどうにでもなる……いや、僕が必ず何とかします。命をかけても無実を証明してみせます」

朱雀は、青臭いと言わんばかりに、フンと鼻を鳴らした。

「三十人もの子供の誘拐と殺害。田中の犯した罪は、許されるべくもない凶悪犯罪だが、僕は彼に少しは同情をしているんだ。田中の証言にあっただろう？　地割れが走り、炎が噴き出し、笛吹き男はフランケンシュタインに操られるままに子供を殺した。そしてフランケンシュタインが立ち去ってから後悔したのだとね。

この田中の目撃証言は、多分に震災の時の記憶が混在したものだ。伯の家族を殺した時のね……。田中は命令されて、否応なくコリアを殺したんだ。おそらく田中は非常に辛《つら》くて、恐ろしくて、その一瞬、自分の感情を抹殺してしまったんだろう。もしかすると、田中のヒステリー性麻痺《まひ》はそれが発端ではないだろうかと考えられる。田中は過度の精神的な重圧と緊張から意識を失い、無意識のうちにコリア狩りをしたんだ。精神科の専門用語では『自動症』というのだがね。……文字通り操り人形になったんだ。

そう考えると、田中が伯に『殺人の記憶などない』と言い張った意味が理解出来る。あの時、もし彼が命令に背いていれば、彼自身が袋叩《ふくろだた》きになっただろうから、その弱さを責めるのは酷というものだ。田中誠治は本来、真面目な子供好きの優しい男だった。神経質で気の弱いところのある男でもあった。そんな男が銃弾の飛び交う戦場に出兵させられたり、コリア狩りを命じられ、年端もいかない幼子を手にかけなければならなかった。それはそれは彼にとって過酷な現実だったのだろう。田中の狂気の種は、それから生まれたんだ……。

だとしたら、田中の狂気の元こそが真犯人だ。では、真犯人は誰なんだ？　さぁ、誰だと思うね？　軍か？　警察か？　国家か？　答えはそんなに単純じゃないだろう？

田中が見たという真っ赤な巨人……それもイドの魔人だったかも知れないね。無意識下で暴走する負のエネルギィが生み出した怪物さ……。

まあいい……今度の事件じゃ三十三も死体が出たんだ。僕が笛吹き男なら、もう満足だと思う頃だろうけれど……君達ならどうかな？」

曖昧《あいまい》な口調でそう言いながら、朱雀は「上野公園へ、急いで」と運転手に命じた。

「朱雀は何を言ってるんだ？　イドの魔人だなんて……コリアの虐殺は、警察と軍に市民が踊らされたからだ。誰も好き好んで死体を見たいだなんて思いやしない……」

独り言のように呟いた柏木を、馬場の殺気だった視線が貫いた。

助手席の朱雀は前を見たまま、透き通るような声で言った。

「そもそも個々の道徳性というものは、国家社会権力によって原始的衝動……イド的衝動を無理矢理抑圧した強制の産物だよ。外的な強制が内的な強迫に転化したものに過ぎないんだ。我々は常に抑圧と強迫に晒《さら》されている。

そして国家はね、愛国心という集団幻想の名のもとに、個々の悪しき欲望を是認してやる事があるのさ。すると、人々は悪の欲望に対する抑制力を失い、残虐で陰険な行動、裏切りと野蛮の行為を犯す……。集団というものは、事の真偽に対して少しの疑問も持たない。集団は決して真理への渇望なるものを知らない。集団は幻想を要求し、それを断念する事ができない。ことに追いつめられた集団は、ヒステリックな夢を暴走させる。

人の心の奥に潜む原始的衝動……イド的な衝動。破壊、殺戮《さつりく》、裏切り……。こうした人間の過剰な精神のエネルギィがある臨界点に達すれば、それが具現化することもあり得るんだ。臨界点に達した精神エネルギィは、悪魔や精霊となって人を訪れる。夜は夢の中で、白昼は幻視や幻聴としてね。

現状の笛吹き男の騒ぎがまさにそれさ。我々に生みだされ、そして我々に取り憑《つ》いて操る悪夢……それがイドの魔人なんだ」

5

車は猛スピードで浅草を通り抜け、上野へと走った。

「旦那《だんな》、裏道を通ります。少々揺れますぜ」

急ハンドルを切りながら、右へ左へと路地を走ると、突然燦然《さんぜん》たる光と共に目の前がぱあっと開けた。正面に見えるのは不忍池《しのばずのいけ》だった。

大通りに出た途端、車がガタリと止まった。

「旦那、これ以上は進めません……大層な人出でさあ」

「この付近で伯の家族が殺された。彼女は自首する前に、その場所を見舞うと言っていた……僕が知っているのはそこまでだ」

朱雀がそう言った。馬場が掠《かす》れた声をあげた。

「柏木、俺は間違っているのか……。あの震災で暴動情報を聞いた時も、戦地にいる時も、俺や仲間はただ一生懸命、国のためを思ってた。俺は今だってそうだ。殆《ほとん》どのやつらがそういう思いなんだ。だが……」

柏木は何も答えられなかった。

過ちはいつも後にならなければ分からない。そういう物に違いない。

だが問題なのは、今現在、何が正しいのか、自分が正しいのか、分からないことだ。

自分にしても、馬場にしても……大勢の人間が路頭に迷っている。

朱雀には分かっているというのだろうか……。

馬場は決まり悪そうな咳払《せきばら》いをした。

「お前に訊《たず》ねても始まらんな……。それより柏木、お前は池の方から公園入口へ向かえ。俺は入口から回る。朱雀さん、あんたはここまででいいよ。柏木、二十分後にこの場所で落ち合おう」

「分かりました！」

「では二十分後、四時に、ここで」

馬場が車から飛び出し、遊興客を突き飛ばす勢いで一目散に駆けていく。柏木も続いて飛び出した。

間にあってくれ！

必死の形相で柏木は伯の姿を捜した。

祭りでもあるのか、池の周囲を取り囲むようにずらりと屋台が軒を連ねている。柏木は人混みをかき分けて、池の端を進んで行った。湖かと錯覚する程広いその池の中央に、六角形の歪《ゆが》んだ影を水面に落として弁天堂が屹立《きつりつ》している。弁財天だ。それは、亡くした女を思い出させる不気味な符合であった。

夏に水面を覆い尽くしていたはずの色とりどりの蓮《はす》の花は枯れ落ち、藻草と枯れ枝が池の面を覆っていた。澱《よど》んだ水の間から、無様に大きな蓮の実が突き出て、風にゆらゆらと揺れている。柏木はしばし、その光景に息を吞《の》んだ。

現世に作られた極楽浄土の虚《むな》しい光景……。

やがて、陽炎《かげろう》のようなその景色の向こうに、揺らめく白い影が浮かび上がった。

ごったがえす人混みの中で、その一点だけが不可思議な輝きを放っている。

池に向かって手を合わせていたその影も又、往来する人々の間から奇跡のように柏木の姿を見つけだした。そして、手を合わせたまま柏木に向き直ると、ゆっくりと手を振った。

白いワンピース姿のマリコだった。

「マリコちゃん！　柏木だ！　話があるんだ！」

柏木の叫び声が、ざわめきにかき消えた。

マリコは再び微笑んでおじぎをすると、踵《きびす》を返して歩き出した。

「そこを動かないで！　今、行くから、動かないでくれ‼」

大声で叫びながらマリコの後を追う。声が届かなかったのか、マリコはくるりと背を向けると、柏木の五百メートルほど先を足早に歩いて行く。そして、池の中央に作られた弁天堂へと続く橋を渡り始めた。

池の端の屋台通りに比べ、橋の参道は比較的空《す》いているようだ。

しめた、これなら間に合う！

参道の両脇に並んだ色とりどりの屋台の間から、見え隠れするマリコの姿を目で追う。

弁天堂の方角から現れた右翼らしい一団が、マリコの横を通り過ぎようとしていた。

その瞬間である。

二十人ばかりのその群のうちの一人が、突然マリコの肩を鷲掴《わしづか》みにした。

マリコの周囲を取り囲むように、人垣が出来た。一瞬の内に、不穏なさざ波が柏木の足元にまで広がった。足の裏が、激しく脈を刻むのが分かった。

だが、はやる心とは裏腹に、動きの止まった人垣の為に柏木は立ち往生してしまった。

「何だ？　何が起こったんだ？」

野次馬が口々にどよめき、参道の橋上に押し寄せて来る。

「おい、あの女、伯だぞ！　伯恵姫だ！」

柏木のすぐ背後で男の怒鳴り声が聞こえた。ちらりとマリコの蒼白《そうはく》な顔が見えた。風の色もざっと青ざめた。

「伯だって⁉」

「コリアの殺人鬼だぞ!」

「笛吹き男だ! 殺せ!」

にわかに火がついたように興奮した人の群が、どす黒い殺意をみなぎらせながら、まるで一つの巨大な生物のように足並みを揃えて参道へと殺到した。

「違う‼ 彼女は人殺しじゃない」

柏木は大声でわめきながら叫ぶ声の波をかき分け、無我夢中で前に進んだ。

「殺せ!」「殺せ!」「殺せ!」

「殺せ!」「殺せ!」「殺せ!」

柏木の耳に、女の悲鳴に似た甲高い笛の音がこだました。

ようやくたどり着いた一塊の人垣を押し分け、柏木はマリコの姿を捜した。

「マリコちゃん!」

呼んだ声に答えて、微《かす》かに「助けて……」とマリコの声がした。

「聞いてくれ、彼女じゃないんだ!」

闇雲に、前にいる男の肩を摑《つか》んで揺さぶった瞬間、後頭部に、鈍い衝撃が走った。

体を包む引力が、急にぐにゃっ、と歪んだ。

「お前も殺人鬼の仲間だな」

背後で誰かが言った。

違うんだ……と唇を動かしたつもりだが、声にならない。


変だ……体に力が入らない……


その時、突然、異質な音が鼓膜を震わせた。

熱気をはらんだ風が、人垣を押し戻すのを見た。

刹那《せつな》、すさまじい轟音《ごうおん》と光が網膜を貫き、一瞬、光の洪水の中に水鳥が一斉に飛び立つ光景が見えた気がした。

「うわあああっ！」

「ぎゃあああっ！」

誰かが……叫んでいるような気がした。

目の前が真っ暗になった……。

ややあって、柏木は自分の体が地面に這《は》い蹲《つくば》って倒れていることに気がついた。頭に痛みがある。後頭部に手をやると、ぬるりとした感覚……。流血しているらしい。

どうやら誰かに殴られて、気を失っていたようだ。

どれぐらい気を失っていたのか？

あれからどうなったのか？

マリコちゃんは……？

まだ朦朧《もうろう》とする頭を振って、辺りを見回した柏木は、瞬間、我が目を疑った。

真っ赤な巨人……。

全身を輝かせて、真っ赤な巨人がそそり立っている……。

巨人の周りを人垣が取りまいていた。人々の顔も、まるで鬼神のように赤く輝いている。

巨人が、げらげらと不気味な声を上げ、牙《きば》を見せて笑った。

ようやく覚醒《かくせい》した柏木の鼓膜に、ざわめきが流れ込んで来た。


誰かがやりやがったぜ。

いい気味だ。

よく燃えてやがる。

コリアめ、燃えろ、燃えろ

誰の声なのか……？

狂気の囃《はや》し声が充満していた。

イドの魔人の声なのか……。

言いようもない不安が柏木の胸一杯に広がり、体を震わす恐怖へと変化した。

何が起こったのかを、見たのだ。

赤い巨人の腹の中に、人影があった。それがマリコであることに、間違いはなかった。

柏木は一瞬、凍り付き、首を絞められた鶏のようなすさまじい声を張り上げた。頭が錯乱していた。自分でも何を叫んだのか分からなかった。

ただ分かったのは、赤く輝いているのが巨人ではないことだ……。

炎だった。

風に煽《あお》られて燃え上がる火の粉が、群衆の頭上に降り注いでいた。

柏木は、にわかに飛び起きると、足元が震え、視界がふらつくのも構わず前に進んだ。

燃え盛る炎は、先ほどまで屋台のあった場所だった。プロパンが、まだ夥《おびただ》しい火を噴いている。事故ではない。あきらかに人為だ。誰かがマリコを火あぶりにする為に火をつけたのだ。

怨念《おんねん》の血の色がめらめらと揺れていた。

群衆は炎から一定の距離を置くと、燃えさかる炎を取り巻いてごったがえしていた。

動かない人混みをかきわける柏木の足が、腹立たしいほどもつれ、頬に熱い液体が流れ落ちていた。

何故、こんな事になる……何故？

マリコの立っていた場所に巨大な火柱が紅蓮《ぐれん》の炎を上げて燃え盛っていた。ものすごい勢いだ。すでに炎は人の形すらしていない。

もう手遅れであることは明らかだった。

十二年前、彼女の肉親を殺したものも同じ――同じ「狂気」の手にかかって殺されること……それが、マリコの選んだ道だったのだろうか……。

最後の決意を物語るかのように、紅蓮の炎は天に向かって屹立《きつりつ》していた。不思議なことに焼き場のような悪臭はしなかった。芳香すら漂っているように感じられた。いや、それも、柏木の幻覚かも知れなかった。

柏木は、無駄とは知りつつ、上着を脱いで火柱へにじり寄った。飛んでくる火の粉にも構わなかった。些少《さしょう》の火傷《やけど》などより、目の前で、マリコのあの腕が髪が、唇が炎に蝕《むしば》まれ、焦げていくのを、あと一秒たりとも長く見ている事の方が、遥《はる》かに苦痛だと感じられた。

その時、信じられないことが起こった。すでに死んでいるはずのマリコが、上着から身をかわしたように見えたのだ。

一瞬、柏木はマリコの叫びを聞いた気がした。

あなた達は、どうして私達を日本に連れてきたの？

どうして父や母や妹を殺さなければならなかったの？

そして私のことも、こうして追い詰めて殺すのね……。

よろめいた火柱から、一層の火の粉が舞い散った。阿鼻叫喚《あびきようかん》がわき上がった。

マリコは奇跡のような力を振り絞り、日本という国に……日本人に汚されることを拒絶しているのだ。

そして次の瞬間、炎は揺らめきながらゆっくりと池の面へと落下した。

鈍い水音が響いたあと、狂おしい芝居の幕を引くかのように、水面に再び蓮《はす》の葉がゆっくりと被《かぶ》さっていった。

「人殺しめぇぇぇぇぇ！」

柏木は周囲の人だかりに向かって叫んだ。誰もそれを自分達のこととは思わない様子で、ちらりと柏木を一瞥《いちべつ》しただけだった。

いつの間にか、馬場が側にいた。警官が数名取り囲んでいるせいで、群衆はおとなしかった。

呆然《ぼうぜん》と歩き出した柏木は、気が付くと、車を降りた場所に立っていた。朱雀の姿が見えたが、顔を上げる事が出来なかった。

「間に……合わなかった」

それだけを言うのが精一杯だった。

「大方の騒ぎは聞いたよ。なんとか伯恵姫を逃してやりたかったが、失敗だったね。まるで中世ヨーロッパの魔女狩りだ。イドの魔人の仕業だよ。人間の無意識下に潜む野蛮な本能が理性を陵辱《りようじよく》し、さらに集合化すれば、本物の魔物を召喚する。心弱き田中誠治を狂わせて、殺人鬼にしたのもイドの魔人だ。

全く……この結果を見たまえよ。人間とは恐ろしい生き物さ。僕が性悪説を支持するのももっともだろう？　大概の人間はね、生活や自己の存在が危機に陥ると、化けの皮がはがれて、残虐な本性をむき出しにする。強き者は弱き者を平気でしいたげ、弱き者の弱さは残酷さと結合して、さらに弱い者へと向かう……。救いようがない話だ。だが、愚かにも、人間はその救いようのない行為を歴史の中で繰り返し続けている。

そうは思わないかい、柏木君？　今のアメリカ民衆の日本人移民に対する弾圧を日本側は非難するが、自分達はコリアに同じ事をしているじゃないか。震災時にコリアを虐殺したのは軍や警察だけではないんだ。普通の民衆も進んで、暴力に荷担したんだよ。普段は良き父親、良き社会人づらしている者でも、僅《わず》かな条件さえ整えば簡単に悪魔にかわる。ほら、魔なんて何処にでもいるだろう？　人間のいるところにならば何処にでもね。このまいけば、未曾有《みぞう》の犯罪と戦争が始まる日も、そう遠くなさそうだ……。まさに、帝都は魔窟《まくつ》だね」

そう言うと、朱雀は、ぞっとするような声で、高らかに笑った。

柏木は、夢遊病者のように寮へ帰った。


その翌日、伯の焼け焦げた遺体が池から引き上げられたと新聞が報じた。

そして、伯が残した無実を訴える手紙が紙面を飾った。警視庁の防犯部長は、伯恵姫の事件当日のアリバイが判明したことを発表し、『伯は帝都転覆同盟に罪を着せられたのだ』と見解を語った。馬場のせめてもの伯への謝罪のつもりらしかった。

コリアを対象にした暴動は起こらなかった。

数日後、意外な事件が発覚した。

ハーメルンの笛吹き男の人形を作っていた高橋が、内縁の妻を殺したと自首したのだ。

死体は等身大に作られた笛吹き男の人形の中に、埋め込まれていたらしい……。

事件の発覚を機に笛吹き男の流行は下火になった。


笛吹き男……あの狂気じみた事件とそれを弄《もてあそ》んだ流行は一体なんだったのか。

確かに大勢の人間が、笛吹き男の幻に操られていた。

朱雀が言うように、笛吹き男は魔物として存在していたのかも知れない。

そして、僕は思うのだ。……。

あれは……終わってはいない。

未《いま》だに全ての人間の中でくすぶり続けているのだと……。

6

「さぁ、子供達、行こう、行こう、私と一緒に幸福の国に行こう」

笛吹き男は、手に持っていたラッパを吹き鳴らしました。


上野駅の停留場に、兵隊ラッパが高く響き渡っていた。

楽隊の太鼓の音、歓声。万歳、万歳の掛け声が上がり、一群の青年兵達が敬礼をしながら、東京駅に向かう電車に乗り込んでいる。

満州への出兵軍だ。

柏木はその姿を反対路線の電車の窓から眺めていた。

十字軍……あれは十字軍だ……。

柏木は笛吹き男の童話を思い出しながら、うつろにそう考えた。がたん、と電車が揺れた。見送りの人ごみや兵隊達の姿が小さくなっていく。

今日も柏木は、吉原へ行く道程にあった。

日は西に傾き、空に燃える巨大な紅蓮の炎が帝都を染め上げている。

炎……怨念《おんねん》の炎……人の心に潜むどす黒い欲望と恐怖が生み出した怨念の炎。他人にそれを向ける者は、いつか同じ炎で焼かれる日が来るに違いない。

その時、日本はどんな叫び声を上げてのたうつのか……。

浮浪者と乞食《こじき》が劇場の端に座り込む六区の大通り。

マルクス青年と青年将校達がすれ違いながら互いを牽制《けんせい》しあっている。ブロマイド屋の前では、スタァ達の写真を奪い合うモボやモガがいる。

その間をぬって、切れるような寒さの中を素足で歩いているコリアの幼い兄妹がいた。兄の顔に見覚えがあった。いつかマリコが面倒を見ていた少年だ。

煎餅《せんべい》屋の前に並ぶ行列の一人が、面倒そうな顔を向けて二人を突き飛ばした。柏木は、往来の道に倒れた兄妹を助け起こした。兄妹は礼もせず、夢中で落ちた煎餅をかき集め、往来の中に消えた。妹の方は、二つ三つという年頃だろう。柏木は小さな背中を見送った。

キネマ倶楽部《クラブ》の前を通ると、小人がいつものように高窓を乗り越え路地へと消えて行った。

本当に新しく雇われた小人なのか……？

いつもの光景の其処此処《そここ》に魔が存在していた。誰もそれとは気づかず、やり過ごしているだけだ。

やがて激流がやって来る。その時、この魔都が牙《きば》を剝《む》いて全ての人を呑み込むのだろう。

嘘か真《まこと》か、巷《ちまた》では軍需景気が国を潤していると宣伝されはじめた。

道は意図的に目的地に向かって作られている。そして、その道を歩むのは、真実を見る目もなく聴く耳も不自由な烏合《うごう》の衆だ。

又一つ、新しい工場地に鉄筋が建つ。

言論検閲も、来年には雑誌、純文学の領域にまで拡大されるということらしかった。

出口王仁三郎が憲兵にしょっぴかれたという情報が届いていた……。

まるで彗星《すいせい》が衝突するように、様々な出来事がこの帝都で弾《はじ》け、そして消えていく。

個人の内の大きな出来事も、そして深い悲しみも、この強大な流れの前では何物でもない。

柏木はコートの襟を立て唇を嚙《か》んだ。

あの怪人は潔い。それに比べて己はなんなのだ？

毎日、毎日、何もせず、ただ蜩《ひぐらし》のように生きるだけだ。

一人一人が……そして僕が……心の中に魔を養っている限り、このままでは未曾有の犯罪と戦争が勃発《ぼっぱつ》すると朱雀は予言した。

ならばどうすればいい？

笛吹き男の悪夢に呑《の》み込まれぬ為には……

人は何をすれば……

青銅の大門がいつもと同じ佇《たたず》まいで柏木を迎えていた。登楼客で賑《にぎ》わい始めた仲之町通りには、次々と灯籠《とうろう》の火がともり、見世たちが、ダイアモンドのような輝きを放ち始める。

往来の中、柏木の脇を遊び人風の粋な着流し姿の男が掠《かす》めた。

「あれれれ、お前さん柏木さんじゃないかい？」

ソフト帽を脱ぐと、はげ上がった頭が現れた。口元から金の入れ歯がキラリと覗《のぞ》いた。

柏木は誰だか分からず、首を傾げた。

「ははぁ、俺の事が分からねぇな。あん時さ、刑事さんと麻巻って人と、あんたや朱雀先生と一緒に乗っけて車を運転してたもんだよ」

「あの時の……運転手さん？」

「そうさ。けど、運転手は本職じゃねぇよ。あん時は朱雀先生に頼まれてたんだ。俺の本職はこの辺りの乞食どもを束ねる乞食の親分さ。名を虎之助ってんだ。以後よろしく頼むぜ」

「はぁ……乞食の親分さんですか……僕は朝日新聞の柏木洋介といいます」

虎之助は威勢よく、はっはっ、と笑った。

「知ってるよ、知ってるよ。あの時はあんた、鳩が豆鉄砲食らったみたいに慌ててたもんなぁ。先生も人が悪い。敵を騙《だま》すならまず味方からなんつって、よくやるもんだよ」

「なんのことです？」

「あれ、まだあんた知らないのかい、そうかい、そいつは……じゃあ今から朱雀先生のところに行ったら、びっくりするぜ。なにしろ丁度いいところに身寄りのない花魁《おいらん》が死んだからな。まぁ仏さんには悪いが、人助けをしてあの世にいったとなりゃあ、極楽にも住めるってもんだ。俺はな、実は乞食をするまでは六区で手品師をやってたんだよ。あんた、『火中の鶴』って手品を知ってるかい？　一枚の紙を取り出してだね、火鉢にくべちまうんだ。ところが火鉢にくべて燃えて灰になったところから、折り鶴が出てくるって手品さ。こりゃあ、至って訳のねぇことでさ。紙にこんにゃく玉を塗って乾かしたところに、折り鶴を丸めて入れておくのさ。そうするとな、こんにゃく玉で固めた外部の紙だけが燃えて煙になるんだ。後には折り鶴が少しもやけずに残るって寸法さ。へへ、種を明かせば簡単なものなんだがよ、見物人はびっくり仰天するのさ。さぁて、俺はこれから出勤だ。瓢箪《ひょうたん》池に出勤して、世間様に貢いでいただくってわけさ。やぁ、乞食ってのはいいよ。働かずに金を貰《もら》えるなんて、華族様にでもなった気分さ。あんたも記者をやめたら乞食をやりな。じゃあ、あばよ」

そう言うと、虎之助は肩で笑いながら歩き去っていった。

……あの男、何を言ってるんだ？

よく分からぬままに仲之町通りを歩き過ぎ、水道尻《すいどじり》で左に折れると車組の詰所が見えた。

珍しく年若い女がその前を箒《ほうき》ではいている。

柏木は、はた、と立ち止まり、それが幻ではないのかと暫《しばら》く目を見張って確認した。

そうして涙が浮かんでくるのを懸命に押し殺した。

朱雀十五――あの大詐欺師め……！

柏木は確かな足取りでマリコに向かって歩きだした。

風が身を切る師走《しわす》の夕暮れだった。

参考文献

『ハーメルンの笛吹き男』阿部謹也　ちくま文庫
『なつかしき東京』石黒敬章編　講談社
『日録20世紀／1935年（昭和10年）』　講談社
別冊太陽『子どもの昭和史』平凡社
『錬金術とタロット』ルドルフ・ベルヌーリ　河出書房新社
『脳と心の迷路』ジュディス・フーパー　ディック・テレシー　白揚社
『奇術』泡坂妻夫　作品社
『気象のはなし』光田寧　技報堂出版
『朝鮮人強制連行の記録』朴慶植　未來社
『怪物の黙示録』スティーヴン・バン　青弓社
『清算されない昭和』林えいだい　序文　朴慶植・解説　高崎宗司　岩波書店
『変性意識の舞台』菅靖彦　青土社
『浅草紅団』川端康成　講談社
『昭和青春譜』台東区立下町風俗資料館編
『細菌戦部隊』七三一研究会編　晩聲社
『証言・731部隊の真相』ハル・ゴールド　廣済堂出版

この物語はフィクションであり、実在する人物・地名・組織とは関係ありません。また本書中に一部、今日では不適切とされる語句や表現がありますが、物語内の歴史的時代背景を鑑みそのままとしました。（編集部）

本書は一九九八年五月にトクマ・ノベルズとして刊行され、二〇〇一年十月に徳間文庫より刊行された作品です。

ハーメルンに哭《な》く笛《ふえ》　探偵《たんてい》・朱雀《すざく》十《じゅう》五《ご》の事件簿《じけんぼ》2
藤木《ふじき》　稟《りん》

角川ホラー文庫　17688

平成24年11月25日　初版発行
令和7年5月10日　4版発行

発行者———山下直久
発　行———株式会社KADOKAWA
〒102-8177　東京都千代田区富士見2-13-3
電話 0570-002-301（ナビダイヤル）
印刷所———株式会社KADOKAWA
製本所———株式会社KADOKAWA
装幀者———田島照久

●お問い合わせ
https://www.kadokawa.co.jp/（「お問い合わせ」へお進みください）
※内容によっては、お答えできない場合があります。
※サポートは日本国内のみとさせていただきます。
※Japanese text only

ISBN978-4-04-100577-4　C0193